西安曲江文化产业资助项目

西安市政协文史资料委员会
西安曲江新区管理委员会 编

西安秦腔剧本精编

尚友社卷

60

西安出版社

图书在版编目（CIP）数据

西安秦腔剧本精编.尚友社卷：全4册/西安市政协
文史资料委员会，西安曲江新区管理委员会编.—西安：
西安出版社，2011.10
ISBN 978 - 7 - 80712 - 839 - 7

Ⅰ.①西… Ⅱ.①西… ②西… Ⅲ.①秦腔—剧本—
作品集—中国 Ⅳ.①I236.41

中国版本图书馆 CIP 数据核字（2011）第 217420 号

西安秦腔剧本精编 ⑥⓪　　尚友社卷

编 委 会	西安市政协文史资料委员会
	西安曲江新区管理委员会
出　　版	西安出版社
	（西安市长安北路 56 号）
电　　话	（029）85253740　邮政编码　710061
网　　址	http://www.xacbs.com
发　　行	西安曲江出版传媒股份有限公司
	（西安市雁塔南路 300 - 9 号曲江文化大厦 C 座）
电　　话	（029）85458069　邮政编码　710061
网　　址	http://www.xaqjpm.com
印　　刷	西安新华印务有限公司
开　　本	710mm×1092mm　　1/16
印　　张	326
字　　数	4210 千
版　　次	2011 年 12 月第 1 版
	2011 年 12 月第 1 次印刷
书　　号	ISBN 978 - 7 - 80712 - 839 - 7
全套定价	1740.00 元（共 12 册）

读者购书、书店添货或发现印刷装订问题，请与本公司营销部联系。
电话：（029）85458066　85458068（传真）

序

西安市政协主席　程群力

　　戏剧是人类精神文化形态之一,在世界戏剧史上,中国戏剧具有辉煌的地位。周、秦、汉、唐以来,历经千百年的发展积淀,中国戏剧形成了属于华夏文明自有的、独特的艺术体系。这个体系如同一个庞大的家族,遍布全国各地。在这个大家族中,秦腔以其丰厚的文化滋养、突出的历史贡献、沉雄质朴的艺术魅力而备受尊崇。

　　关于秦腔的起源和形成问题,历来争论甚多,有秦汉说、唐代说、明代说,甚至还有更早的西周说、春秋战国说等。但相对多数的看法,趋向于秦腔形成于明代中后期,即明代说。明代说认为,社会发展的基本规律表明,一切文化意识形态的发展变化,都由当时的生产力发展状况和水平来决定。明代中期正是我国资本主义萌芽期,商品经济的产生、发展,为当时文化的发展、变革、传播、繁荣提供了较丰实的经济基础。明代说也提供了必要的实物例证和文献记载。现在能见到的最早的陕西凤翔流传下来的明代正德九年的两幅《回荆州》戏曲木板画;现存文字记载中最早能见到"秦腔"字样的明代万历年间《钵中莲》传奇抄本中标出的［西秦腔二犯］曲调名,就是

明代说有力的支撑。明代说的另一个支撑是比较能经得起专家、学者和秦腔爱好者以"体系"的视角作"系统论"式的考查和诘问。作为地方戏，秦腔和其他兄弟剧种一样，既有中国戏曲的共性，又有其独具的个性。共性的一面，都是以表演艺术为中心，融文学、音乐、表演、美术等各种艺术形式于一体的高度综合艺术，具有成熟的、完备的写意性、虚拟性、程式性和以"唱、做、念、打，手、眼、身、法、步""四功五法"为基本技艺手段，以生、旦、净、丑的行当角色作舞台人物，以歌舞扮演故事等这些经典的中国戏曲美学特征。个性的一面，秦腔与许多地方剧种相比，在"出身"上有着更多的原创性特征，体现在其声腔、音乐、文学、表演等基本要素与我国源远流长的原创性大文化之间，存在着直接的一脉相承的亲缘关系。这是因为，我国古代许多原创性文化，特别是诞生于周秦汉唐时期的《诗经》、秦汉乐舞、汉乐府、俳优和百戏、唐梨园法曲、歌舞戏、唐参军戏等等，都直接发生在以古长安（今西安）、咸阳为中心的关中地区，从而使这一地区成为当时全国文化最发达、成就最高的地区。根之茂者其实遂，膏之沃者其光晔。由于有这些原创性文化的滋养，更由于板腔体音乐在民间音乐和说唱文学的基础上日益成熟而引发的变革，最终造就了秦腔这个大的地方剧种，在西至陇东与银南、东至豫西与晋南、南至川北与鄂北、北至陕北与蒙南这片广袤的古秦地生根、发芽、成长，并影响到之后其他众多地方戏和京剧的产生与发展。

秦腔一经形成，就显现出卓尔不凡的气质和强大的生命力。一是秦腔长期从民间音乐和说唱艺术中吸取营养,活跃于人民群众之中,有广泛的群众基础;二是秦腔首创了板腔体音乐结构,奠定了中国梆子戏的发展基础。从而在声腔艺术的创造方面,在剧本创作、表演艺术等多方面,凸显出不可取代的许多特点,有力地推动了戏曲艺术特别是梆子腔艺术的大发展,具有划时代的意义。

由于秦腔是诞生最早、历史最悠久的梆子腔戏曲,更由于它当时作为新的艺术形式,内容上贴近生活、通俗易懂,表现形式上好听好看、生动感人、极易流传,所到之处,除了在陕西境内形成中路、东路、西路、南路、北路五路秦腔外,还渐次流传到晋、豫、川、鲁、冀、鄂、苏、皖、浙、滇、黔、桂、粤、赣、湘、闽、蒙、新、藏等全国许多地方,并与当地民间曲调融合,对当地新生剧种的催生、成长、成熟、完善做出了重大贡献。因之它也赢得了"梆子腔鼻祖"的地位和称誉。

近百年来,秦腔表演艺术,其行当角色之全、演出剧目之多、表现手段之丰富、唱腔艺术之精湛、四功五法之规范、演出综合性与整体性之完善,都备受文艺界和城乡观众的推崇。在陕西乃至西北广大地区,秦腔与老百姓的精神生活息息相关。人们津津乐道秦腔的魅力,对心目中的秦腔演员如数家珍,特别是一提起西安城里有易俗社、三意社、尚友社以及五一剧团,更带有几分神往。相当多的人,不仅会谈到演员,还会谈起许多脍炙人口的剧目《三滴血》《柜中缘》《看女》《三回头》《软玉屏》《翰墨缘》《夺锦楼》《庚娘传》《新华梦》《伉俪会师》《双锦衣》《盗虎符》《貂蝉》《还我河山》《西安事变》等等,更会谈论

在这些琳琅满目的剧目后面，站着的一群让人们肃然起敬的剧作家：康海、王九思、李十三、李桐轩、孙仁玉、范紫东、高培支、李仪祉、吕南仲、李约祉、王伯明、封至模、马健翎、李逸僧、李干丞、淡栖山、王淡如、冯杰三、樊仰山、姜炳泰、谢迈千、袁多寿、袁允中、鱼闻诗、杨克忍等等，还有由于种种原因没有留下名姓的剧作家，以及后来四个社团中加入编剧队伍的一批新知识分子，他们用心血熬成了一个个可供世代传唱的剧本。正是有了他们幕后的辛勤劳作，才有了台前精彩的表演。西安市的四大秦腔社团易俗社、三意社、尚友社、五一剧团，前三个都跨越了两个时代、两种社会制度，其中长者年已百岁。百年以来，四个社团总计演出的剧目逾千部之多。这些剧目，有些来自明清以来的秦腔老传统、老经典；有些来自各社团根据本单位的演员和资源条件，根据时势和观众的审美需求而开展的新创作、改编或移植、整理。这些众多的秦腔剧本满足着一代又一代观众的精神需求，也在很大程度上支撑着古城西安的文化舞台。西安秦腔事业的发展，为西安、为秦腔积累了一大笔可贵的精神财富。保护、传承、弘扬这笔财富，增强古城西安的文化软实力，扩大其国内国际影响力，实在是我们应尽的历史责任、文化责任和社会责任。

从 2008 年下半年起，西安市政协与西安曲江新区管委会合作，着手策划、组织、实施《西安秦腔剧本精编》工作。这是一项大型的剧本编辑工程，收录了西安市易俗社、三意社、尚友社、五一剧团四大著名秦腔社团上自清末、下至二十一世纪初百年来曾经上演于舞台的保存剧本，共计 679 本，2600 余万字；另有 22 个内部资料本，约 65 万字。参与编辑本书的专家、学者、工作人员，面对四个社团档案室中尘封了百年的千余本三千万字的剧本稿样，其中不少含混不清、章节凌乱、缺张少页、错误多出及其他众多问题，本着抢救、保护、弘扬国家非物质文化遗产的责任感，按照"精审精编"的工作要求，专心致志地投入工作。通过收集筛选、初审初校、集中审校、勘疏补正、规划编辑、三审三校等几个工作程序，对上述文本问题和学术问题，逐一研讨、逐一明晰、逐一完善。历经三年，终于编辑了这套纵跨百年、横揽西安四大秦腔社团舞台演出本的《西安秦腔剧本精编》，了却了广大剧作家、表演艺术家和人民群众的一大心愿，对西安的秦腔文化是一个重要的回眸与总结，对未来秦腔的振兴与发展做了一件坚实的基础性工作，对此我们感到欣慰。

编辑这套剧本集，工程浩繁，工作难度大，加之时间紧，错漏不足在所难免，诚望各方面人士，特别是专家、学者、业内人士提出批评指导意见，以便修订完善。

QINQIANGJUBENJINGBIAN

目录

演出单位

西安尚友社

市井民风

丁金龙　编剧

剧情简介

天有三宝日月星，
人有三宝精气神。
世有三宝江山稳，
民风民情和民心。

《市井民风》是一台散点式结构的戏，它通过一群不同身世、不同遭遇的雇工和钱老板等人，在古都秦菜馆里演出了一幕幕喜怒悲欢的故事。云娇姑娘聪明伶俐、干脆利落、义胆热肠，谁知她竟是从黄土高原北端逃婚而来的"媳妇"；小宋是一个携子进城打工的寡妇，她勤朴善良、温良恭俭，然而在人生的道路上又遇到了崎岖坎坷，险些丧失了生活的勇气和信心；石头年轻气盛，侠肝义胆，他喜爱小宋，但对她的遭遇又束手无策；皇甫是钱老板雇用的炉头，他酷爱自己的事业且无私心，然而老婆封封催逼回家的书信却使他陷入茫然……一个小饭馆，一群小百姓，反映出一个小社会，展现出一片纯情爱心。

场　目

人 物 表

钱老板　40岁　　古都秦菜馆经理,个体户

云　娇　22岁　　古都秦菜馆女服务员

石　头　28岁　　古都秦菜馆二厨

小　宋　28岁　　寡妇,古都秦菜馆服务员

皇　甫　30岁　　古都秦菜馆厨师

喜　荣　36岁　　钱老板的妻子

小　花　20岁　　古都秦菜馆女服务员

韩老板　40多岁　川菜馆经理,个体户

王光珠　50出头　农村暴发户

陌生人　30多岁　王光珠的司机兼打手

第一场

秦腔 市井民风 SHIJINGMINFENG

〔当代。

〔古都秦菜馆餐厅,有酒柜、吧台,一侧通后院,一侧通厨房。

〔主题歌谣:

　　　天有三宝日月星,

　　　人有三宝精气神。

　　　世有三宝江山稳,

　　　民风民情和民心。

〔幕启:市场嘈杂,钱老板上。

钱老板　（唱）市井敞敞商贾满,

　　　　　　市肆煌煌不夜天。

　　　　　　看商海,

　　　　　　人家挣钱像喝水,

　　　　　　微薄小本竟扬帆。

　　　　　　谁曾想,

　　　　　　下海才知风流险,

　　　　　　呛水方知海水咸。

　　　　　　市侩荡荡行情乱,

　　　　　　市场嚣嚣少客源。

　　　　　　钱把心操碎,

　　　　　　泪把心泡酸。

　　　　　　汗珠落地摔八瓣,

　　　　　　方知钞票苦涩五味全。

　　　　　　停薪留职快三年,

　　　　　　一年瘦一圈——

个体老板谁可怜。

〔上官云娇提旅行包上。

钱老板　你找谁?

云　娇　(扫视一眼)老板,我就找你。

钱老板　(好奇地)你咋知道我是老板?

云　娇　(含笑地)一双鞋亮半截,贫富悬殊有区别。

钱老板　好眼力,找我啥事?

云　娇　给你打工,咋样?(递介绍信)

钱老板　(看罢退还)云娇姑娘,饭馆干活又脏又累,你这身
　　　　　体怕吃不消。

云　娇　出门打工挣钱,还能怕出力。

钱老板　咱这可不是卖荞面、米面皮的,本店专营关中秦菜,
　　　　　煎炸烹炒,你都会啥手艺?

云　娇　老板。

　　　(唱)　敢揽细瓷自有金钢钻,

　　　　　　既是裁缝必然会量衣。

　　　　　　陕西菜未入国菜八大系,

　　　　　　它却是博取众长名不虚。

　　　　　　慈禧吃过西安八珍宴,

　　　　　　御笔亲封香酥葫芦鸡。

　　　　　　小女子初出茅庐资虽浅,

　　　　　　抡起炒瓢敢做席。

　　　　　　鱼香肉丝爆羊肚,

　　　　　　绣球干贝糖醋鱼。

　　　　　　龙井虾仁烧牛筋,

　　　　　　宫保肉丁炸里脊。

　　　　　　会蒸馍,会淘米,

　　　　　　会剖鱼,会宰鸡。

　　　　　　会包饺子会擀面,

　　　　　　会酿醪糟做酒曲。

　　　　　　如果老板看不上,

淘米择菜洗碗扫地都可以,
　　——决不说委屈。

钱老板　（欣然大笑）石二麦炸根麻花——你还耍得个大呀。你真会抢炒瓢?

云　娇　（粲然一笑）我想学着抢炒瓢。

钱老板　那么说你啥啥都不会?

云　娇　（腼腆地）刚买了两本书,来应聘之前背了几句。

钱老板　（欣然地）你很机灵。

云　娇　老板夸奖。

钱老板　我喜欢机灵,可不喜欢狡猾。到底读过高中,你很会说话。

云　娇　女孩子出门,总得学点外包装嘛。

钱老板　看你人活泛,先留下端盘子、洗碗,试工三天再说。

云　娇　谢谢老板。

钱老板　（喊）石头。

〔石头应声由厨房上。

石　头　来了。啥事,老板?

钱老板　这是新来的上官云娇,你把她带去见见老板娘,然后再给她安排点活干。

石　头　没麻达。走。（提云娇旅行包下）

〔云娇跟下。

〔小宋衣饰不整地跟皇甫由外上。

小　宋　（犹豫地）皇甫,我怕……

皇　甫　（憨直地）怕啥嘛? 今后你得学着点,"恶的怕硬的,硬的怕愣的,愣的怕不要命的"。咱农村人也不能光叫城里人欺负。

钱老板　皇甫,你又胡说啥呢?

皇　甫　老板……

钱老板　小宋,三轮车和菜呢?

小　宋　（怯怯地）车……

皇　甫　车和菜都叫市容办的给扣了。

钱老板 （发火地）啥？你咋不叫人家把你扣了呢？这扣了车扣了菜，今天咋营业？

皇　甫 老板……

钱老板 到底出了啥事？

小　宋 老板。

（唱）　清晨起床去采购，
　　　　菜市场买了肉和油。
　　　　谁知碰上两条癞皮狗，
　　　　恶言秽语把人羞。
　　　　这个要拿鱼和肉，
　　　　那个要拿菜和油。
　　　　拉拉扯扯动了手，
　　　　阻断交通闹不休。
　　　　赶来市容联防办，
　　　　扣车罚款也不问情由。
　　　　都怪我胆小怕事没能耐，
　　　　拙嘴笨舌把人丢。

〔石头、云娇上。

钱老板 拙嘴笨舌没能耐就完咧，那车和东西咋办呢？

皇　甫 （唱）　市容办责令老板交罚款，
　　　　否则要把营业执照收。

钱老板 罚多少？

小　宋 ……五十。

钱老板 快拿钱交去吧。

石　头 老板，小宋哪有钱呀？再说……（讪笑地）嘿嘿，人家是罚老板嘛。

钱老板 老板又没和人家打架。

皇　甫 人家说你管教不严。

钱老板 胡然！雇工打架罚老板，雇工要是杀了人呢？岂不要老板去偿命。

〔喜荣从后院上。

石　头　（讪脸地）老板，就算咱花钱买个教训。

钱老板　（斥责地）我的钱也不是打水漂来的。

小　宋　老板，先借我五十，工资里扣吧。

石　头　（偷偷拉小宋一下）老板，咱可不能逼着小宋去跳城河呀。

钱老板　她就是去卧轨，碍我啥事？

喜　荣　（解围地）铭维，玩笑不能开得太过火了。（掏钱）小宋，快去把车和东西要回来。

石　头　（讪笑地）嘿嘿，还是老板娘会疼人。

云　娇　小宋，我跟你去要车。

小　宋　你是……

云　娇　我叫上官云娇，刚来的。

石　头　你去行吗？

云　娇　这事我见多了，老板，让我去试试。

喜　荣　把钱带上。

云　娇　不用。

钱老板　带包烟。

云　娇　（接过烟）走。（拉小宋下）

钱老板　你俩愣着干啥？还不赶快去干活。

　　　　〔皇甫、石头进厨房下。

喜　荣　我去上班了。（欲下）哎，我兄弟今天在咱这请客，你别忘了。

钱老板　哪能忘了？"女婿发财孝敬丈人爸，姐夫挣钱小舅子花。如今女子千金价，养个儿子算白搭。"

喜　荣　我兄弟要分房子，请他们科长和厂长吃顿饭，你别那么抠门。

钱老板　放心走你的吧，慢待不了。

　　　　〔喜荣下。

　　　　〔小花外上。

小　花　表舅，梁科长那说定了，今天下午包四桌，每桌五百，回扣他要三百。

钱老板　（无奈地）三百就三百,给他。

小　花　按百分之十回扣也才二百,我没答应。

钱老板　你咋不答应呢?咱在菜上做文章嘛。

小　花　梁科长说了,"鸡鸭鱼肉别下锅,蛇蟹王八爬上桌。"

钱老板　生猛海鲜全上,五百一桌整不成。

小　花　我让他每桌掏八百,水酒在内。

钱老板　你刀子也太馋火咧,他让你宰?

　　　　（唱）　"一顿吃掉一头牛,

　　　　　　　　　屁股坐着一栋楼。"

　　　　　　　　一掷千金手不抖,

　　　　　　　　企业亏损没人愁。

　　　　　　　　如今狠煞吃喝风,

　　　　　　　　廉政建设断客源。

小　花　（唱）　表舅精明善谋略,

　　　　　　　　生意萧条照赚钱。

　　　　〔二人哈哈大笑。

　　　　表舅,看把你高兴的,这真是吃穷了国库,吃肥了个体户。

钱老板　这都是过去的事了,如今这生意越来越难做了。

　　　　〔小宋推三轮车上,云娇跟上。

小　宋　老板,车和菜都要回来了。

　　　　〔石头、皇甫闻声上。

石　头　（关心地）罚款没有?

小　宋　没有。云娇可有办法了。

石　头　"男人办事,磕头捣蒜;女人办事,就凭脸蛋。"

皇　甫　小姐搞公关,啥事都好办嘛。

云　娇　胡然啥哩。是老板那烟威力大。

石　头　对。"混得臭,抽红豆;混得大,抽中华;混得不如人,抽的哈德门;抽的红塔山,不是老板就是官。"肯定人家把你当成老板娘了。

钱老板　舌头得是让面黏住咧,胡呜拉啥哩。

皇　甫	云娇你咋样把车要回来的?
钱老板	云娇,说给他们听听,也好长长见识。
云　娇	很简单。

（唱）　会炒菜,先放盐,
　　　　会打官司先输钱。
　　　　有理无理先带笑,
　　　　递烟点火忙道歉。
　　　　柿子任他捏,
　　　　训斥别嫌冤。
　　　　顺嘴戴高帽,
　　　　随便许诺言。
　　　　好话成筐送,
　　　　就是不给钱。

皇　甫	高,以邪治邪,办法想绝。
钱老板	好了,快把东西拿进厨房,分头快干,抓紧时间,准备开席。(掂油进厨房下)

〔众人分头拿肉、菜等下。

石　头	(看看没人)小宋,张妈刚来找过你。
小　宋	(心头一震)她来说啥?
石　头	也没说啥,就让你赶快去一趟,看来样子挺急。
小　宋	(犹豫地)现在正忙,万一叫老板知道……
石　头	你去,我给你打掩护。
小　宋	那……我去了。(匆匆下)

〔钱老板上。

钱老板	石头,小宋呢?
石　头	她……(讪笑)嘿嘿,去厕所了。
钱老板	去厕所都跟你汇报,看来你俩的事有门。
石　头	窗子都没有,哪来的门哩? 这小寡妇是油盐不进。
钱老板	工夫不到家,火候到了,油盐姜葱啥味都进得去。
石　头	老板经验丰富,今后请多指教。
钱老板	臭小子,花搅我是不是? 看我不揍扁你。

〔石头拿东西笑着跑下。

〔切光。

〔幕落。

〔主题歌谣:

天有三宝日月星,

人有三宝精气神。

世有三宝江山稳,

民风民情和民心。

第二场

〔前场月余后的一个傍晚。

〔钱家小院,正面是住房,两侧分别通餐厅和雇工住的跨院。院有桌椅供人休息。

〔幕启:钱老板拿菜单由房内上。

钱老板　云娇。

〔云娇应声由餐厅上。

钱老板　这是调价后的菜单,你拿去贴在门口显眼的地方。

云　娇　(接过菜单)诚招天下客,情从古都来。老板,你把办法真想绝了。

钱老板　这都是逼出来的。

〔云娇欲下。

钱老板　哎,快餐饭盒不多了,你到市场去批一些回来。

云　娇　没麻达。(下)

〔韩老板上。

钱老板　哟,韩老板,你咋有空过来?

韩老板　汉中那个米贩子来了。

钱老板　我正想找他弄些大米和菜油呢。

韩老板　走,过去喝酒,咱俩把他撂倒好压价。

钱老板　叫他过来,我招待。

韩老板　人家爱吃川菜,我都摆上了。你要客气就带瓶五粮液。

钱老板　你真是山西人卖川菜,辣了前门抠后门,两头算计人,你不怕我吃亏?就喝他汉中名酒城固特曲。走,我拿两瓶,撂不翻他也得打个平手。

韩老板　哎,你那小跨院到底卖不卖?

钱老板　快把你那贼心给收拾下,说不卖就不卖,别再打鬼主意。

韩老板　我那厨房实在挤得很,你帮帮忙,我给你十万……十万零五……十一万……

钱老板　二十万也不卖。

韩老板　租给我。

钱老板　我的伙计住哪?仓库放哪?走吧。

　　　　〔二人欲下,小宋上。

钱老板　小宋,咱店的规定你懂不懂?

小　宋　我……

钱老板　你把顾客的剩饭剩菜收起来干啥?

小　宋　没,没有……

　　　　〔石头上。

钱老板　有人给我说了,还想抵赖?

小　宋　有……有个老乡怪可怜,我就……

钱老板　咱店规定不准吃顾客的剩饭剩菜,你不知道?下次再犯,罚款二十。

石　头　老板,你咋光认钱?

钱老板　不认钱治不了你的毛病。

韩老板　走吧走吧,划不来跟雇工生气。

　　　　〔钱、韩二人下。

石　头　(看看没人)小宋,你等会。(下)

　　　　〔石头复拿塑料袋饭菜上。

石　头　给。

小　宋　这是……

石　头　这是我给你留的饭菜。

小　宋　（惧怕地）石头，咱不，不能偷啊……

石　头　你胡说啥呢？小花那朋友穷大方，买那么多菜，有的
　　　　就没动，我全给你收起来了。

小　宋　老板刚说过，这要再叫他知道了……

石　头　嗨，他是刀子嘴，豆腐心，没关系。你今后若有啥难
　　　　事告诉，我一定会想法帮你。

小　宋　我没啥……

石　头　你别瞒我了，我知道你有个儿子。

小　宋　（急阻）石头，你别胡说。

石　头　这怕啥吗？孩子我都见了，怪心疼的。

小　宋　怎么，你跟踪我？

石　头　不不，你晚上出去我怕你有危险，远远跟着保护你。

小　宋　（哭笑不得）你呀，今后不准再跟着我了。

石　头　保证不跟了。

小　宋　孩子的事，你千万不要跟别人说。

石　头　这怕啥吗？自己的儿子又不是偷的。

小　宋　石头，我求你了……

石　头　好好好，我不说，趁老板不在，你快把这东西拿走吧。

　　　　〔小宋感激地看一看石头，急下。

　　　　〔稍刻，皇甫端茶缸，夹烟笑上，云娇生气跟上；石头
　　　　掂面从跨院上。

云　娇　人家出洋相，你还笑。

石　头　老皇甫，啥事这么开心？

　　　　〔皇甫笑而不答。

　　　　云娇，是不是他欺负你了？

云　娇　他有意失弄人。

　　　　（唱）　小花的朋友把菜点，

　　　　　　　要吃咱店名菜溜肝尖。

　　　　　　　皇甫叫我抡炒瓢，

　　　　　　　他却跑到一边去抽烟。

油辣火大心中急，
晕头转向乱了弦。
该放料酒倒上醋，
该撒味精放成盐。
为补过错加点糖，
忙乱抓成辣子面。

皇　甫　（唱）古都秦菜新发展，
　　　　　　　　麻辣糖醋炒猪肝。

云　娇　（唱）刚想偷着把河下，
　　　　　　　　还未举桨先翻船。
　　　　　　　　一旦小花告老板，
　　　　　　　　今后再想学艺难。

皇　甫　把它家的，这算啥吗？老板罚款我赔。

云　娇　今天右眼老跳，把人督乱的，干啥啥出错。

石　头　左眼跳财右眼跳崖，看来今天要出麻达。

皇　甫　迷信。（对云娇）你去把餐厅收拾收拾，该关门了。
　　　　〔云娇下。

石　头　刚才小花送的那人，好像是她在康复路傍的大款。

皇　甫　就那大款？从猪头吃到猪屁股，没一道正经菜，我一
　　　　看那家伙就是个杂碎。

石　头　萝卜白菜各有所爱，人家兴许吃不惯生猛海鲜那腥
　　　　味。小花可是个有眼水的姑娘。

皇　甫　她那眼水黑黄不清，浑着哩。
　　　　〔小花由餐厅一侧上。

小　花　谁黑黄不清，说话别损人。（炫耀地）瞧瞧，这戒指
　　　　九点八克，这项链十三克，俺熊哥刚送的。

皇　甫　不用看，都是水货假的。

小　花　24K，四个九，叫你开开眼。

皇　甫　八个九都有假，别说四个。

石　头　现如今除了妈是真的，连爹都有假的。

小　花　你个坎头子，嘴里就没好话。

石　头	来,叫哥看看。(看项链故意亲近小花)
小　花	(推石头)滚,占便宜找小宋去。给老板说一声,我出去一趟,今晚上不回来了。
石　头	你违犯店规,小心老板炒你的鱿鱼。
小　花	俺熊哥说了,挣这俩钱没劲,让我跟他到海南去,说不定明天咱们就拜拜了。
石　头	天沾上云变,人沾上钱变,小花变得也太快了。
皇　甫	我看这再一去海南岛,就快变得不认她爹了。
	〔喜荣由餐厅一侧上。
喜　荣	咋还不关门呢?
皇　甫	还没收拾完哩。
喜　荣	赶快收拾收拾该关门了。
	〔石头和皇甫下。
	〔稍刻,云娇慌张地跑上,石头跟上。
喜　荣	云娇,出啥事了?
云　娇	老板娘,有人来找我,不管他说是我啥人,都别说我在这。(焦急,不知欲藏何处)
喜　荣	跟我来。(带云娇进房门下)
	〔王光珠上,钱老板跟上。
钱老板	哎哎,你找啥呢?
	〔王光珠不理睬,在院内睃寻。
石　头	(不客气地)喂,你找谁呢?
王光珠	(陕北普通话)我找上官云娇。
石　头	(打岔)如今当官谁坐轿?官大桑塔纳,官低坐奥迪。现在没人坐轿了。
王光珠	小兄弟,别给我打麻缠,这一套我见多了。(改陕北话)我找上官云娇。
石　头	没这个人,走吧,走吧。
王光珠	推个甚,她是我婆姨,我是她男人。
石　头	你就是她爹也没这个人呀。
王光珠	(抻抻领带)我找你老板。

钱老板	我就是老板。
王光珠	哦,老板。鄙人是靖边民运有限责任公司总经理王光珠,我向你打听个人。
钱老板	上官云娇?
王光珠	对对对,她在哪?
	〔石头摇手暗示。
钱老板	他不是说了,没这个人。
王光珠	我刚才看见一个女人,好像是……
石　头	那是老板娘。
王光珠	我想看看老板娘。
石　头	你得是皮松了,想挨捧哩。
	〔喜荣由屋门上,她换了云娇的上衣。
喜　荣	我也不是大闺女,有啥好看? 看吧。
石　头	还不滚?
王光珠	对不起,对不起。(谦恭地退下)
钱老板	去把店门关了。
	〔石头下,复上,皇甫、小宋随上。
	〔云娇站在门前窥视。
喜　荣	出来吧,人走了。
钱老板	你们搞的什么鬼?
喜　荣	云娇,你不是说没结过婚吗?
云　娇	我真没结过婚。
钱老板	那个男的咋说是你男人呢?
云　娇	你们不能相信他。
钱老板	(发火)那我们相信谁? 明天人家要告我们拐骗良家妇女,我们担待得起吗?
喜　荣	好好问,别发火。
钱老板	不火行吗? 这个店要叫人家踢腾了咋办? 你立马给我走人。
皇　甫	天都黑了,叫她一个女子到哪去呀?
喜　荣	铭维,你看……

钱老板	今晚结账,天一亮走人。(欲下)
云　娇	(倔强地)合同没到期,我不走。
钱老板	嗬,你还把我箍住了,出事咋办?
云　娇	一人做事一人当,我绝不牵连老板。
小　宋	老板,云娇肯定有难处,那人年龄那么大,能是她男人吗?
石　头	老板,你就给个面子吧。
喜　荣	云娇,这到底是咋回事?
皇　甫	这女子,你快说吧。
云　娇	老板娘……(触动伤痛,悲愤填膺)

（唱）　提往事不由人满面羞辱,
　　　　恨难平气难咽罄竹难书。

　　　　他是俺村暴发户,
　　　　吃喝嫖赌心歹毒。

　　　　慕我姿色生淫欲,
　　　　骗父买车跑运输。

　　　　老天无眼翻了车,
　　　　黄土葬父对天哭。

　　　　投资反成欠债户,
　　　　死无对证官司输。

　　　　强迫我弟还父债,
　　　　实为逼我当媳妇。

　　　　为保俺家独根苗,
　　　　劝我嫁给王光珠。

　　　　老贼他满心欢喜备婚礼,
　　　　云娇我偷偷乘车把山出。

　　　　求老板别逼弱女走绝路,
　　　　帮帮我出力挣钱把身赎。

小　宋	老板娘,云娇也是个苦命人,你得帮她拿个主意。
喜　荣	你们休息去吧,让我和老板商量商量。
云　娇	谢谢老板娘。

小　宋　走吧。

　　　　〔小宋、云娇、石头、皇甫下。

喜　荣　人呀,只要沾上吃喝嫖赌,就算完了。……咱总不能看着云娇跟这种人过一辈子吧。……哎,你咋不说话呢?

钱老板　你当了好人,叫我说啥呢、

喜　荣　哎,这女子挺精灵,让她跟皇甫学掌勺,别进餐厅,遇着可疑的人躲着点。

钱老板　瓜货些,吃饭的都是人生面不熟,你怀疑谁?

喜　荣　那你说咋办?

钱老板　(胸有成竹)咋办? 走一步看一步,车到山前必有路。

　　　　〔切光。

　　　　〔幕落。

　　　　〔主题歌谣:

　　　　　　　天有三宝日月星,

　　　　　　　人有三宝精气神。

　　　　　　　世有三宝江山稳,

　　　　　　　民风民情和民心。

第三场

　　　　〔前场数日后的一个晚上。

　　　　〔景同一场。

　　　　〔幕启,餐厅无人,小宋由外上。

伴　唱　(唱) 愁眉紧锁心不畅,

　　　　　　　两腿发软无主张。

　　　　　　　儿患重病烧不退,

　　　　　　　急得我两腿发软心发慌。

小　宋　（唱）　孤枝弱苗遇霜降，
　　　　　　　苦命寡妇何人帮？
　　　　　　　别人是人生苦短盼增寿，
　　　　　　　我却是含辛茹苦嫌路长。
　　　　　　　别人是想家盼归常入梦，
　　　　　　　我却是想起家事更心伤。
　　　　　　　为什么走一步步步摇晃？
　　　　　　　为什么走一路路路凄凉？
　　　　　　　本打算出门打工争自强，
　　　　　　　谁知道命运不济天不帮。
　　　　　〔石头由后院上。
石　头　小宋。
小　宋　啊，石头。
石　头　这两天我看你神色不对，人也瘦了一圈，到底出了啥事？
小　宋　没，没出啥事。
石　头　（恳切地）小宋。
　　　　（唱）　一个篱笆三个桩，
　　　　　　　一个好汉三个帮。
　　　　　　　有啥难处你明讲，
　　　　　　　天大事情好商量。
　　　　　　　你我相处快半年，
　　　　　　　难道不知我心肠？
小　宋　（唱）　你别说，你别讲，
石　头　（唱）　话不说透憋得慌。
小　宋　（唱）　你的心事我知晓，
石　头　（唱）　窗纸不揭不亮堂。
小　宋　（唱）　我母子拖累负担重，
石　头　（唱）　携手相处更好帮。
小　宋　（唱）　我寡居三年心已冷，
石　头　（唱）　我鳏夫至今心未凉。
　　　　　　　小宋啊……

　　　　　　　一个苦瓜两人吃，
　　　　　　　苦味变淡味也香。
　　　　　　　一副担子两人挑，
　　　　　　　轻松不会嫌路长。
　　　　　　　一条小船两只桨，
　　　　　　　敢闯江河心不慌。
　　　　　　　一间小屋两人住，
　　　　　　　冬天不冷夏天凉。
　　　　小宋啊，
　　　　　　　肺腑之言全掏尽，
　　　　　　　莫让我一片真情付汪洋。

小　宋　（激动地）石头……

石　头　（期盼地）小宋……

小　宋　（强忍地）

（唱）　一席话说得我心潮激荡，
　　　　一席话道出他火热心肠。
　　　　我多像霜落叶随风轻扬，
　　　　我多像雨残花失去色香。
　　　　多少年想觅知音今相遇，
　　　　我多想投他怀诉诉衷肠。

　　　　〔幕后合唱：
　　　　　　　小宋啊，
　　　　　　　要冷静，莫莽撞，
　　　　　　　心潮平，先别慌。
　　　　　　　一步迈出难回头，
　　　　　　　你要细思量。

小　宋　（唱）　石头啊！
　　　　　　　苦命苦瓜味同样，
　　　　　　　福浅之人穷路长。
　　　　　　　同船过渡负担重，
　　　　　　　木舟怎经风和浪。

愿你找个好姑娘，
携手人生度时光。

石　头　我谁也不找，我就喜欢你这好脾气，好心眼。小宋
　　　　……（欲拉小宋的手）

小　宋　（避开）石头，我有难处，你应该体谅。

石　头　你不就是有个儿子吗，这算……

小　宋　（阻止地）石头！……石头，你别逼我好吗？（犹豫
　　　　地）你若真心想帮我，能不能借给我五百块钱？

石　头　行，现钱不够，明天我到银行给你取。

小　宋　明天怕……

石　头　别急，我去找皇甫借。

　　　　〔石头、小宋欲下，皇甫拿衣服、端脸盆由后院上，小
　　　　宋避下。

皇　甫　（诡谲地）是不是躲在这吃豆腐呢？

石　头　吃屁的豆腐，连手都摸不着。

皇　甫　小心骚情过火把事给瞎了。

石　头　多操闲心着活老得快。

皇　甫　（炫耀地）看看我这身警服咋样？

石　头　嫽着哩。多少钱？

皇　甫　二十五。

石　头　叫你小子捡个便宜。

　　　　〔刚擦过澡的云娇端脸盆由厨房上。

皇　甫　云娇，去给我买包烟。

云　娇　行，让我梳梳头再去。（接钱进后院下）

石　头　皇甫，给兄弟借五百块钱。

皇　甫　准备办喜事？

石　头　别胡然，明天上午还你。

皇　甫　对不起，没那么多。

石　头　有多少？

皇　甫　就三百。（掏出钱）

石　头　三百也行。（接过钱）你先欠我二百。

皇　甫　明天取了还你。

〔石头窃笑欲下。

皇　甫　(醒悟)回来！你个坎头子,想把我当瓜屁呀？是你欠我三百,不是我欠你二百。

石　头　反正都一样。

皇　甫　一样个辣子。(扇石头)

〔石头闪身跑下,皇甫进厨房下。

〔王光珠和陌生人外上。王光珠向餐厅内窥视。云娇上,王光珠闪身躲避。云娇开门欲出,王光珠乘机挤进门里。

王光珠　云娇。

〔云娇吓一跳,欲逃进后院,已被王光珠抢先挡住;云娇欲逃出店门,陌生人已堵住去路。

云　娇　王光珠,你想干啥？

王光珠　汽车就在对门停着,请立马跟我回。你跑了两年,我四处派人寻了两年。上！

〔陌生人猛然夺过椅子,扭住云娇,石头和小宋上。

石　头　(怒喝)你们想干啥？

王光珠　请你别管闲事,要把我逗躁了,我就先失塌了你。

石　头　哈哈！我看你是秃子打伞——无法无天。今天,我正想管管闲事哩。

王光珠　少废话！(对陌生人)拉走！

〔王光珠、陌生人、石头、云娇拉扯撕打,小宋急进后院下。

〔稍刻,小宋和钱老板上,钱老板开亮餐厅大灯,室内骤亮。

钱老板　(厉声地)住手！

石　头　(仍举着椅子)他们抢人！

钱老板　(扶起狼狈的王光珠)王经理,有话好说嘛,这要闹出人命咋办？石头,拿几听饮料过来。

〔石头由酒柜拿饮料放桌上。

钱老板　老王,坐,喝听饮料消消火。

王光珠　你上次为甚骗我?

钱老板　是你没把话说清楚,我总得问问情况吧。

王光珠　现在问吧。

云　娇　问也不是你婆姨。

王光珠　你硬个甚,这回我带着结婚证哩。

云　娇　老板,那是假的!

钱老板　(诧异)结婚证也有假的?

石　头　嘴是两张皮,放屁都掺假,现在啥没假的。

王光珠　笑话。(翻开证给钱老板看)乡政府的大红印难道
　　　　有假?这结婚照片,咱俩肩并肩难道也有假?

云　娇　那照片是我和我妈的照片,他把底片骗去,移花接木
　　　　修底版,重新翻拍的。

王光珠　(冷笑)哼哼,证据在,我不怕你铁嘴钢牙。(对陌生
　　　　人)带走!

云　娇　(拿起把水果刀横在颈上)你敢!

石　头
小　宋　(制止,夺刀)云娇!

钱老板　云娇!(劝解地)王经理。

　　　　(唱)　常言说强扭瓜不甜,
　　　　　　　捆绑夫妻怎共眠?

王光珠　(唱)　刚烈任性是手腕,
　　　　　　　女人的眼泪不值钱。
　　　　　　　一入洞房一上炕,
　　　　　　　本事再大天难翻。

钱老板　(唱)　如此吵闹年复年,
　　　　　　　日子难过家难安。

王光珠　(唱)　吃喝玩乐随她便,
　　　　　　　老子有房有车又有钱。
　　　　　　　只要她晚上陪睡觉,
　　　　　　　这种日子有何难?

云　娇　流氓!

王光珠	本人不是文盲,小学上了八年。
石 头	(灵机一动)老板,我看给派出所打个电话吧。
钱老板	也好。
	〔石头叫小宋到吧台前叮咛几句后,小宋进厨房下, 稍刻复上。
王光珠	你们想做甚?
钱老板	让派出所来帮咱解决问题。
石 头	喂,派出所黄所长吗?我是古都秦菜馆的石头,有件 事想请你来解决一下……(声音逐渐压低)
王光珠	别拿派出所吓人,公安局我也不怕。
钱老板	不是我吓你,是你们在吓我。一个拿刀,一个带保 镖,叫我咋办?
石 头	老板,电话打了,派出所马上来了。
王光珠	(对云娇)快去收拾东西,派出所来人也得让你跟 我走。
云 娇	做梦!谁来说我也不会跟你走。
	〔皇甫穿警便服由外上,石头迎上。
石 头	黄所长,你来得可真快。
皇 甫	(故作严肃地醋溜普通话)刚才是你打的电话?
石 头	对。
	〔钱老板、云娇均疑。
钱老板	皇甫……
石 头	对,黄副所长,调来时间不长。哎,老板,你们不是认 识吗?
钱老板	(瞪石头一眼)唔……
皇 甫	不管认识不认识,都要秉公办事。
石 头	(暗翘拇指)对对对,这就是我刚才电话上说的那个 土财主……
皇 甫	(训斥地)胡然,现在哪达来的土财主?那叫农村暴 发户。
王光珠	(心虚陪笑地)对对,暴发户,暴发户,不不,万元户,

富余户。嘿……见笑见笑,所长抽烟。

皇　甫　（欲接）戒,戒了。她是你婆姨?

王光珠　是是。

皇　甫　你有啥证据?

王光珠　我有……结,结婚证。（欲递又止）

皇　甫　怎么? 连我们警……官都不相信? 有理走……遍天
　　　　下嘛!（夺过结婚证）

　　　　〔石头又暗翘拇指,并指指云娇。

皇　甫　人家有证,你咋说不是人家婆姨呢?

云　娇　那是假的。

皇　甫　他妈怎么现在啥都有假! 有假烟、假酒、假海参、假
　　　　海蜇,就连松花蛋也有假,土豆用泥一包……

石　头　（急忙打断）黄所长,真的假的你把云娇带走一问不
　　　　就清楚了。

皇　甫　对,你跟我到后院说说清楚。（欲下）

石　头　黄所长,是不是叫他俩等着?（暗示吓唬吓唬王光
　　　　珠）

皇　甫　（严厉地）谁也不能走,一会都跟我到派出所蹲着
　　　　去。炖熟的鸭子不怕它嘴硬,烧不熟的水牛肉我焖
　　　　也得把它焖烂。走。（和云娇走进后院下）

　　　　〔陌生人有些胆怯,扯扯王的衣服。

陌生人　（对王） 我去马路对面看看车。

王光珠　等等,我的钱包还在车里。（欲下）

石　头　王经理,汽车丢不了。

王光珠　不能大意,听说城里小偷除了火车偷不动,啥车都敢
　　　　偷。（随陌生人下）

石　头　（大声地）看罢车回来品麻,咱这有饮料有茶,进了
　　　　派出所,可得自己掏嘎。

　　　　〔传来汽车驶走的声音。

小　宋　跑了跑了,那俩开车跑了。

　　　　〔皇甫、云娇上。

石　头　乡里的地头蛇,进城可就变成泥鳅了。

皇　甫　你小子这馊主意,把我整出一身汗。

石　头　看你那熊包样,差点把蒸螃蟹、烧鱿鱼都要端出
　　　　来了。

　　　　〔众笑。

皇　甫　(炫耀地)亏得咱那厨房有窗子,小宋给我一说,我
　　　　穿着这身警服就从窗子里跳出去了。嘿嘿,没想到
　　　　我这二十五块钱的旧货倒把他给吓跑了。

　　　　〔众笑。

钱老板　(沉默后的爆发)别笑了!

　　　　〔笑声戛然而止,良久的寂静。

钱老板　(掏出一沓钱放在桌上)云娇,这是二百块钱,你
　　　　走吧。

云　娇　老板。

众　人　老板,你不能撵云娇走。

钱老板　云娇。

　　　　(唱)　树挪死人挪活眼光放远,
　　　　　　　到外省谋生路海阔天宽。

云　娇　老板。

　　　　(唱)　山不会转水会转,
　　　　　　　地没有弯路有弯。
　　　　　　　冤家对头总碰面,
　　　　　　　天大地大路不宽。

石　头　(唱)　万一再遇那坏蛋,
　　　　　　　孤女陌路谁救援?

皇　甫　(唱)　同是谋生天涯打工仔,
　　　　　　　她若遭难众人心怎安?

小　宋　(唱)　谁人帮她养老母?
　　　　　　　谁给她父烧纸钱?
　　　　　　　年幼小弟谁资助?
　　　　　　　谁帮她家把债还?

钱老板　（唱）　句句追问情真切，
　　　　　　　　如芒在背刺心寒。
　　　　　　　　都与云娇抱不平，
　　　　　　　　谁与老板解忧烦？
　　　　　　　　不是我狠心要把云娇撵，
　　　　　　　　怕老王无法无天再纠缠。
　　　　　　　　万一惹出麻烦事，
　　　　　　　　饭馆把门关。
　　　　　　　　大家砸饭碗，
　　　　　　　　谁都不能安。

皇　甫　有我在，看他谁敢？

石　头　从今个起我就住在餐厅。

钱老板　行了，你们还嫌事惹得不大！

皇　甫　咱又没干啥过头事。

钱老板　假冒公安是犯法行为，你们懂不懂？（欲下）

石　头　老板，你干啥去？

钱老板　我到派出所自首去。（下）

石　头　你们知道老板干啥去？我看八成给云娇报案去了。

云　娇　师傅，那我得赶快去帮着把事情说清楚。

皇　甫　对，咱们一起去。

　　　〔云娇拿起钱随皇甫下，小宋欲下。

石　头　小宋，你那事咋办？

小　宋　呀，我差点忘了。

石　头　（递钱）钱拿上，这的事你就别管了。

小　宋　（感激地）石头哥，谢谢你。（跑下）

石　头　（回味地）石头哥……嗨，有门。

　　　〔切光。

　　　〔落幕。

　　　〔主题歌谣：
　　　　　　　天有三宝日月星，
　　　　　　　人有三宝精气神。

世有三宝江山稳，
民风民情和民心。

第四场

〔前场两个月后。
〔景同二场。
〔幕启。餐厅传来阵阵猜拳行令的欢语笑声。云娇
　满心喜悦地上。

云　娇　（唱）　逢双节生意好眉开眼笑，
　　　　　　　　钱老板搞聚餐犒赏辛劳。
　　　　　　　　我的事报了案公安去外调，
　　　　　　　　谢苍天施雨露恩泽云娇。
　　　　　　　　谢老板不辞云娇多关照，
　　　　　　　　谢皇甫大智大勇真英豪。
　　　　　　　　谢石头出点子谋略有道，
　　　　　　　　谢大家真心帮我把灾消。
　　　　　　　　从今后尊师敬业勤操练，
　　　　　　　　花铺路马奋蹄永不辞劳。
　　　　　〔餐厅传来喊声：云娇，快来。

云　娇　来了。（进餐厅下）
　　　　　〔喜荣拉小花由跨院上。

小　花　（精神委顿地）舅妈，我真不想吃。

喜　荣　你从昨天回来就躲在屋里，不吃饭咋行？

小　花　真没想到姓熊的那么瞎，他把我骗到海南竟然是去
　　　　做三陪女郎，晚上还要让我卖……

喜　荣　吃一堑长一智，今后可不能再贪小便宜了。

小　花　要不是公安局抄了他们的黑窝，我可能就被他们折
　　　　磨死了。

喜　荣　别再想那些事了,今天你表舅高兴,你去敬上一杯酒就没事了。

〔二人欲下,皇甫掂酒瓶拿酒杯追钱老板上。云娇、石头随上。

皇　甫　(已醉)你别跑,老板,我……再敬你一、一杯。

钱老板　咱俩已经喝过,我不能再喝了。

皇　甫　你……瞧不起人。这是我在你这儿最后一次喝酒,你别舍、舍不得。

钱老板　喝酒的日子还多着哩。

皇　甫　不……多了,我老婆要和我……离婚。

钱老板　别胡说八道,你今天喝醉了。(夺酒瓶)

皇　甫　我没……醉,你们看,这都是她给我来……的信。(拿出几封信扔给众人)

　　　　(唱)　穷山乡,变了样,
　　　　　　　背靠大山沾了光。
　　　　　　　娃他舅如今当厂长,
　　　　　　　催我回家把他帮。
　　　　　　　老婆来信把我逼,
　　　　　　　否则离婚没商量。
　　　　　　　左也思,右也想,
　　　　　　　难舍厨师这一行。

石　头　(讪笑地)嘿嘿,想不到老皇甫也遇上了事业和爱情的矛盾。

皇　甫　你小……子说,我该咋……办?

石　头　(调侃地)为了事业,立马离婚。

皇　甫　说得好,干。(举瓶饮酒)立马就离。

云　娇　师傅,别喝了,你醉了。

皇　甫　我没……醉。(对石头)你小子让我离……婚,是挑拨离间……你找小寡妇,人家小……宋看不上你……对不对?哈哈……

钱老板　(夺过酒瓶)石头,把他扶屋里去。

皇　甫　给……我,我没……醉……

石　头　都成醉虾了,还说没醉。(架起皇甫胳膊连拖带拉进
　　　　　跨院下)

　　　　〔云娇拉小花下。

喜　荣　皇甫真要回家咋办?

钱老板　那还真让人家离婚?

喜　荣　那饭馆咋办?

钱老板　云娇今天炒的菜我看挺不错,让她给石头做二厨,撑
　　　　　住门面没问题。

喜　荣　抽空再让她到西安饭庄实习一段时间。

钱老板　行,这女子灵得很,啥东西一看就会。哎,小宋还没
　　　　　回来?

喜　荣　没见人。

钱老板　这个小宋,越来越不像话了。

喜　荣　这些天也不知道她有啥事,总是请假往外跑。昨天
　　　　　说请两小时假,这一天一夜了还没见人哩。

钱老板　(生气地)不能迁就了,叫她走人。

喜　荣　回来问问再说吧。

钱老板　问什么? 人家石头对她那么好,她就是不表态,整天
　　　　　往外跑,万一弄出个大肚子可就坏了咱店的名声了。

喜　荣　这人看来挺老实,少言寡语的。

钱老板　老实人咥实活,哑巴蚊子咬死人。(欲下)

喜　荣　哎,我兄弟借钱那事咋办?

钱老板　他癞蛤蟆打哈欠——口气不小,一张嘴就要两万。

喜　荣　他不是要装修房子吗。

钱老板　两室一厅,装修费也太贵了吧?

喜　荣　这还算贵? 房子是人生一件大事,你没听人家是咋
　　　　　说的?

　　　　(唱)　人活世上一辈子,
　　　　　　　　代代相传老样子。
　　　　　　　　挖坑搭窝造房子,

刨食顾嘴挣票子；

挣了票子讨妻子，

讨了妻子生儿子；

生了儿子想孙子，

繁衍生息过日子。

你起早贪黑劳身子，

还不是为了挣票子？

我兄弟借钱装房子，

无论如何你得给我留面子。

钱老板　你知道我盖了房子，扩了铺子，哪还有钱？

喜　荣　瘦死的骆驼比马大，你别给我装穷。咱还有几千块
　　　　国债券，再把营业款拿些，咋也凑个万把块。再说，
　　　　我兄弟是借钱，不是要钱。

钱老板　那是肉包子打狗——有去无回。

喜　荣　话别说得那么难听，借不借给句话。

钱老板　把营业款给他，咱的生意还做不做？

喜　荣　你别动气，待会我兄弟我妈来了，你给他们说去。

　　　　〔小宋由餐厅上。石头稍后由跨院上。

小　宋　（怯怯地）老板，我回来了。

钱老板　（生气地）你还知道回来？家有家法，店有店规，哪
　　　　有像你这种不守规矩的女人！昼夜不归，出了事
　　　　咋办？

小　宋　（嗫嚅地）我不会出事。

钱老板　谁敢担保？小花就是例子，让人弄到海南……

喜　荣　（阻止地）铭维。

石　头　小花咋能和小宋比？再说小花也是被骗的，何况小
　　　　宋……

钱老板　小宋就不是女人啦？她也二十七八正年轻嘛。小
　　　　宋，你是过来人，啥都懂，现如今有本生意能干，无本
　　　　生意也有人敢干，你有能耐我决不阻拦，但不能在我
　　　　店里丢人现眼。

石　头　（难以控制地）钱铭维，你不要仗着财大气粗就可以胡说八道冤枉好人！

〔云娇、小花闻声上。

钱老板　（讥讽地）嗬，还真有打抱不平的。我自信还从来没有看错过人，你不服气，也给我走人。

石　头　别拿走人吓唬人。

小　宋　老板，这不关石头的事，全都怪我，要罚就罚我吧！

喜　荣　小宋，你到底是咋回事？

石　头　我告诉你们……

小　宋　（阻止地）石头。

石　头　怕什么？小宋她儿子得了重病！

众　人　（惊异）什么，儿子……

喜　荣　你还带着孩子？那为什么要瞒着我们呢？

石　头　（伤心地）她说实话你们还能雇她吗？她儿子发烧不退，打针吃药好长时间了，昨天昏迷不醒才送到医院去。

小　宋　老板、老板娘。

　　　　（唱）　宋瑛我无意把人哄，
　　　　　　　　讲实话只恐怕断了营生。
　　　　　　　　我夫丧命家贫穷，
　　　　　　　　携子进城来打工。
　　　　　　　　举目四顾无亲友，
　　　　　　　　谋事无门路不通。
　　　　　　　　几次打工被辞退，
　　　　　　　　都嫌拖累怕误工。
　　　　　　　　母子流落在街头，
　　　　　　　　夜宿屋檐守路灯。
　　　　　　　　难得那日遇张妈，
　　　　　　　　帮我看儿得轻松。
　　　　　　　　多谢老板将我雇，
　　　　　　　　孤儿寡母又逢生。

秦腔
市井民风
SHIJINGMINFENG

有谁知——

屋漏偏遭连夜雨，

船破又遇顶头风。

儿患重病烧不退，

吃药打针不见轻。

昨日昏迷人不醒，

至今病因未查明。

住院需要三千块，

愁得我一天一夜水米未沾唇。

老板啊——

苦命人不能再丢这碗饭，

孤寡人不能再次失亲人。

求老板宽情面别下逐客令，

留生路感恩德铭记终生。

〔小宋突然跪地磕头，众人皆惊。

众　人　小宋！

〔幕后合唱：

啊——

蒙冤人跪当面悲怨涕零，

诉衷肠苦哀求触目惊心。

钱老板　（唱）　这一跪她把铭维我跪醒，

这一跪跪得我汗如雨淋。

这一跪我成主子她成仆，

这一跪跪出了两个阶层。

这一跪人生座标错了位，

这一跪多少往事涌上心。

想当初，父亲蒙冤遭凶信，

风云突变祸临门。

孤儿寡母苦受尽，

无奈被逼回榆林。

虽是故乡土，

举目无亲人。

老屋徒四壁，

风沙掩柴门。

多亏乡邻送米面，

母子才安然度冬春。

老钱今日这风流，

全靠当年众乡亲。

宋瑛啊——

难为你丧夫苦难受尽，

难为你养遗孤茹苦含辛。

愿谅我少关怀近利忘义，

愿谅我恶言冷语太绝情。

感谢你梦中将我重唤醒，

感谢你启我心扉拨亮灯。

摆正良心细思问，

有钱之后怎做人？

〔幕后合唱：

且不能铜臭熏心忘根本，

且不能丧失道义薄人情。

且不能为富不仁双目昏，

且不能财迷心窍成小人。

钱老板 喜荣，把营业款拿三千来。（交钥匙）

〔喜荣进内室拿钱复上。

钱老板 （接过钱）小宋，这是三千块钱，给孩子办住院手续去吧。

小 宋 （接过钱激动不已，面向苍天）儿呀，你有救了……

〔切光。

〔幕落。

〔主题歌谣：

天有三宝日月星，

人有三宝精气神。

世有三宝江山稳，

民风民情和民心。

第五场

〔前场一月后。

〔景同一场。

〔幕启：餐厅零乱，喜荣正在拖地板。

喜　荣　（唱）　鬼吹火，人瞀乱，

　　　　　　　饭馆险些把门关。

　　　　　　　小宋儿子住了院，

　　　　　　　皇甫辞职回蓝田。

　　　　　　　老板娘成了清洁工，

　　　　　　　累得腰疼胳膊酸。

　　　　　　　更恨云娇把槽跳，

　　　　　　　恩将仇报人心寒。

〔钱老板戴摩托头盔匆匆上。

喜　荣　医院怎么说？

钱老板　大夫说，不能再拖了，必须马上手术，我看也只有把
　　　　跨院那房卖了。（欲下）

喜　荣　站住。你真要卖房？

钱老板　我已经给韩老板说了，马上签合同。眼下不卖房，你
　　　　说咋办？

喜　荣　现如今人人都是挣票子买房子，谁像你。

　　　（唱）　下海经商已三年，

　　　　　　麻烦不断苦难言。

　　　　　　如今管上这件事，

　　　　　　淡了生意赔上钱。

　　　　　　小宋她儿患的是血癌，

骨髓移植就得十几万。

你有多少房子卖?

这事管到哪一天?

钱老板　（唱）　几日来茶饭不思人消瘦,

为筹款日夜难眠总犯愁。

咱怎能看着孤寡不搭救?

咱怎能帮到半途把手丢?

喜荣啊——

钱有多少算富有?

有钱是否无忧愁?

生不带来死也带不走,

何必为钱受累当马牛。

谁敢保一生不遭难,

大难临头谁不把人求?

就算咱先奔小康不忘旧,

捐资扶贫带个头。

〔云娇上。

喜　荣　任你说千道万,我就是不同意卖房。我也不知道你
图个啥?

钱老板　图个良心,天地良心。

喜　荣　良心? 现在有几个人讲良心? 上官云娇,你救了她,
帮了她,现在你有困难,她却要跳槽,跑到韩老板那
儿签合同去了……

云　娇　荣姐……

喜　荣　合同签得咋样? 我们啥时候送你到韩老板那儿上
任啊?

云　娇　荣姐,接替我的人不来,我是不会走的。老板,这是
韩老板给我的一万元预付款……

钱老板
喜　荣　一万?

云　娇　我给他签了五年合同。这钱你交给宋姐给孩子做医
疗费吧,你家跨院那房千万不能卖呀。（放钱欲下）

钱老板　站住。把合同拿给我看看。

云　娇　老板，这是我自己的事，你就别管了。

钱老板　我能不管吗？韩老八是啥人？雁过都要拔毛哩，他能平白给你一万元？把合同给我。

喜　荣　云娇，合同让老板看看吧，小心上当。

云　娇　老板，我……

钱老板　拿出来。

〔云娇无奈，拿出合同。

钱老板　（看合同）立约人上官云娇、韩经理，合同五年一万元，到期再续，甲方管吃管住，一包到底；生活条件好坏，乙方不得挑剔；工作不分钟点，有客就不准休息；不准私谈对象，不准结婚生育；不准外泄机密，不准议论生意；不准闲聊，不准嬉戏；不准外出，不准外宿；老板决定，不准非议；无节无假，没有星期；违反规定，扣罚奖励……（越念越气，将合同掷于桌上）这哪里是合同，简直是卖身契。（对云娇）你知道炉头的行情吗？一般水平五六百，会炒个川粤大菜的，起码八百一千。这五年一万元，一个月还不到二百块钱的工资呢。

喜　荣　云娇，你一个聪明女子咋能办这蠢事呢？

云　娇　（唱）　云娇我上过学知书达理，
　　　　　　　　岂不知这合同暗藏凶机。
　　　　　　　　明知他设陷阱我也敢跳，
　　　　　　　　为老板分忧愁无所顾惜。
　　　　　　　　劝老板且莫要卖房卖地，
　　　　　　　　创业难毁业易后悔莫及。
　　　　　　　　云娇我遭不幸老板相救，
　　　　　　　　知遇恩不报答枉披人皮。
　　　　　　　　我也曾签过一份卖身契，
　　　　　　　　这一次签合同非人所逼。
　　　　　　　　五年青春虽易逝，

五年合同终有期。

五年之后重相聚，

报大恩出大力再表心迹。

喜　荣　云娇，我的好妹子……

云　娇　荣姐……

喜　荣　云娇……

钱老板　糊涂！（打电话）韩老八吗？我是老钱。你过来一趟，我有话给你说。（挂断电话）

云　娇　钱老板，这事你就别管了。（欲下）

钱老板　站住！我不能看着你刚跳出火坑又掉进狼窝。

〔韩老板外上。

韩老板　钱老板，你真是卖房心切呀。我可给你说清楚，我只掏六万，多一分钱都不要。

喜　荣　你原来不是说十万吗？

韩老板　此一时彼一时，做生意要看行情嘛！

钱老板　（亮出合同）先别说房的事，你看看这是啥？

韩老板　（看看云娇）这是我和她订的合同。

钱老板　这是合同吗？

韩老板　她签了字，我盖了戳，怎么不是合同？

钱老板　这是卖身契！你小子也太过分了吧！

韩老板　（不屑地）公安不抓，法院不判，我俩情愿，你能咋办？

钱老板　我看你是缺德少才十分坏，发家致富九分赖。云娇不能和你这种人打交道，把那份合同拿来。

韩老板　这由不得你吧。

云　娇　钱老板，这是我的事，你就别管了。

韩老板　（讪笑）咋样？人家姑娘可是巾帼侠骨，君子风度，一言既出，说话算数。

钱老板　那好，我的房不卖了。

云　娇　韩老板，咱们走。

韩老板　钱老大，你怎么出尔反尔？

钱老板　咱也没订合同,卖不卖由我不由你。

韩老板　(狠心掏出合同)算你有本事,这份合同还没暖热就他娘的作废了。

云　娇　韩老板,你不能单方撕毁合同。

韩老板　(小声地)姑娘,炉头哪都能雇来,这便宜房到哪去买呀?钱老大,你可不能食言。

钱老板　没问题。(欲接合同)

云　娇　(阻止地)钱老板,现在西安可是寸土寸金呀!

喜　荣　可寸金难买寸光阴呀。那合同要耽误你五年光阴,少挣多少钱呀!(从韩老板手中夺过合同)那是你的一万块钱,拿走吧。

钱老板　奸商,真是奸商。

韩老板　(拿起钱)嘿嘿,无利谁起五更?我回去拿钱,咱立马写字据,不许反悔。

喜　荣　决不反悔。那房挡在我的后院,堵在你家房后,卖给别人还没法开门呢。

韩老板　行,有这句话我就放心了。(下)

云　娇　老板娘,你们不应该卖房啊!

喜　荣　不卖房咋办?就算落实政策少还了几间。

云　娇　我替宋姐和孩子谢谢你们了。(深深一躬)

喜　荣　有这句话,你荣姐就满足了。

云　娇　(热泪盈眶扑到喜荣怀里)荣姐……

〔稍刻,小花兴冲冲上。

钱老板　小花,怎么样?

小　花　好消息。(端起凉茶喝干)渴死我了。我去个体协会反映了情况,个协领导非常重视。服装批发市场的个体户听到消息,马上就募捐筹集了近万元,他们准备派人送往医院。个协领导还派老杨去电视台,请他们发个消息,呼吁社会救助小宋。

钱老板　太好了,个体协会出面,电视台发消息,小宋的孩子有救了。

云　娇　小花,你真有办法。

喜　荣　小花,谢谢你。

小　花　(不好意思地)这都是我表舅的主意,我只是跑了个腿。

　　　　〔皇甫上。他身着西装革履,仍透着憨厚的土气。

皇　甫　女士,先生们好。

众　人　(惊讶)哈,皇甫!

云　娇　师傅,你可真抖起来了。

喜　荣　皇甫,你小舅子给你封个啥官?

皇　甫　(散名片)这是鄙人名片,请笑纳。

众　人　(分读名片)副总经理、副厂长、供销部副主任、保卫科副科长。

云　娇　师傅,你身兼数职忙得过来吗?

皇　甫　小菜一碟,轻轻松松。不过这名片只印了前半句,后半句没印上。

小　花　后半句是啥?

皇　甫　副总经理,是蒙人的;副厂长,是挂名的;副主任,是摆样的;副科长,是看门的。

众　人　哈……全是假的。

皇　甫　谁说是假的? 总公司、玉石加工厂都是真的,就我这些头衔全是不管事的。

小　花　那保卫科长咋是看门的呢?

皇　甫　保卫科两人,我是副科长,我丈爸是正科长,一个白班、一个夜班,专看大门。

　　　　〔众人哄笑。

钱老板　今天是哪阵风把你吹进城来了?

皇　甫　都把我憋死了。我正不想干呢,云娇拍来了电报,写来了信,她说了小宋的事,让我赶回来帮忙。这不,我辞掉副科长那看门的职务,就回来了。

云　娇　师傅,走,下厨房,还干你的老本行。

皇　甫　走。(欲下)

〔石头神色慌张地上。

石　头　老板……

钱老板　石头，别愁，咱现在有办法了。

石　头　啥办法也不行了，小宋带着孩子走了。

众　人　（诧异）到哪去了？

石　头　不知道，我到医院去换她休息，只见病床已经空了，
　　　　就留下这封信。

〔钱老板接信拆看，看罢交喜荣，众人围看书信。

钱老板　（沉重地）小宋，你为什么走啊！

〔切光。

〔一束追光投到小宋身上。

小　宋　老板、老板娘，谢谢你们了。

　　　　（唱）　人盼夏凉冬暖，

　　　　　　　　地怕雨涝旱天。

　　　　　　　　我是冬寒夏炎，

　　　　　　　　旱涝绝收逢灾年。

　　　　　　　　儿患绝症已知晓，

　　　　　　　　怎能让老板全家受牵连。

　　　　　　　　深情厚意我心领，

　　　　　　　　不能再花冤枉钱。

　　　　　　　　来生母子变牛马，

　　　　　　　　滴水之恩还涌泉。

　　　　　　　　云娇花妹多保重，

　　　　　　　　石头皇甫别惦念。

　　　　　　　　宋瑛叩首拜别去，

　　　　　　　　愿来生再相见重述前缘。

〔收光，小宋隐去。

〔灯亮。

众　人　小宋……宋姐……（小花、云娇抱头痛哭）

〔场上停顿，只有哭声。

钱老板　（猛醒地）你们哭什么？还不快去把小宋找回来！

喜　荣　（情急地）对,咱们分头到火车站、汽车站去找,兴许
　　　　　小宋母子还没走远。走。
　　　　〔众人急下。
　　　　〔钱老板茫然,跌坐沙发里。
　　　　〔电话铃声骤响。
　　　　〔钱老板从沙发上弹起,急忙抓起听筒,听筒里传来
　　　　盲音。
钱老板　（急切而焦躁地）喂,喂,喂喂……
　　　　〔钱老板挂断电话,情思万千。
　　　　〔女高音情真意切地呼唤:
　　　　（唱）　小宋你在哪?
　　　　　　　　救救孩子回来吧!
　　　　　　　　救救孩子回来吧!
　　　　〔主题歌谣:
　　　　　　　　天有三宝日月星,
　　　　　　　　人有三宝精气神。
　　　　　　　　世有三宝江山稳,
　　　　　　　　民风民情和民心。
　　　　〔幕徐落。

——剧　终

演出单位

西安尚友社

小巷总理

丁金龙　江巍　编剧

剧情简介

　　该剧以优秀社区主任邓菊梅的感人事迹为素材,艺术地再现了发生在我们身边的一些小故事:民营企业厂长邓大姐刚从国外考察回来,就得知被群众推举为社区主任。面对社区脏乱差、停水断电、下水道堵塞、劳教释放人员滋事生非的现状,她不顾家人反对,毅然挑起社区主任的重担。她带领干部群众扶贫帮困、捐资垫款、清污疏路、美化环境,却遭到部分落后群众的责难和阻挠,引发家庭矛盾,但邓大姐毫不退缩,硬是凭着一腔热血,扭转了社区面貌,为精神文明建设作出了贡献。

《西安秦腔剧本精编》 QINQIANGJUBENJINGBIAN

场　目

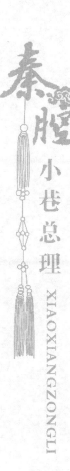

人 物 表

邓大姐	四十多岁	后当选社区主任
小 赵	三十岁左右	社区副主任
小 倩	十六岁	邓大姐之女
邓 父	七十多岁	邓大姐之父
老 张	四十多岁	邓大姐之夫
梁大妈	六十多岁	社区居民
巧 丽	二十多岁	梁大妈之女
如 海	近三十岁	梁大妈之子
新 颖	近三十岁	社区居民
智 余	二十多岁	哑巴,社区居民
温宝宝	四十多岁	社区居民
小 李	三十多岁	司 机

老教授、贺老板、管理员、社区群众刘院长、工人群众等

第一场

〔长街小巷,远处高楼林立,近处杂乱无章。

〔合唱: 小巷长啊小巷深,

小巷里住着寻常人。

油盐柴米酱醋茶,

衣食住行牵动万人心。

大树生长靠树根,

花繁叶茂雨露恩。

小巷里芸芸众生望北京,

它需要铺路架桥的连心人。

〔幕在合唱声中启。

〔三四个群众提桶端盆过场,一老婆婆艰难地放下水桶,跌坐在石阶上。温宝宝急匆匆地上,一见坐在石阶上的老婆婆,气火火地冲了上去。

温宝宝 你不看看啥时候了? 磨磨蹭蹭坐这儿歇晌咧,你得是要把午饭当晚饭吃呀? (看看水桶)哎,哎哎,你提这么点水是喂鸡还是喂雀呀? 我这儿等水淘米洗菜,烧水煮饭,你一晌午就提了这半桶水。(提起水桶嘟囔地)嗯,你倒活在世上有啥用吗?

〔温宝宝提桶欲下,正好碰见走上的小赵。

小 赵 温宝宝,咋给你婆婆这样说话哩! 你把钱准备好,下午物业办就要到你家收水电费去哩。

温宝宝 到我家收水电费? 得是我一交,大家都交?(放下水桶)

小 赵 各家各户都要交。

〔新颖上。

〔老婆婆在他们说话时,把水桶提下。

温宝宝　你能收得齐?收不齐人家水司、供电局都不会给你送水送电,你问问新颖,看他交不交。

新　颖　我给他交个辣子!我没工作我没钱,看他能把我咋办?反正,咱是一个人吃饱全家不饿,一盆水早上洗脸,睡觉洗脚,晚上留着冲厕所,我管你停不停。

〔如海两手提着水桶上。

如　海　新颖,站那弄啥呢?帮老兄提桶水。

新　颖　弄啥呢?人家刚上台的小赵主任要咱交水电费哩。

如　海　弄啥弄啥弄啥,交水电费?哈哈,新官上任三把火,这第一把火先烧到老百姓头上来咧,你还真有本事。

小　赵　可群众反映最强烈的问题就是供水、供电呀?

如　海　那你去找自来水公司和供电局呀,找咱群众干啥?

〔几个群众上。

小　赵　有些群众用水用电不交钱,找人家也不管用。

如　海　我还没告他哩。下水不通,道路不平,电线乱拉,建筑垃圾堆了一两年没人管。

小　赵　茄子一行豇豆一行,这下水不通、道路不平,是楼房承包老板的事,咋能搅合到一起呢?

如　海　管他老板不老板,反正都归政府管。

温宝宝　对对对,水电、老板都归政府管,政府不管,我们熊管。

〔部分群众讪笑应和。

小　赵　同志们,同志们,大家先把水电费交了,这事等社区邓主任回来以后,我们研究研究一定管。

新　颖　邓主任?你等着吧!人家放着厂长不干来干这?除非她有病。

如　海　就是,人家出国考察是弄啥呢?不就是为了发展人家的私营企业吗?人家弄这熊事哩。

〔几个群众哄笑。

〔巧丽急上。

巧　丽	哥,你真把人急死了,咱妈等着水做饭哩。
如　海	走走走,做饭、做饭。
	〔群众起哄跟下。
小　赵	大家别走,大家别走听我说……
	〔小赵看着走下的群众,心情烦躁而无奈。
老教授	(亲切地走到小赵身边)小赵主任。
小　赵	老教授。
老教授	群众的事,人多嘴杂,先别急。
小　赵	咱社区刚建立,千头万绪,你说让我……
老教授	邓主任她啥时候回来?
小　赵	听说是今天回来。
老教授	她有热情、有能力,你年轻有文化,只要你们团结协作好,我想咱社区的工作会干好的。
小　赵	可她出国考察,回来了干不干还不一定哩。
老教授	走,我帮你想办法,咱今天一定要让她走马上任。
	〔小赵和群众甲议论着下。
	〔小倩兴高采烈地上,邓大姐和丈夫老张随上。
小　倩	(唱)　乘飞机跨越异国山川,
邓大姐	(唱)　赴欧洲去考察天外有天。
老　张	(唱)　学习先进经验,
邓大姐 老　张	(唱)　让咱厂经济效益再加番。
	〔小赵上。
小　赵	(欣喜地)邓大姐,你们回来了?(转身向后招手)乡亲们,邓大姐回来了。
	〔群众上,分别涌向邓、张、倩。
群　众	邓大姐,你可回来了……
温宝宝	邓大姐,我们早就盼着你回来……
群　众	老张,这趟出国考察收获不小吧……小倩,外国美不美?……
邓大姐	(不解地)小赵,这是咋回事?
小　赵	大家静一静。邓大姐,这几年你勤劳致富过上了好

日子,我们真心佩服,可现在乡亲们有了困难,不知你愿不愿意帮助?

邓大姐　瞧你搞得这热闹劲,我还当出了啥事呢?大伙儿有了困难我能不帮?

小　赵　说话算数?(伸出巴掌)

邓大姐　(也伸出巴掌相击,紧握)板上钉钉,人格担保。

小　赵　好,群众有眼力。邓大姐,就在你全家赴欧洲考察之际,乡亲们民主选举你为咱社区主任了。

邓大姐　选我当主任?

小　赵　群众信任,领导批准,只等你表态了。

群　众　我们相信你。

小　赵　邓大姐,你看。

〔随着小赵招手,群众展开横幅:热烈欢迎社区邓主任。

邓大姐　(心潮澎湃地)

　　(唱)　见横幅不由我热泪上涌,

　　　　　千两金难换这信任之情。

　　　　　心激动我只想满口答应,

老　张　(阻止地)小倩妈……

　　(唱)　得与失利与弊你要权衡。

小　倩　(亦阻止地)妈妈……

〔邓父已暗上。

邓　父　(出面解围)小赵主任……

邓大姐
小　张　爸。

小　倩　爷爷。

邓　父　小赵主任,你看他们刚刚回家,让他们喝口水歇一会,然后再说好不好。

小　赵　大伯,群众的信任、领导的委托……

邓　父　小赵,这么大的事,也得让我们商量商量吧。

邓大姐　小赵,那就……

小　赵　邓大姐。

（唱）　我知道你的厂如日中天，

离了你经营管理有困难。

可是你抬眼看看——

群　众　（唱）　抬眼看看咱社区，

小　赵　（唱）　多少事——

群　众　（唱）　无人管丝绞麻缠。

街巷垃圾堆如山，

苍蝇遍地臭气熏天。

男群众　（唱）　墙裂屋漏没人管，

女群众　（唱）　下水堵塞没人捅。

男群众　（唱）　停水停电无人问，

女群众　（唱）　欠费三月收费难。

小　赵　（唱）　孩子秉烛写作业，

老人吃水没人担。

大家说你能耐大，

才选你当这国家的末位官。

千家万户把你选，

希望你把这重任担。

老　张　谢谢大家，谢谢大家。俺小倩妈身体不太好，再说我

们那个厂……

邓大姐　（制止地）老张。

老　张　咱爸不是让咱回去商量商量吗？咱回去再说。（推

邓大姐下）

邓　父　对不起，对不起，请大家多包涵。（和小倩下）

如　海　（对新颖）伙计，咋样，人家会来收拾这烂摊子？

新　颖　人家生意那么红火，放下能挣的钱不挣，傻咧。

温宝宝　现在的人就是自私，别看平时说得多好，等到给大家

出力办事的时候，一个个就像那缩头乌龟了。

小　赵　好了好了，这么大的事也应该让邓大姐一家商量商

量嘛。大家都回去吧。

〔众人议论着下。

群　众　小赵主任，这欢迎的横幅咋办？

小　赵　先拿走。

〔一群众拖着横幅下。小赵无奈地下。

〔邓大姐冲上，欲呼小赵，又止。

邓大姐　（唱）　群众的期盼让我心动，

　　　　　　　　社情民怨是实情。

　　　　　　　　我真想顺民意即刻答应……

〔邓父匆匆上，老张、小倩随上。

邓　父　女儿。

邓大姐　爸。

邓　父　（唱）　莫冲动需冷静三思而行。

　　　　　　　　社情复杂矛盾大，

　　　　　　　　一碗清水难端平。

老　张　（唱）　管的是婆婆妈妈琐碎事，

　　　　　　　　干的是角角落落环境卫生。

邓　父　（唱）　你别看杂乱纷呈事虽小，

　　　　　　　　却系着大政方针国计民生。

老　张　（唱）　我怕你一步迈出难收回，

　　　　　　　　误大家亏小家落下骂名。

邓　父　（唱）　你的厂有今日关山重重，

　　　　　　　　经历了多少个苦雨凄风。

邓大姐　（唱）　忆往事就好像一场恶梦，

　　　　　　　　忆往事满腹苦阵阵心疼。

　　　　　　　　那一年工厂倒闭下了岗，

　　　　　　　　一时间天塌陷如履薄冰。

　　　　　　　　一日三餐囊中空，

　　　　　　　　日夜相守两袖风。

　　　　　　　　捡过破烂、摆过摊，

　　　　　　　　炸过油条、当过焊工，

　　　　　　　　凌晨不闻鸡叫起，

　　　　　　　　夜归已是满天星。

积小钱节衣缩食办起厂，

苦日子慢慢好转才挺起胸。

老　张　（唱）　为帮你辞去厂长下了海，

搞设计跑营销夫随妻行。

守信誉重质量产品出省，

才换来朝霞满天日当空。

小　倩　妈。

　　　　（唱）　不能够再为学费遭白眼，

不能够再遇病灾求人情。

不能够好了疮疤忘了痛，

不能够为了别人咱受穷。

邓大姐　（唱）　他三人苦相劝语轻言重，

乡情亲情左右难无所适从。

事至此究竟该怎样决定？

老　张　（唱）　甭犯傻甭头痛孰轻孰重你要分清。

〔幕后传来嘈杂的喊声：揍他，揍他，揍这小子。

〔新颖拽住贺老板领口上，群众随上。

贺老板　新颖大兄弟，有话好讲，有话好讲。

新　颖　没啥话好讲，你跟我去好好看看你盖的楼，下水道一开始就堵塞不畅，找你多少次你就是躲着不见，今天好容易逮住，你说咋办？

贺老板　这还不好办吗？我马上叫人疏通不就行了。你松开手，我马上打电话叫人来。

新　颖　（松开）好，你打，你马上就打。

贺老板　（打手机）喂，朱科长吗？你马上带十几个弟兄过来，把家具都带上，我这儿有急事。对，对，快来。

温宝宝　光用竹皮捅两下不行，得彻底检查下水道。

群　众　对，捅了还堵，得彻底检查。

温宝宝　还有变压器问题，电容小、负荷低，得增容更换变压器。

群　众　（七嘴八舌地）我家墙皮都掉完咧，得给我修……我家门框变了形，你得给换……我家窗子都关不严，你

055

看咋办……

贺老板 干啥干啥？得寸进尺，成了没王的蜂咧。都住两年了，想讹人呀？告诉你们，这是经济实用房，成本高，售价低，我还嫌吃亏哩，想住好房，买花园别墅去。

温宝宝 咋，你想耍赖？

贺老板 我可没耍赖，我盖楼有预算，设计有方案，领导签过字，验收有清单，空口白牙说了不算，现如今可是法制社会有法院。

新　颖 这么说你是不管了？

贺老板 管可以，得有个说法，现在是市场经济，总不能白管吧？叫你们社区领导出来跟我面谈。

新　颖 那你刚才打电话干啥？

贺老板 电话是打给我们保卫科的，你们聚众闹事，我们的保安马上就到。

新　颖 你敢耍老子？今天我非揍你小子不成？（欲打）

〔一部分群众拉新颖，一部分人喊打。

〔小赵急跑上。

邓、赵 新颖，不要打人！

邓大姐 同志们，请大家冷静，不要胡来。贺老板，我来和你面谈可以吧？

老　张 （阻止地）小倩妈……

贺老板 你，你是谁？

邓大姐 我是大家民主选举、上级任命的社区主任。

小　赵 （激动地）邓大姐！

群　众 （欣喜地）邓主任！

〔贺老板在群众和邓大姐说话时窜下。

温宝宝 新颖，那小子跑了。

群　众 抓住他……揍他……甭让他跑了……

邓大姐 （制止地）新颖。同志们，他跑了和尚跑不了庙，跑了今天跑不了明天，咱们这样闹会出事的。

新　颖 那这事就算完了？

| 邓大姐 | 这楼咱们住了两年了,群众一直反映,但为什么一直没有解决,问题不知出在哪? 等我和小赵主任找有关部门咨询一下,由我们社区出面解决。 |
| 群　众 | 好! |

〔物业管理员上。

物管员	(对邓大姐)你就是新上任的社区邓主任?
邓大姐	对,你是……
物管员	我是物业办的小曹。咱们这个小区停水停电已经好多天了,群众很有意见,可水电费欠得太多收不上来,我们也没有办法,请邓主任……
邓大姐	一共欠了多少?
物管员	水电费总计欠费贰万玖仟捌佰捌拾捌块陆毛整。
邓大姐	小曹,停水停电给群众生活带来诸多不便,你看是不是先送水送电?
物管员	可这钱?
邓大姐	我先垫上,一会就去给你交钱。
物管员	你一交钱,我立即给水司、供电局通知送水送电。
邓大姐	好,一言为定。
物管员	一言为定。
群　众	(一些人慨叹、一些人唏嘘、一些人惭愧,但共同发出一个声音)邓大姐……

〔切光。

〔合唱:小巷长啊小巷深,

小巷里住着寻常人。

油盐柴米酱醋茶,

衣食住行牵动万人心。

大树生长靠树根,

花繁叶茂雨露恩。

小巷里芸芸众生望北京,

它需要铺路架桥的连心人。

第二场

〔居民小区,乱搭乱建,垃圾成堆,道路不畅。

〔幕启:合唱声中,邓主任带领群众车推肩挑清运垃圾。舞台一角,如海、新颖、智余在玩"挖坑"赌钱。

〔合唱:齐上阵,同心干,

　　　　清除垃圾战犹酣。

　　　　欢声笑语沧桑变,

　　　　定让社区换新颜。(众舞下)

〔邓主任、小赵分上。

小　赵　　邓大姐,那边的垃圾用汽车全部拉走了,群众正在清理环境。

邓主任　　好,等清理完毕后,我们在那儿栽花种树、装上彩灯,为社区建一个群众健身锻炼、休憩、游玩的花园。

小　赵　　(激动地)邓大姐,咱们想到一块去了……(犹豫地)可钱呢?

邓主任　　我估计了一下,大约要五万左右,我先垫上。

小　赵　　可咱社区拿啥还呀?不能再叫你掏钱。

邓主任　　(玩笑地)无息贷款,还贷不计时间,这行了吧?

小　赵　　要不是居民乱搭乱建阻塞了交通,汽车开进来早就拉光了。

邓主任　　对。这就是咱们下一步要干的工作。它可不像清理垃圾花钱雇几辆汽车,动员些群众帮着装一下,这个工作阻力可大得很呢。好了,回头我们再仔细商量一下,我去那边看看。(下)

小　赵　　邓大姐,你的腰不好,要注意身体……

　　　　　(看着走去的邓主任,无限感慨地)

（唱）　　实佩服邓大姐说到做到，

水电费三万元自掏腰包。

小区内别黑暗明灯高照，

居民们再不用为水煎熬。

美化社区建广场，

五万元又由她垫资先交。

现如今——

有些人挥霍财富充阔佬，

有些人贪污公款装腰包。

邓大姐富而思源不忘本，

用爱心支配财富品格高。

我和她协作配合志同道，

真佩服群众选举眼头高。

〔温宝宝提着大包小包的垃圾窃上，突然发现小赵，急将垃圾扔掉欲下。

小　赵　温宝宝！

温宝宝　（尴尬地）哦，小赵妹子。

小　赵　你扔的这是啥？

温宝宝　（讪笑地）嗨嗨，没啥。

小　赵　这全是垃圾还说没啥。你也好意思，大家肩扛车拉正在清理，你不来帮忙还往这儿偷扔，也太不像话了。

温宝宝　我上有老下有小，几张嘴等着吃饭，老的病恹恹还要我伺候，实在抽不开身来帮忙。

小　赵　对了吧，听说你昨天打你婆子了。

温宝宝　这是哪个没肝没肺的瘸腿瞎驴，又在背后说我的坏话哩！

〔打牌的三人已停止打牌。

新　颖　还用别人说，我亲眼所见。

智　余　（哑语）对，对，我也看见了。

新　颖　你不给你婆子吃饭，你婆子饿得不行，拿了两个馍，

　　　　你就说她是贼,又拽又打,把你婆子的头发都拽掉这
　　　　么大一撮。

温宝宝　大妹子,你可别听这些闲皮给你胡说。

新　颖　你骂谁是闲皮?

如　海　跟这些女人嚷啥呢。挖坑挖坑。

小　赵　不怪新颖说你,好多群众都反映了,我正准备找
　　　　你哩。

温宝宝　找我能咋?哼,狗逮老鼠多管闲事。(欲下)

小　赵　回来,把你的垃圾提走。

温宝宝　提走就提走。(提垃圾下)

〔智余欲走。

如　海　别走,输了就想溜呀。

智　余　(哑语)我已输光了,没钱。

新　颖　他输光了,没钱。

如　海　掏钱掏钱,不清账我揍你小子。

智　余　(哑语)对不起,以后有钱一定还。

新　颖　他说以后有钱一定还。

如　海　以后还?看你小子这穷酸劲,我等到猴年马月去呀?
　　　　(抓住智余)给不给?

小　赵　住手。大家黑水汗流地在清运垃圾,你们倒好,躲在
　　　　这赌博。

智　余　(哑语)是他硬拉我来的。

新　颖　对,是他硬拉我们来的。

小　赵　拉?你们不会不来。

如　海　妈的,霉气。(欲走)

小　赵　别走。你们睁眼看看,过去咱们社区脏乱差,缺水断
　　　　电无人管,现在邓主任自掏腰包,解决了咱们的困
　　　　难,你们也应该讲点良心吧!

如　海　良心?良心早在三年自然灾害时让狗吃了。

新　颖　为人不当官,当官都一般,眼下掏腰包垫钱,哼,种芝
　　　　麻收西瓜。

如　海	人家是干啥的？私营企业老板，做生意的，没利可图给弄这事呢？
小　赵	你们简直是冤枉好人！
如　海	好人？好人早在"文革"时死光了。
小　赵	你……
如　海	我咋？闪远闪远，甭在这督乱。不看你是个女人，嗯……（抬手欲打）
小　赵	咋，你还敢动手打人？
如　海	嗯——我全当练手呢！
	〔新颖和智余拉如海，梁大妈急上。
梁大妈	如海，你个孽种，又在给我捅乱子，敢跟干部吵架？
如　海	干部？红皮白萝卜，我见得多了！凭几个婆娘还想管我呢？
梁大妈	赵主任，对不起对不起。如海这孩子打小没爹缺家教，我的小祖宗，你给我回去！
如　海	我不回，看她能把我咋？闪远！（将劝他的智余一把推倒在地）
小　赵	（见状气极）梁如海！你劳改刚释放，我劝你老实点。
新　颖	哎，赵主任，劳改犯咋咧？劳改犯不是人嘛？
如　海	劳改犯咋咧？劳改犯也没亏你先人么！今天不给你点厉害你还不知道马王爷是三只眼！（欲打小赵，智余急挡，被如海推倒在地）
梁大妈	（急拉）如海！如海！（如海还欲前扑）
小　赵	梁如海！你敢动一下，我就打110报警。
	〔邓主任上。
如　海	报警？我今天先废了你！（拿起铁锨向小赵砸去，被邓主任架住）
邓主任	这是怎么了？剑拔弩张的，拉开架势唱戏呀？
小　赵	邓大姐……（欲诉说，被邓制止）
邓主任	（幽默地）一只小母鸡勇斗三只大公鸡，有胆量。
梁大妈	邓主任，对不起对不起。小祖宗，你还不给我滚回去。

如　海　咱走着瞧！咱走着瞧……

〔梁大妈连推带搡地将如海拉下。新颖欲拉智余下。

邓主任　新颖，你等等。新颖……

新　颖　邓主任，今天这事可跟我没关系。

智　余　（哑语）对，对，是如海惹的事不怨他。

邓主任　新颖，你看咱小区摩托车、自行车、三轮车到处乱停乱放，既影响市容交通，又不时被人偷盗，我想建个车棚集中管理，这工作不知你愿不愿干？

新　颖　（难以置信地）我？

邓主任　对，就是你。

新　颖　（难于启齿地）可我……我……

邓主任　我知道你曾经进过监狱。

新　颖　唉！（羞愧地欲走）

邓主任　大兄弟。

（唱）　人在世谁无有五彩美梦？

谁不愿有一个美好的前程？

但莫忘人生路上坎坷多，

且莫要自掘陷阱掉深坑。

你虽然做过错事判过刑，

希望你总结教训挺起胸。

兄弟啊——

天上不会掉馅饼，

生财有道无捷径。

沉舟侧畔千帆过，

病树前头万木春。

自暴自弃是绝路，

发奋图强重铸美好人生。

〔幕内女声独唱：惊雷响，天地动。

愧对大姐一片情。

新　颖　（激动地）邓大姐——

（唱）　自判刑便被人百般唾弃，

受尽了人世间眉高眼低。
找人说话无人理，
想找工作被人疑。
想死没勇气，
活着被人欺。
醉生梦死瞎胡混，
打架骂人把烟吸。
今日大姐一席话，
心扉敞开化春晖。
誓将社区当成家，
尽职尽责尽心力。
今后再做亏心事，
五黄六月被雷击。

邓大姐，你就看我的行动吧！赵主任，刚才是我不对，我向你认错。

小　赵	新颖，刚才我说话伤了你，我向你道歉。
智　余	啊，啊……（不高兴地哑语）我有意见，我对你有意见，光管他，为啥不管我？
新　颖	（对疑惑不解的邓解释）邓大姐，智余他会修车配钥匙。
邓大姐	好，就在车棚外给你盖一间修理部，专门修车配钥匙好不好？
智　余	（高兴地哑语）好，好，太好了。
新　颖	太好了，太好了。智余，我看车棚你修车、配钥匙，咱俩还能互相照应搭个伴。
邓大姐 小　赵	（质疑地互视）智余咋又不高兴了？
智　余	（哑语）我没有资金，办不起修理部。
新　颖	他说他没资金，办不起修理部。
邓主任	资金你不用管，设备我给你置，你就等着开张吧。
智　余	（哑语）可这钱我啥时候才能还你呢？
新　颖	他说他啥时候才能还完你的钱。

邓大姐　不用还,这是大姐支持你创业的一点心意。

新　颖　智余,还不谢谢邓大姐。

智　余　(哑语)邓大姐,你是个大好人、好干部、活菩萨……

　　　　(欲跪)

邓主任　(急阻)智余!

　　　〔小倩跑上。

小　倩　(急切地)妈——妈,我爷他,他……

邓主任　小倩,别急,慢慢说。

小　倩　我爷他,他的心脏病又犯了。

邓主任　你爷他现在在哪儿?

小　倩　我爸已经把我爷送医院了。

小　赵　邓大姐,你赶快去看看吧。

邓主任　那这里的事?

小　赵　这里有我,你就放心吧。

邓主任　那好。我去医院,你多操点心。

新　颖　邓大姐,我跟你一块去吧。

智　余　(哑语)我也去。

邓主任　不用了,谢谢你们。小倩,快走。

　　　〔合唱:小巷长啊小巷深,

　　　　　　小巷里住着寻常人。

　　　　　　油盐柴米酱醋茶,

　　　　　　衣食住行牵动万人心。

　　　　　　大树生长靠树根,

　　　　　　花繁叶茂雨露恩。

　　　　　　小巷里芸芸众生望北京,

　　　　　　它需要铺路架桥的连心人。

第三场

〔梁大妈家,清贫简洁。

〔幕启:梁大妈提菜篮上。

梁大妈 （叹气）唉——

（唱） 我的家原也是和好美满,

谁人见谁人夸谁都眼馋。

娃他爸手艺好精明强干,

生一双儿和女膝前承欢。

实可叹老头子早把命断,

如海他不学好染上大烟。

越是抽越是穷越走越远,

又是偷又是骗被判坐监。

刑满后呆在家无有事干,

整日里在街巷招惹事端。

女儿她又下岗愁眉难展,

我好比沧海行舟浪打翻。

〔巧丽内上。

巧　丽 妈,你又去捡菜叶子去了?

梁大妈 唉。

巧　丽 妈,你就让我去找找邓大姐吧。

梁大妈 唉,你真傻。人常说:"穷在闹市无人问,富在深山有远亲。"咱家目前这光景谁管得起? 加上你哥把干部得罪完了,人家邓主任能理咱?

巧　丽 妈,邓主任一上任就为群众做了那么多好事,不像那种一辈子当官十辈子挨砖的人,你就让我去找找吧。

梁大妈 娃呀,官场上那渠渠道道深得很。做些面面上的事轰轰烈烈,既能显示功绩,又能笼络人心,上头满意下面高兴谁不愿做?人家给咱办事倒能图个啥?更何况你哥……唉!恐怕咱还是人家政府的监控对象呢!

巧　丽　我听人说,邓大姐她人好心好,谁家越穷她越帮,啥事越难她越办。

梁大妈　真像人家说得那样,咋没见她登过咱家门。(把菜篮交给巧丽)做饭去吧。

巧　丽　就这青菜叶子下面条,我哥他肯定不吃。

梁大妈　唉,他只要有钱,哪儿好叫他到哪儿吃去。走,做饭去。

　　　　〔母女二人下。

　　　　〔邓主任、小赵、司机小李分别提粮油食品上。

邓主任　小李,你先坐在车里等着,我和赵主任进去就行了。

小　李　你们可要快点,张厂长还让我去进货呢。(将东西交给小赵)

邓主任　好,我们尽量抓紧时间。

　　　　〔小李下,邓主任敲门。巧丽上。

巧　丽　谁呀?(开门,惊喜地)邓大姐,赵主任,快进屋。

小　赵　巧丽,你也太不够意思了。见了邓主任叫大姐,那么亲热。见了我小赵叫主任,你不是嚷我哩吗。

巧　丽　好好好,赵姐。

小　赵　(大声地答应)哎!这还差不多。

巧　丽　妈,邓大姐和赵姐来了。

　　　　〔梁大妈慌忙上。

梁大妈　哟,二位主任来啦!

邓主任　大妈,我们来晚啦。

梁大妈　不晚不晚,(手忙脚乱地用袖子擦椅子)来,来,快坐下快坐下。巧丽,倒茶。

邓主任　不用。(偎坐在大妈身旁)大妈,本应该早来的,因为有些事没办完就来迟了。

梁大妈　社区的事多,能来就不错了。

小　赵　是邓主任为了给你在区上办最低生活标准补助证,拖了几天。今天一办好就给你送来了。(递证)

梁大妈　(激动地看着证)最低生活标准补助证……

邓主任　今后你老人家每月可以从政府领一笔生活补助费,这可是赵主任亲自替你申请办来的。

梁大妈　谢谢,谢谢二位主任。

小　赵　我起初根本不知道你家的情况,是邓主任专门安排我去办的,要谢还得谢邓主任。

梁大妈　(感动地)邓主任,好闺女!

　　　　(唱)　街坊们说你好我却不信,

　　　　　　　今才知你是百姓知心人。

　　　　　　　我一家就如同路边小草,

　　　　　　　你就像春风雨润暖人心。

邓大姐　大妈,你再这么说我就不好意思了。(手机响,接听)喂……啥,工厂有急事?你等等。大妈,我先接个电话。(对手机)你说,你说,……(接着电话下)

梁大妈　(唱)　你看她里里外外忙不停,

　　　　　　　日夜操劳为百姓。

巧　丽　(唱)　谁家的孩子上学有困难,

　　　　　　　谁家的老人要出殡;

　　　　　　　谁家有人下了岗,

　　　　　　　谁家两口闹离婚;

　　　　　　　她的心里有本账,

　　　　　　　群众的苦乐记在心。

梁大妈　(唱)　她为啥和有些干部不一样?

　　　　　　　她为啥和咱群众最贴心?

小　赵　(唱)　因为她心里装着党,

　　　　　　　装着情,

　　　　　　　装着爱,

　　　　　　　心里装着老百姓。

时时关心群众苦，
处处倾听群众呼声。

〔邓主任接完电话复上。

梁大妈 （唱） 你为大家办实事，
秉公无私心赤诚。
过去我只看缺点理不明，
干部中还有你这样的实心人。

邓主任 大妈！
（唱） 你的话让我惭愧让我惊，
共产党的干部当然应该为人民。
这表扬是批评让我心痛，
当不好那是缺乏责任和认真。
从今后有事你就找社区，
我一定当好人民的好后勤。

小　赵 大妈，今后有啥困难就找我们。

梁大妈 一定一定，我相信政府，相信社区干部……

小　赵 哟，大妈，你这屋里哪来的水呀？

梁大妈 巧丽，你陪着二位大姐说话，我到后面看看去。（下）

邓主任 巧丽，找工作有希望了吗？

巧　丽 还没有。

邓主任 要不然这样吧，你要不嫌脏累，就先到大姐那厂干吧。

巧　丽 （惊喜地）太好了。（拥住邓）邓大姐，你真好。

邓主任 （亲昵地）大姐也是下过岗的人，知道你的心，也知
道你家的难处。你别急，慢慢来，有党的政策，有政
府的帮助，凭着你的文化水平和智力，将来一定比大
姐我干得好。

〔幕后传来梁大妈"哎哟"一声惨叫。

邓主任 大妈出事了，快去看看。

〔三人急下。稍刻，邓主任、小赵复上。

邓主任 你快把小李叫来。等等，看来大妈的腿可能骨折，你
借张钢丝床。

小　赵　知道了。(急下)

　　　　〔小李上。小赵领新颖、智余带着钢丝床上,跑进内室下。

小　李　邓大姐……

邓主任　小李,快把你身上带的五千块钱给我。

小　李　这可是张厂长让我进货的钱。(犹豫地掏出钱)

邓主任　(抓过钱)我知道,你马上开车将梁大妈送往骨科医院。

小　李　这不行。张厂长一再交待,你这儿的事办完就叫我马上去进货,然后还要给咸阳机场送货。

邓主任　是进货送货重要,还是治病救人重要?快去把车头调过来!

小　李　(无奈地欲下,又回头)那你给张厂长打个电话。

邓主任　我一会打,快去。

　　　　〔小李犹豫地下。

　　　　〔新颖、智余用铺着被子的钢丝床抬着梁大妈上。巧丽、小赵随上。

梁大妈　(在钢丝床上喊着)我不去医院,我不去医院。邓主任你让他们把我放下,我不去医院。

邓主任　大妈,你别说了,今天非去医院不可。

梁大妈　年纪大了,摔一跤扭伤了筋骨,搽点烧酒躺两天就好了,快叫他们把我放下。

小　赵　(悄声地对邓)大妈肯定是拿不出医疗费。

邓主任　(恍然,急从兜里拿出钱)哎呀,我咋给忘了。大妈,这是五千块钱你先拿着去交住院费。

梁大妈　不要,不要。

邓主任　(把钱交给小赵)小赵,你陪大妈一块去。

梁大妈　赵主任,你可别接邓主任的钱。

邓主任　(安抚地)大妈,你得是对娃有意见?

梁大妈　(真诚地)还有意见,我感谢都来不及呢!

邓主任　(宽慰地)大妈,等你出院了,就给娃包顿羊肉饺子吃吧。(对小赵和新颖、智余)快抬走。

〔如海上。

如 海　妈,你这是咋咧?

邓主任　快送医院。

〔众人欲下。

如 海　慢着! 巧丽,咱妈这到底是咋咧?

巧 丽　(生气地)咋咧? 昨天就让你捅下水道你不捅,今天又堵了,咱妈去捅就给摔倒了。

邓主任　快送医院。

〔众人抬梁大妈下。

如 海　姓邓的,你别走!

巧 丽　哥,这倒和邓主任有啥关系呢?

如 海　这儿没你的事,给我滚!

邓主任　巧丽,咱们快去医院。(欲和巧丽下)

如 海　姓邓的,你给我站住!

〔邓主任无奈推巧丽下。

如 海　你只知道当官,你看看这楼!

(唱)　你常说要为群众办实事,
　　　　如今是问题成堆无人提。
　　　　官商勾结把民欺,
　　　　质量低劣四处藏危机。
　　　　门框变形难开启,
　　　　墙面开裂掉泥皮。
　　　　下水堵塞污水流,
　　　　电线短路负荷低。
　　　　常年反映无人理,
　　　　官商推诿尽扯皮。
　　　　今日摔了我的娘,
　　　　你说这责任算谁的?
　　　　你爱当官爱管事,
　　　　请你先解决这问题。

邓主任　如海……

如　海　哼！（生气地下）

邓主任　（唱）　他态度蛮横令人气，
　　　　　　　　愤怒之言有道理。
　　　　　　　　严重腐败失民意，
　　　　　　　　官商勾结把民欺。
　　　　　　　　用真诚化解他胸中怨气，
　　　　　　　　解民忧安民心何惧委屈。

　　〔如海拿着捅下水道的长竹皮和铁钩铁棍等上，
　　　"嗵"地扔在地上，把刚上场的小倩吓了一跳。

如　海　给，这是捅下水道的工具，你看着办吧！

邓主任　如海，你帮着大姐，咱们一起捅。

如　海　我没空！今天你不给我捅开，我跟你没完！（下）

小　倩　妈。

邓主任　小倩，你来干啥？

小　倩　我爸说厂里有急事，刚才给你打电话，你咋还不
　　　　回去？

邓主任　有事你爸自己可以解决嘛。这下水道不捅开，你梁
　　　　奶奶家可要唱《水淹泗州》了。

小　倩　你看我如海叔那态度，我才不给他捅呢！

邓主任　（边挽衣袖拿工具边说）态度不好，意见是对的。看
　　　　来这堵塞还不在家里，走，跟妈到外边去看看。

小　倩　我才不干呢。

邓主任　你不去？妈要跳到污水井里清淤，你就不怕妈出事？

小　倩　妈，你……

邓主任　走！

　　〔合唱：小巷长啊小巷深，
　　　　　　小巷里住着寻常人。
　　　　　　油盐柴米酱醋茶，
　　　　　　衣食住行牵动万人心。
　　　　　　大树生长靠树根，

花繁叶茂雨露恩。

小巷里芸芸众生望北京，

它需要铺路架桥的连心人。

第四场

〔邓家客厅，装潢陈旧，东西凌乱。

〔幕启，老张生气地在接电话。

老　张　什么？又退货了。唉！

（唱）　胸中憋闷气不畅，

　　　　两眼冒火气断肠。

　　　　调车用钱不商量，

　　　　经济损失厂遭殃。

　　　　急需的材料没拉回，

　　　　预订的产品被退光。

　　　　回家与她把理讲，

　　　　劝她击鼓快退堂。

〔心急口干，拿起暖水瓶没水，点火抽闷烟。

〔邓主任和小倩上。

小　倩　爸，我妈回来了。

老　张　（生气地讥讽）你还知道回家呀？得是把门给走

　　　　错了。

邓主任　（脱掉脏衣递给小倩）小倩，看来你爸今日火气还不

　　　　小啊。

〔小倩接衣下。

老　张　（躁气地）火气不小？咱爹有病你不管，孩子上学你

　　　　不管，家里的事情你不管，厂里的事情你也不管，你

　　　　还要这个家吗？

邓主任　你知道我忙，多管点不行吗？

老　张　我没有三头六臂,我要都能管,还要你这女人熬着吃呀!

邓主任　别生气,过两天忙完了我就回厂里帮你。

老　张　过两天? 就是现在回厂也迟了! 那批货都让人家退了,你回来还顶个屁用?!

邓主任　(吃惊地)货退了? 你整天守在厂里竟然让人家把货退了? 嗯,你能有啥用?

老　张　(气极)我没用,你有用? 我让小李去买材料你把钱用了,我叫小李去送货你把车扣了,人家订的货不能按时做,到期的货不能给人家按时送,你是他爹呀还是他妈,人家听你的?

邓主任　你说话能不能文明点? 梁大妈摔成骨折,不赶快送医院能行吗?

老　张　我文明个屁! 咱爸有病住院你不管,我有病好与不好你不问,你今天一个梁大妈,明天一个梁大爹,你把这屋里谁还当人看? 我看这日子是没法过了。
(气极将茶杯摔于地上)
〔小倩上,惊。

邓主任　我跟你过了十几年,今天才知道你这么没水平。你会摔我就不会摔吗? (举起热水瓶欲摔)

小　倩　妈! (夺过热水瓶)

老　张　你摔,你摔,你要不摔咱今天就离婚!

邓主任　你吓唬谁? 离就离! (夺过热水瓶"砰"地摔在地上,欲下)

小　倩　(痛苦地大呼)妈——你真地忍心走啊? 你不知道我爸脑溢血刚出院吗? 你看我爸都瘦成啥样了,你难道忍心累死他吗?
〔邓主任搂住女儿掉下了伤心的眼泪。

小　倩　爸,你也该体谅体谅我妈,她当这个主任容易吗? 刚才她还挨着骂受着气跳到污水井里去捅下水道,她脚上一脚屎,身上一身泥,脸上溅污水,两手擦破皮,难道你都不心疼吗?

老　张　（余怒未息地）那是她自找的！放着钱不挣,放着轻
　　　　松日子不过,我不知道她图了个啥？一个月三百块
　　　　钱补贴,可她光手机费每月就得一千多。不算借的、
　　　　垫的,光在厂里用车、用人、加工干活、明送的暗花的
　　　　就是几万,几万哪！我能不心疼？可你妈她心疼吗？
　　　　（过于激动、头昏跌坐椅中）

邓主任　（唱）　一番话说得我思绪如麻,
　　　　　　　看着他日消瘦心似刀扎。
　　　　　　　十多年相扶相依度日月,
　　　　　　　同甘苦相濡以沫两鬓花。
　　　　　　　十多年从未高声说过话,
　　　　　　　更无有怒目相向弩张剑拔。
　　　　　　　自从我当了这社区主任,
　　　　　　　厂里事家务活全推给他。
　　　　　　　扪心问,
　　　　　　　扪心问……
　　　　　　　愧疚难当我有差,
　　　　　　　不应该只顾工作不顾他。
　　　　　　　老张啊——
　　　　　　　原谅我急躁任性脾气大,
　　　　　　　也劝你冷静三思别把火发。
　　　　　　　老张啊——
　　　　　　　我的好当家。
　　　　　　　咱们挣钱为了啥?
　　　　　　　挣钱就是为了花。
　　　　　　　哪个人不是光着身子来世上,
　　　　　　　临走时浑身衣服还要烧掉它。
　　　　　　　争来争去啥也带不走,
　　　　　　　何必要私欲太重自戴枷?
　　　　〔小倩在对唱中下。

老　张　（唱）　为了别人忘自家,

忙死忙活你图啥？

邓主任　（唱）　图的是贫富差距别拉大，
　　　　　　　　　为党分忧甘愿走千家。

老　张　（唱）　下岗人多困难大，
　　　　　　　　　看你能够帮几家？

邓主任　（唱）　能帮一个是一个，
　　　　　　　　　能帮一家算一家。

老　张　（唱）　你若还要这个家，
　　　　　　　　　趁早退堂卸乌纱。

邓主任　（唱）　你忘了入党宣誓说的话，

老　张　（唱）　你休用大帽子将我来压。

邓主任　（唱）　你真是盲人骑瞎马，

老　张　（唱）　你执迷不悟难自拔。

邓主任　（唱）　想不到咱们分歧这么大，

老　张　（唱）　想不通你就离开家。

　　　　　　〔小倩引邓父上。

小　倩　　爸、妈,我爷从医院回来了。

老　张　　爸。

邓主任　　爸。(小声地)小倩,你咋把你爷从医院叫来了？

邓　父　　本事大得很嘛！杯子砸了,热水瓶也摔了……

邓、张　　爸……

邓　父　　你们也太不像话了！

　　　　（唱）　十几年同甘苦忧患与共,
　　　　　　　　　十几年经风雨浪里同行。
　　　　　　　　　锅碗瓢碰一碰难免有声,
　　　　　　　　　且莫要为事业伤了感情。
　　　　　　　　　你看看咱社区杂事纷呈,
　　　　　　　　　多少事需要她身体力行。
　　　　　　　　　当干部就应该肩膀挺硬,
　　　　　　　　　当干部就应该不图虚名,
　　　　　　　　　为梁家排水跳进污水井,

我听说老泪纵横也心痛。
我的女你的妻如此勤政，
难道说你和我不觉光荣？

老　张　（唱）　老泰山一席话让我觉醒，
我不该提离婚让她心痛。
这个家曾经风雨靠她撑，
办工厂岁月峥嵘她头功。
生意场亏与盈经常发生，
都怪我安排差不善变通。
小倩妈原谅我过于冲动，
一时气出言不逊伤感情。

邓主任　（唱）　也怪我遭遇危急不冷静，
忙乱中少沟通对你不敬。

邓、张　（唱）　从今后咱夫妻休戚与共，
为民办事为党争荣携手同行。

小　倩　（念）　搬山填平分水岭，
还是爷爷有水平。

〔众笑。突然传来敲门声。

小　倩　谁呀？

〔幕后如海声："是我，梁如海。"

小　倩　（惊惧地）妈，是如海叔……

邓主任　别怕，让他进来。

老　张　去，开门。

〔小倩开门，如海上。

如　海　（憨直二楞地）邓主任……

〔小倩急忙护住母亲。

老　张　如海，你不要胡来！

〔小赵急上，见状立于门前。

如　海　我是头猪，我是只狗，我糊涂，我胡咬，我向你赔罪来了。（声泪俱下，跪在邓主任面前）

邓主任　（急扶如海）大兄弟，快起来，有话慢慢说。

小　赵	邓大姐,如海他偷偷地看着你跳进污水井,为他家疏通了下水道,还到医院看了他妈,如今他啥都明白了。
如　海	邓大姐,我服了你了。共产党有你这样的好干部,咱社区还有啥干不了的事。
邓主任	大兄弟,社区的事是大家的事,光靠大姐和赵主任几个干部是不行的。我想在咱社区成立一个青年自愿者服务队,让更多的人参与,把咱社区的事做好。
如　海	太好了。邓大姐,那青年自愿者服务队我能参加吗?
邓主任	你不但能参加,还准备让你当自愿者服务队的队长呢。
如　海	邓大姐,你不要开玩笑了,我,我还能当队长? 就我这犯过法坐过牢、又臭又硬的茅坑石头谁能服我?
邓主任	不要那么说,大兄弟,你能知错认罪,戒掉毒瘾,证明你有坚毅的自控能力,这是非常难能可贵的。你的坏脾气一旦找到正确的人生目标,就会变成一种不服输、干好各项工作的顽强骨气。
邓　父	浪子回头金不换,知错能改乃好汉嘛。
邓主任	我和赵主任早就商量过了,由她担任青年自愿者服务队的正队长,你就是副队长。是不是小赵?
小　赵	是真的。(握住如海的手)梁如海同志,咱们俩一起干吧!
如　海	(泪流满面地扑向邓主任)邓大姐——

〔合唱:哎嗨嗨——

小巷长啊小巷深,
小巷里住着寻常人。
油盐柴米酱醋茶,
衣食住行牵动万人心。
大树生长靠树根,
花繁叶茂雨露恩。
小巷里芸芸众生望北京,
它需要铺路架桥的连心人。

秦腔

小巷总理

XIAOXIANGZONGLI

第五场

〔邓主任家临街搭建的厨房兼餐厅,虽然简易,但炉台、水池、墙面均是瓷砖装砌,煤气灶、油烟机已拆除,灶台和餐桌上凌乱堆放着几件杂物。

〔幕启:小赵带头,邓父、小倩、新颖、如海、智余、巧丽、小李、教授、艺术家等手提肩扛撬杠、铁锤、铁锨、铁镐等物随上。

小　赵　（唱）　社区环境要变化,
　　　　　　　　彻底消灭脏乱差。
　　　　　　　　违章建筑要拆除,
　　　　　　　　扒房队集结就出发。

新颖等　（唱）　我帮老弱康大爷,

如海等　（唱）　我帮孤寡田大妈。

小倩等　（唱）　我们负责收破烂,

小李等　（唱）　我们负责把杂物拉。

教授等　（唱）　我们帮助装卸车,
　　　　　　　　不用雇人把钱花。

众　　　（唱）　精神文明做贡献,
　　　　　　　　建社区美化咱的家。

〔邓主任腰系围裙头扎纱巾闻声上。

邓主任　哟,同志们都准备好啦?

众　　　准备好啦!

邓主任　好。咱们清除违章建筑是为了整顿市容,美化环境,建设精神文明。请大家多宣传、多解释,不要与人争吵。搬运家具要轻拿轻放,乡亲们置办点家当不容易。

如　海	请主任放心,我们一定耐心细致做好大家的工作。
众	对,请主任放心。
邓主任	哟!老教授、艺术家,这青年自愿者服务队也让你们披挂上阵了?
教　授 艺术家	社区就是咱的家,大家都应该出力嘛!
邓主任	你们可要注意身体呀!
教　授 艺术家	没关系。
小　赵	邓大姐,是不是留几个人帮你拆厨房?
邓主任	不用了,你大哥一会就回来。
	〔部分群众下。
邓主任	新颖,你过来。
新　颖	邓大姐,啥事?
小　赵	(神秘地)好事。
邓主任	把你和巧丽分在一起,你知道啥意思吗?
新　颖	(不好意思地看看巧丽)我……
邓主任	增加接触,好好表现,放主动点。
智　余	(看看巧丽和新颖哑语)好啊,邓主任要给你们做媒呀!
新　颖	滚!
邓主任	智余说啥?
新　颖	他说你给我和巧丽做媒呢。
	〔众笑。
智　余	(哑语)我不干,你为啥不给我找一个呢?
新　颖	他说你为啥不给他找一个。
小　赵	人家两个谈对象,你倒瞎掺和些啥?
邓主任	等大姐物色到合适的,一定给你介绍。
	〔智余高兴。
新　颖	别傻高兴了。巧丽,咱们走。(与智余、巧丽同下)
小　赵	邓大姐,建社区办公楼的事上级已经批下来了,可这选点和经费咋办?

邓主任　经费上级答应给咱拨款。

小　赵　可啥时候才能到位呀？

　　　〔邓父、小倩上。

邓主任　我和小倩他爸商量过了，先拿出七万。再发动群众垫一些，估计问题不大。

小　赵　可这选点就成了大问题了。

邓主任　是啊。咱们这儿现在是寸土寸金，况且还找不到一块可以盖楼的地方。不过有一个地方我看还是挺不错的。只是……算了，我还没想好。

小　赵　你说的这个地方在哪儿？

邓主任　你看咱巷口两栋楼之间的地方咋样？

小　赵　可那是街巷的通道啊！

邓主任　咱们能不能在下面打上钢架支撑，在上面建办公楼。

小　赵　空中楼阁？

邓　父　好主意，我看行。

邓主任　这事还得和两栋大厦的领导商量一下。另外，还得请专家论证论证。

小　赵　好，说干咱就干。

邓主任　把违章建筑这事搞完，咱就全力投入到盖办公楼的事上来。

小　赵　好，那我招呼干活去了。（下）

邓主任　爸，你刚出院，可要注意身体呀？

邓　父　我和小倩收破烂，这点活累不着。

小　倩　妈！我们把收购点设在新颖叔车子棚那儿。（展开手中的一张纸）你看，明码标价。

邓主任　好。妈再给你点钱。（掏钱）

小　倩　不用。你昨天已给了两千，不够我再来找你要。

邓主任　收入要记账，挣下的交给赵主任。

小　倩　明白。

邓　父　（关心地）你这厨房今天也拆？

邓主任　东西搬完了，马上拆。

邓　父　你这厨房虽说也属违章建筑,但这个地方是死角,况且城建部门也做了罚款,也算是合法了。

邓主任　爸,理虽是这个理,但咱这究竟也属违章建筑。如果咱们当干部的把自己理不清,群众能服吗?

邓　父　嗯。可这房连盖带罚超过了两万,小倩他爸能没意见?

邓主任　没有。我们都说好了,他一会就从厂里回来帮我一块拆。

邓　父　那我就放心啦。小倩,吃喝起来。

小　倩　收破烂啦!有那废铜烂铁、酒瓶书报、破布烂衣、不用的破纸箱都拿来卖啦!

邓　父　(逗趣地和小倩一起喊)收破烂啦!
　　　　〔二人笑着下。邓主任高兴地转进厨房搬杂物下。
　　　　〔远处传来温宝宝和如海的吵闹声。

如　海　温宝宝,你讲理不讲理?

温宝宝　梁如海,是你不讲理还是我不讲理? 你凭啥拆我的房子。
　　　　〔二人边吵边上,新颖、巧丽等随上。

如　海　你把话说清楚,我是在动员你拆,我可没动手拆。

温宝宝　你凭啥动员我拆? 你算老几?

如　海　温宝宝,你嘴巴放干净点。

温宝宝　老娘今天没刷牙,嫌臭你滚远点。

如　海　你骂谁?

温宝宝　骂你,骂劳改犯不犯法。

如　海　你把我惹火了,小心我揍你。

温宝宝　给,你打你打,你不打不是你娘养的。

如　海　呸,老子豁出去了。

新　颖　(制止地)如海,别跟她一般见识,你是队长。

温宝宝　(讥讽地)劳改队长。

如　海　我看你是皮松了,今天我就给你紧紧皮。

新　颖　(劝阻地)如海。

巧　丽　温宝宝,清除违章建筑,美化环境是件好事,你不要蛮不讲理。

新　颖　左邻右舍都拆了,就你这一间堵住巷口不拆能行吗?

温宝宝　我不跟你们说,我找她姓邓的去。

〔邓主任由厨房上。

邓主任　温宝宝,啥事?

温宝宝　我还以为你装聋卖哑不敢出来呢。

邓主任　乡亲们,大家干活去吧。

巧　丽　(担心地)温宝宝可是个……

温宝宝　是个什么?是个泼妇是不是?我吃不了她姓邓的。

邓主任　大家去吧。

〔如海、新颖、巧丽等下。

邓主任　温宝宝消消气,有啥话你慢慢说。

温宝宝　姓邓的!

（唱）　你莫要猫哭老鼠假良善,
　　　　缺德事莫过于倒灶拆椽。
　　　　如今你又扒房子又推墙,
　　　　简直是花花肠子瞎心肝。

邓主任　大妹子!

（唱）　穿西服戴个草帽圈,
　　　　你说让人多难堪。
　　　　大楼下面搭茅庵,
　　　　影响市容不美观。

温宝宝　（唱）　美不美观我不管,
　　　　难堪与我何相干。
　　　　我家房小不够住,
　　　　想要拆除难上难。

邓主任　（唱）　城市正在大发展,
　　　　住房困难会改观。
　　　　不经规划乱搭建,
　　　　社会将成啥局面。

人行路不畅，

车行不够宽。

万一出火情，

人员不安全。

温宝宝　（唱）　道路不宽人能过，

汽车难进少尘烟。

别把问题说恁悬，

咱这地方最安全。

几任领导都没管，

就你积极想高攀。

邓主任　（唱）　当主任你也把我选，

为何食言把脸翻。

温宝宝　（唱）　你能干领咱多挣钱，

当选后尽打小算盘。

邓主任　（唱）　如果光为自己打算盘，

这两万多元谁给还？

温宝宝　（唱）　你带头拆房是手段，

逼得大家更难堪。

你这一招最损人，

搅得小区不得安。

姓邓的，你不要把事情做绝了。你不过就是当了个芝麻官么，给你个麦秸秆还当拐棍给拄呢！难怪你断子绝孙，抱养个野娃！

〔小倩已上多时，听到此心头一震。

邓主任　（气得语塞）你……

温宝宝　我咋？我说得不对？（顺口溜地）不会生不会养，拾个娃装亲娘，有啥本事要张狂？你看咱的儿，挺着肚子生，含在嘴里养，将来挣钱买大房，看谁到老受恓惶。哈哈……（以胜利者的姿态下）

小　倩　（冲到门口，担心地）妈！

邓主任　（回头一惊）小倩？（跌坐在餐桌旁）

小　倩　（撕心地悲呼）妈妈——（扑到邓主任怀里）

邓主任　（唱）　一声唤撕心肺山摇地动，
　　　　　　　　年幼儿怎经这石破天惊？
　　　　　　　　儿好比温室花朵遭霜冻，
　　　　　　　　儿好比乳燕展翅遇狂风。
　　　　　　　　原打算掩实情将她瞒哄，
　　　　　　　　温宝宝她将这窗纸戳通。
　　　　　　　　那是血泪凝成的痂，
　　　　　　　　那是汗水浇注的情。
　　　　　　　　怕的是今日一旦说出口，
　　　　　　　　对她的心灵留伤痕。
　　　　　　　　如果今日隐真情，
　　　　　　　　将会影响她一生。
　　　　　　　　我该怎么办？
　　　　　　　　我该怎么办？

〔画外音：不会生不会养，拾个娃当亲娘。

邓主任　（唱）　花朵迎春会解冻，
　　　　　　　　乳燕终究要腾空。
　　　　　　　　今日里将实情说给她听，
　　　　　　　　也让她初经风雨识人生。

　　　　　小倩啊，你站起来，妈有话要给你讲。小倩，你温阿姨骂妈的话是恶了点，但她的话是真的，你不是我的亲女儿，你是妈在路边捡来的。

小　倩　（痛苦地）不！不！这不是真的！

邓主任　（深沉地叙述）妈我生长在大跃进年代，成长时又遇上三年自然灾害；十年浩劫，你爷爷受到冲击，你奶急得一病起不来。八岁的我挑起生活重担，要闯过这人祸天灾；我拾过煤渣、当过乞丐，牵绳挂坡，挖过野菜；雨里来风里去，受尽了人间苦难。结婚后几次怀孕几次流产，经医院多次诊断，才知道艰苦奔波留下祸害，医生告知我不能生育后代。可是，你却被有生养能力的母亲扔在郊外。当时,你嘴发紫,脸发白,哭无声,气已衰,我心酸泪流地将你抱进怀里,谁知你竟笑了起来;从那一刻起,我就知咱娘俩前世有缘,今生再也分不开。

小　倩　妈妈——(扑到母亲怀里)我永远不和你分开。

邓主任　不。孩子,今天这事,虽然让妈吃惊,也让妈心头一亮。小倩!

（唱）　自从妈当上这社区主任,
　　　　多少事从来急忧心如焚。
　　　　一件事办不好就遭人恨,
　　　　办好事也难称万人之心。
　　　　大千世界复杂纷纭啥事都会发生,
　　　　跟着我受委屈担惊伤神。
　　　　如果你愿意找你亲生母,
　　　　即就是大海捞针,
　　　　也要帮你找到亲人。

小　倩　妈妈,不要说了,我就是你的亲生女儿。

（唱）　妈妈你拾弃婴心地善良,
　　　　一口饭一勺汤育儿成长。
　　　　十几年未曾打儿一巴掌,
　　　　十几年夜夜伴读在灯旁,
　　　　十几年节衣缩食把儿养,
　　　　逢年节总要为儿添新装。
　　　　我的妈妈呀——
　　　　养育恩比山高似水长,
　　　　女儿我一辈子牢记心上。
　　　　我就是你的亲生女,
　　　　你就是我的亲生娘。
　　　　我的妈妈呀——
　　　　我的好妈妈。
　　　　儿我不怕受委屈,

儿我不惧恶语伤。
你的儿已长大，
真假善恶能端详。
学习你的好品质，
永远以你做榜样。
从今后与妈妈相依相傍，
报答你养育恩地久天长。

妈妈——（扑向母亲怀里）

邓主任　小倩——

〔二人相抱。

〔合唱：小巷长啊小巷深，
小巷里住着寻常人。
油盐柴米酱醋茶，
衣食住行牵动万人心。
大树生长靠树根，
花繁叶茂雨露恩。
小巷里芸芸众生望北京，
它需要铺路架桥的连心人。

第六场

〔社区街巷，雷鸣电闪，风狂雨暴。

邓主任　（内唱）雷鸣电闪风雨狂，

〔邓与小赵等打伞探水舞蹈上。

邓主任　（唱）　这情景不由我焦虑心慌。
抬头举目四下望，
万物难辨水茫茫。

众　　　（唱）　手挽手、肩并肩，
顶风冒雨往前行。

〔邓主任率众人舞蹈下。

〔后台传来婴儿哭声和老人的呼救声。

〔温宝宝冲上,巧丽和两个女群众追随而上,阻拦强拉着发疯似的温宝宝。

温宝宝　（发疯似地）孩子……我的孩子……

巧　丽　温宝宝,巷子里的水已有一米多深,你去一定非常危险。

〔邓主任上。

邓主任　巧丽,啥事?

巧　丽　温宝宝家厨房没拆,杂物堵住了通道,水全部聚在巷子里,那一排房子很危险。

一群众　可温宝宝的婆子和孩子还在屋里。

温宝宝　（又冲）娃呀……

〔巧丽和群众拉住温宝宝,邓主任毅然跳进水里,搏水前行。

群　众　邓主任,危险……

〔新颖、智余上,见状亦跳入水中,与邓主任搏水下。

温宝宝　（发疯地）儿呀……

〔邓主任托举着婴儿,新颖、智余背扶着温宝宝的婆子上。

温宝宝　（接过孩子）儿子,我的儿子……

〔后台传来房屋倒塌的"呼嗵"声。

群　众　房塌了……妈呀,好险呀!

温宝宝　（万分感动地）邓主任,你真是好人呀!活菩萨,我不知该咋样谢你呀……

邓主任　快把孩子和你婆子送到我家。

温宝宝　邓大姐,我也要和大家一块参加抢险。

邓主任　你先把孩子和老人安排好再来。

〔温宝宝点头抱孩子携婆子下。

〔小赵等群众急上。

小　赵　邓大姐!邓大姐!那边几十户都进水了,有的地方水深已两米多,情况十分危险。

邓主任　小赵,你赶快带新颖、智余几个强壮人员前去清除淤堵,打开井盖,让水顺利排走。

小　赵　是。(招呼新颖、智余等人急下)

〔如海率群众上。

如　海　(内喊)邓大姐!邓大姐,风狂雨大,电线被刮断了,抽水机不能使用,这可如何得了!

邓主任　这……

老　张　(内喊)小倩妈!

〔老张、刘院长等急上。

邓主任　老张,你们怎么来了?

老　张　我看风狂雨暴,估计电路要出问题,就让小李把厂里的发电机拉来了。

邓主任　太好了。

刘院长　邓主任,我们也带来两台抽水泵和一台发电机,请你指挥调用。

邓主任　刘院长,你们可真是雪中送炭啊。谢谢!谢谢!同志们……

小　倩　(内喊)妈——

〔小倩急上。

邓主任　小倩,你不在医院伺候爷爷,跑到这儿干啥来了?

小　倩　妈,我爷他、他、他去世了!

〔众皆大惊。

〔女声独唱:噩耗传,惊雷响,

长空电闪撕断肠。

慈父灵魂且慢走,

救罢灾民再治丧。

邓主任　(泪流满面地跪倒在地)爸——爸……

〔小倩与老张相拥悲伤,众人无不唏嘘。

群　众　邓大姐,你先回家料理伯父的丧事吧。

众　　是啊,你先回去吧。

邓主任　（回望企盼的群众，毅然地）同志们，我们遇到了五十年罕见的特大暴雨，数百间民房被淹，成千名群众被困，同志们，让我们团结起来，众志成城，排险自救，战胜困难。

众　　　对，团结起来，众志成城，排险自救，战胜困难。

〔众人在音乐声中做抢险救灾舞蹈，最后定格亮相。

尾　声

〔彩虹霞光，楼亮街畅，花团锦簇，鸟语花香。

〔幕后：人们正在街心花园中晨练。

〔独唱、合唱：小巷长小巷深勃勃生机，

草长青树长绿花红遍地。

党风正民心顺春风喜雨，

国富强百业兴万事如意。

小巷总理双手托起彩虹，

北京城就连着咱们社区。

〔歌声中，邓主任、小赵、小倩、邓父、老张上，群众围上，簇拥他们走向前台向观众谢幕。

——剧　终

演出单位

西安尚友社

基石赋

丁金龙　编剧

剧情简介

　　二十世纪六十年代末，一个夜里风高、秋雨萧萧的夜晚，支左军代表不顾红卫兵的追赶、威逼，放走了一个小"保皇派"。这个小"保皇派"就是日后成为"全国拥军模范"、"爱国民族团结进步模范"的石志光。该剧艺术地再现了老石二十年为部队放电影、顶住各种困难和误解，不顾冷嘲热讽，以实际行动感动一群、带动一片的动人故事。热情讴歌了他痴心不改、矢志不移、忠心向党、铁心拥军、热心为民的先进事迹。该剧时代感强，生活气息浓，语言幽默，人物形象鲜活、感人，具有较强的思想内涵和较强的艺术感染力。

场　目

人物表

老　石　（年青时称石头）

月　兰

钱串串

孙书记

岳科长

教导员

赵雪花

小　范

一排长

张军医

四姐妹

二女工

焦队长

乞　丐

小　黄

护士甲乙

男工人

部队首长（民委主任）

部队战士

回民群众

序 幕

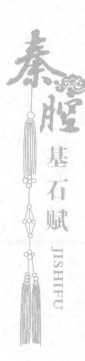

〔二十世纪六十年代后期,秋夜。

〔风雨古城。

〔幕在歌声中疾起。

〔独唱、合唱:

　　夜黑风高,

　　秋冷雨潇。

　　长街静静,

　　泥路迢迢。

　　心急切,似火烧,

　　逃路人,怕天晓。

　　留住青山护幼苗,

　　风雨过后秀木高。

〔歌声中,焦队长和石头在风雨中跌扑奔上,一把纸伞互让,共撑,艰难跋涉中情深意长。

〔红卫兵甲乙冒雨追上,气喘吁吁,坚持不懈顶风前行。

〔红卫兵即将追上,焦队长急将石头推进一条小巷,自己迎面挡住红卫兵。

红卫兵乙　(擦去脸上雨水,惊异地)焦队长,咋是你?

红卫兵甲　好个支左军代表,竟敢放走保皇派!

焦队长　他不是保皇派,我们要爱护少数民族同志。

红卫兵甲　少数民族也有坏分子。

焦队长　他祖宗三代都是坊上贫民,无产阶级。

红卫兵甲　革命队伍里也会出现叛徒。

焦队长　他既不是坏分子,更不是叛徒。

红卫兵甲　他为什么把走资派书记、厂长都藏在他家里？

红卫兵乙　明天要开批斗会,你放跑了姓石的,我们怎么向无产阶级革命派交代?

焦队长　我会向群众解释的。

红卫兵甲　谁干扰革命大方向,我们革命造反派一千个不答应,一万个不答应!

红卫兵甲　(无奈劝解地)十万个不答应又能咋? 跑都跑咧,走吧,赶快回去向造反司令部汇报,看明天批斗会咋安排。

红卫兵甲　走! (欲下)姓焦的,我看你明天咋向革命群众交待。(随乙下)

　　　　〔石头暗上。

石　头　(担心地)焦队长……

焦队长　小石头,你咋还没走?

石　头　我走了,他们会对你进行无情斗争的。

焦队长　我不怕。你快走吧,到石化厂找我的战友,他会保护你,还会给你安排工作的。

石　头　(依依不舍地)那……我走了。(欲下)

焦队长　回来。把这把伞带上,人生路长,遮风挡雨用得着。

石　头　(激动地)焦队长,救命之恩我该如何感谢你呀!

焦队长　我不图你感谢,希望你这辈子不要忘了人民解放军!

石　头　我一定。(热泪盈眶,深深一躬)

　　　　〔幕后独唱、合唱:

　　　　　啊——

　　　　　解放军,鱼水情,

　　　　　解放军,雨露恩。

　　　　　战时负命蹈烈火,

　　　　　动乱扶危救黎民。

　　　　　一把纸伞撑风雨,

　　　　　历经坎坷走人生。

　　　　〔焦队长,石头在歌声中相送,握别,依依不舍,定格。

　　　　〔切光。

第一场

〔二十世纪七十年代末,春日。

〔石头家,墙上明显位置挂着那把纸伞。

〔幕启:四姐妹中的三人正在布置新房,甲兴冲冲地
跑上。

甲　　　姐妹们,月兰姐来了。

乙　　　逗逗她,怎么样?

众姐妹　好,咱们躲起来。(四人躲藏)

〔月兰欣喜地上。

月　兰　(唱)　春风丽日精神爽,

　　　　　　　绿荫枝头喜鹊唱。

　　　　　　　周末就要作新娘,

　　　　　　　今日偷来看新房。

〔月兰怯怯推门而入,四姐妹一哄而上。

甲　　　蒙住月兰双眼。

乙　　　贼娃子窃入洞房,捆起来,送到派出所去!

月　兰　姐妹们,我是月兰,我是月兰呀。

甲　　　(放手)哟,原来是月兰姐呀,还没发海棠就上门来
了,真不害臊。

四姐妹　羞、羞、羞!

〔月兰羞臊,四姐妹围着月兰起舞。

四姐妹　(唱)　白固固遮不住羞涩的少女,

　　　　　　　绿袷袢掩不住青春的活力。

　　　　　　　春潭秋池企盼着朝露夜雨,

　　　　　　　俏眉眼闪秋波芳心迷离。

　　　　　　　只盼着银河鹊桥天河配,

牛郎织女两相会甜甜蜜蜜。

甲　　　月兰姐,你说你现在甜蜜不甜蜜?

四姐妹　说! 不说收拾你。

〔月兰羞于启齿。

乙　　　月兰姐呀,现在是霜打的柿子,吐鲁番的葡萄,甘蔗蘸蜂糖……

四姐妹　甜到心底底,甜蜜透咧!

甲　　　你想不想石头哥?

月　兰　(违心地)不想。

乙　　　你做梦抱枕头,乐得都笑醒咧,还说不想?

甲　　　不想你来干啥?

月　兰　来看看新房咋样。

乙　　　哦——原来是县老爷坐轿下乡——

四姐妹　视察来了。

甲　　　你看看这新房咋样?

月　兰　(唱)　新糊的顶棚新刷的墙——

四姐妹　(唱)　新刷的墙呀新刷的墙。

月　兰　(唱)　新油的家俱漆飘香——

四姐妹　(唱)　漆飘香呀么漆飘香。

月　兰　(唱)　朴素简洁家清爽——

四姐妹　(唱)　家呀么家清爽。

月　兰　(唱)　清雅温馨显大方——

四姐妹　(唱)　显呀么显大方。

月　兰　(唱)　心灵手巧四姐妹,
　　　　　　　　感谢你们来帮忙。

四姐妹　草原上的百灵鸟,不要光耍嘴皮子巧,你说咋谢。

月　兰　每人一份礼,结婚那天送给你们。

甲　　　先说出来我们听听。

四姐妹　对,说来听听。

月　兰　好,你们听着。

　　　　　(唱)　送块手帕表心意,

杭纺丝绣针儿密。

先绣绿荷并蒂莲,

再绣碧波双游鱼。

蒂落结籽育莲藕,

游鱼摆尾带小鱼。

四姐妹　月兰姐,你真坏……(追打月兰)

〔石头提着褐色方箱上。

石　头　姑娘们,以众欺寡,不嫌丢人吗?

四姐妹　哟哟哟,还没进门,先护上媳妇了。

甲　　　问问你媳妇,我们为啥欺侮她。

乙　　　我们帮了你的忙,她就送给我们一条花手帕。

甲　　　啬皮还不算,还说让我们生儿育女带娃娃。

四姐妹　你说该打不该打?

石　头　好事嘛,难道你们能永远待字闺中,变个老姑娘吗?

四姐妹　哎呀,你比月兰姐还坏。(捶打石头)

甲　　　(指方箱)你这买的是啥?

石　头　你们猜。

乙　　　现在时兴四大件,手表、收音机、自行车、缝纫机,(猜测地)看这像收音机。

四姐妹　太扁太重,不像收音机。

甲　　　一定装的是手表!

四姐妹　他不做生意,一箱手表买不起。

乙　　　缝纫机。

四姐妹　四四方方,不成比例。

甲　　　自行车?

四姐妹　两个轮子那么大,装不进去。老实交待,这是啥新式武器?

石　头　天机不可泄漏,现在保密。

甲　　　保密咱不看,有啥了不起。

乙　　　走,咱们不要当电灯泡,让人家亲密亲密。

甲　　　后天就结婚,着的啥急嘛。

秦腔基石赋 JISHIFU

乙　　　婚前两相会,心比猫娃子挠痒痒还急呢。

四姐妹　(诡秘地)慢慢来。不要学猫挠痒痒心太急。

〔月兰含羞,石头举拳,四姐妹嬉笑着跑下。

石　头　结婚那天不要忘了来拿花手帕……

〔幕后四姐妹:留给你娃擦涎水吧。

〔石头、月兰相视,突然感到尴尬。

石　头　月兰……

月　兰　石头……

石　头　月兰,我有话要给你说。

月　兰　(头也不抬地)想说啥,你就说嘛。

石　头　(决心地)我说啦!

月　兰　看你,大男人还扭捏。

石　头　月兰。

　　　　(唱)　为结婚我白天上班夜不闲,

　　　　　　　打工揽活居然攒下上千元。

　　　　　　　我多想换上一张代金券,

　　　　　　　华侨商店时髦洋装任你选。

月　兰　(唱)　时髦洋装太扎眼穿着不自然,

　　　　　　　坊上女崇尚节俭不爱穿。

石　头　(唱)　想托人给你买辆自行车,

月　兰　(唱)　路不远道不宽骑车不安全。

石　头　(唱)　弄张票给你买块上海表,

月　兰　(唱)　豆腐坊尽是水戴表太麻烦。

石　头　(唱)　贴心人知心话解我慌乱,

　　　　　　　月兰妻不见怪我就直言。

　　　　　　　我花了上千元买了一件宝,

　　　　　　　但愿你我的妻一定喜欢。

　　　　(把方箱提到月兰面前)

月　兰　你到底买的啥?

石　头　我说你猜。

　　　　(唱)　箱不大能装下千军万马,

百鸟鸣龙虎斗彩蝶飞花。

观时事晓古今千变万化,

想旅游静坐不动走天涯。

月　兰　(唱)　一定是小金鱼给渔夫送的宝瓶,

石　头　不是。

月　兰　(唱)　那准是里布里斯使魔法。

石　头　(唱)　我说你开明豁达有文化,

你却是愚昧落后说胡话。

火箭升空卫星绕着地球转,

七十年代科技发展变化大。

现如今电视电话进了常人家,

你还是固固遮面掩羞花。

月　兰　(假装生气地)你把我数落完了没有?

石　头　对不起,敬个礼。(逗趣地敬个少先队礼)

月　兰　(扑哧一笑)你真坏!那箱子到底装的啥嘛?

石　头　(一字一顿地)电影放映机。

月　兰　你真把里不里斯弄到家来了。

石　头　(欲指责)你……

月　兰　(自知地)愚昧落后对不对?你花那么多钱买电影
放映机干啥?

石　头　(指墙上的伞)你还记得它吗?

月　兰　雨伞……你想为解放军放电影?

石　头　我一直想为解放军做点事,可时代进步了,生活提高
了,现在拥军总不能还是"鸡呀羊呀送到哪里去,送
给咱亲人解呀放军。"

月　兰　那也太落后、太俗套了。

石　头　所以呀,我想文化拥军,把优秀的文化、最新的知识、
先进的军事科学和党中央的声音送进军营,送给官
兵,活跃部队的文化生活。

月　兰　哎,你会放电影吗?

石　头　我在延安民众剧团的时候,跟电影队的老师学过,多

年没动手了,今晚上我就试试。

月　兰　我给你当学徒,学会了我帮你,挣了钱也有我一份功劳。

石　头　(意外地)你说啥?

月　兰　(怯怯地)我说……我说,我说电影院一张票一块钱,咱每人收他两毛、三毛不行吗?

石　头　咱们是拥军还是为赚钱?

月　兰　那……搞活经济也是对的嘛。

石　头　那也不能挣解放军的钱。

月　兰　(高兴地)对对对,咱拥军不收钱。那咱给坊上乡亲、厂里工人、乡里农民放总可以收点吧。

石　头　谁的都不收,纯粹尽义务,不吃、不喝、不拿、不要,连片租都不收。

月　兰　(泄气地)那……旱地里长苗,我看你能抗多久。

　　〔钱串串手挎提篮,肩背马扎吆喝着上。

钱串串　哎——来咧来咧,寸金麻片牛筋糖,磨牙板板分外香,给新媳妇称一斤?

月　兰　做生意吆喝到人家屋来咧。

钱串串　嗨嗨,弟妹,跟你开个玩笑,石头,听说你买咧个电影放映机?(放下马扎,搁上提篮)你小子行呀!一颗骰子掷七点,出人预料。邓小平刚提出经济改革,你就开放搞活,一部片子租金十几块,一场电影成百上千人看,乖乖,那钱可挣海咧!

石　头　你就知道钱!

钱串串　不为钱,我起早贪黑提篮小卖为啥?还是你脑子活,这可是小老鼠拉线砣,大转头在后面哩。(指放映机)弄这,要不了一年你就成万元户咧。

石　头　咱俩呀,就像城门楼上放鸽子——

钱串串　咋说?

石　头　双飞不同路。我买放映机完全是为了拥军不挣钱。

钱串串　(不相信地看看月兰)不要钱?

月　兰　嗯……(看看石头)不要钱。

石　头　（高兴地靠近月兰）我俩刚商量的。

钱串串　你俩没感冒吧？

月　兰　好好的。

钱串串　没发烧吧？

石　头　你才发烧哩。

钱串串　不感冒没发烧，那就是肚脐眼上点眼药，你心里头有病。哎哎哎，现在哪有你这种笨蛋，闷熊，傻老帽，歪把葫芦不开瓢，瓜得不透气的人嘛！搭上精神挣吆喝，你图啥哩！现在拥军都是逢场作戏，走个形式，谁像你们那么实心眼。

月　兰　（生气地）钱串串，我看你现在是吃粘面吃白馍把你撑糊涂了。你忘了你达达在西门洞甜水井摇橹橹把给你挣黑窝窝头的年头咧。

钱串串　说远咧，说远咧。

月　兰　你也是黄连熬稀饭，从苦水里泡过来的人么，才过上几天好日子就嫌远咧，就把那苦水水给忘咧？

石　头　说得好。钱串串，我告诉你，老修在北边，老蒋在南边，老美在西边，小日本在东边，你好好想想。

钱串串　你说得太悬了，难道说中国八亿人能让他们给包了饺子？

石　头　没有强大的国防，那很难说。

月　兰　让人家原子弹、导弹一炸，断水断电，就轮上你去摇橹橹把咧，恐怕连窝窝头都啃不上哩。

钱串串　说不过，说不过，你们有理，还是卖我的糖去。（挎提篮捐马扎，边走边吆喝）寸金片牛筋糖，磨牙板板一窝酥，哎——来咧！大人小娃快来尝，外带冰糖葫芦。（下）

石　头　（笑送钱串串走后，激动地握住月兰双手）月兰，你说的真好。

月　兰　总不能像钱串串那么糊涂吧。

石　头　月兰！（一把将月兰拉进怀里，欲吻）

103

　　　　　　　〔四姐妹悄悄上,偷窥。

四姐妹　（学猫叫）喵——

石　头　（急和月兰分开）鬼丫头!

四姐妹　哈哈……

　　　　　　　〔切光。

第二场

　　　　　　　〔二十世纪八十年代末,秋夜。

　　　　　　　〔军营宿舍。

　　　　　　　〔幕启:风雨雷电,教导员和张军医、护士匆匆穿场而
　　　　过。稍刻,教导员上。

教导员　（看看窗外风雨,关窗）

　　　　　　（唱）　雷电鸣,天无义,

　　　　　　　　　　　秋风狂,暴雨袭。

　　　　　　　　　　　一场电影三次换场地,

　　　　　　　　　　　老石淋成落汤鸡。

　　　　　　　　　　　他下班未归来部队,

　　　　　　　　　　　迎风骑车几十里。

　　　　　　　　　　　跨进军营脸未洗,

　　　　　　　　　　　卷起袖子架影机。

　　　　　　　　　　　钢筋铁骨也会疲,

　　　　　　　　　　　何况老石身体虚。

　　　　　　　　　　　电影放完人昏迷,

　　　　　　　　　　　一头栽倒水泥地。

　　　　　　　　　　　全营官兵未入睡,

　　　　　　　　　　　牵挂老石心中急。

　　　　　　　〔幕后男声合唱:

　　　　　　　　　　　老石啊——

　　　　　　　　亲兄弟!

　　　　　　　　十年风雨拥军路,

　　　　　　　　一部"永久"走单骑。

教导员　（唱）　晴天一身土,

　　　　　　　　雨天一身泥,

　　　　　　　　汗洗五星红,

　　　　　　　　情洒军营绿。

　　　　　　　　越爱越深军民情,

　　　　　　　　越爱越真心难离,

　　　　　　〔幕后合唱:

　　　　　　　　　文化教育送军营,

　　　　　　　　　拥军谱新曲。

　　　　　　〔张军医上。

教导员　张军医,老石怎么样?

张军区　他肠胃不好,又感冒发烧,血糖偏低,流汗虚脱,浅度
　　　　　昏迷,现在已经醒过来了,我叫护士正在给他输液。

教导员　谢谢张医生。

张军医　让老石好好休息,有啥情况通知我。

教导员　通讯员。

　　　　　　〔幕后应:到!

教导员　送送张医生。

　　　　　　〔幕后应:是!

张军医　好,明天见。（下）

　　　　　　〔一排长披雨衣急上。

一排长　教导员……

教导员　一排长,小范找到了吗?

一排长　我和几个班长找遍了营区每个角落,都没见人。

教导员　看电影时他在不在?

一排长　在,电影一完,老石昏倒,部队一乱,他就不见了。

教导员　会不会到复员转业集训大队去了。

一排长　不会,他床上的东西全在。何况他这几天正闹情绪,不吃不睡,整天发牢骚。

教导员 (警觉地)不好!迅速派人到后山川道里去看看,今晚山洪暴发,他会不会想不通……

一排长 不会,小范不是那种人。

教导员 快去。

一排长 是!

〔后台喊声:小范回来了。

〔小范披雨衣提食盒急上。

小 范 教导员……

一排长 (严厉地)范雨同志!

小 范 到!

教导员 (制止一排长,和悦地)小范,你到哪去了?

小 范 教导员,我到你家去了。

一排长 乱弹琴!半夜三更你跑教导员家干什么?

小 范 (亮出食盒)我让嫂子熬了一碗姜汤。我看石老师被雨淋透了,我担心他感冒,所以……

教导员 (瞪一排长一眼)一排长。

一排长 到!

教导员 还不把姜汤给老石送去。

一排长 是!(接姜汤下)

教导员 小范,你想得真周到。

小 范 教导员,石老师不光是来放电影的,他用自己的行动给我上了一堂生动的政治课,教导员——

(唱) 这几天——
 宣布复员我恼火,
 满腹牢骚意见多。
 当兵三年未入党,
 吃饭不香睡不着。
 回乡怕见父母面,
 又怕乡亲背后说。
 最怕见到未婚妻,

这张脸皮没处搁。

老石他——

一场电影一堂课，

模范行动教育我。

普通工人未入党，

默默奉献不自薄。

范雨决心学老石，

不入党照样为党做工作。

明天我打起背包去集训，

回乡后定为军旗增色作楷模。

〔一排长在小范唱中上。

教导员　小范,看到你的进步,我非常高兴,快进去看看老石吧。少说话,让他好好休息吧。

小　范　是！（下）

一排长　教导员,你通知老石家里了吗?

教导员　他家没电话,厂里没人接,我在他衣兜里发现了一张名片,上面有电话。

一排长　（接过名片看）伊兰糖果厂厂长钱全全。你打过电话了?

教导员　打过了。钱厂长说是老石的朋友,他马上就到。你招呼同志们休息去吧。

一排长　我说过了,大家担心老石,都不睡。

教导员　告诉大家,老石好多了。

一排长　是。（下）

〔小范上。

小　范　教导员,老石他拔掉针头坚决要走。

教导员　走！去看看。（欲下）

〔一排长领着手拿手机的钱串串上。

一排长　教导员,钱厂长来了。

教导员　（握手）钱厂长,你好。

钱串串　你好你好,老石呢?

〔老石披着衣裳打着吊针,护士举着吊瓶急步跟上,小范劝阻欲拔针头的老石,两人拉扯着上。

钱串串 (埋怨地)石头呀石头,你这是何苦哩,把人弄成这熊相了。

老　石 (突然拔掉针头)我好好的,你喊啥嘛。教导员,真不好意思,给部队添麻烦了。我好了,我要赶回工厂上班。

教导员 现在是夜里三点,你……

老　石 五点半我就要清炉渣,给锅炉上水,七点钟就有人要用开水了。

钱串串 你不要命了?

教导员 不行,你一定要打完针再走。

老　石 教导员,不能耽误全厂几百号工人、干部喝开水呀,上午烧完锅炉,我自己到医院去。

教导员 (感动地)那好。一排长,派辆车送送老石。

一排长 是!

老　石 (急阻)不用不用,不能再给部队添麻烦了。

钱串串 算咧算咧,我是打的来的,车就在营房外等着哩。

教导员 那好,钱厂长送老石我们更放心,老石,你义务放电影我们情领了,可是这一千元片租费不能让你再掏了。(递钱)

钱串串 拿上拿上,这客气啥嘛。(欲接钱)

老　石 (阻止地)你干啥!教导员,你爱民的心我领了,可是我拥军的情你总不能拒绝吧?收了钱,我老石成啥人了?

教导员 你放电影自带干粮,没吃过我们一顿饭,没抽过一根烟,逢年过节,你把自家过节的粽子、元宵、花生、瓜子都给我们送来……你不收这片租,我怕全营官兵不同意。

〔窗外战士声音:我们坚决不同意。

〔教导员拉开窗帘,推开窗子,战士们齐聚窗外。

众战士　　石老师,敬礼!

老　石　　(惶恐地)同志们,谢谢,谢谢! 快放下,快放下……

小　范　　(激动得热泪盈眶)石老师……请接受复员战士的
　　　　　最后一个军礼吧!(敬礼)

老　石　　(激动地)教导员,同志们……

　　　　　(唱)　一声老师让我激动,

　　　　　　　　一个军礼令我吃惊。

　　　　　　　　这军礼——

　　　　　　　　标记着南昌城的激烈枪声,

　　　　　　　　浸润着井岗山的革命友情。

　　　　　　　　这军礼——

　　　　　　　　记录着长征苦旅情义重,

　　　　　　　　伴随着抗日解放的激烈战争。

　　　　　　　　这军礼——

　　　　　　　　接受过三代领导人的检阅,

　　　　　　　　标示着军人对党和人民忠诚。

　　　　　　　　多少战士敬罢军礼托起炸药包,

　　　　　　　　粉身碎骨未留名。

　　　　　　　　多少战士敬罢军礼举红旗,

　　　　　　　　前仆后继血染军旗红。

　　　　　　　　多少战士敬罢军礼奔灾区,

　　　　　　　　赴汤蹈火献青春气贯长虹。

　　　　　　　　老石我何德何能几两重,

　　　　　　　　谢军礼还一个深深的鞠躬。

　　　　　　　　谢你们保国保民情义重,

　　　　　　　　请接受一个穆斯林虔诚的感情。

钱串串　　(嘟囔地)唉,瓜实咧!(对老石)还啰嗦啥哩,快走
　　　　　快走。

老　石　　教导员、同志们,再见!(和钱下)

众战士　　石老师,一路顺风!(行注目礼)

秦腔
基石赋
JISHIFU

第三场

〔九十年代后期。秋日。

〔工厂锅炉房,澡堂外。

〔幕启:科长拿着一张空白表格上。

科　长　（唱）　雪山雄鹰树枝上的鸟,

　　　　　　　森林老虎家里养的猫。

　　　　　　　虽说都能飞来都能跑,

　　　　　　　能耐没法可比相差遥。

　　　　　　　选老石当模范让我给填表,

　　　　　　　烧锅炉的进北京真是蹊跷。

　　　　　　　爱管闲事爱逞能不靠近领导,

　　　　　　　岂能让他猴上旗杆爬得高。

　　　　　　老石,老石。

　　　　　　〔一男工人上。

工　人　科长,老石在那卸煤哩,都快卸完了。走,洗个澡。

科　长　我中午洗过了。

工　人　反正你要等老石,再冲一下。

科　长　我没带毛巾。

工　人　巧了,我刚买条新的,你用,我还用旧的。

科　长　那走。（二人进男澡堂下）

　　　　　　〔稍刻,老石推煤车上。

老　石　（唱）　伴着星光早起床,

　　　　　　　踏着月色晚下班。

　　　　　　　烧锅炉、运煤炭,

　　　　　　　管理澡堂带值班。

　　　　　　　脏累不嫌我情愿,

忙碌反觉心舒坦。

隔三差五放电影，

与兵同乐天地宽。

春风秋雨年复年，

愉人悦己活得挺自然。

〔科长擦着头由男澡堂上。

科　　长　（话中带刺地）老石，闲着哩。

老　　石　科长真会说笑话，身兼四职我能闲着。

科　　长　咋，有意见？这是精简裁员，优化组合。老鼠上秤盘，自己也掂量掂量自己，你没下岗就是本科长对你的最大照顾，告诉你，你不过是南山顶上的一棵草，有你不多无你不少。

老　　石　我知道，我就像那秤盘子底下的糠皮，没多大分量，九牛身上一根毛，无足轻重，谢谢科长照顾。

科　　长　知道就好，可我发现你咋老是耳朵眼里炒芝麻，总爱小捣鼓哩。你跑到财务科去查账想干啥？

老　　石　查账？（醒悟地）哦，你是说我找会计问那堆废钢铁的事，是吧？

科　　长　脚丫子挠痒痒，你算几把手？你问卖了多少吨，多少钱是什么意思？

老　　石　科长，你误会了。我是想问问那堆废品到底值多少钱。

科　　长　那是鸡骨头熬油，老鼠尾巴炖汤，没多大油水，你问它干啥？

老　　石　我想把这个数字报告给厂里，号召节约，降耗增值呀。我在捡那堆废钢铁的时候，就发现很多能用的，风剥雨蚀都浪费了。还有几根废管子，我想买下，焊个银幕架子，以后演电影方便么。

科　　长　才吃了三天斋饭就想主持大庙里的事了，功底还浅着哩。告诉你，你捡的那堆废品是我卖的，钱我没交财务科，放到咱们科的储蓄本上了，我给厂领导打过招呼。科里和外界打交道买条烟、打个的,请个客吃个饭不要钱吗?

老　石　豇豆一行,茄子一行,你该咋办就咋办,不是我管的事。(拿铁锨欲下)

科　长　你干啥去?

老　石　我筛煤核去。(下)

　　　　〔孙书记上。

孙书记　岳科长。

科　长　孙书记,你咋来了?

孙书记　我找老石。

科　长　(警觉地)他找你?

孙书记　不是他找我,是我找他。昨天驻军领导来了,今天《人民军队报》和驻陕各报的记者也来了。我想和老石先谈谈,了解一下他的拥军历程和思想体会,好好帮他总结一下。这可是咱厂的一笔精神财富哟,哎,给你的那张表填好了吗?

科　长　(掏出表)还没填。

孙书记　抓紧填。

科　长　孙书记,我们科这蚂蚱笼里也能蹦达出个人物来?

孙书记　不要谦虚了,填好交宣传科。(发现老石)哦,老石又在那筛煤渣检煤核哩。我走了。(下)

　　　　〔科长看看走去的书记,又看看手中的表,心情极度矛盾。

　　　　〔赵雪花和女工甲乙上。

赵雪花　(热情地)哟,科长,看啥哩,那么认真的。

科　长　(心烦地)与你无关,少管闲事。

赵雪花　哎哟哎哟,老公鸡戴眼镜——官(冠)不大,架子不小。

科　长　避避避,我烦着哩。

赵雪花　有啥可烦的嘛,让我看看这是啥?(一把从科长手中夺过申报表)"全国拥军模范申报表",哎呀,这么好的事可烦啥哩?来来来,给我填上,我去年到部队看娃就是拥军去咧。

科　　长　　给你填？那是孙书记叫给老石填的。

女工甲　　谁？老石，哎呀。老鼠钻油坊，这下老石可吃香咧。

女工乙　　裹脚布做帽子——高升到顶咧，他都有啥事迹吗？

科　　长　　听说他坚持给部队放了二十年的电影……

赵雪花　　妈呀！这老石可是酵面团子放苏打，发的大咧。一场电影挣上两三千，二十年要挣多少？这下老石可是三九天穿汗衫——抖起来咧。

科　　长　　人家说他是义务放电影。

赵雪花　　义务？现如今哪有不偷油的老鼠、不吃荤腥的猫。

甲、乙　　就是，少说一场收个千儿八百，二十年起码也是几十万。

科　　长　　冰棍掉进醋缸里，就老石那寒酸劲，他有几十万？

女工甲　　人不可貌相，海水不可斗量。

女工乙　　乌龟有肉在肚子里头哩。

赵雪花　　他挣不挣钱咱管不着，现在这社会谁有能耐谁挣去，可他又没给咱厂创造经济效益，咱凭啥选他？

科　　长　　(正中下怀)哎呀，看不出来，赵雪花说话还真是飞机上挂暖壶，水平高着哩嘛。你这条意见很有份量。

赵雪花　　(得意地)唱戏的穿龙袍，还真想当皇帝呀？拿杆子在全厂抢一百圈也抢不到他老石的头上。

甲、乙　　就是。

三女人　　这才真是个怪怪怪咧！

　　　　　(唱)　墙内开的喇叭花墙外咋看见？
　　　　　　　　窗户眼里打喷嚏也能吹上天。
　　　　　　　　鸡窝里飞麻雀竟也有人赞，
　　　　　　　　吃家饭拉野屎肥的外人田。
　　　　　　　　锅炉工蹬着鼻子要上脸，
　　　　　　　　回回娃不自量也想上天。

科　　长　　什么回回娃，请尊重少数民族。

赵雪花　　哟哟哟，打嘴打嘴，科长夫人就是回民，不能胡说。

科长,你说咋办?

科　长　（唱）　我让他舌头舔鼻尖够着难,

　　　　　　　　老母猪爬楼梯甭想高攀。

　　　　　　　　没有技术没贡献实在一般,

　　　　　　　　普普通通太平凡咋能当模范。

赵雪花　那咱就给他闹黄。

三女人　闹黄!

　　　（咱）　咱让他夜半歌声高兴甭太早,

　　　　　　　唱戏的当皇帝白把龙袍穿。

　　　　　　　三个女人一台戏,

科　长　（唱）　你们能把戏编圆?

三女人　（唱）　婆旦媒旦加彩旦,

　　　　　　　看咱唱出计连环。

科　长　（激将地）我就怕你们是癞蛤蟆打呵欠。

三女人　啥意思?

科　长　口气大不办事。

赵雪花　放心吧,科长。

科　长　那好,我等消息。（下）

女工甲　你对岳科长可真是两肋插刀。

女工乙　别人精简下岗,她却换岗升官,能不报恩。

赵雪花　滚滚滚,当个烂熊仓库保管员那也算当官?

女工甲　那也是公鸡头顶上的肉疙瘩,大小是个官（冠）吧。

女工乙　（诡秘地）哎,你俩是不是有点那个?

赵雪花　再胡说,小心我把你那两片子小嘴撕烂,看你还能不
　　　　能胡失翻。走走走,洗澡洗澡。

　　　　〔三女人进女澡堂下。

　　　　〔孙书记拿铁锨上。

孙书记　（唱）　和老石边干边谈启发大,

　　　　　　　平常心平常事精神实可嘉。

　　　　〔老石也拿把铁锨上。

孙书记　老石啊,你讲得太好了。

	（唱）	新时期千变万变拥军不能变，
老　石	（唱）	越开放越搞活国防教育越要抓。
孙书记	（唱）	奔小康决不能各顾各家，
老　石	（唱）	埋头致富不顾集体国家成散沙。
孙书记	（唱）	图大业固长城放眼看天下，
老　石	（唱）	军民携手建国防意气风发。
孙、石	（唱）	说打就打必胜军威护华夏，
		国富民强天下安有国才有家。

孙书记　老石，你把刚才谈的写个心得体会交给宣传科。

老　石　孙书记，我那两把刷子……

孙书记　硬着哩。不是军区领导和民委同志讲，我还真不知
　　　　道你笔墨丹青还能来两下哩。

老　石　(憨厚地笑笑)嘿嘿,孙书记,我那是娃们家游泳——狗
　　　　刨,胡扑腾哩。

孙书记　你甭谦虚了,我走了。你也该下班了吧?

老　石　我收拾收拾就回。

孙书记　好,尽快把心得写出来。（下）

〔一男工人从男澡堂上。

老　石　老王,男澡堂还有人没有?

男工人　没有了,我是最后一个。（下）

老　石　(敲门)女澡堂还有人没有? 没人我就关水闸了。
　　　　(稍候,下)

〔稍刻,幕后赵雪花喊:老娘正在洗澡,谁这么缺德
　　　　把水给关了。

〔老石拿着个坏拖把上。

老　石　谁在女澡堂?

〔幕后赵雪花:你姑奶奶和你两个姨奶奶。

老　石　我刚才问,你们咋不回话哩?

〔幕后赵雪花:想回话就回话,不想回话就不回话。

老　石　都超过一个小时咧。

〔幕后赵雪花:公家的煤,公家的水。我想洗多长时

间就洗多长时间。

老　石　（放下坏拖把）你们抓紧时间,我给你们放水去。

〔幕后赵雪花:姑奶奶我不洗了。

〔幕后传来砸水管和砸玻璃的声音。

老　石　赵雪花,你干啥你干啥,你们干啥哩? 不要破坏国家财产。

〔幕后赵雪花:我想破坏。咋? 有本事你进来,你进来呀。

〔与此同时传来女工甲乙的笑声、附和声。

〔科长闻声上。

科　长　老石,出啥事咧,谁在里边干啥呢?

老　石　（生气地坐下修拖把）甭理她,简直是个疯子!

〔赵雪花和女工甲乙上。

赵雪花　你说谁是疯子? 你说谁是疯子? 科长,你可听见啦,他骂人哩,茅坑里捡铜板,挣了几个臭钱就不知道姓啥为老几了。

老　石　谁挣啥钱咧?

赵雪花　工厂培养了你,工资发给了你,你却上班时间跑出去挣外快……

老　石　赵雪花,你说话可要有证据。

赵雪花　老娘就是证据,（故意惹事地）你想咋? 你想咋? 老娘今天跟你没完。

科　长　喊啥喊啥,有理不在声高,有啥话慢慢说行不行。

赵雪花　哎哟,科长呀,我们三个人今天可把脸给丢扎咧。

〔女工甲乙偷笑,赵雪花急止,示意她们说。

甲、乙　科长。

　　　　（唱）　我们三人正洗澡——

赵雪花　（唱）　这水有点冰,

甲、乙　（唱）　一会突然停了水——

赵雪花　（唱）　老石进了门。

甲、乙　（唱）　这事我俩没看见——

赵雪花	（唱）	你俩背着身，
三女人	（唱）	这下可真丢死人。
赵雪花	（唱）	他看了我的大腿我的腔，
		还看了我的胸脯和青春。
		明天全厂风吹遍，

（逼甲乙同说）

三女人	（唱）	我们今后咋作人。

〔甲乙边唱边窃笑，分别被赵雪花拧了一下。

甲、乙	（痛地大叫）哎哟——
赵雪花	（掩饰地）哎哟——我的好科长，你可要为我们作
	主啊！

〔老石不屑一顾地扎修拖把，不时轻轻哼两声。

科　长	好了好了，事情到我这就算完了，回去吧。
赵雪花	这就算完咧？不行，我要写材料上告。
科　长	你想写你就写，但必须交给我，声张出去对你们也
	不好。
赵雪花	那不行，我找孙书记去。（欲下）
科　长	回来！赵雪花，你还有完没完？
赵雪花	我跟他姓石的没完！
科　长	完不了你还能咋？不就看了你一眼吗？你们回去，
	把这事交给我，我一定处理好。（示意）回去吧！
赵雪花	走走走，咱先回。（欲下）科长，你要处理不好，我可
	跟你没完。

〔三个女人下。

老　石	科长，赵雪花那女人分明是无事生非……
科　长	（耐心地）老石呀，人嘛，难免一时糊涂犯点错误……
老　石	（欲解释）科长……
科　长	（阻止地）只要认识了就是好同志。你虽然为部队
	放电影，挣钱不挣钱我们不管……
老　石	你们咋都这样认为……
科　长	挣钱也是应该的，市场经济嘛！但是，决不能骄傲自

满,影响工作,放松了思想改造。

老　石　哎,科长,这和放电影八不沾、九不连,锅打说锅,盆打说盆,今天这事……

科　长　我知道我知道,你看今天这事咱们咋解决?

老　石　啥事咋解决?

科　长　咦?三个女人刚才吵吵的事呀!

老　石　你信她们三个人的鬼话?

科　长　我不信也没有办法呀!俩人为证,三人为众,她们要闹起来,对你可是非常不利呀。

老　石　真的假不了,假的真不了。

科　长　你一张嘴能说过三张嘴?我给你出个主意吧!你看是公了还是私了?

老　石　公了?私了?

科　长　对。公了,我不管,赵雪花愿意咋闹由她去。

老　石　这私了呢?

科　长　请个客吃个饭啦,赔个礼道个歉啦,写个检讨认个错,让人家消消气啦,这办法多了。目的就是不要让她们再咋呼了。(看看沉思中的老石)请客吃饭要花钱,赔礼道歉人家不一定见你,我看还是写个检讨,让我出面撮合撮合就算了。

老　石　我没做那些事,检讨啥呢?

科　长　那你看着办。(亲切地)老石,我这完全是出于对你的爱护,出于对咱们科名声的考虑;给你两天换休假,在家好好考虑考虑,写好检讨交给我就算完事。

〔老石疑惑地看着科长那张慈祥的面庞和那双咄咄逼人的眼神……

〔切光。

第四场

〔距前场两天。傍晚。
〔老石家。家俱依旧,漆皮剥落。
〔幕启:月兰正在缝补衣裳。

月　兰　（唱）　支持他拥军路一走二十年,
　　　　　　　这个家再困难我也不嫌。
　　　　　　　只是他为片租又抠又攒,
　　　　　　　星期天下班后加班挣钱。
　　　　　　　打工洗碗扛包挂坡捡破烂,
　　　　　　　肩磨烂衣磨破让人心寒。
　　　　　　　甭看他日里干活总欢颜,
　　　　　　　到夜晚咳嗽气喘腰腿酸。
　　　　　　　娃不管家不顾终日不闲,
　　　　　　　骂也是爱恨也是爱——
　　　　　　　咋骂咋恨他都不改变。
　　　　　　　说的多了怕他烦,
　　　　　　　不说不管我不安。
　　　　　　　全家他是顶梁柱,
　　　　　　　柱倾房塌全家怎么办?

〔老石上。

老　石　月兰,老婆子。(月兰不理)哟。嘴撅的能挂油瓶
　　　　子,脸长的能当梯子上房子……

月　兰　(忍俊不禁地)你呀,累死累活还穷开心。

老　石　告诉你,今天揽的活不错,我挣大钱咧。

月　兰　挣多少我也花不着,都进了你的小金库。

老　石　(憨笑地)最近有几部好片子,等我把钱攒够了,租来给部队和坊上的乡亲们放几场。

月　兰　看把你张的,今天得是拾钱包咧?

老　石　钱包倒没拾着,可我五个人扛了 60 吨的水泥、装了一个车皮、每人分了 50 元。

月　兰　二百五十元装了 60 吨水泥,一个人 12 吨 240 包。唉! 你们五个真是些二百五。

老　石　水泥就在站台上,离车门五六米,不远,你能不叫包工头挣几个?

月　兰　饿了吧?

老　石　也不太饿,只是光想喝水。

月　兰　这两天你快成仙咧,走,我给你下碗鸡蛋柿子面去。
(起身一闪)

老　石　(忙扶)你咋咧?

月　兰　秋天雨多,关节炎又犯了。

老　石　你咋不去看哩。

月　兰　现在药贵得吃不起,我贴了两张风湿膏。

老　石　(掏钱)给,你拿去看病吧。

月　兰　你有这个心就行了,还是留着租片子吧。这点钱连医院门都进不去,马嫂给我说了一个偏方,我先试试。走,下面去。(二人下)

〔乞丐瘸腿拄棍上。

乞　丐　(念)　巧要饭,要饭巧,
　　　　　　　要饭挣钱有门道。
　　　　　　　胸前挂个牌,
　　　　　　　地上写广告。
　　　　　　　求学无钱请关照,
　　　　　　　出差遇贼包被掏。
　　　　　　　爹死娘嫁胡尿编,
　　　　　　　房倒屋塌被火烧。
　　　　　　　雇个残童来当托,
　　　　　　　骗了钱财装腰包。

日出上班站马路，

日落桑拿去泡澡——

比你活得嫽。

老板，行行好，帮个忙吧。

〔老石端碗吃着面上。

老　石　（见状，喊）月兰，拿两馍来。

乞　丐　（急阻）老板老板，我不要馍。

〔月兰拿馍上。

老　石　你不是要饭的吗？

乞　丐　（悲凄地）老板，我是身上背筛子，窗纱做衣裳，那穷
窟窿多得补都补不起来了。我娘卧病在床，我老婆
下岗，我娃没钱把学上，我是瘸腿一走三晃荡，我家
真是黄连树上挂苦胆，苦到一块了，想给我妈抓药都
没钱。

老　石　（被感动，对月兰）还是个孝子哩。

月　兰　可怜是个残疾人。

〔老石示意给钱，月兰点头。

老　石　大兄弟，你来巧咧，今天我扛包刚挣了50块钱，你拿
去……

乞　丐　啥？50块钱。

月　兰　（解释地）对，我家也不宽余，不要客气，你就拿上
吧。（从老石手中拿过钱塞给乞丐）

乞　丐　老板娘，你不要哭穷了。老石给当兵的放电影发咧，
谁不知道？你挣了几十万，起码也得给弟兄们花个
千儿八百吧，拥军、扶贫都是一个道理嘛。

老　石　（哭笑不得，指着手中碗）老弟，你看看我像有几十
万吗？

乞　丐　（看看碗，看看室内）就吃这？看你这家当也不像个
发了财的。我告诉你，挣了钱甭装孙子，有钱不花丢
了白搭。（抡起手中棍子欲下）

月　兰　哎，你咋不瘸咧？

121

乞　丐	要上钱就瘸,要不上钱我瘸给谁看呀!(下)
老　石	(气恼地)唉!今天这水泥算是白扛了……
月　兰	算咧算咧,财去人安,你还吃不吃?
老　石	坑蒙拐骗,真假难辨,黑白混淆,是非颠倒,这该咋整治呀!
月　兰	操闲心,费脑筋,你想那么多干啥?你是市长还是省长?还吃不吃?
老　石	不吃了,不吃了。
月　兰	累了一天,不吃就休息。(拿碗拿馍下)

〔老石展纸提笔,写了几个字,心绪烦乱,停笔……

〔月兰上,老石急捂纸。

月　兰	你甭遮遮掩掩了,厂里的事我都知道了。
老　石	你咋知道的?
月　兰	你从来没有换休过,这两天你心烦意乱没上班,虽然出去找活干,但饭量却减了一半,我能不操心。
老　石	你甭瞎胡猜。
月　兰	我打听过了,你科长叫你在家写检讨哩。
老　石	你相信?
月　兰	我跟了你二十年,还不知道你是啥人?
老　石	那你说这检讨写不写?
月　兰	岳科长还能不了解赵雪花?万一是为了堵堵她的嘴,写个检讨走个过场也不是不可能。
老　石	可我根本没看她们洗澡嘛,只是骂了一句疯子,这样写岳科长和那女人能通过吗?
月　兰	肯定通不过。你就写干了不该干的事,含糊过去。
老　石	那更糟。不该干的事多的很,杀人、放火、偷盗、抢劫……那我不成了白布掉进染缸,元宵掉进炉灰,抖不净也洗不清了。
月　兰	要是他们合伙整你,那就等于把脏布袋撑开口子,让人家随便装了。
老　石	哎——

（唱）　真亦假时假亦真，
　　　　真假难分是非浑。
　　　　再脏再累我不怕，
　　　　受苦吃亏我能忍。
　　　　只是冤屈难承受，
　　　　压断脊梁扯断筋。
　　　　世上作人难，
　　　　最难作好人。
　　　　风吹背后冷，
　　　　嫉妒祸伤神。
　　　　冷眼周身寒，
　　　　热讽心如焚。
　　　　检讨写不写？
　　　　进退两难愁煞人。

月　兰　老石呀，算了吧！
（唱）　放下担子一身轻，
　　　　闲事不管养精神，
　　　　吹拉弹唱绘丹青，
　　　　哪样都能把钱挣。
　　　　糁糟甜饭饦饦馍，
　　　　白糖粽子柿子饼。
　　　　不论大小做点啥，
　　　　都能跨进小康门。

〔幕后合唱：
　　　　老石呀放下闲事少操心，
　　　　早挣钱早翻身早跨小康门。

〔老石取下墙上雨伞抚摸，心潮起伏。

〔幕后女声独唱，合唱：
　　　　这把伞还留着当年风雨情，
　　　　这把伞还记得当年救命恩。
　　　　焦队长一席话犹在耳边鸣，

123

这辈子别忘了人民解放军。

老　石　（唱）　新时期观世界无处不战争，

　　　　　　　　弱肉强食反恐怖全球乱纷纷。

　　　　　　　　想过去八国联军进北京，

　　　　　　　　弹丸小国也想把咱吞。

　　　　　　　　都只为——

　　　　　〔幕后合唱：

　　　　　　　　国不强大政府太无能，

　　　　　　　　军队落后打不赢咋能不受贫。

老　石　（唱）　月兰啊——

　　　　　　　　改革开放离不开亲人解放军，

　　　　　　　　经济建设更需要亲人解放军。

　　　　　　　　抗洪抢险第一线有咱解放军。

　　　　　　　　扑灭大火救山林是咱解放军，

　　　　　　　　古城河清淤护堤靠的解放军，

　　　　　　　　修路架桥还是咱亲人解放军。

　　　　　　月兰啊——

　　　　　　　　任凭风云起，

月　兰　（唱）　何惧是非浑。

老　石　（唱）　真的假不了，

月　兰　（唱）　假的不会真。

石、兰　（唱）　矢志不移拥军路，

　　　　　　　　刚刚正正作个人。

　　　　　〔以上两句同时幕后合唱。

　　　　　〔钱串串上。

钱串串　哎呀哎呀，又在看你那把破伞哩！扔了扔了。我给
　　　　你换把杭州天堂伞，还防紫外线。

老　石　你胡说啥哩。

钱串串　我胡说？都是这把破伞把你害的咧，你在厂里那事
　　　　我都知道了。

老　石　你知道啥？

钱串串 好事不出门,坏事传千里,坊上都传遍咧。说你是假拥军、假爱兵,要荣誉、捞资本;矮子爬墙头,想出人头地;老太太坐电梯,想一步到顶;半夜三更放炮,想一鸣惊人;还说你道德败坏,偷看……

月 兰 (制止地)钱串串!

〔老石一阵眩晕,月兰急扶。

月 兰 老石,娃他爸……

老 石 我没事,让他说,你说呀。

钱串串 人家还说……

月 兰 (对钱)甭说咧!你咋成了鹦鹉学舌,跟着人家胡说啥哩!老石和你一起长大,难道你还不了解他。

钱串串 我了解他有啥用?我能堵住那么多人的嘴。老妹子,唾沫星子能淹死人呀!

月 兰 (难过地)他捞资本、要荣誉……二十年,二十年呀!多少个春秋,多少个寒暑,他挂坡、扛包、蹬三轮,磨破了肩,扎破过脚,血一路、汗一路,风知、雨知、天知、地知,他流血流汗捞到了什么资本?战士们喊声老师,敬个军礼,老石会激动得彻夜不眠,他认为这是他得到的最大荣誉。他热爱部队,他热爱那些弃家参军的战士。他们那么年轻就离开了父母,他们那么稚嫩就承受了繁重的国防重任。是他们用年轻的生命为我们护蓝天,守国门,巡海疆,为他们作点奉献难道不应该吗?我曾恨过老石,埋怨过老石,当他深更半夜放完电影喜孜孜回来敲门的时候,我曾不止一次地骂过他。可是,当他今天遭受委屈的时候,我却要为我们老石说两句公道话,老石他尽管平时爱说爱笑,嘻嘻哈哈,但他活得真实,活得自然,活得正派,他才是两笔写在蓝天大地间的一个人字,真正的"人"。

钱串串 老妹子,你甭激动。这人字不就是一撇一捺吗?有血有肉有口气的都是人,可人跟人不一样。有权的是大人,有钱的是富人,有本事的是能人,有胆量的是强人,没权、没钱、没本事、没胆量就是挨整、挨戳、挨骗、挨割的穷人。

月　兰　照你这么一说,世上就没有真人咧?

钱串串　哎呀,我的老妹子,你咋也成了沙锅里煮石头,油盐不进咧。我看你和老石是一盆浆糊,浆糊一盆。什么真人假人? 有权有钱就有势,就是巴巴。啥是真的? 钱才是真的。

月　兰　钱串串,你甭说咧,你那嘴里啥时候吐过象牙。

钱串串　今天我既说了就给你俩点透。石头兄弟,你也该灵醒灵醒了。现如今,连卖镜糕的、打饦饦馍的都发咧,哎,这么小一块镜糕,一勺勺江米粉,两三根青红丝,碎蒸笼一蒸,竹签签一插,咖,五毛。过去两分钱,足足涨了 25 倍! 哎哎哎,谁像你吗,简直是吃了石头拉硬屎,顽固不化。

（唱）　石头肝,石头肺,
　　　　石头脑袋石头心。
　　　　瓜得实,瓜得瓷,
　　　　瓜成犟熊瓜得昏。
　　　　盖房十年没封顶,
　　　　全家破烂值几分。
　　　　你看我扔掉提篮当厂长,
　　　　一桌席够你全家吃一春。
　　　　老石你人缘本事比我强,
　　　　挣点钱去拥军花给别人。
　　　　你真是一块顽石不开窍,
　　　　老婆娃跟着你茹苦含辛。

石头呀石头,我看你是越老越成精,一个小石头都变成一块顽石咧。

老　石　顽石? 多美的比喻,硕大无比,坚挺结实。钱厂长,我要真成为一块顽石该多好。

钱串串　还好哩,你看,你看,是不是瓜实咧!

老　石　(诗意地)

（唱）　小石头变顽石增添神力,

粉碎我投身国防打地基。

让飞机从我背上飞起,

让军舰从我怀里驶离。

让导弹在我肩上耸立,

让战车在我胸膛驰驱。

我情愿粉身碎骨成基石,

用身躯托举长城打牢万世根基。

〔孙书记上。

老　石　(诧异地)孙书记?

孙书记　老石,我是专门来看你的。

老　石　(激动地握住孙的手,热泪盈眶)孙书记!

〔切光。

第五场

〔前场第二天。晴日。

〔岳科长办公室。

〔幕启:科长和小黄正在搬移桌椅,赵雪花匆匆上。

赵雪花　岳科长,岳科长……

科　长　喊啥哩,办公室没个规矩。

赵雪花　书记要找我谈话哩。

科　长　小黄,你去叫老石吧。

（小黄答应后下）

科　长　孙书记找你干啥?

赵雪花　可能是为前两天澡堂那事。

科　长　那天你咋给我说的,今天你给书记还咋说。那两人

127

的嘴焊死了没有？

赵雪花　都是老姐妹了，没问题。

科　长　那就好，快去。

赵雪花　（多情地）我去了，啊？

科　长　去吧去吧。（赵雪花下。电话铃响，接电话）喂，哪里？……哦，宣传科张科长啊……那张表啊？还没填……张科长，这人选是厂里定还是让我们科里定？……要是让我们填，我们就填赵雪花。……她是仓库保管……表现当然不错。张科长，你听我说。

（唱）　行政仓库事不少，

　　　　不分早晚有人找。

　　　　针头线脑、开关水表，

　　　　笔墨纸张、电线灯泡，

　　　　扫帚簸箕、财会报表。

　　　　样样归她管，

　　　　事事她操劳。

　　　　啥？有有有。

　　　　拥军事迹她也有，

　　　　而且水平还挺高。

　　　　部队探亲带的真不少，

　　　　负重千里不辞劳。

　　　　茅台酒两瓶，

　　　　中华烟两条。

　　　　南山核桃北山枣，

　　　　带了满满两大包。

　　　　他哪儿能吃得了，

　　　　全部拥军作慰劳。

　　　　谁？老石？张科长……

　　　　他的情况不大好，

　　　　群众反映很糟糕。

　　　　我们正在搞调查，

马上给厂里写报告。（挂断电话）

〔小黄上。

科　长　通知了？

小　黄　老石给锅炉加点煤就来。

科　长　那光线好，你坐那记录口供，我坐在这问。

小　黄　科长！我咋感觉这像私设公堂。

科　长　胡说啥哩！一不铐二不绑，只问问情况，咋叫私设公堂？这样严肃一点嘛。

〔电话铃响，小黄接电话。

小　黄　喂，哦，嫂子，你等会。科长，嫂夫人电话。

科　长　（接电话，不耐烦地）有啥事快说，我忙着哩。……你姨殁咧，你送埋去就行了么，你们穆斯林亲戚朋友多得很，也不缺我一个外甥女婿，再说，我是汉民，又不懂你们的规矩……就这就这，我还忙着哩。（挂断电话）

〔老石上。

科　长　（热情迎上，拉到设定在舞台中央的椅子边）老石同志，你好，请坐，请坐。

〔老石坐下，看看四周和自己的位置。

科　长　（坐到桌后）老石，你知道叫你来干啥？

老　石　小黄说了。

科　长　那好，老石。

　　　　（唱）　我问你啥你说啥——

老　石　（唱）　如实回答。

科　长　（唱）　不准隐瞒要说实话——

老　石　（唱）　决不掺假。

科　长　（唱）　大前天你都干了啥？

老　石　（唱）　烧锅炉运煤清炉渣。

科　长　（唱）　仔细想想还有啥？

老　石　（唱）　看门传达扎拖把。

科　长　（唱）　进没进过女澡堂？

老　石	进过。
科　长	（暗示小黄记）进去干啥？
老　石	（唱）　打扫卫生把地板擦。
科　长	（唱）　见没见过女同志？
老　石	女同志？见过。
科　长	（暗喜，急示小黄记）
	（唱）　是否抛锚有想法？
老　石	（唱）　当传达女同志一天见几百，
	每见一个就抛锚那是脑子有麻达。
科　长	（唱）　我劝你端正态度说实话，
	澡堂里是否偷看了赵雪花？
老　石	（唱）　老石我素面朝天心坦荡，
	决不敢欺骗领导哄大家。
科　长	（惺惺一笑）哼……老石呀，我是为了你好，绝没别的意思。
老　石	我知道。
科　长	你现在是窗户眼里吹喇叭，名（鸣）声在外，墙内开花墙外红，影响很大，稍不谨慎就会毁了自己的前程。
老　石	一个烧锅炉、看门、管澡堂、打扫卫生的工人能有啥前程。
科　长	现在我正准备推荐你出席全国拥军模范大会，我怕这事传出去对你不好。大前天我已经说了，你看咱是公了还是私了。
老　石	公了咋办？私了咋办？
科　长	公了，我把赵雪花写的材料送公安局，由他们办。私了，写个检讨道个歉，咱就算完。
老　石	写个检讨？
科　长	就写个检讨！
老　石	按赵雪花那天说的写？
科　长	对，越具体越好。

老　石	写完以后交给你?（边说边在裤兜里掏东西）
科　长	（欣喜地离桌来到老石前伸出手）对,交给我。
老　石	（掏出手绢擦擦汗）嗯——那就公了吧。
科　长	（失望地）公了可是要把你送公安局。
老　石	行。送公安局说得清白。
科　长	（怒）老石同志! 你不要背着牛头不认赃。人在事在不怕你抵赖。
老　石	煤洗不白,玉磨不黑,你有精神愿意咋办就咋办。（起身）
科　长	你站住!
老　石	我就没走。
科　长	坐下!
老　石	锅炉要加煤,澡堂要开门,我坐下你干?
科　长	（拍桌）我停止你的工作!

〔孙书记上。

孙书记	停止工作那倒没必要,再呆一会可是很有必要。
老　石	孙书记,锅炉正在烧水,我怕气压太高会出事。
孙书记	我已经派人去了。要真是锅炉爆炸,那可就成大案了,岳科长。
科　长	孙书记。
孙书记	我要借你的地方调查点情况可以吗?
科　长	可以可以,小黄,咱们走。
孙书记	不,都留下。（对门外）你们都进来吧。

〔赵雪花和女工甲乙上,赵雪花得意地给科长递了眼色。

孙书记	凳子不够,咱们都站着说吧。（对女工甲乙）小江、小常,赵雪花说老石偷看了你们三人洗澡,有这事吗?
女工甲	孙书记,我昨天不是给你说了吗? 我背着脸没看见。
女工乙	我昨天也说过了,我脸朝里就没注意。
赵雪花	（气急地）哎,你俩咋变卦咧?
女工甲	我没变卦呀,俺也没说老石没进澡堂。

女工乙	就是,俺只说没盯见嘛。
孙书记	(指甲)你肚子上有块刀疤疤。(对乙)你胸脯上有个黑痂痂,老石把你们都看得清清的。
女工甲	老石,你咋满嘴胡说哩。我没开过刀,也没做过剖腹产,肚子上哪来的刀疤疤。
女工乙	你得是挂吊瓶打酒精,把你灌晕咧。我身上没有胎记没长疥子,哪来的黑痂痂?
甲、乙	哎,老石,你咋胡编乱说哩嘛!
孙书记	我可没说这话是老石说的,你们千万别冤枉了他。
甲、乙	谁说的?把他揪出来,揪出来,糟塌人哩么。
孙书记	(指赵雪花)她刚给我说的。她说老石看见了你肚子上的疤疤,你胸脯上的痂痂,还看见了她的大腿和青春……
女工甲	(急对赵)哎哎,你咋胡说俺哩!
女工乙	你都老的成了枯粗皮咧,还青春哩!
赵雪花	(慌乱地)书记书记,这可都是她俩大前天和我一块说的。(对甲乙)哎哎,你俩咋是包谷杆当门闩,经不住推也搁不住拉哩!
女工甲	你拿俺胡糟塌,俺咋能背那黑锅!
女工乙	要是传到俺男人耳朵里,那二屎能把我失塌了。
女工甲	走走走,上班上班,完不成指标还要扣工资哩。
女工乙	书记,俺走咧,有啥你问赵雪花。
	〔女工甲乙下。
赵雪花	哎哎,你俩走啥哩,等等我。(欲下)
孙书记	(严厉地)赵雪花!
赵雪花	书记,我……
孙书记	你还有啥要说的?
赵雪花	书记,我错了,我错了。
孙书记	你编排老石对不对?
赵雪花	不对不对。
孙书记	你散布谣言好不好?

赵雪花　不好不好。

孙书记　你损坏公物知错不知错?

赵雪花　知错知错。

孙书记　你侮辱人格触犯法律你懂不懂?

赵雪花　我懂我懂……啊?! 不不,我不懂不懂。

孙书记　不懂法律要学。回去写个书面检查,什么动机,什么目的,受何人指示都写清楚。然后向老石同志道歉认错。……

老　石　孙书记,雪花认了错就算咧。

孙书记　还有,损坏澡堂的东西照价赔偿。

老　石　不用不用,那天晚上我都修好咧。

赵雪花　老石哥,我……我……

科　长　走吧走吧,明天不要来上班了,在家好好写检讨。

〔赵雪花下。

小　黄　科长,刚才这些对话我都记下来了。(递记录本)

科　长　(不满地)谁叫你记的!

小　黄　你不是让我坐在光线好的地方做记录嘛!

孙书记　(接过记录)记了也不多余,给我。小黄,你和老石先走吧。

〔老石、小黄下。

孙书记　岳科长,我听说你刚才在审老石同志?

科　长　没有没有。

孙书记　(指布置)你看看这阵势,还有这口供记录本。

科　长　(狡辩地)我是想还老石一个清白。

孙书记　如果老石要真是按你说的私了,怕就清白不了吧。

科　长　就是有那事,我也不会把他咋办。

孙书记　你还认为有那事?

科　长　我是打个比方、打个比方。

孙书记　你还不如赵雪花,你现在还不认错,广合同志。

（唱）　赵雪花造谣把人损,

　　　　你不调查竟然信。

　　　　私设公堂把案审，

　　　　打击报复藏私心。

　　　　你卖废品不入账，

　　　　分明是有意想私吞。

　　　　老石查账有何错，

　　　　工人当家有责任。

　　　　老石拥军二十载，

　　　　这种精神实感人。

　　　　他为咱石化厂争了光，

　　　　默默奉献情意真。

　　　　他家贫屋陋四壁空，

　　　　节衣缩食为了兵。

　　　　他率先举起民族拥军旗，

　　　　弘扬了穆斯林爱国精神。

　　　　金银有价秤能称，

　　　　这感情这颗心这种精神多少斤？

　　广合呀——

　　　　你要好好想一想，

　　　　可不能寒了老石拥军爱国这颗心。

科　　长　孙书记……

孙书记　你那张表给我吧。

科　　长　不，书记，这张表让我给老石填吧！

第六场

　　〔前场第二天。午后。

　　〔部队医院走廊，靠后是抢救室和护士办公室。

　　〔启幕前，传来救护车的嚣叫声、刹车声和急迫的脚步声。

〔幕启:一切声音隐去。静静的走廊条椅上坐着头部包扎的钱串串。张军医叮嘱护士后急进抢救室,两名护士配完药后,护士甲用托盘端药进抢救室,护士乙用托盘端药下。老石臂缠绑带上。

钱串串 (看见医护人员,条件反射地呻唤)哎哟……哎哟……

老　石 钱厂长,你咋咧?

钱串串 (指指头)我这脑子里面可能有问题,咋这么痛的。

老　石 可能是伤口痛,医生说不是只划破了些皮嘛。

钱串串 (惊诧地)哎哟,不要动!我这肋子咋也痛开咧,哎哟,这医生怪咧,咋不管我哩?连个病床也不给躺一下,我给钱嘛!

老　石 我刚才看了看,重伤员多,病床都满咧,这是部队的卫生所,病床少。

钱串串 这抢救的是谁?

老　石 我们岳科长的老婆陈春花。

钱串串 都着了她老汉的活咧!老汉心瞎,婆娘遭罪。

老　石 胡说啥哩,你今天不也来送春花她姨嘛。

钱串串 我是看春花和她姨的面子。你那岳科长也够缺德的,春花是她姨养大的,就他这一个外甥女婿也不来。

〔张军医从抢救室上。

张军医 (问老石)陈春花的家属来了没有?

老　石 还没来。刚才我们民委主任打过电话,他不在厂也不在家,不知到哪去了。

〔民委主任和政委(二幕时的教导员)上。

主　任 张医生,我和袁政委刚又打电话到他女儿学校,让他女儿去找了。

政　委 张医生,病人情况怎么样?

张军医 如不及时手术,可能有生命危险。

钱串串 医生,我这头里面痛得很,我这胸部、我这肋子、我这

135

　　　　　　肚子好像都痛。

张军医　袁政委,你带他找一下王军医,我这里很紧张。

政　委　好,你忙去吧。

　　　　〔张军医进抢救室下。

政　委　钱厂长,走。老石,你不要紧吧?

老　石　没事没事。袁政委,这次可给部队找了大麻烦了。

政　委　看你说哪去了。马主任,咱们一起过去看看。

主　任　好。老石,你在这等你们岳科长,春花有什么情况随时找我。

老　石　哎。(政委、主任、钱串串下)

　　　　(在抢救室门前看看,焦躁感慨地)

　　　(唱)　旦夕祸福难预计,

　　　　　　不测风云难顾及。

　　　　　　送埋车队遇小雨,

　　　　　　山陡路滑刹车急。

　　　　　　谁知制动出故障,

　　　　　　车翻沟底命在旦夕。

　　　　　　哀号声声动天地,

　　　　　　汽车燃爆藏危机。

　　　　　　多亏来了解放军,

　　　　　　狂奔沟底救人急。

　　　　　　背抬伤员离险境,

　　　　　　急送医院险化夷。

　　　　　　还有几名重伤员,

　　　　　　生命垂危令人急。

　　　　〔钱串串手拿 X 光片和检查报告上。护士甲从抢救室上,急下。

老　石　钱厂长,咋样?

钱串串　拍了片子,作了透视检查,医生说没啥问题。

老　石　还痛不?

钱串串　(到处摸摸)这还给怪咧,X 光这么一照,咋哪都不痛咧。

老　石　你那是条件反射病。看见人家动嘴,你就觉得肚子饿。

〔政委、主任随护士甲急上,张军医由抢救室上,护士甲复急下。

政　委　张医生……

张军医　袁政委,病人如果不马上动手术,可能有生命危险。

主　任　可是她爱人还没来。

张军医　他还有其他亲属吗?

钱串串　她从小就是孤儿,就一个姨是亲的,今天就是……

老　石　张医生,手术非要家属签字吗?

张军医　这是规定。

老　石　张军医,救人要紧,我签。

张军医　你?

老　石　我们穆斯林兄弟姐妹,打断骨头连着筋,我们都有民族的血缘关系。

钱串串　石头,你疯啦! 这责任你担得起吗?

主　任　老石,你和岳科长……

张军医　签字责任重大,你要好好考虑,万一手术出现……

老　石　袁政委、张军医、马主任、钱厂长,现在手术春花还有生还的希望,如果不马上手术,春花就会失去百分之百生还的机会。为了抢救生命,什么都可以抛开。张医生,这风险我担定了! 字,我签!

（从张医生手中拿过来手术单签字）

张军医　政委,我们马上手术。

政　委　好吧。

〔护士甲、乙急跑上。

护士甲　张医生,血库血浆告急,O 型血已经没有了。从市里调运血浆,最快也得五十分钟。（众人皆惊）

老　石　张医生。我是 O 型血,抽我的。

张军医　你臂膀受伤,已经流了不少血。

政　委　张医生,抽我的,我也是 O 型血。

张医生　你……明天部队就要开赴靶场实弹演习……

政　委　演习是为了打仗，打仗就要流血，流血为的是祖国和人民，现在人民需要我，我能退缩吗？

老　石　有强壮的身体才能更好地保国卫民。张医生，不要犹豫了，抽我的。

政　委　时间就是生命，抽我的。

老　石　抽我的。（二人争执）

张军医　（无奈地）好吧，每人抽200CC。

政、石　我同意。

张军医　（对护士甲）小周，你把病人从左边门直送手术室。

　　　　（对护士乙）小刘，你就抽血吧。

　　　　〔护士甲从抢救室下，护士乙分别为挽起袖子的政委、老石消毒，抽血……

　　　　〔灯渐灭，暗转。

　　　　〔幕后歌声起：

　　　　　　啊——

　　　　　　军民的鲜血流在了一起，

　　　　　　复苏生命焕发生机。

　　　　　　鲜血写成豪迈的词语，

　　　　　　情爱谱写雄壮的旋律。

　　　　　　唱响时代崇高的友谊，

　　　　　　奏响拥军爱民新的乐曲。

　　　　〔歌声中抢救室灯渐亮，窗上映出病人输液的剪影。

　　　　〔歌完前台灯亮，岳科长、老石从抢救室上，张军医跟上，钱串串、民委主任、护士陆续由两侧上。

科　长　（惭愧地）老石哥，谢谢你，谢谢你。

　　　　（唱）　山高遮不住我的羞愧，

　　　　　　　　水长洗不尽我的卑微。

　　　　　　　　你像幽谷深藏着娟丽秀美，

　　　　　　　　你像碧水辉映着日月光辉，

　　　　　　　　我却是心胸狭窄藏污秽，

　　　　　　小肚鸡肠恣意妄为悔难追。

　　老石哥——

　　　　　　今后向你来学习，

　　　　　　加入拥军大部队。

　　　　　　甘作基石献生命，

　　　　　　维护长城扬国威。（众人拍手）

钱串串　嗨嗨，先不要拍手。我俩是磁石遇铁砣……

二护士　啥意思？

钱串串　不谋而合。我也要作为一块基石，投身国防建设打地基。

　　　　　（朗诵）啊——

　　　　　　让飞机从我背上飞起，

　　　　　　让军舰从我怀里驶离。

　　　　　　让导弹在我肩上耸立，

　　　　　　让战车在我胸膛驰驱。

　　　　　　啊——（作一个亮相造型）

众　（拍手）好诗，好诗。

钱串串　（自得地）怎么样？好诗吧！

张军医　气势磅礴，意境深远。

钱串串　（表演地）谢谢，谢谢，谢谢大家鼓励。

　　　　　〔众笑。

钱串串　不过我要诚恳地告诉大家，这首诗是我抄袭俺石头兄弟的。（众大笑）

　　　　　〔政委上。

政委　同志们，告诉大家一个好消息。

　　　　　（唱）　三阳院回民兄弟建公墓，

　　　　　　上坟路险常把车祸出。

　　　　　　穆斯林人生最后一条路，

　　　　　　怎能让祭奠人再遇险阻。

　　　　　　部队党委作决定，

　　　　　　誓将崎岖陡坡变坦途。

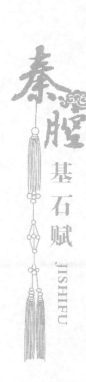

主　任　好。我们民委和民政部门也将投入资金和技术，共
　　　　同修好这条路。

众　　　（唱）　军民齐修同心路，
　　　　　　　　誓将险路变通途。

尾　声

〔二十世纪末。秋日。

〔军营。

〔幕启：鲜花、彩旗，威风锣鼓响声震天。两个气球挂
起大红条幅：民族团结奔小康，拥军爱民固国防。民
委主任率民政干部和回民群众，政委陪部队首长和几
名军官上，握手相庆。"热烈祝贺三阳公路胜利完工"
的大条幅由两名青年高举穿场而过。一队艳丽的回
民姑娘舞上；一队身着迷彩的青年战士舞上。

〔欢腾歌舞。

众　　　威风锣鼓震天地，穆斯林举起拥军旗。

女　　　（唱）　山河壮丽山水秀，
　　　　　　　　丛山碧水染军绿。
　　　　　　　　军绿葱茏唤春雨，
　　　　　　　　春绿江山更壮丽。

男　　　（唱）　江山壮丽军旗红，
　　　　　　　　火红青春护国旗。
　　　　　　　　国威浩荡神州喜，
　　　　　　　　富国强军民心齐。

众　　　（唱）　军民团结如一人，
　　　　　　　　试看天下谁能敌？

〔孙书记、岳科长上。

孙书记　同志们，老石从北京观礼回来了。

〔钱串串、月兰陪着肩披"全国民族团结进步先进个人"绶带、胸戴红花的老石上。众人鼓掌,锣鼓齐鸣。

首 长 老石同志,你这次参加建国五十周年庆典,有什么感受啊?

老 石 首长,有,有啊,我的感受太多了。首长,同志们,我站在天安门观礼台上,当我看到战鹰飞过天安门上空,当我看到整齐威武的军阵豪迈地行进在我的眼前,我哭了……我激动地哭了……同志们,让我以穆斯林的虔诚祝我们的军队繁荣,强大,昌盛。

〔老石、月兰深深地鞠躬,久久地默礼。

〔稍刻。

群 众 (爆发地齐呼)祝我军繁荣、祝我军强大! 祝我军昌盛!

〔锣鼓喧天。

〔在欢乐气氛中大幕徐徐落下。

——剧 终

演出单位

西安尚友社

南方来的风流娘们儿

乃 迅 王 蕾 编剧

剧情简介

　　改革开放的中国是一个大舞台，每一个有理想追求的弄潮儿都在这个舞台上进行了充分的表演，有成功者，有失败者。剧中酸甜苦辣、喜怒哀乐，无不充满喜剧的色彩。踩着经济大潮来到古城西安的南方服装商贩花姐在走南闯北的商贩生涯中，经历了从小到大，从跑单帮到办公司的发展过程，事业蒸蒸日上，生意欣欣向荣，然而她遇到的婚姻苦恼、爱情纠葛却使她承受了超常的负担。由此引发了一连串的有趣故事，其中有老一辈的黄昏恋，有青年一代的炽热追求，老少两代人的三角恋爱敷演出动人的一台戏。

场　目

人 物 表

花　姐　　二十七八岁
六　子　　二十四五岁
招　财　　三十岁左右
进　宝　　三十岁左右
水　昌　　六十岁
三　姨　　五十岁左右，招财之母
八　姑　　五十岁左右，进宝之母
九　婶　　五十八岁，六子的母亲
铁　军　　花姐的丈夫
小女孩　　五六岁
时装模特儿若干人

序　幕

〔狂风。大火。大兴安岭森林在火中燃烧。
〔一座板屋被火包围。一个五岁左右的女孩,从被窝里爬出,抱起她的洋娃娃想从门口跑,被火焰顶回,想从窗户爬出,被火焰冲倒。

女　孩　奶奶! 奶奶!

〔火焰冲进屋子,家具燃烧。
〔火灶旁的两个液化石油气瓶时而被火吞没,时而又吐出来。

女　孩　奶奶! 奶奶! 奶奶!

〔一位被火烧伤的边防军战士,从火海中一趷一趷跑出来,冲进屋子,抱起女孩欲走,"轰隆、轰隆"两声巨响,液化石油气瓶爆炸,浓烟吞没一切。
〔万籁俱静。

第一场

〔时间:1994 年春末夏初。
〔地点:花姐时装公司设计室。
〔正面墙上挂一面巨大的镜子,侧墙上贴满中外时装和花姐绘制的时装图纸,各个角落摆着真人大小的各种肤色的塑料模特儿,桌上堆着时装资料和绘画工具。

〔花姐抱各色高档面料飘然上场。

花　姐　（唱）　南方的彩云飘北方，
　　　　　　　　到古城试身手几度辉煌。
　　　　　　　　服装店小到大换了模样，
　　　　　　　　又筹备展示会一试高强。
　　　　　　　　天赐良机抓住不放，
　　　　　　　　我要在广阔天地展翅翱翔。

〔花姐找到她设计的几张图纸挂在镜子旁边，对着镜子脱掉生活装，露出一身大开领、无袖、半短裤黑色紧尼龙衣，扭来摆去展示自己优美的体形，自我欣赏，乐不可支。她根据自己设计的图纸，用各种彩色布料交迭裹在身上，系在身上，随着变换的款式对着镜子轻快舞动。

　　　　　（唱）　花姐姓刘不姓花，
　　　　　　　　挥剪绕线为生涯。
　　　　　　　　说我花来我真花，
　　　　　　　　头戴银花身披纱。
　　　　　　　　见人不笑不说话，
　　　　　　　　嘻嘻哈哈把生意拉。
　　　　　　　　省长市长我敢挂，
　　　　　　　　三教九流不怕他。
　　　　　　　　广交朋友为的啥？
　　　　　　　　一心想当企业家。

（花姐在音乐声中设计时装，对镜试衣）
　　　　　　　　展示会订货做好筹划，
　　　　　　　　盼的是财路广一发再发。

〔六子上。

六　子　（引）　红花黄花香动天地就是好花，
　　　　　　　　黑猫白猫捉住老鼠就是好猫。
　　　　　　　　男人女人能赚大钱就是能人，

大国小国人均收入多就是强国。

在下小六子。原是西安东南角上那个最大的国防厂车工。厂子发不出工资，我办了个停薪留职，在夜市上卖烤羊肉串儿，每晚能捞个五十来块，比在大厂子干强得多了。我妈招了个房客，在我家面街的两间房子开了个裁缝铺子。嘿，南方人就是手巧，做的活没有人不说好，生意越干越红火，没有几年就发了起来，办起了服装公司。每天晚上我从窗缝里看见他父女点数票子，心里直骂自己：人家是人，咱也是人，而且是个大男人，干不过一个老头一个女人，咱活个啥味气呀！这年头有钱不挣是傻瓜。我和我娘合计了一下，干脆，拜在他父女门下，做了他们的雇员。两家人的利益绑在了一起，老少四口成了同一战壕的战友，相依为命，共同奋斗，不知情的还以为是一老一少两对子。哎！这话可别叫花姐知道。今日个花姐派了我一项差事，我没有完成任务，窝着一肚子火回来给花姐汇报。

（唱）　招财进宝耍花枪，

　　　　不占便宜不帮忙。

　　　　魔高一尺道高一丈，

　　　　等着瞧，刘花姐会叫你鸡飞蛋打两头光。

花姐！花姐！

花　姐　六子，你回来了！事情办得怎么样？

六　子　唉，花姐，你听！

（唱）　我去唐都大楼把招财找，

　　　　他拿出五十万元支票给我瞧。

　　　　总经理签过字公章已盖好，

　　　　乐得我从嘴角笑到眉梢。

花　姐　支票拿回来了？

六　子　（唱）　把支票又装回了他的钱包。

花　姐　为什么？

六　子	（唱）　招财哥他对你垂涎已早,
	为什么我不说你自己知道。
花　姐	这个坏东西,我要好好调理调理他。进宝呢?
六　子	唉,花姐!
	（唱）　到秦都我把进宝见,
	桌上的支票是五十万元,
	"无偿赞助"最显眼,
	总经理的大名签下边。
花　姐	支票呢?
六　子	（唱）　我取支票他把我手按,
	他要找个没人的地方和你单独谈。
花　姐	莫非他也……
六　子	（唱）　他双眼把心事泄露给我,
	没人处单独谈多么难堪。
花　姐	这一对宝贝货,我给他俩说过别缠我。
六　子	唉! 也难怪,人常说寡妇门前是非……
花　姐	啥?你说啥?谁是寡妇?谁是寡妇?
六　子	哦! 该打嘴,该打嘴!
花　姐	真是墙上挂竹帘——
六　子	不——像——画(话)。花姐,说正经话,你到西安五六年,你那口子也不来看看,别说是常住这给你生意上帮点忙,就隔三岔五来走走,也免得人说你活受……（自觉失口）哎……我啥都没说。
花　姐	我要你说。
六　子	（用激将法)花姐,要说,这两个五十万元不是个小数字,如果能落到我手中,慢说和他们睡一次,就是睡十次我也觉着值得,可惜我是个男的。
花　姐	你的意思,我是个女的,为得到这两个五十万元的赞助款,我应该和他们睡?
六　子	花姐,我可没有这个意思,我可没有这个意思! 我的意思,咱不能跟他们睡觉,这钱咱也不要了。

花　姐　不要了？

（唱）　广告花了十几万，

　　　　场租费已付好几千，

　　　　烫金请柬发得远，

　　　　中外客商到西安。

　　　　若拿不来赞助款，

　　　　公司倒闭在眼前。

〔九婶、水昌上。

水　昌　（唱）　展示会只剩十多天，

九　婶　（唱）　钱不够令人发熬煎。

花　姐　爹，九婶。

水　昌　花姐，六子拨款单办回来没有？

九　婶　六子，事情办得咋样？

〔六子不语。

九　婶　我就说你毛手毛脚办不成事。

花　姐　不怪六子，怪我。

九　婶　你跟唐都、秦都的总经理定好的事，咋能怪你？

水　昌　展示会的日期越来越近，许多图纸还没面料，只怕
　　　　……

六　子　水昌伯，别着急。

九　婶　不急？你扳指头算算，离展示会还有几天，迟了就是
　　　　有钱，也赶不出货。

花　姐　九婶，你放心，活人不会叫尿憋死。

九　婶　六子，给，（递钥匙）把柜里咱娘俩这几月的工钱拿来
　　　　凑个数。

六　子　好妈哩，你是揣鸡食喂大象，不顶用。

水　昌　花姐，我有个办法不知你……

花　姐　爹，你说嘛！

水　昌　我看，你打算捐给残疾军人疗养院家属的那笔款，暂
　　　　不捐，先用到展示会上。

花　姐　爹，那笔款一定要尽早送去，争取赶在八一建军节前

送到残疾军人家属的手中。

六　子　大伯,妈,花姐说一不二,定好的事,她不会变的。

九　婶　嗨!你成事不足,败事有余,别在这煽动。

花　姐　九婶,六子不煽动我也是决心要捐的。你想想,那些
　　　　残疾军人,年纪轻轻为了国家和人民的利益,残疾了
　　　　身体,没有能力照顾老人和子女,我们有能力不帮他
　　　　们一把谁帮?

九　婶　展示会日期报上登了,到时候拉不开幕,我们公司的
　　　　声誉……

花　姐　(肯定地)展示会如期举行。

六　子　对,君子一言,驷马难追,钱也得捐,会也要开。(软
　　　　下来)只是这赞助款……

花　姐　(被激怒)赞助款是唐都大楼和秦都大楼总经理同意
　　　　给的,不是他俩给的,为什么不要?他俩只不过从中搭
　　　　了个桥,就想花搅我?他俩不是省油的灯,我这盏灯
　　　　也不省油,咱看谁能花搅过谁。

〔花姐发怒,正中六子下怀。

六　子　你真要花搅……不不不,你真要涮他俩一码?

花　姐　不涮他们一回,他们不知道我的厉害。

六　子　你一个年轻女人,能涮过两个大男人?

花　姐　别看他俩都是国营百货大楼的服装部经理,涮他俩,
　　　　小菜一碟儿。

六　子　(拍胸)我帮你。

花　姐　用不着。

六　子　怎么个干法?(花姐对六子耳语,六子大笑)明白了。
　　　　水昌伯,我妈听令,速预备丰盛酒宴,越多越好。

水　昌　是!(下)
九　审
花　姐　爹!把捐款今日就送去。

水　昌　遵命!(下)

花　姐　快打电话。

六　子　(打电话)喂……二车间吗?请三姨和八姑接电话……

对对对,我是六子……两个哥从中帮忙,但现在发生了故障,花姐请二位到设计室来一下,马上来。

〔六子还未放下电话,三姨、八姑跑上。

三	姨	花姐,发生了什么"故障"?
八	姑	花姐,是不是唐都和秦都的总经理变卦了?
花	姐	总经理没变,招财和进宝跟我有点过不去。
三	姨	!招财!
八	姑	进宝!
六	子	你们养的好儿子!
三 八	姨 姑	怎么,他俩不让总经理给咱们公司赞助?
六	子	总经理已把赞助款拨到他俩手中,我去取捐款,他俩喉咙里好像卡着个金锞子……
三 八	姨 姑	多少克的金锞子,吐出来没有?
六	子	既没吐出来,也没咽下去。
三	姨	龟孙子和她妈所在的公司过不去!我去唐都服装部当着他同事们面把他臭骂一顿 。
八	姑	兔崽子,不看僧面连佛面都不看了?我去秦都服装部当着他同志们的面扇他两个耳光。

〔三姨、八姑挽袖子欲下,花姐拦。

花	姐	不能去闹,越闹越糟。

〔三姨、八姑非走不可。

六	子	行啦,别在热闹处卖母猪了好不好。
三 八	姨 姑	热闹处卖母猪?
六	子	我约他俩来这里和花经理面谈,他俩不来,他俩是你俩的儿子,你俩分头去打电话,督促他俩今晚九时务必来这里会见花姐。
三 八	姨 姑	遵命。

〔三姨、八姑分头欲下。

花	姐	回来。
三 八	姨 姑	遵命。

153

花　姐　今晚我和他俩谈判，我不打电话给你们，你们千万别来这里。一旦接到我的电话，你俩跑步赶到，二话不说，扑上就是两个耳光，不由分说扭住耳朵拖回家去，好好教训。

三　姨　二话不说，就是两个耳光？

八　姑　不由分说，拖回家去好好教训？

六　子　不理解？

三　姨
八　姑　不理解。

花　姐　谈判如果陷入僵局，我打算抬出你们二老压他俩一头，他俩买账还则罢了，如果不买你们的账，你们说，该不该请你们亲赴现场参加战斗？如果不但不买账还说出不尊敬你们的话来，你们该不该扇他们两个耳光拖回家去施以家法？

三　姨
八　姑　该。

六　子　快回去，打电话。

三　姨
八　姑　遵命。

　　　〔三姨、八姑跑步下。

花　姐　六子，我去割肉，打酒，买菜，你去找那玩艺儿，抓紧时间准备。

六　子　一切听你安排。

　　　〔花姐、六子拎大包小包走圆场。

花　姐　（唱）　说他俩坏来不算坏，
　　　　　　　这些年常帮我排难消灾。

六　子　（唱）　说他俩好来不算好，
　　　　　　　这些年总想是揽你纤腰。

花　姐　（唱）　我老家有丈夫他俩知道，
　　　　　　　硬要做缺德事只好断交。

六　子　（唱）　不伤和气还要把赞助款拿到，
　　　　　　　凭的是你的妙计手段高。

　　　〔花姐、六子下。

第二场

〔时间:当晚。

〔地点:同前场。

〔屋子中央支起张大圆餐桌,放了三把椅子。一把椅子旁边,放着七八瓶西凤酒。

〔水昌、九婶各端两碟新炒的菜上。

九　婶　（唱）　南方的男人真能干,

　　　　　　　　饭做得好来生意欢。

　　　　　　　　七大碟子八大碗,

　　　　　　　　味道各异颜色鲜。

　　　　　　　　山珍香,海味鲜,

　　　　　　　　国宴上也没这样全。

水　昌　（唱）　老妹子你别称赞,

　　　　　　　　这功劳有我的一半也有你的一半。

（用《望星空调》唱）

九　婶　我说的实情。看你说得叫别人不好意思。

水　昌　没有你打下手,我能做出这么好的菜吗?

九　婶　打下手的活儿谁不会做? 你这话才说过头了呢。(两人把菜往桌上摆,摆不下)哟,桌上摆不下了嘛。

水　昌　花姐说,要的就是摆不下。

九　婶　桌上摆不下,难道端在手上让客人吃不成?

〔花姐和六子各端两盘新炒的菜上。

花　姐　饭桌是战场。

六　子　酒里藏刀枪。

水　昌　花姐,桌上都摆不下了,你让我炒这么多菜往哪儿搁呀?

花　姐　搁不下,架起来。

〔花姐、六子、水昌、九婶移动盘子和碗,把手中的菜碟架起来。

水　昌　花姐,六子,招财和进宝卡咱的脖子,弄几个菜拉拢拉拢他们可以,用不着搞这么大的场面。

九　婶　这么多菜给他们两个吃了可惜了。

花　姐　爹爹,九婶,要想控制客人,必须控制酒瓶,要想控制酒瓶,酒瓶就不能摆在桌上,得放在主人椅子旁边;要想合情合理把酒瓶摆在主人椅子旁边,桌面上就得把菜摆满,连放一只酒瓶的地方都不留。

九　婶　噫,这酒不是就是给客人喝的吗?控制酒瓶干吗?是不是怕客人酒量太大,把酒喝光?

花　姐　九婶,不是怕他们把酒喝光,而是怕他们喝得太少。

九　婶　你怎么越说我越糊涂?

六　子　妈,这些事给你们这一代人说你们听不懂,别问了,省点力气吧。

水　昌　九婶,年轻人搞的这些名堂,我们是不懂。让他们折腾去吧,咱们走。

九　婶　走,走。

花　姐　爹爹,九婶,你俩把三姨和八姑请到巷口的小酒馆去喝酒,听到我的电话,你们把她俩送到院门口,让她俩进来,你俩可别进来。

六　子　记住,天塌下来也别进来。

〔水昌、九婶下。

〔电话铃响,花姐接电话。

花　姐　(佯装嗲态)嘿……嘿……什么?我是谁?……招财哥,你常说爱我爱我,怎么连我的声音都听不出来了,你真可恨呀!

电话声　我也恨你。

花　姐　什么,你也恨我?

电话声	恨是爱的最高表现形式,我恨你恨得直想扎你。
花 姐	(佯装妖冶大笑,双脚在地上直垛)那就扎吧扎吧,能扎出血来我才痛快啦!告诉我,你想扎哪儿?扎上半身还是下半身? 扎前胸还是后背,或者是扎……嗯,我不要你说出来,我不要你说出来嘛!
电话声	好好好,不扎就不扎。你让我妈给我打电话……
花 姐	招财哥,我闷得慌,准备了几碟家乡小菜,请你过来喝两杯……你现在在哪儿?
电话声	我已回到家里,离你那里很近。你那里现在都有谁呀?
花 姐	就我一个。你快来呀,我可等了好久了。(放下电话)六子,快把酒准备好,他马上就到。

〔六子从椅子旁拎起两瓶西凤酒,让花姐触摸瓶盖。

六 子	摸到没有?盖子蹭了个坑。
花 姐	摸到了。
六 子	记住,这两瓶是掺了解酒药的白开水,那四瓶是不掺假的老西凤。
花 姐	错不了。
六 子	到时候,不管他两个咋闹腾,你可不能乱了阵脚,拿错瓶子。
花 姐	我说六子你干吗唠唠叨叨,你跟我干这种事不是头一回了,我哪一次错过?快去打电话,打听进宝回家了没有?

〔电话铃响,六子拿起耳机递给花姐。

花 姐	(佯装欣喜若狂)嗨,是你,是你,是你,一听我就知道是你。
电话声	我说花姐,什么事使你这么高兴?
花 姐	讨厌、讨厌、讨厌极了。
电话声	你说谁讨厌?
花 姐	中国的科技界讨厌,到现在还不能普及可视电话,如果有部可视电话,你会看见我接你的电话时高兴得

秦腔

南方来的风流娘们儿

NANFANGLAIDEFENGLIUNIANGMENER

跳起来的样子多么可爱！

电话声　这么说，你是专门在等我？

花　姐　进宝哥，快来吧！我的头发都等白了。

电话声　我不信。

花　姐　不信你来看嘛，这儿，这儿……白了七八根了。

电话声　我来给你把白头发拔掉好不好？

花　姐　光拔掉不行。

电话声　那还要怎么样？

花　姐　把你的黑头发拔下来，给我栽上。

电话声　栽上，栽上，我马上来给你栽上。顺便问一下，你那儿还有谁？男性还是女性？

花　姐　（娇媚欲滴）进宝哥，除了老妹子我，就是一桌子浙江风味儿的酒菜啰。（放下电话）六子，他俩准备好了吗？

六　子　花姐，我在发愁，招财和进宝碰在一起这出戏会不会黄了？

花　姐　（胜券在握）招财进宝都是西安商界小有名气的人物，死要面子，一旦迈进门槛，发现除了我还有外人，很可能只字不提赞助款的事，但绝不会把脸一吊扭头就走。

六　子　虽说不会扭头就走，喝上一杯，寒暄几句，找个借口相继退出完全可能。

花　姐　你把那玩艺儿呢？

六　子　（掏出洗衣粉般大的一袋兴奋剂）在这儿。

花　姐　（接过兴奋剂，在手上掂了掂，又抛给六子）一杯下肚，两眼发直，就像叮在鲜血上的苍蝇，赶都赶不走。

〔六子把兴奋剂倒进给招财和进宝准备的高脚杯里，欲加酒，又犹豫了。

六　子　他俩喝了以后，发起疯来，真把你撂倒怎么得了？

花　姐　我让你在格子门后不眨眼地往这里瞅着，是为了什么？一旦出现险情，你冲出来赶快救我，不能让他俩伤着我一根毫毛。我问你,你能不能做到?

六　子　能。

花　姐　他们把你打伤,你怎么办?。

六　子　为了花姐,不要说被他们打伤,就是被他们打死,我甘心情愿。

花　姐　(搯六子脸蛋,笑)我就爱你这股傻劲儿。(六子给放了兴奋剂的杯子里斟上酒,点着红蜡烛,关掉电灯。花姐打开录音机,对着镜子整了整发型。两人面对面坐在桌子上,开心地笑着)六子,咱们这么做,是不是有点不道德?

六　子　你要改主意?

花　姐　(摇头否认)心里有点不安。

六　子　(反而给花姐做思想工作)唐都、秦都两个单位提供赞助,他俩利用转交款子的机会想占你便宜,道德吗?用毛主席的话来说,这叫"以革命的两手,对付反革命的两手"。

花　姐　与君一席话,胜读万卷书。我的心里本来出现了反复,听了你的话,信心又坚定了。(指高脚杯中的兴奋剂)这玩艺儿你是从哪里搞来的?

六　子　大白杨养猪配种员是我的同学。

〔两人大笑。

〔招财、进宝分头上。

招　财　(唱)　刘花姐人聪明美貌绝伦,

进　宝　(唱)　惹得人害相思利令神昏。

招　财　(唱)　从浙江来西安已有六年整,

进　宝　(唱)　从未见她丈夫前来探亲。

招　财　(唱)　莫不是她夫妻早有矛盾,

进　宝　(唱)　天有缘巧遇我采花之人。

招　财　(唱)　做一个第三者往里插足,

进　宝　(唱)　我立刻逼迫她回家离婚。

招　财　咯,孟进宝!

进　宝　咯，常招财！

招　财　你去哪儿？

进　宝　你去哪儿？

招　财　我妈在水昌伯手下干了好多年了，水昌伯对我妈不错，我想去看看他老人家，说几句感谢的话。

进　宝　我妈在水昌手下比你妈干得时间还长，我的想法和你一样。

招　财　请。

进　宝　请。

招　财　水昌伯在家吗？

进　宝　水昌伯，我看望你老人家来了。

〔六子急下。

花　姐　好，招财哥，进宝哥，你们一起来了？

招　财　我是想来看看你爹，没想到在门口碰上了孟经理。

进　宝　我是想来给你爹问个安，没想到会在门口碰上常经理。

花　姐　哟，二位只想来看我爹，不想看我？

招　财
进　宝　一起看，一起看。

花　姐　（诱发）二位来看我爹，给我爹打过招呼吗？

招　财　怕你爹出门，下午给你爹打了个电话。

进　宝　我也是，我也是。你爹呢？

花　姐　我爹刚被咸阳市政府来车接走了。

进　宝　他去了咸阳？

招　财　那么大年纪，去那么远干吗？

花　姐　咸阳市市长要出国访问，请我爹去量两套衣服，今晚怕是回不来了。（招财、进宝伴装失望，咂嘴甩手）爹爹不愿意让二位空跑，做了一桌酒菜，让我陪二位好好喝几杯。不知二位肯不肯赏光？

招　财　嗨，做这么多菜干吗？

进　宝　呃，怎么能叫你父女破费！

花　姐　（唱）　爹爹说来西安一十二载，

进面料销产品靠的是进宝和招财。

感激情言不尽略备酒菜，

来日里多关照礼尚往来。

招财哥坐嘛！（把招财按在安排好的椅子上）

招　财	谢谢。
花　姐	进宝哥，你也坐呀！（把进宝按在安排好的椅子上）
进　宝	谢谢，谢谢。
花　姐	（举杯）招财哥，进宝哥，请。
招　财	请。
进　宝	请。

〔三人碰杯，一饮而尽。花姐从椅子旁边摸酒瓶斟酒，斟一杯借故换一次酒瓶。

招　财　（走到一旁唱）

约我一人来会面，

却怎么钻出个倒霉瘪三。

真是赶巧三对面，

还是她在耍手段？

赞助款装在口袋里，

见风使舵好撑船。

花　姐　常经理，招财哥，你在想什么？

招　财　（一把抓住她手腕）你为什么把他约来！

花　姐　我对天发誓，是我爹约来的。

招　财　通电话时为什么不告诉我？

花　姐　打完电话以后爹才告诉我的。

进　宝　（走到一旁唱）

他二人一旁嘀嘀咕咕把话谈，

今夜晚这阵势并非简单。

本来说专门为我摆桌家宴，

常招财为什么现在眼前？

果真是水昌伯把计划打乱，

改时间改地点自把她纠缠。

如果是使诡计想把我涮,

这笔款找借口给老板退还。

花姐,你过来一下。

花　姐　孟经理,进宝哥,你又有什么教诲?

进　宝　(一把抓住她手腕)你为什么把他约来。

花　姐　我对天发誓,是我爹约来的?

进　宝　打电话时为什么不告诉我?

花　姐　打完电话以后我爹才对我说的。

〔兴奋剂在招财、进宝体内发作。

招　财　(唱)　适才间那杯酒喝得太冲,

双眼花心里跳头重脚轻。

进　宝　(唱)　适才间那杯酒喝得太猛,

浑身热眼面前人影重重。

花　姐　(唱)　他二人脸色变目明如镜,

想必是兴奋剂显了功能。

大杯子灌来小杯子敬,

钱到了我才能停杯送行。

招财哥,常经理,我可知道你的酒量,你别放杯子呀!

招　财　喝!喝!喝!

花　姐　进宝哥,孟经理,人逢知己千杯少,你请呀!

进　宝　请!请!请!

〔招财、进宝已醉,花姐仍敬他俩。

招　财　嘻嘻,我看见对面坐着两个花姐。

进　宝　哈哈,我看见对面坐着三个花姐。

招　财　两个。

进　宝　三个。

招　财　两个归我,三个归你。

进　宝　不行,一个我也不能给你。

〔两人来抓花姐,花姐吓得跳了起来,两人脑袋"咣"一声撞在一起,跌坐在地。

〔化装成花姐模样的六子急上。

六　子	你站在格子门后看着,到了火候,就给三姨和八姑打电话。
花　姐	好。(下)

〔招财和进宝相扶站起,晃晃悠悠,六子搀扶他俩坐下。

招　财	(摸六子脸)花姐……我爱你……
进　宝	(摸六子脸)花姐……我爱你……
六　子	(模仿女声)我也爱你们,支票带来了吗?

〔招财、进宝拍装支票的口袋。

六　子	既然爱我,就把支票给我。

〔六子摸招财口袋,招财躲开。

招　财	你得让我亲你一口。
六　子	进宝哥,你该不会像他那样坏吧?

〔进宝掏出支票,要抱六子,六子推开他。

进　宝	我不但要亲你一口,还要那个……
招　财	我也要那个……
六　子	(张开双臂搂住他俩肩膀,把脖子往前一伸)亲吧,哥们儿,亲够了再那个。

〔招财和进宝同时亲吻六子面颊,六子趁机夺过支票往后一缩脖子,噌地退出一两米远。招财和进宝头昏眼花,误以为对方是花姐,又撕又搡,但因酒醉无力,都使不上劲。

招　财	我头一次见你就爱上了你……
进　宝	你不嫁我我一辈子不娶老婆……

〔花姐暗上,和六子看着两个大男人出洋相,捂着嘴笑得上气不接下气。

〔招财、进宝抱在一起亲吻。

〔三姨、八姑的喊声:

"招财,龟孙子,我饶不了你!"

"进宝,兔崽子,我揭你皮!"

〔六子急下。

花　姐　（佯怒，拍案申斥）叫你俩不要喝了，你俩就是不听，醉成这个样子，丢人败兴，就不怕你妈骂你。

〔同样有几分醉意的三姨、八姑，在水昌和九婶陪同下蹒跚而上。

招　财　我妈算什么东西，她敢骂我？

进　宝　我妈要坏了我的好事，我揭她皮！

〔花姐使眼色，水昌和九婶下。

三　姨　（大怒）龟孙子，敢骂我！

八　姑　（大怒）兔崽子，看谁揭谁皮！

〔三姨掴了招财两个耳光，拖着他跌跌撞撞下。八姑掴了进宝两个耳光，拖着他跌跌撞撞下。

〔六子上场，把两张支票交给花姐。花姐吻了一下支票，塞在两乳峰之间，和六子跳起疯狂的迪斯科。

〔徐徐压光。

第三场

〔时间：十数天后。

〔地点：某时装表演大厅的舞台上。

〔屏风上画着现代派的图像，空中吊着霓红灯做成的"花姐时装展示会"七个大字，七彩顶灯闪烁不停。

水　昌　（唱）　改革锣鼓天天敲，
　　　　　　　　开放尺码日日高。
　　　　　　　　展示会拉开幕热热闹闹，
　　　　　　　　全凭着花姐她时时操劳。

六　子　（唱）　小公司放了个冲天炮，
　　　　　　　　老鼠逮住一只大黑猫。
　　　　　　　　外商也把大拇指翘，

　　　　　夸花姐是一个女中英豪。

水　昌　六子,花姐呢?

六　子　那些外商拉着跟花姐照像,还这样、这样,(做拥抱、
　　　　亲吻动作)把我看得都怪不好意思。

水　昌　那是人家外国的礼节。

六　子　外国的礼节光占人的便宜。哎,大伯,姐夫给你和花
　　　　姐来信了。

　　　　〔递信,水昌拆信,里面一张离婚证。

水　昌　离婚证! 到底还是离了,离了也好。

　　　　〔六子、招财、进宝急上。

招　财　水昌伯!

进　宝　水昌伯!

水　昌　天塌了是地陷了, 还是彗星把地球撞了个窟窿?

进　宝　来参加展示会的一位浙江客商带来一个好消息……

招　财　对……对你来说就不是个好消息。对我来说……

进　宝　是好消息。

水　昌　到底是好消息,还是不好的消息?

招　财　他说花姐的丈夫和花姐离……

进　宝　官司打了十来年了,花姐就是不离……

招　财　为了证实他说的是真的,还是假的,我们一起来问你。

水　昌　他有没有告诉你们,花姐的丈夫是干什么的,为什么
　　　　和花姐离婚?

六　子　(招财、进宝、摇头)我看他准是花姐生意场上一个死
　　　　对头,破坏花姐名誉。

水　昌　(摇头)花姐的丈夫要离婚是真的,不过……

六　子　(快哭了)真的,花姐,你怎么这么不幸啊!

　　　　(唱)　南方的姐夫不像样,
　　　　　　　石头脑袋铁心肠。
　　　　　　　花姐对他情意重,
　　　　　　　常寄钱,常写信,常挂心上。

　　　　水昌伯呀!

莫非他嫌花姐荡，

莫非他嫌花姐狂，

劝他还要多体谅，

别看现象把花姐白白冤枉。

水　昌　唉！离了比不离好，早离比晚离好。

招　财　（暗喜）是呀，早一天离了，可以早一天另找一个可心的爱人。

进　宝　（暗喜）还用得着找吗?我一直在花姐眼皮底下转悠。

招　财　你转悠不转悠与花姐有什么关系，我天天都在等待着花姐发现我这块早就存在于爱情海洋中的新大陆。

水　昌　这么说，你们两个都非常喜欢花姐?

招　财
进　宝　非常喜欢。

水　昌　花姐离婚以后,你们愿意娶花姐?

财　宝　梦寐以求。

水　昌　六子,你怎么不说话了?

六　子　唉！人家是有夫之妇,咱咋敢往这想吗?

招　财
进　宝　嗨嗨,你还有自知之明啊!

招　财　你不敢想不敢做,我和进宝敢想敢做,麻烦你,帮我们做个介绍人。

进　宝　那天花姐请客,你在酒中做了手脚,这笔账我们一直记在心里,你若把事办成,这账一笔勾销,你若办不成此事,我叫你吃不了兜着走。

六　子　嗨！人家还没离呢,你俩是饺子没下锅,就急得伸笊篱。花姐现在忙得不可开交,你不去帮忙,反倒在这打人家的主意。走,去检查模特们准备得咋样。

招　财
进　宝　走。

六　子　哎！这些事可别在花姐面前提。（三人下）

水　昌　看来还是六子好。现在这离婚不能让她知道。

〔把离婚证折好装进衣袋里。八姑、三姨上。

八　姑
三　姨　（上唱）水昌是个好老汉,

叫人越看越喜欢。

老年报纸咱常看，

花甲之人也搞初恋。

想法围着水昌转，

培养情感结姻缘。

水　昌　三姨，八姑。

三　姨　哟嗬！

八　姑　嗯哼！

水　昌　花姐费尽心机，好不容易把展示会筹备就绪。

八　姑
三　姨　说得是。

水　昌　今天的展示会上，中老年模特只有九婶和咱们这三个，咱们这几个老家伙可不能给花姐丢了面子。

八　姑
三　姨　绝对不能。

水　昌　终究不再年轻，为了开演后不出岔子，再练一练为好。

三　姨　水昌，你说，练哪几套组合？

八　姑　还用问吗？当然是展示情侣服的那一段儿。

水　昌　九婶去买胸花，还未回来，三个人配不成对儿呀！

三　姨　水昌，我说你的思想落后了，你还不服。现在人说的情侣不是两个人，而是三个人，明白不？

水　昌　三个人？

八　姑　对着哩，一个是老婆，一个是情夫，或者一个是丈夫，一个是情妇。

水　昌　情夫情妇也叫情侣？

八　姑　你往咱们周围打听打听，不管老的少的，有几个不是"一明一暗"？有的还"一明两暗"呢。

水　昌　这不触犯法律吗？

三　姨　我们是做时装生意的商人，不是派出所警察，不用研究犯罪不犯罪，为研究一套时装销售心理学，我们把情侣服改革一下，三套成一组。"明的"看了高兴，"暗的"看了也高兴，销售量会不会提高三分之一个百分点儿?

水　昌　这话说得有水平。

八　姑　依我看,平平常常。

水　昌　为了增强市场竞争机制,那就三个人练吧。

八　姑　水昌,你这话才有水平啦。

三　姨　八姑,你一有机会就想压我一头,我看你是枉费心机。

八　姑　压你?压你我还嫌丢了我的身份。

水　昌　你们俩按说是两只母鸡,怎像两只公鸡一见面就捣仗?

三　姨　　
八　姑　你心里明白。

水　昌　好了好了,咱们开始练吧。

　　　　〔三个人换上情侣服,准备复习动作。

水　昌　等等。

三　姨　　
八　姑　(佯娇)啥事儿,我的情侣?

水　昌　(从口袋掏出几块泡泡糖)现在的人,是不是都喜欢年纪轻的?

三　姨　　
八　姑　没错儿。

水　昌　年轻人的标志是什么,你们知道吗?你们观察过吗?

八　姑　泡泡糖。

三　姨　大号的。

　　　　〔水昌模仿电视广告,吹特大泡泡糖。

三　姨　　
八　姑　(模仿电视广告配音)大大! 大大! 大大!

　　　　〔水昌给三姨、八姑各发了一个特大泡泡糖,打开录音机播放青春音乐。三人练习展示情侣服的舞步,每人口中吹着一个特大泡泡糖已够滑稽,三姨和八姑还不断做出争风吃醋的表情和动作,更令人捧腹。
　　　　〔九婶捧着新买的一盒胸花上,见状笑得直不起腰,把胸花撒了一地。水昌、三姨、八姑帮捡胸花,九婶给他们每人胸前戴上一朵。

水　昌　九婶,你算什么?

九　婶	你怎么有两个情侣?	
水　昌	问她俩吧。	
三　姨	现实生活就是这样。	
八　姑	我们的表演要有超前意识。	
九　婶	如果我们这样演出,观众会批评我们在怂恿一些人的不道德行为。	
水　昌	你说怎么办?	
九　婶	情侣,情侣,一男一女,(挎水昌胳膊)还是咱们两个表演吧。	
三　姨	呃,坐公共汽车,还有个先来后到吧,何况我和水昌的关系非同一般。	
	〔三姨推开九婶,挎水昌胳膊。	
八　姑	你和水昌关系非同一般?我才和水昌关系非同一般呢。你信不信?不信你问问水昌,问问。	
	〔八姑想推开三姨挎水昌胳膊,推不开。	
水　昌	别争啦,听我指挥!	
	〔三姨、八姑、九婶唰地立正。	
水　昌	情侣,情侣,一男一女,这话说得有水平,是不是?	
三女人	是。	
水　昌	我在这里,是唯一的男人,你们三个轮流做我的情侣,听明白没有?	
三女人	明白。	
	〔水昌让她们三人按大小个排队,三姨第一,八姑第二,九婶第三。三姨和水昌联袂表演,八姑和九婶旁观。	
八　姑	九婶,你们两家关系如何?	
九　婶	八姑,你问这话是什么意思?	
八　姑	我想请你帮个忙,不知你肯不肯?	
九　婶	你要星星,我不会摘下月亮给你。	
八　姑	我想嫁给水昌,自己不好对他直接说, 想请你做个介绍人。	

九　婶　哟，八姑，你可真有眼力啊！不瞒你说，自打水昌租我家房子的那一天起，我就觉着他满顺眼的……

八　姑　莫非你也想嫁给他？

九　婶　没有，没有，没有那个意思。说实话，我也觉着水昌怪讨人爱的，若果放他回了浙江怪可惜的，我早希望有个女人能把他心拴住。今日个你提出来了，真叫人高兴啊！你放心，这门婚事我一定给你说成。

八　姑　(机密地)你知道我的情敌是谁吗？

九　婶　谁？

八　姑　(朝三姨飞一眼)老狐狸精。

九　婶　她能配得上水昌？笑话。

八　姑　我估计，她也会托人找水昌说媒，你可要麻利一点，赶在他的前头。

九　婶　兵贵神速，我还懂得。

八　姑　成与不成，秘密进行，绝不能让人知道。

九　婶　放心，我这人口紧着哩。

〔水昌和三姨的练习结束，向八姑招手。

九　婶　八姑，快去，快去！

〔水昌和八姑联袂表演情侣服，三姨和九婶旁观。

三　姨　九婶，你家六子年纪不小了，为什么还不结婚？

九　婶　哟，还说结婚啦，人长得丑连对象都找不下呀！

三　姨　哟，你怎么不早说呢，早说我让你都抱上孙子了。

九　婶　你能给六子介绍一个吗？

三　姨　九婶，现在人办事都讲价值，不能白干，对不对？

九　婶　对着哩。

三　姨　咱们交换一下行不行？

九　婶　交换？

三　姨　我给你六子介绍个对象，你给我做一次红媒，怎么样？

九　婶　直说吧，你看上谁了？

三　姨　你家的老房客——水昌。

九　婶	水昌？
三　姨	水昌对我有情,我对水昌有意, 已经不是一年两年了,该开朵花儿了。
九　婶	说实话,我也觉着水昌怪讨人爱的,若果放他回了浙江怪可惜的, 我早希望有个女人能把他心拴住。今日个你提出来了, 真叫人高兴啊! 你放心这门婚事包在我身上了。
三　姨	(指八姑)看见吗,多骚啊!
九　婶	(佯装惊诧)她也想嫁水昌?
三　姨	我估计,她也会托人找水昌说媒。
九　婶	她找谁?找国务院总理都不行。水昌在这个地方只听两个人的话,头一个是花姐, 第二个就是我了。三姨你看这事儿明着来,还是暗中干?
三　姨	风声搞大,水昌要不答应,我这老脸往哪里放?
九　婶	除了你我和水昌,我绝不会让第二个人知道。
三　姨	(竖大拇指)九婶,好人! 好人! 〔水昌和八姑练习结束,向九婶招手。
九　婶	三姨,你回避一下,我要给水昌说你的事儿。
三　姨	拜托了。(下)
八　姑	九婶,你知不知道水昌胳膊搭在我肩膀上时, 我是什么感觉?
九　婶	像香港三级片上那些俏女人说的"好爽哟!"
八　姑	岂止爽?像触了电一样!
九　婶	你走开一会儿,我要给水昌说你的事儿。
八　姑	只许成功,不许失败,记住没有?
九　婶	刻在心尖尖上了。 〔音乐声起。
水　昌	哎呀! 模特表演都开始了,咱还在这谝啥梆子,快穿衣服上场。
九　婶	快去。(四人下) 〔音乐声中,六子上,用生硬的普通话报幕。

六　子　现在花姐时装表演开始!

〔花姐走出,执话筒唱。

花　姐　（唱）　谁人能令我停下来,
　　　　　　　　再爱我多一些,
　　　　　　　　也许不羁的往日不再,
　　　　　　　　让我不再感觉无奈,
　　　　　　　　陪我一起看海,
　　　　　　　　明知会再次儿心痛,
　　　　　　　　我却愿意,
　　　　　　　　只要你痴心不改,
　　　　　　　　陪我一起去看海……

〔在歌声中,女模特系列表演,六子表演小牛仔。九婶扮男与水昌、八姑、三姨表演老年情侣服。出尽洋相。

〔台下献花与花姐。

招　财　妈! 你过来。

进　宝　妈! 你过来。

三　姨　啥事!

八　姑　啥事!

〔招财、进宝上。

招　财　（念）　如今情场奇事多,
　　　　　　　　三角里边套三角。
　　　　　　　　爱情不是平常事,
　　　　　　　　母子也要动干戈。

招　财　妈,刚才表演情侣看你在水伯跟前轻得像啥样子。

进　宝　妈,你刚是跟九婶一对,看你一下扑到水昌伯跟前,像啥样子。

三　姨
八　姑　你说啥样子?你说像啥样子?

三　姨　招财,妈给你说你水昌伯对我早就有意思了,我想答应他算了。你看我成不成?

八　姑　进宝,妈给你说,你水昌伯追我可追得厉害,我想嫁

		给他算了,你看成不成?
招财	财宝姨姑	搞不成!
进三		咋就搞不成哩?
八招	招财	眼看我就要把花姐弄到手,你偏来插一脚,这明明是踢我的摊子哩。
进	宝	花姐嫁给我,水昌再娶你,这是近亲结婚,生下孩子没屁眼。
八	姑	那你让给我吧。
进	宝	你让给我。
八	姑	我这把年纪,找个可心人不容易。
进	宝	我等花姐等到快三十岁了,容易吗?
		〔三姨和招财声音提高。
三	姨	你让不让?
招	财	不让。
八	姑	你让不让?
进	宝	不让。
三	姨	嗯!我扇死你!
		〔三姨、八姑追打招财、进宝下。
水	昌	九婶。
九	婶	水昌。
水	昌	该咱们两个了!
九	婶	(微有妒意)你在她两个身上可真舍得下工夫哟!
水	昌	(闻闻九婶)哎,怎么有股醋味儿?
九	婶	我一直把你当个正经人,原来你也不是个好人。
水	昌	我的确在你身上闻到了股醋味儿。你们西安人吃凉皮儿时爱调醋,我以为你刚才吃了碗凉皮儿。
九	婶	拉倒吧,别在我面前耍嘴皮子了,我有正经事儿给你说。
水	昌	咱们边练边谈。
		〔两人练习展示情侣服的舞步组合,配合默契,妙趣横生。

秦腔

南方来的风流娘们儿

NANFANGLAIDEFENGLIUNIANGMENER

九　婶　（唱）三姨八姑风韵在，
　　　　　　嫩得像棵卷心菜。
　　　　　　她俩心中有了你，
　　　　　　爱你想你发了呆。

水　昌　（唱）南瓜开花一大朵，
　　　　　　我都成了老家伙。
　　　　　　腰也弓，背又驼，
　　　　　　惹人取笑划不着。

九　婶　（唱）少时夫妻老来伴，
　　　　　　哪管旁人闲话多。
　　　　　　不说是——
　　　　　　被窝里头暖暖脚，
　　　　　　也图个——
　　　　　　枕头边有人把话说。

水　昌　他九婶，你平时一个不说，这来一说，一下子就说了两。明明是日弄人犯重婚罪哩。

九　婶　你选一门。

水　昌　哪一门都看不上。

九　婶　（急忙推卸责任）应人事小，误人事大，到了时候你要公开替我做证，我可是把话说到了。

水　昌　（挑逗）话是说到了。不过，我不理解，你为什么不替她俩多劝我两句？

九　婶　（脸红心跳）像你这么聪明的人，还用得着我劝吗？你不答应，也许你心里另外有人，我怎么能坏你的好事？

水　昌　你怎么知道，我心里另外有人？

九　婶　我猜的。

水　昌　谁？

九　婶　我不知道。

水　昌　你不是会猜吗？那你再猜一猜。

九　婶　猜不着。

水　昌　恐怕是猜中了，不好意思说出来吧？

九　婶　（羞涩）不跟你说了，我给人家回话去。

〔九婶下。花姐上。

花　姐　爹，你和我九婶商量什么事？

水　昌　（羞怯地）……没，没说什么。

花　姐　（唱）　一句话问得爹红了脸，

　　　　　　　　他的心事我看穿。

　　　　　　　　爹！儿我想好事一件，

　　　　　　　　要给爹爹当面谈。

水　昌　啥事吗？

花　姐　（唱）　我妈去世七年来，

　　　　　　　　你当爹当妈受艰难。

　　　　　　　　虽有儿辈常照管，

　　　　　　　　难免体贴不周全，

　　　　　　　　爹你何不选个伴，

　　　　　　　　欢欢乐乐度晚年。

水　昌　（唱）　多年独身已习惯，

　　　　　　　　何必再提这黄昏缘。

花　姐　（唱）　热时给你擦擦汗，

　　　　　　　　冷时给你加衣衫。

　　　　　　　　出外旅游把手挽，

　　　　　　　　一手给你把相机掂，

　　　　　　　　双双去双双还，

　　　　　　　　爹爹不再孤单单。

水　昌　（唱）　花姐真诚把我劝，

　　　　　　　　是喜是忧两为难。

　　　　　　　　喜的是，晚辈的孝心一片，

　　　　　　　　愁的是，这离婚证怎好开言。

　　　　　　　　花姐，铁军误你多少年，

　　　　　　　　爹劝你心放宽早做打算。

花　姐　（唱）　我的事情暂不谈，

　　　　　　　　今给我爹爹把线牵。

秦腔

南方来的风流娘们儿

NANFANGLAIDEFENGLIUNIANGMENER

　　　　　八姑三姨你选不选,(水昌摇头)

　　　　　九婶一定很喜欢。(水昌不好意思点头)

　　　　爹我早看出你和九婶才真是银瓦配金砖。

水　昌　你想想我们刚来西安,手头只有百十元钱, 交了房
　　　　租开不起门面,开了门面就交不起房租。 九婶不但
　　　　不逼房租,有时还给你我送茶送饭,要是没有她的支
　　　　持哪儿会有今天的局面?

花　姐　所以你常说她是块"金做的砖"?(水昌坚定地点头)爹
　　　　爹,你等着,我去把九婶和六子请来。

　　　　〔六子拖九婶急上。

六　子　不用你请,我们来了。

　　　　〔九婶,水昌互睃一眼,羞涩转身。花姐和六子交换
　　　　了眼色,同时跪倒在两位老人面前。

花　姐
六　子 爹,妈,孩子给您二老磕头了。

　　　　〔水昌、九婶扶花姐和六子,招财、进宝上,见状高兴
　　　　得意。

招　财　恭喜大伯,贺喜大妈,夕阳红,情更浓。

进　宝　巧遇展示会来助兴,今就把婚成。

水　昌　不行,不行。

招　财　能成。

进　宝　能成。

　　　　〔忙为二位更衣推下。众随下。水昌操心衣里的离
　　　　婚证。急喊"我衣服,我的衣服"。

花　姐　爹!别管,我给你拿来。(拾起衣服,离婚证从口袋
　　　　掉在地上。花姐拾起来)离婚证书,铁军你……(花
　　　　姐捧起离婚证跪倒在地)

第四场

〔时间:数日后的一个夜晚。

〔地点:花姐卧室。

〔台口挂道纱幕,像墙又像幔帐。

〔纱幕前无光,席梦思床上躺着进入梦乡的花姐,轮廓分明。

〔纱幕后是梦境。漫天大火,狂风咆哮,火声、风声犹若惊雷。一座板屋被大火包围,烈焰浓烟封锁门窗。一个五六岁的女孩从被窝中爬起,抱上她的小书包想跑出屋子。

女 孩 (哭叫)奶奶!奶奶!

〔火势愈猛,孩子呛得直咳。

〔灶旁的两个液化石油气瓶格外醒目。

女 孩 (哭叫)奶奶!奶奶!奶奶!

〔一位浑身已被烧伤的边防军战士从火海中跑出来,接近木板屋,从窗户跃入,抱起女孩打算从门里冲出来。

〔嘭、嘭两声巨响,液化石油气瓶爆炸,浓烟吞没一切。

〔花姐从梦中惊醒,蓦地坐起,哑叫一声。

花 姐 铁军!

〔一束强烈的追光投向床上的花姐。花姐满头虚汗张皇四顾,用目光寻找那位边防战士。

〔纱幕后迅速压光。

〔纱幕前徐徐升光。

〔花姐下床,心神慌张,在屋里狂走,有点失态。她拉开抽屉,发现抽屉里的离婚证书,双手捧起离婚证书。

花　姐　铁军,铁——军——

　　　　　（唱）　风飒飒,窗外秋叶片片黄,
　　　　　　　　　月朦朦,屋内孤影映纱窗。
　　　　　　　　　泪潸潸,眼望着铁军挂像,
　　　　　　　　　苦凄凄,忆往事倍感惆怅。
　　　　　　　　　我与你同生同长在水乡,
　　　　　　　　　两家相邻隔堵墙。
　　　　　　　　　一同玩耍把学上,
　　　　　　　　　两小无猜情义长。
　　　　　　　　　情义长,结连理,
　　　　　　　　　花开并蒂人成双。
　　　　　　　　　白日捕鱼湖面上,
　　　　　　　　　你撒网来我抬筐。
　　　　　　　　　夜晚灯下学裁剪,
　　　　　　　　　你伴我陪我在身旁。
　　　　　　　　　几多甜,几多香,
　　　　　　　　　几多甜,几多香,
　　　　　　　　　小夫妻恩爱度时光。
　　　　　〔欢闹的音乐声中,铁军像变为军帽军装。

花　姐　（唱）　锣鼓敲,鞭炮响,
　　　　　　　　　你光荣参军守边防。
　　　　　　　　　一别三年未见面,
　　　　　　　　　夜夜梦中诉衷肠。
　　　　　〔相片慢动起,花姐在意念中与铁军对唱。

铁　军　（唱）　不要盼,不要想,
　　　　　　　　　相逢会使你更悲伤。
　　　　　　　　　提不提干不在意,
　　　　　　　　　尽忠守职作栋梁。
　　　　　　　　　服役期满快回转,
　　　　　　　　　家有贤妻盼阿郎。

花　姐　（唱）　舍己救人成残疾,

妻子脸上也荣光。

铁　军　（唱）　我无悔，我更坚强，

连累花姐不应当。

花　姐　（唱）　铁军快别这样讲，

伴你终生不彷徨。

铁　军　（唱）　我体残肢废满面伤，

怎忍害你守空房。

劝你不要太倔犟，

决心离婚不商量。

花　姐　（唱）　撕碎了心悲声放，

劝不回我的铁军郎。

广州躲来北京藏，

躲来藏去还是接到了离婚证一张。

〔外边传来敲门声，花姐没有听见，旋又传来水昌的
喊声：花姐！花姐！

花　姐　（有气无力）谁呀！

〔水昌声：你爹爹！

花　姐　（挣扎着站起来，打算开门，又改变了主意）爹爹，你
有什么事？如果不大要紧，明天说吧。

〔水昌声：我隐隐约约听见，你好像在哭？

花　姐　（强忍悲痛）爹爹，你听错了，我在听广播剧。

〔水昌声："不对吧？"

花　姐　（强挤出笑声）爹爹，你老了，耳朵不中用了，快去睡
吧。

〔水昌声："你也早点睡，我走了。"

花　姐　（唱）　随爹爹来西安艰苦闯荡，

生意场出了名人称一强。

人前头谈笑风生风流又倜傥，

人后头想念铁军好悲伤。

（仰望铁军的巨幅彩照）

想你想你真想你，

秦腔 南方来的风流娘们儿 NANFANGLAIDEFENGLIUNIANGMENER

望穿秋水梦黄粱。

活着想你想断肠，

死了想你又还阳！

〔花姐呆呆坐了许久，拿起床头柜上的电话拨号。

花　姐　喂……水妹……我是花姐……爹爹快要结婚了，你陪铁军哥来住几天，给他老人家增添几分快乐。

第五场

〔时装展开，喜悦的音乐声中，八姑、三姨提礼品分上。

三　姨
八　姑　（唱）　为招财、进宝去走得忙，

礼品提了一大箱。

听说花姐要选郎，

招财、进宝着了慌。

又献殷情又喊娘，

把我扶到小车上。

要我快对花姐讲，

不允婚事他就一命亡。

八　姑　咦！偏不偏她又来了。

三　姨　哎！巧不巧我又遇着她。

三　姨
三　姑　（同）我看是南天门前碰面，一样的神气。

八　姑　这里还没人，叫她去扑个空。　　（下）

三　姨　她去得好，免得在这干骚扰。

〔三姨喊："花姐，花姐。"招财急上。

招　财　花姐在哪里？花姐在哪里？

〔九婶上。

九　婶　三姨，招财，找花姐有啥事？

招　财　我……我这正正经经提亲，咋把人还怪的。妈你说。

三　姨　好,咱就打开天窗说亮话,你现在是花姐的直系亲属了,花姐是个孝顺女子,对你十分尊重, 你说句话,就算她不能全听, 起码也听个百分之八十。

九　婶　那要看是什么事情。

三　姨　我家招财想娶花姐,斜对门的进宝也有这门心思,两个人明争暗斗为时已久,再不作个了断,动起刀枪来会闹出人命的。

九　婶　天老爷,这可怎么办呢?

三　姨　只要你在花姐面前替招财美言几句,让花姐接纳招财做你的女婿,一了百了。

招　财　九婶,倒插门儿我也乐意。

三　姨　尽说傻话,人家九婶有六子呢, 一个槽上怎么能拴两头叫驴呢?快把东西拿出来。

招　财　(拿出两叠钞票)九婶,你新婚燕尔,拿这点钱买点营养品补补身子。

九　婶　(见钱多,吓得直往后退)送这么重的礼,吓死我了!我不能收,不能收!

〔九婶逃,招财追,三姨堵截。

〔六子跑上。

六　子　妈! 妈! 妈!

九　婶　啥事把我娃吓成这个样子?

六　子　进宝和八姑拿五万元贿赂我,要我说服花姐嫁给进宝。我已答应说成这门亲事,他们放心不下,非要我收下五万元作为定金,我若收下,岂不成搞行业不正之风吗?

〔进宝、八姑拿着一叠人民币,追上。

八　姑　站住,你给我站住!

〔六子逃,进宝追,八姑堵截。九婶、招财、三姨那边的追捕也再次开始。六个人你撞我,我撞你,滚的滚,爬的爬,乱成一锅粥。

六　子　(哗啦摔碎一只玻璃杯子)行啦!

〔众戛然而止。

〔水昌上,见状,躲在一旁偷听。

六　子　进宝要娶花姐,招财也要娶花姐,这是好事。我从侧
　　　　面探听过花姐对你们俩的看法,可以用四个字概括:
　　　　"半斤八两"。谁来做我姐夫?你们二位拿出骑士风度
　　　　进行决斗。

〔六子从腰间掏出两把明晃晃的手枪,丢给招财和进
　宝。招财、进宝甩掉外衣,准备决斗,九婶、三姨、八
　姑怕了,竭力阻挡。

九　婶　六子,这会出人命的!

六　子　妈,你怕什么,打死一个,剩下的一个刚好做我姐夫。

三　姨　招财,我的心肝,让给进宝算了,咱不能决斗!

招　财　为了花姐而死,死得值得,你走开!

八　姑　进宝,我的宝贝,让给招财拉倒,你不能死啊!

进　宝　为花姐而死,重若泰山,你站远。

〔花姐怒冲冲上。

花　姐　(喝斥)你们闹够了没有?

〔众肃然。六子急忙从招财和进宝手中夺过手枪,想
　揣进怀里,不小心碰了一下扳机,射出两道清水,原
　来这是两把玩具手枪。

〔众窃笑。

花　姐　招财,你爱不爱我?

招　财　爱。

花　姐　进宝,你爱不爱我?

进　宝　爱!

花　姐　六子,你爱不爱我?

六　子　你是我姐,我当然爱。

〔花姐招手,水昌和水妹推着轮椅上。轮椅上坐着一
　位毁了容,下肢瘫痪,呆头呆脑的年轻人。

花　姐　这是我的前夫铁军,在大兴安岭火灾中舍己救人,成
　　　　了残疾。他是共和国的功臣,是被人们已经遗忘了

的英雄。我要把他当成亲哥哥,奉养他一辈子。我嫁到谁家把他带到谁家,而且要求全家像敬上帝一样尊敬他……

〔众对铁军、花姐肃然起敬。

（唱）　这就是我要说的话,
　　　　哪位愿意把话搭?

招　财　只要你嫁给我,我养活他一辈子。

三　姨　（拽）招财,你过来,妈有话说。

招　财　（推）我不听。花姐,我再说一遍,只要你嫁给我,我养活他一辈子。

花　姐　（接唱）亲亲切切把招财拉,
　　　　　　　　你的心眼真不差。

进　宝　我的态度比招财更坚决,只要你嫁给我我养活他到死!

八　姑　（拽）进宝,你过来……

进　宝　（推开八姑）花姐,我再次重申,只要你嫁给我,我养活他一辈子。

〔花姐左右为难。

花　姐　（唱）　他二人决心一样大,
　　　　　　　　我的心里乐开花。
　　　　　　　　左难右难难住我,
　　　　　　　　不知该嫁哪一家?

六　子　花姐,我能不能表个态?

花　姐　为什么不能?

六　子　你是我的好姐姐,铁军是你哥哥,也就是我哥哥,你放心嫁人去吧,我养活他一辈子。

花　姐　你?!

六　子　爹,妈,你们说好不好?

九　婶
水　昌　好好好,好极了!

〔招财、进宝先诧,接着各拉六子一只手。示谢。

花　姐　（唱）　他人虽面丑却心肠好,

侠肝照胆气豪,

世上的男人何其多,

有几人比他义气风格高?

六子,招财和进宝表示,只要我嫁给他们,他们就养活铁军哥一辈子。你的意思是,我不嫁你,你也养活铁军哥一辈子?

六　子　瞧你,把话说得多么难听!我是你弟弟你是我姐姐,近亲怎么能通婚?

花　姐　(逼)如果我嫁给你,你愿意不愿意?

九　婶　(唱)　花姐说话欠思量,

六　子　(唱)　兄妹通婚太荒唐。

九　婶　(唱)　此话如果传出去,

六　子　(唱)　大街小巷臭名扬!

九　婶　花姐,你现在是西安市里有头有脸的人物之一,怎么能说出这种话来!

花　姐　我问的是真心话。

六　子　姐姐,你再胡说,我的脸都要渗出血来了!

三八姨姑　花姐是不是中了什么风邪,怎么突然说起胡话来了?

招　财　花姐,你不能违反伦理呀!嫁给我吧。

进　宝　花姐,你不能不讲道德呀!嫁给我吧。

花　姐　六子,别管他们说什么,重要的是你愿不愿意娶我?

九　婶　花姐,即使六子愿意娶你,我已经嫁给你亲爹爹了,你怎么能嫁给我的亲儿子呢?

水　昌　老太婆,实话告诉你,也告诉大家,我不是花姐的亲生父亲,她也不是我的亲生女儿。我曾经是她的公公,她曾经是我的儿媳,如今铁军已和她离婚,我们之间什么关系也没有了。

众　　　啊?!

〔众人大惊小怪,议论纷纷。

水　妹　你们不必大惊小怪,我爹爹没说一个字的谎话。

六子哥,如果你喜欢花姐,那就当众向她求婚吧。

六　子　花姐!

花　姐　六子!

〔两人拥抱,大家鼓掌。水妹推铁军暗下。

六　子　爹爹!

水　昌　儿子!

〔六子与水昌拥抱,众人鼓掌。

花　姐　婆婆!

九　婶　媳妇!

〔花姐与九婶拥抱,大家鼓掌。

〔花姐再次与六子拥抱,大家围着他俩跳起祝福的舞蹈。

〔花姐与六子猛舞。

〔幕徐落。

——剧　终

秦腔

南方来的风流娘们儿

NANFANGLAIDEFENGLIUNIANGMENER

演出单位

西安尚友社

雪域忠魂

范　角　王军武　成全民　编剧

剧情简介

　　数个月以来,在雪域高原,在齐鲁大地,在大江南北,长城内外,一个响亮的名字和他感人事迹被广泛传颂着,他就是党和人民的好儿子——孔繁森。

　　孔繁森以自己的模范行动实践了共产党员全心全意为人民服务的宗旨,谱写了一曲为人民事业和民族团结鞠躬尽瘁、死而后已的壮丽篇章。

场　目

秦腔
雪域忠魂
XUEYUZHONGHUN

人 物 表

孔　静	陈书记
孔　杰	活　佛
王庆芝	指导员
孔繁森	安秘书
阎专员	刘包工
孔奶奶	藏族老阿爸
孔　玲	藏族老阿妈
小　梁	汉藏干部
曲　尼	解放军战士
曲　印	藏族男女群众
贡　桑	工　人
格热姆	少先队员
旺	

第一场　别　家

〔1988 年 10 月。

〔孔繁森家。室内陈设俭朴。墙上挂着一幅醒目的条幅:未出土前先有节,直上凌云仍虚心。

〔欢快的音乐声中,孔静打扫室内卫生,抹洗桌椅,将从北京购买的工艺品摆在桌上。

孔　静　(唱)　北京玩了两三天,

孔　杰　(唱)　长了见识眼界宽。

孔　静　(唱)　故宫看了金銮殿,

孔　杰　(唱)　到长城参观了居庸关。

孔　静　(唱)　天安门看得我花了眼,

孔　杰　(唱)　忽啦啦红旗空中翻。

孔　静　(唱)　这回总算见了世面,

孔　杰　(唱)　头一回跟咱爸把光沾。

孔　静
孔　杰　(合唱)　行署的电话太讨厌,

　　　　　　　　要不然咱还能多耍几天。

〔王庆芝上。

王庆芝　孔静,打扫完了?

孔　静　妈,你看。

　　　　(唱)　北京工艺品摆桌面,

　　　　　　　给咱家里把光彩添。

王庆芝　(唱)　全家吃个团圆饭,

　　　　　　　送你爸一路保平安。

孔　静
孔　杰　(一怔)啥?

王庆芝　　你爸在北京向我说,地委给他谈了话,要他再一次援藏。他还说,到了北京,等于走遍全中国,以后他无论走到哪里就像到北京一样,不要为他操心了!

孔　杰　　不去!我爸已经去过西藏一回了,这回……也该轮别人去!

王庆芝　　这回是省委定的。让你爸担任山东援藏干部的领队,还要当拉萨市副市长哩!

孔　静　　妈,你把我爸好好劝一下嘛!咱家的困难谁都知道,奶奶年纪大了,行动不方便,你身体经常有病,我姊妹几个还小,家里地里得有个好劳力啊!上回爸援藏一走,你受了那么多艰难,受了那么多委屈!

王庆芝　　我劝过他啦,可你爸的道理比我说的还长!

孔　杰　　我爸是有名的大孝子,别的不说,奶奶要到街上看看,他就用平板车拉着奶奶看热闹。他最爱奶奶,这回再要劝不住,就给奶奶说。

　　　　　〔孔繁森西服革履、英姿潇洒地上。

孔繁森　　嗬,说得真热闹。

孔　静
孔　杰　　(欲语)爸,你……

王庆芝　　(制止)孔静,你和孔杰先出去!

　　　　　〔孔静、孔杰不乐地下。

孔繁森　　庆芝,有什么事?

王庆芝　　你二次援藏的事我给他们讲了……

孔繁森　　都同意了?

王庆芝　　不同意。

孔繁森　　噢!你也……

王庆芝　　说句心里话,我也不同意你去!

孔繁森　　你怎么……

王庆芝　　繁森,你这次进藏我实在不想让你走,咱家老人老、孩子小,困难太多了。一想起你第一回进藏后的家中情景,我就想一个人痛哭一场。那时候,都是靠工分吃饭，咱家没有劳动力，为了多挣工分，我一个多病的女人，干的是男劳力的活啊！有一天，我到离家三里多的地里刨地瓜，孔静要上学，小杰三岁多，太小，我带不成，只好将他放在家里，孩子无人管，他……他……他掉进了地瓜窖里，窖口小，窖又深，他怎么也爬不上来，哭着喊着就在瓜窖里睡着了，后来才被邻居发现抱了上来。我委屈得抱着孩子哭了一场。（擦泪）

孔繁森　（擦泪）庆芝！

王庆芝　（唱）　有一年寒冬腊月大雪纷纷下，

　　　　　　　　我去河东把棉柴拔。

　　　　　　　　别人家男女相帮欢欢喜喜说着开心话，

　　　　　　　　我装满一车棉柴伶仃一人往回拉。

　　　　　　　　冷风刺骨如刀刮，

　　　　　　　　蹚冰河双腿似针扎。

　　　　　　　　上岸冻得腿发麻，

　　　　　　　　疼得我急忙用土擦。

　　　　　　　　绕了六里拦河坝，

　　　　　　　　星星满天才回到家。

　　　　　　　　家里地里两牵挂，

　　　　　　　　想起来伤心落泪花。

孔繁森　庆芝！我对不起你，我欠你的太多了！

王庆芝　你也说过，那里气候不好，环境艰苦。上次去时你还年轻，如今四十多岁了，身体不如以前了，能挺得住吗？（深情地）想起来我有些后怕，上一次进藏差一点把命丢在那儿，你这条命是拣回来的啊。

　　〔孔静、孔杰上。

孔　静
孔　杰　（扑向孔繁森）爸……

孔繁森　庆芝，你说得对，我这条命是捡回来的，是藏族同胞捡回来的呀！

（唱）　我骑马下乡做调查，
　　　马惊了将我摔地下。
　　　岗巴县藏胞见状急忙扎担架，
　　　三十里山路艰难往上爬。
　　　送进了医院忙抢救，
　　　昏昏迷迷忽觉有人用手抓。
　　　睁双眼全是陌生面，
　　　还有一位藏族老妈妈。
　　　虔诚地手捻佛珠口祈祷，
　　　我醒来她才把心放下。
　　　这样的好人哪里找？
　　　大恩永记难忘她。

（拿出几封信）你们看，这就是岗巴县苍龙乡支格热来的信，至今他们还念叨着我们在一起的情景呢。

孔　杰　西藏人是好，可你不去西藏头上也不会落这么大个伤疤。再说，你去了一次了，为啥非让你去不可？

孔繁森　小杰，你还小，长大了我带你去西藏，你就会明白的。那里是一片神奇的土地，世界上最高的珠穆朗玛峰就在中尼边境，平均海拔都在四千米以上，被称为"世界屋脊"。过去的农奴制，才使西藏发展缓慢。1951 年西藏解放，1959 年自治区成立，和内地、和山东改革开放的迅猛发展相比，它确实落后了，正因为落后，才需要人去开发、建设。越是边远贫穷的地方，越需要我们去为之拼搏、奋斗。西藏建设上去了富裕了，我们国家就会更加强盛、兴旺、发达，那里的局势就会更加稳定。现在，西藏需要干部援助，我到过西藏，对那里的情况熟悉，让我去带队，这是省委定下来的事，我能向组织说我不去吗？何况去上三年时间就回来了。说不定过几年，西藏的产品还要往咱内地走哩，那里的资源丰富得很……

孔　静　爸,你说的道理我都懂,可家里,奶奶快九十岁了,
　　　　要人服侍,我妈又是肝硬化,做过手术,病着身子,
　　　　干不成重活,我和小杰正在上学,这一系列事,你想
　　　　过吗?

孔繁森　孔静,一个人活着不能只为自己,我是领导干部,我
　　　　不带这个头,谁带?我不去,别人也得去。谁没有
　　　　家?谁没妻儿老小?一事当前,先要顾全大局,咱
　　　　家的事和国家的事比起来,那就小得多了,不能顾
　　　　小家而舍大家啊!

孔　静　爸,我说不过你,我去给奶奶说!(欲跑)

孔繁森　(制止)孔静!

王庆芝　孔静!

孔繁森　你怎么这么不懂事呢?你是要你奶奶的老命啊!
　　　　这件事全家人都得瞒着你奶奶!

孔　静　爸!

王庆芝　孔静,你爸是副专员,公家的事怎么能像你说的那
　　　　样,一味由自己想怎么干就怎么干呢?让你爸去
　　　　吧!咱们家的事还有妈撑着哩。

孔　杰　妈,你真是啥苦都能吃得……(扑向王)

孔繁森　这件事全家人都得保密,瞒着你奶奶。

王庆芝　(抹泪)我是个好强的女人,不扯自己丈夫的后腿,
　　　　我是心疼你啊!我也不让你作难。你作难我心里
　　　　同样难过!你走吧!一个人出门在外,好好保重
　　　　身子!

孔繁森　(一震,激动地走近王庆芝)庆芝……
　　　　〔阎专员及男女干部上。孔繁森、王庆芝热情接待。

孔繁森　(紧紧地与阎专员握手)阎专员!

阎专员　省委决定你二次进藏,大家都很高兴,这不,都送行
　　　　来了!
　　　　〔屋内群情活跃,激起一阵掌声。

孔繁森　(环视周围)谢谢大家!谢谢!

秦腔 雪域忠魂 XUEYUZHONGHUN

195

阎专员	这次进藏省委对你作了慎重的考虑。根据中央组织部的要求,我省派两名厅局级干部。条件要求政治上强,能适应西藏生活,有领导工作经验;你具备这些条件,是最佳人选。你去不仅仅是带队还担任拉萨市副市长。

〔屋内群众气氛喜悦。

孔繁森	感谢组织对我的信任。
阎专员	家里还有什么具体困难没有?
孔繁森	我和庆芝商量过了,家里困难自己能克服!
阎专员	你安心地走吧! 行署已研究过了,你家里要有什么困难的话我们也会照料的! 祝你一路平安!

〔孔奶奶内声:"好热闹啊! 孔静,快推奶奶到屋里看看!"

〔孔玲推轮椅进来。轮椅上坐着满头白发的孔奶奶。

孔奶奶	(慢慢地有气无力地)好多的人呀! 多热闹啊!

〔室内顿时鸦雀无声。阎专员默默地把男女群众推出门外。随下。

孔奶奶	三儿呀! 客人怎么都走了?
孔繁森	(伏在孔奶奶耳旁)娘,我要去远地方学习,他们来家看看!
孔奶奶	噢! 你到远地方……学习! 有多远啊?
孔繁森	(用手梳理着孔奶奶的白发,贴在孔奶奶耳边,声音颤抖地)这个地方很远很远,要翻几架高山,要过几条河啊!
孔奶奶	(点点头)那么远不去不行吗?
孔繁森	娘……
孔 杰	奶奶!(欲言)

〔孔繁森示意制止孔杰。

孔繁森	娘!
孔 杰	奶奶!
孔奶奶	三儿,有什么事和孩子过不去? 小杰,你有什么委

屈给奶奶说吧!

孔　杰　奶奶,我爸要出门了!

孔奶奶　这不是刚说了吗! 你爸经常出门,这回是出门学习,好事嘛!

〔王庆芝示意孩子们走下。

孔繁森　(用手梳理着孔奶奶的白发,贴在孔奶奶耳边,声音颤抖地)这个地方很远很远,要翻几架山。

孔奶奶　那么远,不去不行吗? (望着孔繁森)你看娘这么大年纪,有今没明的……(拉住孔繁森的手抚摸不放)

孔繁森　(哽咽)不行啊! 娘,我是公家的人!

孔奶奶　(无可奈何地)那就去吧! 公家的事是不能误了。路远多带些衣服、干粮,路上别喝凉水……有空就回来看看娘! (抹泪)

孔繁森　(抑制不住内心的激动,陡地跪在孔奶奶面前。王庆芝掩面而泣)娘——

　　　　(唱)　娘的嘱咐心中暖,
　　　　　　　西行万里无挂牵。
　　　　　　　自古忠孝难两全,
　　　　　　　望娘珍重保平安!

〔孔繁森抱娘哭泣。

〔阎专员慢慢上,被这悲壮情景感动,扶起繁森。

孔奶奶　(声音颤抖地)庆芝,你就赶快准备,让三儿上路吧!

王庆芝　好! (哭着跑下)

第二场　抚　孤

〔1992 年夏。

〔墨竹工卡县、日岗乡。

〔雪山远踞,草原茫茫。近处,地震后的断墙破屋可见。

〔孔繁森走上高坡,瞭望灾情。

孔繁森 （唱） 日岗乡遭地震损失惨重,

屋舍塌公路断满目灾情。

眼看这惨景象令人心痛,

大灾难难不倒藏族弟兄。

救灾组来灾区慰问群众,

把党的温暖送到群众中。

〔孔繁森从倒塌的房屋中救出藏族老人,抚伤,贴药。

藏族老人 哎哟! 你是恩木机(医生)吗?

孔繁森 老阿爸,我们是抗震救灾组的。

藏族老人 这下就好了。金子闪闪发光是太阳的照耀,抗震救灾离不了共产党啊!

〔孔繁森扶藏族老人,边走边说。

孔繁森 回去后(拍肩)这儿再疼,就去医院检查一下。

藏族老人 （摇头）唉,难哪!

孔繁森 （有所悟地）老阿爸,（掏钞票）把这带上!

藏族老人 （感动跪地）谢谢大奔布拉!

〔孔繁森急扶。藏族老人下。

〔孔繁森与救灾组人员给灾民发放衣物、帐篷、食物。

小 梁 孔市长,灾民大部分已转移到安全地带,食宿有了着落,可有一户人家,两个大人已被压死了,剩下了三个孩子无人管。

孔繁森 三个孩子! 在哪里? 引我去看看。

小 梁 走。（绕场）

〔三个藏民孩子围在一起痛哭。

小 梁 孔市长,就是他们。

〔孩子撕裂人心的哭声。

〔孔繁森拉起三个孩子,三个孩子扑向孔繁森。"我要阿爸"! "我要阿妈!"孩子抽泣不止。

孔繁森 （沉痛地）孩子,别哭了! 阿爸阿妈是哭不回来的!

（泪水盈眶）你们有亲人! 我们都是你们的亲人啊!

别怕,你们会有饭吃!有衣服穿!

〔孤儿仍哭声不止。

（唱）　孩子们喊父母撕人心碎,

　　　　哭得我情难按暗将泪挥。

　　　　他三人无依靠谁来抚养,

　　　　怎忍心让孤儿无家可归。

孔繁森　他们的村长呢? 乡上的干部呢?

小　梁　村长带领村民们救灾,他自己家里也一塌糊涂,乡上的干部正在筹集资金、物资,忙着救灾,哪还顾上管这三个孩子!

孔繁森　（问孤儿）你们还有亲戚吗?

曲　尼　爷爷!（摇头）

孔繁森　（泪下）唉,可怜的孩子——

小　梁　孔市长,将孩子交给村长或乡政府,搞一些救济金,找人抚养这三个孩子。

孔繁森　那怎么行呢?

〔曲尼、贡桑、曲印哭喊"阿爸、阿妈"用手在墙下刨。

孔繁森　（心碎）孩子,（扶起孤儿）跟着我走吧。今后我来照管你们!

曲　尼　爷爷——（跪下,曲印、贡桑也跪下）

小　梁　这……（拉孔繁森到一边）

小　梁　孔市长,你自己的孩子都顾不上管,哪有精力管这三个,咱们是来救灾的,都把包袱背到你身上,你能受得了吗? 你给乡上、县上打个招呼,让他们管就行了。

孔繁森　唉,乡上、县上财政也困难,不能给他们提要求、添负担啊!（深情地）你还年轻,没有尝过为人父母的滋味。我也有孩子,看见了他们,就像看到了自己的孩子啊! 什么也代替不了父爱、母爱呀! 咱总不能眼睁睁地看着他们当孤儿吧? 这样吧,咱们走时把他们带回拉萨,我收养这三个孩子。

小　梁　你——（由阻止转为敬佩）孔市长，那可是太麻烦了。

孔繁林　为人民服务不能只在口里空喊，不爱百姓的人怎能
　　　　当好官？

小　梁　孔市长，你真是人民的好市长哇！曲尼，曲印，贡
　　　　桑，他是孔市长，快叫爷爷，爷爷要收养你们啦！

曲尼等　爷爷——（扑脆在孔繁森身前）

孔繁森　快起来——（扶孩子）

　　　　〔切光。

　　　　〔灯光复明。

　　　　〔孔繁森办公室，窗外，布达拉宫远景。

　　　　〔孔繁森正在窗外晾晒孤儿衣服。他晒好衣服。心
　　　　情欢快。

　　　（唱）　风和日丽天晴朗，
　　　　　　　望拉萨欣欣向荣一派生机好风光。
　　　　　　　八角街繁华热闹人来人往歌声亮，
　　　　　　　布达拉宫雄伟映金光。
　　　　　　　民族团结好景象，
　　　　　　　高原处处披新装。
　　　　　　　洗罢衣服心欢畅，
　　　　　　　这真是又当爹来又当娘。（自嘲笑。提暖水
　　　　瓶，向碗里泡馒头，取出筷子）

　　　　〔小梁上。

小　梁　孔市长。

孔繁森　（热情地）小梁，你这么快就来了。

小　梁　（诙谐地）市长一声叫，我就马上到。

孔繁森　快坐下休息一会儿。（递纸烟）来一根。

小　梁　我不会吸烟。

孔繁森　咱俩是乡党，不要老叫什么市长、市长的，亲切地就
　　　　喊我乡党好了。人常说：乡党见乡党，两眼泪汪汪。
　　　　那是高兴噢！

　　　　〔两人畅笑。

孔繁森　我先吃一点，咱俩去一趟西藏军区医院。

小　梁　（看）哎呀，我的乡党，你怎么吃开水泡馍啊！

孔繁森　我小的时候我娘给我说：开水泡馍养人！

小　梁　养人！你看你瘦成啥样了？比我那几次见你瘦多了！

孔繁森　（掩饰地）高原反应，水土不服嘛！

小　梁　嘿，你别骗人。你是第二次进藏，早就适应了！

孔繁森　（和蔼地）这话以后就别说了！

小　梁　按我说，那两个孤儿你赶快安排了！或者交给民政局、孤儿院！多亏洛桑顿珠市长领走了曲尼，要不你才忙得够呛呢！你想想，你一来公务繁忙，又是单身生活，再加上照料孤儿！他们大一些还好办，是两个不知香臭的毛孩子，管孩子那可是个麻烦事，洗脚洗脸洗衣服，铺床吃饭要拉屎，样样要经管到。这几天你试了一下，怎么样，够累的吧？干脆送走算了！

孔繁森　不！我再累也不能再让他们去尝失亲之痛啊！他们是我提出来要收养的，怎么能给国家增加负担？
（唱）　收养孤儿我自愿，
　　　　包袱不能向政府掀。
　　　　纵有千辛和万苦，
　　　　心中高兴一身担！

小　梁　你有多少钱？这担子你能担得起吗？你一会儿要救济敬老院，一会儿资助学校，光你那个药箱就不知道撒出去多少钱？……（拍着桌子）你看你抽的纸烟也是低档的。你的身体不爱护，不注意保养，总是别人别人（擦泪）……

孔繁森　男儿有泪不轻弹，别哭了。咱们去医院！

小　梁　怎么，身体不好？

孔繁森　（点点头）嗯！有车吗？

小　梁　有。

孔繁森　咱们马上走。（拉小梁两人下。汽车声远去）

〔灯暗。

〔灯光复明。

〔西藏军区医院献血处。墙上贴着："义务献血,发扬革命人道主义精神"。

〔护士来来往往。孔繁森上。

护士甲 同志,你……

孔繁森 我来献血呀!

护士乙 请来登记一下。

〔孔繁森登记。

护士甲 检查过身体吗?

孔繁森 (掏出检查证)这是检查过的证明。

护士乙 (看登记册)鲁益民。(打量孔繁森)噢,你似乎来过好几次了。

〔孔繁森点头。

护士甲 同志,你年纪大了,鬓角也白了,不要再献血了!

孔繁森 我的年纪不算大,血也有没问题。

护士甲 回家休息一段时间再来,这次就算了吧!

孔繁森 (急了)同志,照顾一下,来一次也不容易,家里孩子多,负担重,不够开支呀! 请照顾一下,听说放点血对身体还有好处。

〔护士甲乙相视而笑。

护士甲 好吧! 你过来。把上衣袖子脱下来,胳膊露出来。

〔孔繁森脱衣服,护士甲乙做抽血前的准备工作。

护士乙 坐在这儿,不要紧张。

〔护士抽血,室内寂静,可听见钟的滴达声。

护士甲 好啦!

护士乙 300CC! 这是300元营养费付款单,请从这儿过去,到财务室去领。

孔繁森 (整理好衣服,拿付款单)谢谢! (下)

〔少顷,小梁上。

小 梁 (环视)怎么到这儿来了。我把地方走错了! (欲

《西安秦腔剧本精编》
QINQIANGJUBENJINGBIAN

下）

护士甲　同志,你!

小　梁　我找人!

护士乙　是献血的吗?

小　梁　不,找孔副市长!

护士甲　我们不知道谁是孔副市长!

小　梁　刚才来了个大个子,戴着礼帽,脸圆圆的,穿着夹克……

护士乙　可他不姓孔!（看登记册）

护士甲　别胡说!哪有市长卖血的?

小　梁　（看登记册）是他的笔迹。啊!改名换姓,（思索片刻）就是他!（急下。与孔繁森碰了个满怀。护士甲乙下）

孔繁森　小梁,找你不见,怎么到这地方来了!（拉小梁）快走,到八角食品店……

小　梁　（严肃地）干什么?

孔繁森　给孤儿买些保健品,他们的身体不好,需补一补。

小　梁　（由激动转为气愤）我不去!

孔繁森　（惊诧地）你……

小　梁　哎!你——

　　　　（唱）　你身体瘦弱日渐衰,
　　　　　　　　却把孤儿保健记心怀。
　　　　　　　　改名换姓把血卖,
　　　　　　　　这事做得太不该!

　　　　（不乐地）哼,我陪你来看病,谁知你来卖血!

孔繁森　不要说了嘛!

小　梁　为啥不说!

孔繁森　（严厉地）不要说了!

小　梁　我说了,改名换姓,市长卖血!（提高嗓门）要说,要说!

孔繁森　（激动不可抑制）你——（打了小梁一个耳光）

秦腔
雪域忠魂
XUEYUZHONGHUN

小　梁　啊！你打人！

孔繁森　（愧疚地握着小梁的双手）小梁,好兄弟！我错了,
　　　　我对不起你！我向你道歉！这件事你知道了就行
　　　　了,不要再对别人讲了！

小　梁　孔市长！（嚎啕大哭）

　　　　〔两人紧紧拥抱,泪流满面。

第三场　受　命

　　　　〔孔繁森宿舍,窗外拉萨河、布达拉宫远景。墙上悬
　　　　挂迟浩田将军为孔繁森题写的条幅:同呼吸,共命
　　　　运,心连心。

　　　　〔孔繁森从牧区视察归来,背着药箱。

孔繁森　（唱）　踏日光回拉萨和风拂面,
　　　　　　　　众牧童入了学大家喜欢。
　　　　　　　　逢一对藏族教师扎根牧区将青春献,
　　　　　　　　为他们主持婚礼笑开颜。
　　　　　　　　急匆匆回宿舍把孤儿照看,
　　　　　　　　饿坏了他们心里不安。

　　　　曲印,贡桑。

　　　　〔曲印、贡桑上。

曲　印
贡　桑　爷爷。

孔繁森　快来吃点吧！饿坏了吧？（掏食物）

曲　印　爷爷,我们吃过啦！

孔繁森　哦？吃过啦？

贡　桑　爷爷,你走后,小梁叔叔来帮我们打的饭,已经饱饱
　　　　地吃了一顿。

孔繁森　那就好！吃了就好。（如释重负）

曲　印	爷爷,有一位长胡子爷爷来咱们家啦!
孔繁森	噢,哪一位长胡子爷爷?
贡　桑	是小梁叔叔招呼的,小梁叔叔说是自治区的大官, 是书记!
孔繁森	噢?书记!(思索)一定是有重大事情来的。曲印, 贡桑,你们洗澡以后,就休息,我到长胡子爷爷那里 去一趟。
曲　印	爷爷,你不能去,我们怕。(撒娇)
孔繁森	曲印都长大了,还怕什么?
曲　印	我怕地震!(欲哭)
孔繁森	那好,我叫小梁叔叔来陪你们……
	〔电话铃响。孔静对着话筒。
孔　静	爸,我是孔静,我在济南给你打电话,你最近身体 好吗?
孔繁森	孔静,我最近身体还好,今天翻了四千多米高的山, 到一个牧区小学,参加了一对从师范学校毕业的藏 族青年教师的婚礼,可高兴啦!
孔　静	爸,你只顾为人家的婚事高兴,可你女儿的婚事却 撂下不管,我和小张的婚期从五一推到七一,从七 一又推到十一,你总说有事,现在定下阳历年或春 节,你……你……你就知道关心别人,不关心女儿 ……(哭出声来)
孔繁森	孔静,孔静!别哭啦!爸爸援藏三年快满啦,就要 回来啦!爸爸回来一定亲自操办你的婚事!
孔　静	你可再别哄人,到跟前又有什么事给推了!
孔繁森	这次一言为定!
孔　静	那好,我就通知对方喽!
孔繁森	好,通知对方,让你妈妈她做好准备。唉,我这个爸 也当得不合格!(泪水盈眶)
孔　静	谢谢爸,你多保重,那我挂电话了。
孔繁森	噢,再见!

205

曲　印　爷爷,是谁打的电话?

孔繁森　是山东你姑姑。

贡　桑　爷爷你干吗要哭呢?

曲　印　爷爷你别哭!

孔繁森　爷爷不是哭,你姑姑要结婚,爷爷高兴!

贡　桑　结婚是干什么?

　　　　〔电话铃响。

孔繁森　喂! 我是孔繁森。

　　　　〔舞台一角,孔杰对着话筒。

孔　杰　爸,我是孔杰,奶奶病危,已送进县城医院,你赶快
　　　　回来吧! 不然,恐怕你见不上奶奶了!

孔繁森　啊! 孔杰,你同你妈妈想尽办法,去抢救你奶奶。

孔　杰　我妈妈也病啦! 住在医院里,她连自己都顾不过
　　　　来,哪儿还能顾上照料奶奶……爸,你快回来吧!

孔繁森　小杰,这边很忙,我一时还回不来,你找一下你大
　　　　伯、二伯,无论如何也要救下你奶奶,不然我就一辈
　　　　子也不得安生啊!

孔　杰　爸,难道你就一点时间也抽不出来吗?

孔繁森　有两个日本客商要来拉萨,他们是专门冲着我来谈
　　　　援藏项目的……小杰,聊城医院要不行,就把奶奶
　　　　送到济南,找你姐姐,一定要救活奶奶,我会很快就
　　　　回来的! 不要等! 救奶奶要紧!

孔　杰　爸,你不在家,抢救、住院,又要找人,妈妈又不能
　　　　动,一大堆事都压在我身上,我受得了吗?

孔繁森　小杰,爸爸知道你受累了,要挺得住,这也是个锻炼
　　　　的好机会。好! 有情况打电话告诉我……(放下电
　　　　话,陷于痛苦之中)

　　　　〔孔杰放电话,消失。

　　　　〔孔繁森心潮澎湃,潮水般的音乐声起。

孔繁森　(唱)　电话声,情深重。

　　　　　　　声声话语句句情。

女埋怨,

我按时不归,逼得她三易婚期失信用;

儿报忧,

亲母病危在医院中,

庆芝卧床病犹重,

家事重重,重重家事无有得力应门丁。

愁翻江海心驰骋,

我苦闷交加两难中,(愁思)

万千家事托亲友,

像红柳不怕风雪挺立在戈壁荒漠中!

〔区党委陈书记上。

陈书记 老孔,怎么啦?

孔繁森 啊,陈书记,我正想去找你呢! 快坐。

陈书记 什么事,把你也难住了?

孔繁森 哎,老母病危住院,孩子他妈卧病在床,大女儿要结婚……

陈书记 那就回去看一趟吧!

孔繁森 我在电话中向孩子安排好了。老陈找我有事吗?

陈书记 那……就改天再谈吧!

孔繁森 陈书记,你是爽快人,我也是不愿意绕弯子,你就说吧!

陈书记 老孔啊,你带队援藏的时间已经满了,这连农牧民也都知道了。我来的时候,看见他们高兴地准备哈达、青稞酒、酥油茶,要为你们送行了,我们也知道你家有九旬老母,妻子多病,子女还小,你也年纪大了,应回山东工作。(停顿)可是啊!

(唱) 阿里地区发展慢,

渴盼开放年复年。

望内地市场繁荣人民生活大改善,

看阿里封闭落后心不安。

区党委决策很果断,

催马直追紧挥鞭。

你来藏工作有经验，

吃苦能干正壮年。

阿里需要你这敢搏风斗雪的领头雁，

咱同舟共济定叫西南边陲换新天。

孔繁森　（唱）　共产党员，

七尺身躯向党献，

千事万事公为先。

党的信任浑身胆，

西去阿里意志坚。

陈书记　好！有你这样的态度我就放心了，我代表区党委向
你祝贺。

　　　　〔锣鼓声由远而近。

　　　　〔格热、旺姆、藏民青年男女上。有的背着青稞酒，有
的手捧雪白的哈达。

热　格　嗬，陈书记也在这儿呀！援藏干部期满了，我们送
亲人来了！送孔市长来了！看，多少人啊！

　　　　〔人群围近陈书记和孔繁森。

旺　姆　（扑向孔繁森）孔市长，好人呀！你不能离开我
们呀！

　　　　〔孔繁森激动不已。

众　　　孔市长，喝了这碗青稞酒吧！

格　热　陈书记，你就让孔市长多留几年吧！

众　　　有孔市长我们就过得更好啊！

　　　　〔人群向孔繁森虔诚地行礼，献哈达。

陈书记　农牧民同胞们！农牧民同胞们！

　　　　〔场上静寂，众望着陈书记。

陈书记　孔繁森同志不走啦！

　　　　〔众欢呼，雀跃。

陈书记　西藏自治区党委决定:孔繁森同志担任阿里地委书记。

　　　　〔场上气氛活跃。

孔繁森　农牧民同胞们！我坚决服从区党委的决定。我也
　　　　有勇气和信心与西藏农牧民一起改变阿里地区的
　　　　贫困落后面貌！
　　　　〔场上再次掀起欢乐的高潮。
陈书记　我提议,孔繁森同志给大家唱一首歌好不好？
众　　　好！（热烈的掌声）
孔繁森　好,我给大家唱一支歌,歌名叫《说句心里话》：
　　　　　　　说句心里话,
　　　　　　　我也有家,
　　　　　　　家中的老妈妈已是满头白发。
　　　　　　　说句心里话,
　　　　　　　我也有爱……
　　　　〔随着歌声藏民男女翩翩起舞。

第四场　访　贤

　　　　〔皑皑一片,冰山雪原。
　　　　〔阿里地区藏医院,沿山背阴盖着两层凹字型楼房。
　　　　〔幕启,孔繁森、安秘书与缺氧的气候和风雪搏斗,艰
　　　　难地跋涉着,喘气,《红星照我去战斗》的音乐回旋。
孔繁森　安秘书,再坚持一下,就到藏医院啦！
安秘书　哎,（喘着粗气,终于一步一步爬上来,几乎跌倒,孔
　　　　繁森忙扶住）这个鬼地方。
孔繁林　这是个好地方。
安秘书　什么好地方！再往前走,就是生命的禁区——无人
　　　　区了,这是公家的事,咱来这儿活受罪找苦吃,要是
　　　　搁在私人呀,给我找钱我都不来！
孔繁森　你不要了有人要。
安秘书　谁？谁还有这雅兴？你说！

孔繁森　一、达赖！二，我也看上了！

安秘书　哈哈，达赖想回来闹西藏独立，分裂祖国，那是白日
　　　　做梦。这你看上它我就不理解了，是白送死呀！

孔繁森　这你就不理解了，这阿里地区三十万平方公里，相
　　　　当于我们两个山东省大，可人口只有六万多，咱们
　　　　在这里工作可是幸福得多了。这里的雪没污染，这
　　　　里水没污染，要是把这里的雪水装成矿泉水十美元
　　　　一瓶也准有人要，在这里的人也很少污染，勤劳善
　　　　良心地纯正，你只要给藏族同胞办一点实事、好事，
　　　　他就说：新社会好，共产党好。

安秘书　是的，要把这一点和内地比起来，藏族同胞确实纯
　　　　洁得多！

孔繁森　这就是我们工作的意义，我们不是代表自己，而是
　　　　代表党、代表国家，做的是团结各族人民共同开发、
　　　　建设西藏的工作。你说它的意义有多大，你回到北
　　　　京，告诉人们，你在世界屋脊的屋脊上工作，该是多
　　　　么地自豪和骄傲，谁能到这儿来工作呀！

安秘书　孔书记，你这一说呀，这儿还全都成优点啦！

孔繁森　辩证法嘛，对一个问题，就看你怎么看，角度不同，
　　　　得出的结论也不同。像阿里这地方，发展外贸、旅
　　　　游、交通、能源、通讯，前景宽着呢。不说别的，就说
　　　　发电，就可以发展水力、风力、地热电站，关键在于
　　　　我们的认识和看法，是不是能出个好点子，是不是
　　　　有魄力去干！

安秘书　孔书记，我算服了你了，怪不得你说要放开两条腿
　　　　跑，要把全地区跑遍了。

孔繁森　这是当领导的起码常识，你连你管的人文地理、地
　　　　矿资源都不清楚，还当什么领导？过去焦裕禄有句
　　　　名言：干部不领，水牛掉井，只有落后的领导，没有
　　　　落后的群众。可见矛盾的主导方面是领导，咱们不
　　　　光要吃透阿里的山山水水，还要吃透人！

安秘书　吃透人？

孔繁森　是的。要探索阿里地区摆脱困境,走向振兴道路,绘制阿里社会经济发展的蓝图,团结带领干部和群众,扎扎实实地为改变阿里地区贫穷落后的面貌,不走访熟悉这儿情况的人是不行的,不吃透各方面的人是不行的。

安秘书　这我明白啦,可你今天要拜访的活佛……临来之前,我说今天要上藏医院拜访活佛,几个人都愣了,说地区几届领导来要见他,他都拒之门外,不理睬,咱们今天来肯定也是个闭门羹。

孔繁森　咱们试一试嘛。心诚则灵嘛!

安秘书　好,那咱们就试一试!

　　　　〔敲门。四喇嘛上。

喇　嘛　你们找谁呀?

安秘书　地委的孔书记要见你们活佛。

喇　嘛　活佛才从外地归来,正在做佛事,现在不会客!

安秘书　你就说地委新来的孔书记专程前来拜访活佛,请他快来会见一下。

喇　嘛　是。(上楼,少顷复出)活佛正在做佛事,不便打扰。

孔繁森　那咱们就等一等吧!

安秘书　还等呀? 我就说咱们这是土地爷穿孝袍——白袍(跑)! 看吃了闭门羹没有?

孔繁森　吃个闭门羹有什么? 这就叫入乡随俗么。尊重少数民族的宗教信仰、风俗习惯,这是我们干部都要时刻遵守的纪律。

安秘书　(看天气)都这时候了,还做什么佛事,恐怕是个推辞,不愿见我们。孔书记,我看咱们回去吧!

孔繁森　既来之,则安之。安秘书!

　　　　(唱)　阿里的活佛阿里通,

　　　　　　　又是藏医医术精。

　　　　　　　阿里群众齐赞颂,

　　　　　　　他是藏民心中一盏灯。
　　　　　　　他为了阿里的局势能稳定，
　　　　　　　曾数次与分裂分子作斗争。
　　　　　　　咱定要团结他发挥作用，
　　　　　　　咱多得一只臂膀和眼睛。
　　　　　　　要改变阿里穷困境，
　　　　　　　必然要广泛团结各阶层。
　　　　　　　活佛在这里影响大，
　　　　　　　他一动全区藏民跟着行。
　　　　　　　要开发阿里先要发动群众，
　　　　　　　请活佛参与事方成。

安秘书　说得倒好，他不下楼，你有什么办法？你看看，半个小时已过去了。

孔繁森　你还记得《三国演义》上讲的那个刘备三顾茅庐，请诸葛亮出山的故事吗？人家古人都能三次到卧龙冈访贤求贤，我们共产党人连这一点都做不到吗？安秘书啊！

　　（唱）　凡事都要有恒心，
　　　　　　　铁杵能磨成绣花针。
　　　　　　　五〇年和平解放西藏到如今，
　　　　　　　援藏中出现了多少，
　　　　　　　可歌可泣、英雄事迹的共产党人。
　　　　　　　张经武、张国华、谭冠三垂范于老，
　　　　　　　冯军等开拓奋进奏出时代最强音。
　　　　　　　咱们要发扬老西藏艰苦创业的传统，
　　　　　　　要特别能吃苦，
　　　　　　　特别能忍耐，
　　　　　　　特别能战斗，
　　　　　　　特别能奉献，
　　　　　　　特别能团结，
　　　　　　　尤其是忍耐二字见精神。

安秘书 好好好,孔书记,你说什么我都能接受,你看表,一个小时过去了,活佛不下楼,你有什么办法?我看不行了,咱们还是回去吧!送个通知叫他来见咱们。

孔繁森 不要急。我想,你说以前几位地区领导来访他都不见,也可能他有了某种看法,或者是有人伤了他的自尊心,或是有求助于行署的事未能兑现?

安秘书 那是前几届领导的事,责任不在咱,咱们来了,他总不能不给个面子吧!

孔繁森 咱们这样认为,他可是把事情联系在一起看的。对待藏胞可一定要诚恳,说话算数。一次骗了他们,可永世和你不打交道。若是认了朋友,也会跟着你同心到底,即或肝脑涂地也在所不辞的,这就是藏民的个性。

安秘书 孔书记,阿里一百零六个乡,你已跑了九十八个乡,全局在胸,可以说,要制定开发阿里的规划和政策已有十之八九的把握,何在乎非要拜访一个活佛呢?给,你看看,(掏出一叠请调报告)这是你调来阿里后,四十多个干部提出的请调报告,咱们有时间做做这些人的工作,也许能留下一批人,参与阿里的开发,比咱在这儿瞎等一个活佛强得多!

孔繁森 问题可能就出在这儿,他们看汉族干部像走马灯一样换来换去,没有一个安心实意在这儿干,他们怎么能相信我们说的话呢?安秘书:

(唱) 　古代有愚公能移山,

　　　　感动了上帝下凡间。

　　　　只要诚恳来拜见,

　　　　不信活佛不下"凡"。

安秘书 这里也没有电话,要是能同他通上话,咱就是见不上他,也能讨个明白!

孔繁森 没有电话,咱们有的是歌喉,只要他能听到咱们的歌声,他就明白了! 来,你用口哨伴奏,我来唱。

(唱) 太阳和月亮,

      有一个母亲,

      那就是光明。

      汉族和藏族,

      有一个母亲,

      那就是中国。

〔欢快的音乐起,烟云缭绕,喇嘛引活佛缓缓地走上。

活　佛　(念)　日化千山雪,

孔繁森　(念)　佛照万家春。

活　佛　(念)　风吹乱石滚,

孔繁森　(念)　水曲流向东。

活　佛　(念)　众生落苦海,

孔繁森　(念)　诚能转乾坤。

活　佛　(念)　数载容难改,

孔繁森　(念)　一朝化沧桑。

活　佛　你是新来阿里的地委书记?

孔繁森　对,我是孔繁森,前来拜访您老人家。

活　佛　你来就能改变阿里的面貌?

孔繁森　群羊看头羊,众看党政策。

活　佛　刘备过江带的赵子龙,你带了大将几员?

孔繁森　单枪匹马,独自一人。

活　佛　独木难成林,一花不是春。

孔繁森　三人一条心,黄土变成金,阿里六万人,众人是圣人,焉何不为春,众志能成城。

活　佛　所带几件法宝?

孔繁森　党的改革开放政策!

活　佛　政策年年有,不见换新装。

孔繁森　行动来于思,更新换脑筋,克服山谷意识,走出阿里,放眼天下,找到差距就找到了改革的目标,关键在于领导启开六万人的智慧之门。

活　佛　钥匙在哪里？何以开锈锁？

孔繁森　抓住改革开放的历史性机遇，充分利用全国支援西
　　　　藏的有利条件，北联新疆，南拓边贸，发挥居住、畜
　　　　牧业、矿产品、旅游资源、特殊政策和人口少等六大
　　　　优势，因地制宜，分类规划，综合治理，重点突破，推
　　　　进不同类型又互为补充的区域经济开发！

活　佛　居期何久，难以置信？

孔繁森　自信群力能回天，为改变阿里面貌，甘愿奋斗终身！

活　佛　有了这个决心，何愁阿里不能翻身！

孔繁森　还请活佛指点，共建阿里繁荣！

活　佛　让您久等，抱愧抱愧。

孔繁森　有缘求高明，打扰打扰。

活　佛　请上楼叙话，以茶赔情。

孔繁森　活佛一片赤诚，繁森借茶相敬。

活　佛　请！

孔繁森　请！

〔同登楼。

第五场　拥　军

〔措勤县武警中队驻地。

〔月似玉盘。

〔战士们三三两两在驻地外谈心，诉说各自心事，有
　人吹起口琴，奏出《十五的月亮》，战士们随着哼唱，
　渐渐声大，而凄楚起来。随着歌声，战士心潮起伏。

战士甲　今天是八月十五呀，月亮真圆哪。

战士乙　这月亮比咱那儿的月亮大得多、亮得多。

战士丙　别说傻话啦！这儿海拔四千七百多米，比内地哪个
　　　　地方也高得多呀，当然距月亮近，所以嘛看月亮又

大又亮。

战士丁　人都说月是故乡明，我看这儿的月亮就比我们那儿明多啦。今日是中秋节，我就想起了吃月饼的事，要在家乡我妈一定要给我烙个大团圆馍。院子中间，摆张桌子，先给月亮献上大团圆馍，再摆上石榴、苹果、梨、枣子，然后，再切开吃团圆馍，每人一牙，谁不在家呀，还要留上捎着去。唉！今年当了兵，也吃不上团圆馍了！

战士甲　你不是说不在家的人还要给捎吗？咱们就等你妈给你朝这儿寄吧！

战士乙　哎，吃不上家乡烙的团圆馍，这月饼总还应当让大伙吃到吧，怎么还不见发月饼？

战士丙　听说到拉萨买去了，车到路上抛了锚，还回不来呢。

战士丁　唉！

（唱）　八月十五月儿圆，

　　　　　　出家在外好可怜……

〔战士丁暗自抹泪。又一群战士围拢上来。

战士甲　伙计，你怎么哭起来了？

战士丁　我，我想我妈……

战士丙　你想你妈，我想我妈！来的时候光知道高兴地戴大红花，多高兴呀！谁知道到这地方来，山又高，气候坏，来了几个月，头晕，胸闷，真能把命送到这儿……早知道是这我就不来当兵。

〔群情骚动、感叹，音乐低沉。指导员上。

指导员　同志们，同志们！怎么都不吭气呢？想家了是不是？（和蔼地）对着月亮寄托思乡之情，还挺有诗意呀！快进屋去，小心冻病了。（众不动）嘿——想家还想上劲了。报告大家一个好消息，今天中秋节，孔政委来看大家了！

〔两战士抬月饼箱上。后随孔繁森与安秘书。

孔繁森　同志们，同志们，大家辛苦啦！我代表阿里地委、行署来看大家,祝贺大家节日好!

战士众　首长好!

指导员　同志们,咱们拉月饼的车坏到半路上啦。孔政委一听说咱们还没吃上月饼,晚饭也没顾上吃,专门把从拉萨买的月饼送来了,慰问大家,大家欢迎。

孔繁森　(发现战士丁)小同志,怎么啦?

战士甲　他是今年入伍的新兵,八月十五想家啦!想妈妈……

孔繁森　(抚慰)来,先吃块月饼,安秘书,给每个战士都发月饼。(安秘书一一发给)指导员,哪个战士的身体不适应,这是红景天名贵药材,西藏产的,熬这个喝,就会好的。

战士众　谢谢首长。

孔繁森　(向战士甲、乙)你想家吗?

战士甲　想!

战士乙　习惯啦,已把信写回去啦!

孔繁森　都应该给家里写一封信,尽管月圆人不圆,这也是一种团圆的方式吗!要是在这一天收到你的信,这可是家书抵万金哪。这位小同志,给家里写信了吗?

战士丁　没有。

孔繁森　这可不行。一定要每月给家里写上一封平安家书。人啊,感情这个东西,一点儿也马虎不得。儿行千里母担忧啊!我再忙每月都得给家里写封信啊。

战士甲　孔政委,你家里也有老人吗?

孔繁森　有哇,我妈妈已经九十三岁啦!

战士乙　孔政委,你也想家吗?

孔繁森　想啊!工作忙完啦,回到宿舍,我就想起了家呀。
〔众活跃。

战士丙　想家怎么办呢?

孔繁森　就琢磨怎么到这地方来了呀!后来琢磨出了道理

儿,国家是个大家庭呀,我家是个小家呀!我们在这儿守护着西南大门,让全国人民过好八月十五,稳定西藏乃至全国的局势,促进经济发展。为了大家就得舍弃小家呀!就像那首歌里唱的:为了母亲的微笑,为了大地的安宁……

〔战士聚拢。

孔繁森　来,今晚八月十五,我来为大家唱首歌——《说句心里话》。

〔音乐,孔繁森领唱,战士随唱。

指导员　同志们,咱们一起合唱《十五的月亮》,感谢首长对我们的关怀。"十五的月亮",预备唱。

〔合唱声起。

第六场　拒　贿

〔孔繁森宿舍,墙上挂有阿里地区的规划图、档案,屋外是孔繁森晾晒的补丁衬衣。

〔安秘书上。

安秘书　孔书记,孔书记。

〔孔繁森端洗衣盆上。

孔繁森　安秘书,请坐。

安秘书　孔书记,你今天在全地区干部会上的讲话摺响了。不说别的,要求调动工作的四十多个人,已有二十多个人要去了他们的请调报告,不走了。都说你代表地委、行署讲的一席话把阿里的前途讲明了,把大伙的心说热了!

孔繁森　看来我们这几个月调查研究的路没白跑啊!活佛、干部、牧民,众人是圣人,集思广益啊!

安秘书　大家都说你把问题看得准,起点高,击中了这些年阿里上不去的要害。关键是要换脑筋,破除山谷意识、封闭观念,树立大开放、大引进、大市场、大发展的思想,一下说到点子上了!

孔繁森　关键是解决等、靠、要的思想,一切力争主动,扭转阿里地区靠天养畜、靠天种田的局面。抓好矿产、外贸、旅游三大支柱产业,增强阿里的自我发展能力,否则,别的地方再支援阿里还是上不去!

安秘书　对! 大家称赞的就是这一点。

孔繁森　还要注意倾听大家的不同意见,多转几家。

安秘书　家里来的信。(递信后下)

孔繁森　(拆信看,思考)庆芝做了脾脏切除手术,需要补养,无论如何也该给家里寄一些钱了,(摸口袋)工资也完了。曲印、贡桑的生活费,都让药箱给用光了。还得再添药……这钱用得这么快。(刘包工窃笑,敲门)

刘包工　孔书记在吗?

孔繁森　(开门)请进。你是……

刘包工　我姓刘,是挨省的乡党。

孔繁森　能在这世界屋脊上见到乡党,难呀!

刘包工　可不是,你难寻得很。(递名片)这是……

孔繁森　(看)噢,搞建筑的。要来阿里搞建设,欢迎欢迎呀! 阿里地区大规模的经济建设正在开展,要建朗久地热发电厂,要建羊绒厂、骨粉厂、硼矿厂、水泥厂……

刘包工　好好! 机会来了,乡党,机不可失呀。

孔繁森　是啊,难得的历史机遇。

刘包工　我的意思嘛,敲明叫响说,乡党呀!

(唱)　这年头眼睛要放亮,

乡党你当官要会当。

阿里经济大发展,

正是捞钱的好机会。

　　　　　　你给咱高居在上揽活包工一个工程也别让，

　　　　　　我给你组织施工，一年四季两头忙。

　　　　　　有红利咱俩对半来分享，

　　　　　　三两年捞他个十万百万再还乡。

孔繁森　嗯，哎呀老刘，你这叫干什么呀？

刘包工　（接唱）不是乡党把大话讲，

　　　　　　　　瞧你这补丁摞补丁破破烂烂多窝囊。

　　　　　　　　这提包有几个小钱我送上，

　　　　　　　　乡党呀，

　　　　　　　　从今后同心致富、里应外合两相帮。

　　〔刘将提包拉开，皆大捆钞票。

　　〔孔见，笑看，似爱似鄙。

刘包工　乡党……哈、哈……（奸笑）

孔繁森　老刘……哈、哈……（嘲笑）

刘包工　（指包）八万。小毛毛雨了……

孔繁森　（提过）不少，下的功夫不少呀……

刘包工　（谄媚地）这么说，我们就是一家人了？

孔繁森　（严肃地）从今后，我便被你拉下水了？

刘包工　不不，你这是地委书记……

孔繁森　嘿嘿，瞎了你的狗眼！

　　（唱）　你把我孔繁森太小看，

　　　　　　　我岂是任你摆弄贪脏枉法的一赃官！

　　　　　　　为百姓受清贫我心甘情愿，

　　　　　　　共产党气节高于天。

　　　　　　　你给我滚远快滚远，

　　　　　　　若不然抓你坐牢监！

　　〔孔举起提包向刘砸去，赶其出门。

刘包工　（拾包，再求）孔书记，乡党乡党……我再加两万！

孔繁森　好大方呀！（抓住刘）哼，你休想再走！

刘包工　哎呀乡党乡党，高抬贵手，手下留情呀……（欲走）

孔繁森　站住！什么乡党，共产党的党风就是让你们这些人

搞坏的！告诉你，我们共产党有的是专政机关，专门收拾你们这些犯罪分子。走！（再抓住刘,刘嚎叫求饶）

第七场　情　结

〔拉萨市某医院病房,急救室。

〔两女护士匆忙而上,整理病房。

护士甲　小王,快收拾急救室,来了一位山东危急病人。

护士乙　听说一上飞机就大口吐血不止。

护士甲　是来西藏看丈夫。你知道她丈夫是哪一位?

护士乙　不管是哪一位,为啥不让丈夫回去探家? 多舒服,自己寻到来西藏受罪。

护士甲　嗨,你不知道,她丈夫叫孔繁森,是阿里地委书记哩,是两次援藏山东大汉,好样的!

护士乙　哼,是好干部不是好丈夫! 我要是她妻子,非缠上他早回山东不行,不听话就离婚! 谁跟上他活守寡。让他爱当光棍就当个一辈子!

护士甲　我才不像你,你不爱这号人我爱。你跟他离婚我跟他结!（大笑）

护士乙　羞! 脸皮真厚!（戏打）

〔孔玲抹泪扶上身体衰弱的王庆芝,老医生及护士丙同上。行李包放床上。

〔王庆芝又大口吐血,昏倒。

老医生　快取氧气瓶!

护士甲
护士甲　是,是。（急下）

老医生　（诊疗）快取药输液。

护士丙
护士丁　好,好。（急下）

〔王庆芝静卧不语,孔玲急,大哭跪床前。

王庆芝 孔玲,妈不行了,别,别……

孔　玲 妈妈,你别走哇,我爸还没回来呢!

老医生 孩子,别哭……

孔　玲 (更悲伤)爸呀,你倒忙什么呀? 我妈做了手术,切除了脾脏,赶来西藏看你,你竟狠心得也不来看呀……

老医生 孩子,阿里发生了特大雪灾,你爸一定是忙得走不脱。我们会尽全力抢救你妈的。

王庆芝 (昏语)繁森、繁森、繁森呀……

孔　玲 妈呀……可怜的妈呀,你要等到我爸回来见上一面再走呀! (嚎啕痛哭)

老医生 (擦泪)孩子,电报已发去了,你爸就会回来的。医院接到电话,阿里地委开会决定让你爸回来一趟。

〔四护士各持医疗器具上,为王庆芝输氧、输液。

王庆芝 繁森、繁森……(渐安静)

〔医生、护士守护后下。天渐入夜,复转天亮。

孔　玲 爸呀,你怎么还不回来? 怎么还不回来呀……三天过去了……五天过去了……十天过去了……半个多月了……爸呀,狠心的爸呀,我妈生命垂危,临死也该能见你一面,你怎么这么……(哽咽难语掩面而泣)

〔幕后伴唱:

为谁辛苦呀为谁忙,

为何多年难还乡。

妻子探望难相见,

天下哪有这铁石心肠。

孔　玲 爸爸呀!

(唱)　孔玲我泪满面,

天天盼父归,

半月人未还。

昏迷里妈总将爸喊,

声声儿疼烂女心肝。

背地里我把爸爸怨，

国事家事你掂一掂。

九十高龄的老奶奶你丢下不管，

我妈妈切除脾脏负担家务你心何安？

我姐弟三人想爸念爸只能是看照片，

逢年过节几回含泪望西天。

西天无路相隔远，

何日一家得团圆。

想不到跟妈来看你也难见，

爸呀爸，

自古来没听过这样当官。

〔孔繁森风尘仆仆上。

孔繁森　玲玲……

孔　玲　（不敢认）你是？

孔繁森　我是你爸呀！

孔　玲　你……爸呀，你怎么又黑又瘦，我都不敢认了呀！
　　　　（扑抱伏哭）

孔繁森　玲玲别哭了，快去看你妈要紧。

　　　　〔同急到床前。孔几乎难以认妻。

孔繁森　这是你妈吗……她怎么瘦成这个样子了？（语噎）
　　　　庆芝呀……

孔　玲　（轻唤）妈，我爸回来了。

孔繁森　（急止）不要打扰，让她休息，今夜我守护，你也去休
　　　　息。这半个月，辛苦你了，对爸意见大吧？

孔　玲　大！太大太大了！……只是一见面，啥意见都说不
　　　　出来了。

孔繁森　你还小，日后长大了就明白了，对爸也就理解了。

孔　玲　我现在就理解爸。你在阿里抗灾忙了几十天，快休
　　　　息去，明早再来看我妈。

孔繁森　玲玲，阿里抗灾爸身为前线总指挥，多少生命财产

223

我要全盘负责，我不能舍大而顾小，先私而后公。还好，阿里这场雪灾中没冻死饿死一个人，我最怕你埋怨我对你们情薄心淡……

孔　玲　（掩父口）不，不……爸，我知道你多少个夜晚没有安然睡过，今晚上去放心休息一夜吧。

孔繁森　好玲玲，今晚上我一定给你妈守夜护理，再不敢离开了。再说，我明天……

孔　玲　你走吧，我妈不知道你回来。

孔繁森　嗯，对你妈我可从来没有弄虚作假过。好玲玲，你就让爸个位子，爸好补偿欠你妈的情，心里也好受些……

〔孔难言欲泪，玲掩面抽泣。

孔　玲　爸……（抹泪点头下）

〔孔望孔玲下，回望妻床，久视难语，心多疼痛，激情澎湃。同时起音乐。一轮明月渐升中天。

孔繁森　（唱）　月挂中天心潮卷，
　　　　　　　见庆芝病倒拉萨骨瘦如柴我好不痛酸。
　　　　　　　昔日的娇容美貌再难见，
　　　　　　　当年的英姿风韵已丧失完。

　　　　　　庆芝呀——
　　　　　　　多少回异乡月下我把你念，
　　　　　　　想你到三更半夜难入眠。
　　　　　　　一片爱深藏心底不敢露半点，
　　　　　　　每见月圆我思团圆。
　　　　　　　听党话我入藏肩负重担，
　　　　　　　亏了你替我管家多受磨难。
　　　　　　　受重托我怎敢家长里短，
　　　　　　　急只急一方百姓未曾富裕心难安。

王庆芝　繁森，繁森……（发现挣起）

孔繁森　庆芝，我回来了……（扶）

王庆芝　你，你……你怎么又黑又瘦，我都不敢认了。

孔繁森　你也病成这样子,我也不敢认 了。

孔繁森　（唱）　多年梦里见呀,
王庆芝

　　　　　　　相见人已变;
　　　　　　　变得不敢认呀,
　　　　　　　相对如梦间。

王庆芝　（唱）　见繁森这模样我心疼烂,
　　　　　　　下决心这回拉他回家园。
　　　　　　　十年援藏已不短,
　　　　　　　怎能把命也抛在外边。

　　　　　繁森呀——

　　　　　　　家中老母已九十三,
　　　　　　　三个子女未上班。
　　　　　　　我百病缠身命危险,
　　　　　　　你山东有家靠谁来承担?
　　　　　　　这一次我再不受你哄骗,
　　　　　　　一定得马上离藏返故园。

孔繁森　（唱）　妻满含热泪催我返,
　　　　　　　真情实话动心弦。
　　　　　　　老母病瘫需我管,
　　　　　　　不孝儿多年远离不在身边。
　　　　　　　两女一儿需教管,
　　　　　　　我不教不养误了前程心何安。
　　　　　　　妻子病弱需我管,
　　　　　　　我不挑家务重担谁再承担。
　　　　　　　我应当回,我应当返,
　　　　　　　我不能只顾这头不顾那边!

　　　　　庆芝,我同意咱们……（欲言又止）

王庆芝　（唱）　繁森心动泪满面,
　　　　　　　庆芝又喜又心酸。
　　　　　　　到哪里都一样给国家干。

何苦把西藏高原久留恋。

孔繁森　（唱）　不作难却作了难，

为私事咱从未找上级谈。

我身为阿里书记正组织人民抗灾难，

临阵脱逃我哪像个干部像个党员？

王庆芝　（唱）　阿里有灾咱家有难，

一次次我让你替你要到哪一天？

这一回我决心下定再不变，

找上级我找上级去，

找上级我哪怕上刀山！（挣欲下）

孔繁森　（阻）庆芝，庆芝……你听我说，你听我说……

王庆芝　我再不听你说了。你要早听我说，也不会弄成现在这样人不像人、家不像家！

孔繁森　哎，有话咱先商量，别张扬出去……

王庆芝　就你爱面子！就你有组织纪律！就你会当官！（甩开欲下）

孔繁森　（生气）回来！不准出去！

王庆芝　我偏要出去！偏要找你们上级告你个一不孝养老母、二不抚养子女、三不管妻子死活！（硬欲下）

孔繁森　唉……（长叹泪下）庆芝呀……

　　　　　〔小梁急奔上。

小　梁　孔书记，阿里地委急电，阿里灾情继续蔓延，又有数万人民危在旦夕！

孔繁森　（猛意识到自己肩头重任）走！（又复犹豫对妻注目。王庆芝难过地抹泪，但很快意识到应全力支持丈夫）

小　梁　噢，都正哭着。老夫妻了，一见面，还这么情长的，真是新婚不如远别呀。

王庆芝　（坚毅果断）老孔你快上阿里灾区去吧！

孔繁森　庆芝……（感激而怀疑）

王庆芝　老孔呀，我这里没事，数万人民的生命安危事大。

你快走快走!

孔繁森　小梁,马上开车,我们回阿里。

小　梁　好。(急下)

王庆芝　你走就走吧。

孔繁森　你真是我的好妻子。我欠你的情太多太多,你给我的支持太大太大,你为我生活得太累太累、太苦太苦! 什么时候我孔繁森才能报答你这份恩情呀!

王庆芝　嗯,两口子今世遇到一块了,别说这话。

孔繁森　如果有下一辈子,你做我的丈夫,我做你的妻子,我再来报答……(语噎)

王庆芝　(泪落)繁森,你保重自个吧。千万不敢有什么不测,咱一家人老老小小少不了你呀!

孔繁森　等援藏任务完成,我会安然回乡孝敬老母,也同你和孩子们团聚一堂。

王庆芝　(泪更难禁)但盼有这一天呀!

孔繁森　庆芝,我该走了,阿里灾民等着我呀!

王庆芝　(果断擦干泪)走吧走吧。

孔繁森　庆芝,成功的男人后边,都有一个近乎完美的女人。你就是我身后的大美人呀。

王庆芝　别哄我了。

孔繁森　庆芝,我走了。(行礼)

〔夫妻招手相别,依依情长。

〔孔下。王追欲拦阻又止,抹泪望明月。

〔幕后起伴唱:

　　　　爱心托明月呀,

　　　　明月知我心。

　　　　夜夜望月盼团圆,

　　　　何日夫再归……

227

第八场 丹 心

〔大风雪狂啸。

〔在藏胞抗灾自救过场中,传来孔繁森坚定果断的声音:"同志们,同胞们,我是阿里地区地委书记孔繁森。今天召开电话会议,我代表地委行署号召全地区各级干部立即动员起来,到特大雪灾第一线去,先救人后救畜,重建家园!"

〔数藏胞灾民上,有冻饿僵倒者。众哭抬扶而下。

孔繁森　（唱）　风呼啸玉麟舞银锁宇宙。

〔孔繁森上。后随小梁及汉藏干部。

小　梁　孔书记,让我替你背这小药箱。

孔繁森　小梁,你看那边又有人倒下了。我去救人,你找当地干部来开会。快走!

〔孔繁森、小梁及汉藏干部在漫天风雪中艰难行进,翻滚跌仆。

小　梁　孔书记,这里海拔六千米,今天零下三十多度,你原先颅骨骨折,这冰天雪地你哪能受得了,到帐篷里待一会儿,这里有我们……

孔繁森　不行,这里正需要我呀!

小　梁　孔书记,雪把大腿也陷进去了,瞧你双脚都冻肿了,脸上也发紫发青……（动情）

孔繁森　可是你没看到处有死去的牛群、羊群,有冻僵的同胞……（泪下）我们怎能上负党和政府的重托,下负人民群众呀……

小　梁　孔书记,我去叫干部来研究抗灾。

孔繁森　这才对,哪有共产党人怕困难的道理!

〔小梁抹泪下。

〔藏族青年男女簇拥一藏族老人上,老人上气不接下气喘了几声倒地。

藏民女　（哭）阿爸、阿爸……

孔繁森　（走近藏族老人身边蹲下）快让我看看。（打开药箱）是寒痰壅堵,呼吸困难而窒息,不要哭。（拿出听诊器取下胶管）让我用这个……（欲向老翁口中塞入）

藏民男　（怒视）干什么?

孔繁森　抽痰抽痰,一抽便好。（比划）

〔小梁急上。

小　梁　孔书记,你不能啊！这太那个……（扭过身子）

孔繁森　顾不得了,救人要紧。（做吸痰动作,老人渐醒）

藏民男　（跪）活菩萨,你真是救命的活菩萨呀！

孔繁森　快走快走,快扶老人到帐篷去休息！（推走）

藏民男　我们一定要报答你的救命之恩,活菩萨呀！……

孔繁森　不用报恩,咱们是一家人呀！（扶老人同下）

〔藏族大娘抱羊上。

藏大娘　（唱）　上天降大难,

　　　　　　　　人间受可怜。

　　　　　　　　温顺的羊儿死难免,

　　　　　　　　活活冻死在雪原。

　　　　　　　　这情景把人心痛烂,

　　　　　　　　我哭声杀人的天呀我恨声杀人的天！

　　　　　　　　小羊羔失娘断奶哀声唤,

　　　　　　　　声声催人泪涟涟。

　　　　　　　　眼看着羊羔冻僵命将断,

　　　　　　　　我急忙将它抱胸间。

　　　　　　　　抱在胸前暖呀,

　　　　　　　　羊羔不受寒。

　　　　　　　　你我共命运呀,

秦腔
雪域忠魂
XUEYUZHONGHUN

229

娘保你平安。

　　　　小羊羔,你就乖乖在怀里睡吧,

〔狂风大作,掀倒大娘和羊羔。大娘与风雪搏斗。

　　　　一霎时风狂雪猛天又变,

　　　　掀跑了羊羔在哪边。(叫找)

〔大娘拨雪急找寻羊羔,孔繁森顶风雪而上。

孔繁森　(唱)　大难压顶真情见,

　　　　藏胞们奋起抗灾感地动天。

　　　　干部会上作动员,

　　　　众志一心建家园。

　　　　我身在一线为领班,

　　　　深受教育在其间。

　　　　自古来为官爱民代代喊,

　　　　能舍身爱民、克己奉公多空谈。

　　　　猛抬头见大娘雪中有险,

　　　　她脱下袍子不避严寒?

〔大娘用衣包住捡回的冻僵羊羔,自己冻得发抖,几欲昏倒,寻路欲下。孔急扶,揭袍子看见羊羔感动。

孔繁森　大娘大娘,你为救羊羔,不惜自己受冻呀!(捂脸泪落,脱大衣给大娘披上)来把这穿上!

藏大娘　(推辞)不……奔布拉!……不不,你们受不了这样的天气,快穿上……

孔繁森　不!大娘,你救羊羔不惜舍命,我,舍命也要保你老人家平安!快穿上。(给藏族大娘穿大衣)

〔小梁领数藏汉干部上。

孔繁森　来得好,快送这位大娘回去。

小　梁　哎呀孔书记,你把大衣给她不冻死你吗?来,快穿上……(脱大衣)

孔繁森　不用了,先送大娘。

〔小梁送下复上。孔颤抖。

小　梁　孔书记,我送你到帐篷里暖和暖和!

孔繁森　嗨,咱到这儿来是为暖和的吗?

小　梁　这儿的事有我们大家,你一定得休息一会儿要不就冻死你!

孔繁森　好吧,按计划分头行动,务必完成任务!(已微显不适,强忍)

〔众下。孔欲跟下,踉跄几步,难过,蹲下捂头。

孔繁森　哎哟,这头怎么这般剧疼!心跳气短,天旋地转……眼前发黑,浑身虚汗……(昏倒,又爬起,挣扎向前又倒地)分明死神正向我孔繁森逼近了!(更头疼难受)

（唱）　狂雪舞风怒吼帐篷颤动,
　　　　眼发黑胸闷胀心跳骤增。
　　　　风雪中农牧民身临绝境,
　　　　巡灾情二十天昼夜不停。
　　　　渴吃积雪浑身冷,
　　　　饿了方便面填腹中。(步履艰难,几次晕倒)
　　　　晕迷中忽见亲人影,

娘呀!庆芝!孩子呀!
　　　　千喊万唤不应声。

娘啊!
　　　　再不能将娘常照应。

庆芝啊!
　　　　永难还你千宗情。
　　　　小梁啊!小梁——(取笔写遗书)
　　　　假若今夜我有不幸,
　　　　不幸的消息啊,
　　　　不幸的消息千万莫要传回山东。
　　　　向家中按月如数把工资寄送,
　　　　月月家书平安情。
　　　　向地委行署将我心愿明,
　　　　埋我在阿里的泥土中。

231

像红柳暴雪风中把身挺，

像雪莲送走寒月迎来太阳红！太阳红！

〔孔写遗书擦泪。晕倒。传来孔繁森深情歌声：

说句心里话，

我也想家，

家中的老妈妈，

已是满头白发……

〔孔繁森泪眼朦胧，扑去，跌倒。

〔小梁等齐上。小梁看遗书，痛哭。

小　梁　遗书！孔书记……哎呀，孔书记，你……你……呀……（哭）

众干部　孔书记！

孔繁森　（慢慢苏醒）别怕……我……能挺得住！我……

第九场　殉　职

〔1994 年 12 月 5 日。

〔狮泉河镇，阿里地区行署广场。

〔远近冰封雪裹，狮泉河在鸣咽，大雪迷漫。

广播声　农牧民同胞们！同志们！中共西藏阿里地区委员会、西藏自治区阿里地区行署向你们沉痛宣告：阿里地委书记孔繁森同志在去新疆塔城考察边贸市场途中，无情的车祸夺去了他宝贵的生命……

〔哀乐蓦然而起。

〔男女群众从四面八方涌入广场。有各族干部、工人、牧民、少先队员、解放军战士、武警官兵。

藏族老阿爸　（仰天恸呼）孔书记，你对阿里地区恩重如山，我们不能没有你啊！

藏族老阿妈　（长跪不起，边哭边叫）孔书记，这么好的人，不该死啊！你答应从新疆回来看我呀！天哪！你怎么再不回来了！

〔雪越下越大，鹅毛大雪联结一起，像一片片白布铺天盖地落下。从空中落下白底黑字大幅挽联："一尘不染，两袖清风，视名利安危淡似狮泉河水；二离桑梓，独恋雪域，置民族团结重如冈底斯山。""为国家，为友事，一片善心谁能留住；天为悲，地为泣，勿言好人一生平安。"

〔陈书记及地区男女干部陪孔杰等上，孔杰抱着骨灰盒，曲印、贡桑各捧一幅孔繁森像。孔杰在桌上放好骨灰盒，曲印紧紧抱住遗像，一干部欲接遗像。

曲　印
贡　桑　这是爷爷的像，谁也别想拿！

〔一藏族干部说服曲印，把像片放在骨灰盒上。青松、鲜花、哈达堆在孔繁森像两侧。

〔悲痛笼罩广场，哭声不止。

小　梁　(跪在地上，双手掬起泥土)孔书记，你为什么一去再不回来了呀！

孔　杰　爸……爸爸呀！我们都知道你援藏快期满了，全家人等呀等呀，可等来了什么？你永远地走了！几天功夫，妈妈的脸颊变瘦了，一连休克了两次，奶奶说：繁森糊涂了，不要娘了！可妈妈她忍着痛苦还是瞒着奶奶！爸爸！你回来吧！回来吧！奶奶离不开你！妈妈离不开你！我姊妹更离不开你呀！

〔一干部端盘上，盘中放着孔繁森的遗物。

陈书记　(声音哽咽，热泪长流)农牧民同胞们！孔书记的一生，大公无私，坦荡磊落，抚孤济困，宗宗义举，圣洁无瑕。他的事迹使我们汗颜，(取衣物)看，这就是一位地委书记的全部遗物：两身旧西装、一件衬衣、两双鞋、一只旅行包，(抹泪)还有仅剩的八元六角钱和发展阿里地区十二条建议啊！

〔人们陷于巨大的悲痛气氛中，哭声不绝于耳。

孔　杰　谢谢各位伯伯、叔叔、爷爷、奶奶，明天我就要回山东去了。大家的心情我一定会告诉我的奶奶、妈妈和我的姐姐妹妹。（贡桑跑下）

曲　印　叔叔，你不能走呀！我要爷爷啊！（哭泣）

〔贡桑背着一卷行李上。陈书记凑近贡桑。

陈书记　贡桑，你这是干什么？

贡　桑　爷爷再不回来了！没有人管我了，我跟叔叔去看奶奶！

孔　杰　曲印，我一定会接你俩回咱山东老家看看！

〔孔繁森纪念碑升起在鲜花青松中。

众　　　（扑向纪念碑）孔书记啊！

〔歌声：峥嵘岁月三十年，

　　　　二次西征到边关。

　　　　踏遍荒山犹未老，

　　　　历尽千辛更知甜。

　　　　冰山愈冷情越热，

　　　　耿耿忠心照雪山！

〔天幕映出"人民公仆，鞠躬尽瘁"。

〔幕徐徐落。

——剧　终

演出单位

西安尚友社

巧绣山花

根据宁强县人民剧团演出本整理

范 角 整理

剧情简介

　　1963 年,山区姑娘梅红初中毕业后,毅然放弃继续升学的机会,回村与翠竹、春桃在党团支部的支持下,成立了"丰产试验小组",立志改变农村落后的生产方式和贫穷的生活,受到了以张老五为代表的落后层的非议和刁难。

　　由于先一年试验的失败,梅红的哥哥(生产队长)既怕集体再受损失,又因以张老五为代表的落后群众的非议,不再给试验小组拨地,后在党支部书记的规劝下,勉强同意划拨,但却划拨了土质硬、石头多的刀把子地。

　　在梅红的带领下,试验小组团结一心、克服困难,终于实现了苞谷亩产 1000 斤的目标。

场　目

人物表

梅　红	22 岁,共青团支部委员,回乡知识青年
翠　竹	20 岁,共青团员,社员
春　桃	18 岁,社员
支　书	28 岁,大队党支部书记
队　长	27 岁,梨树亚生产队长,梅红哥
徐大伯	56 岁,生产组长,翠竹爹
张老五	45 岁,社员,春桃爹
四　婶	48 岁,队长,梅红母
刚　林	24 岁,共青团支部书记,社员
王立家	25 岁,农业技术员

男女社员若干人

〔主题歌:雨不洒花花不茂,风不吹柳柳不摇。

　　　　有了党的好领导,上天搭下幸福桥。

　　　　团结紧,心一条,移山填海劲头高。

　　　　公社铺下阳关道,巴山从此变富饶。

〔时间:一九六三年春～秋。

〔地点:陕南某山区。

第一场

〔布景:青山峻岭,梯田层层,风和日丽,桃红柳绿。

〔幕启:一派巴山春色,梅红喜悦地上。

梅　红　（唱）　红日金光照山岭,

　　　　　　　　　彩云出岫景倍增。

　　　　　　　　　桃红柳绿碧空净,

　　　　　　　　　秀丽的巴山春意浓。

　　　　　　　　　以农为乐抱负重,

　　　　　　　　　初中毕业回村中。

　　　　　　　　　立誓在山区闹革命,

　　　　　　　　　挖掉穷根喜盈盈。

　　　　　　　　　去年我把试验田种,

　　　　　　　　　经验不足一场空。

　　　　　　　　　有党给我把路领,

　　　　　　　　　岂能够打了一仗就收兵?

　　　　　　　　　和翠竹春桃已约定,

　　　　　　　　　今天要商量丰产大事情。

〔梅红深情厚意地望着山山水水,翠竹上。

翠　竹　梅红姐,梅红姐!

梅　红　翠竹,春桃呢?

翠　竹　她爹不让她出来。

梅　红　为啥不让她出来?

翠　竹　老五财迷心窍,想把春桃嫁到城里去,好沾些油水。

梅　红　春桃的态度呢?

翠　竹　她是麦杆子当拐棍——做不了主,除了哭还是哭。

梅　红　春桃太软弱了。

翠　竹　哼!要是我……

梅　红　你咋?

翠　竹　我就跟他硬碰。

梅　红　好妹妹,硬碰咋能行呢?

翠　竹　那就任他摆布?

梅　红　咱要帮助五叔改变旧思想。

翠　竹　(急接)靠春桃?

梅　红　你是个团员,以后要好好帮助春桃,也要帮助我呢。

翠　竹　看你说的,要靠大家。

　　　　〔春桃急上。

春　桃　(内喊)梅红姐!(上)梅红姐,(扑到梅红怀里)我爹……

梅　红　(安慰她)好妹妹,别哭了,我全知道了。

翠　竹　(玩笑地)哎呀,光知道哭,看你活像一架抽水机。

梅　红　(制止翠竹)春桃妹,光哭是不行的,你爹的落后思想,用眼泪是冲不掉的。

春　桃　我和他斗争过,可我说不过他,总想把我嫁到城里去。把人关在房子里学绣花,说啥姑娘家不会绣花,到婆家去人家笑话哩。

翠　竹　绣花?

梅　红　要说绣花,我们可不能绣那样的花,要绣呀,我们就绣那鲜艳夺目的大红花。

春　桃　大红花？

翠　竹　是大红花。

梅　红　我们现在就商量怎样来绣。

春　桃　现在？

梅　红　是呀！这幅画一绣，就得绣上大半年。一定要有耐
　　　　心，用苦心，还得有决心，才能把它绣好。

春　桃　（心中明白地）你说是……

梅　红　（热情洋溢地指着山岭）你看！

　　　　（唱）　这幅画，非寻常，
　　　　　　　　千日绣来万年香，
　　　　　　　　锄头好比绣花针，
　　　　　　　　汗珠滴成丝线长。
　　　　　　　　土地好比绣花布，
　　　　　　　　咱三人要做那巧绣山花的好姑娘。
　　　　　　　　绣出的花儿迎风放，
　　　　　　　　万紫千红朝太阳。
　　　　　　　　春风一吹绿波荡，
　　　　　　　　夏季到来吐芬芳。
　　　　　　　　秋风吹过翻金浪，
　　　　　　　　遍地粮食像海洋。
　　　　　　　　妹妹呀，那时节再看山岗上，
　　　　　　　　朵朵金花放郁香。
　　　　　　　　要让家乡变个样，
　　　　　　　　斩断穷根栽富秧。

翠　竹　（激动地）姐姐呀！

梅　红　你说得真好啊！

春　桃　（唱）　梅红姐说话意味长，
　　　　　　　　浑身上下添力量。

翠　竹　（唱）　绣朵山花献给党，
　　　　　　　　跃进的花儿向太阳。

秦腔　巧绣山花

QIAOXIUSHANHUA

翠	竹	
春	桃	（同唱）立志改变山区旧模样，
梅	红	

　　　　　　　同心协力建家乡。（三人同笑）

春　桃　（迫不及待地）梅红姐呀，不过……

翠　竹　不过啥哩？

春　桃　去年搞了个没名堂，可让队长给批评扎咧！

翠　竹　你害怕咧？

春　桃　我……

梅　红　去年失败了，今年就不敢再干咧？那别人就要笑话，说我们叫失败吓倒了。

翠　竹　对！搞试验嘛，有成功也有失败。咱们年青人可不敢让失败吓倒啰！

梅　红　去年失败，是由于咱们对农业技术知识不懂，在任务方法上也不科学，党支部不是也总结了咱们失败的教训了吗？吸取教训，不断革命，大胆地干下去。

翠　竹　对！有党给撑腰，团给鼓励，怕啥哩？干！

梅　红　杨支书说，好好搞，今年丰产试验搞成功了，就给明年大面积高产树立了榜样。得到稳产高产，支援国家建设，这是方向。

翠　竹　对呀！要叫山区变富裕，就得按照党指引的方向走！

春　桃　（激情地）我懂了。梅红姐，你说吧，咱们应该怎么办呢？

翠　竹　对！你说吧，你是中学生，又是团支委，你出主意咱们跟着干。

梅　红　从下种到收割，农业八字宪法条条要抓，鼓足更大的干劲，一定打响这一炮。如果谁在中途泄了劲……

翠　竹　（急接）梅红姐，我以共青团员的光荣称号保证：一定要把革命进行到底！

春　桃　（笑）唉呀，这是种地，不是革命嘛！

翠　竹　就是革命！

春　桃　明明是种地！

翠　竹　是革命！

春　桃　是种地！

梅　红　好了,好了,别争了。春桃妹,翠竹说得对,这是革命。咱们搞丰产试验是为改变山区面貌,是革贫困落后的命,还要跟那些落后思想闹革命哩。

翠　竹　(孩子气地)看！我说是革命吧?

梅　红　好咧！咱们把计划商量一下吧!

翠　竹
春　桃　(喜悦地)好!

　　〔坐在一块石头上议论着。老五上。

老　五　(唱)　转身春桃不见面,
　　　　　　　气得老五心难安。

　　　噫！这女子跑到哪里去了呢?(望见梅、翠、春)

老　五　(厉声地)春桃！回。

翠　竹　(护住春桃)不要怕,看他把你能咋?

老　五　谁叫你跑出来的,你跑到这来干啥?

翠　竹　你管不着!

老　五　我管不着? 我的女子我就要管,与你啥相干?

翠　竹　(理直气壮地)我们成立了"丰产试验小组",春桃是我们组上的人,谁想拉后腿也不行!

老　五　(冷笑)哈哈哈,就凭你们几个?

翠　竹　不错,就是我们,指标——苞谷亩产一千斤。

老　五　懒蛤蟆打呵欠——好大的口气。我种了一辈子庄稼连想都不敢想,这山窝里能打一千斤? 不要异想天开!

梅　红　你不敢想,我们敢想!

翠　竹　我们还敢干。

老　五　二斤半的猴娃子,叼了个九斤半的烟锅——好大的嘴劲,(向春桃)往回走,少在这里给我丢人现眼!

翠　竹	别理他,不回去!
	〔梅红挡翠竹,安慰地让春桃回。
老　五	往回走!嗯,你算个啥东西?走!
	〔春桃萎萎缩缩地下,老五随下。
翠　竹	(欲追)真气人!
梅　红	(拉住翠竹)算了,跟这种人生气会把人气死哩。支书常说,一件新的事情,开始是不容易被人接受的,我们要跟天斗争,跟地斗争,还要跟人的思想作斗争。这本来就不是简单的事么,只要队长一答应,春桃是锁不住的。
翠　竹	还没唱戏哩,就遇上了个拆台的。
梅　红	他能拆得了?
翠　竹	再有他三个也休想!
梅　红	对!咱找队长要地去。
	〔二人边说边下。

第二场

〔二幕前,张老五上。

老　五	(唱)　春桃把梅红缠得紧,
	我再三相劝不收心。
	叫她绣花不应允,
	还说我是死脑筋。
	她三人扭成一股劲,
	又搞试验用脑筋。
	今天去把队长寻,
	叫她们的打算难成真。(下)

〔二幕开,队长家院子。

〔布景,近处瓦房、篱笆、棕树、楠竹,远处青山梯田,院子里有竹桌等,四婶子由内出。

四　婶　（唱）　早饭做好已放凉,

他兄妹不知去何方?

我儿队上当队长,

为了集体日夜忙。

梅红回村有理想,

决心在山区干一场。

哪一顿不吃凉茶饭?

只为队上多打粮。

胸怀壮志要实现,

夺高产改变穷家乡。

〔梅红上。

梅　红　娘。

四　婶　哎! 跟你哥哥一样。

梅　红　娘,我们今年还要大搞丰产试验呢!

四　婶　又搞丰产试验?

梅　红　哎。

四　婶　我说你呀,去年失败了,你哥哥可把你批评够了,我听了就心疼。

梅　红　（急接）娘,哥哥批评是应该的嘛,谁叫我们工作不细致呢? 不过,我们还是收了些粮食哩。

四　婶　可是比队上低。一提起这事,你哥哥就嘟囔个没完,说什么是集体的损失呀,国家的损失呀,我这个当队长的有责任哪……

梅　红　（急接）是集体的损失嘛。不过责任不是他,是我们。

四　婶　你也好,他也好,过去的事就不说了。今年你们要搞试验,可得好好想想,不要让我替你们担心。

梅　红　（娇气地）好妈妈哩,你替我们担心,倒不如多替我们想些办法。

四　婶　我能替你们想啥办法?

梅　红　怕哥哥不答应,你就给说说嘛。

四　婶	好红儿哩,公事公办,我咋能讲私情呢?
梅　红	娘,这不是叫你讲私情。你说丰产试验,多打粮食,
	改变山区面貌,支援国家建设好不好?
四　婶	那还用说。
梅　红	你就说这些。
四　婶	这些知识,你哥哥比我懂的大道理多。
梅　红	就是有点钻牛角。
四　婶	红儿啊!

（唱）　并不是你哥钻牛角,
　　　　他有苦处向谁说?
　　　　你去年试验无结果,
　　　　村里怪话实在多。
　　　　有人说队长妹妹闯大祸,
　　　　拿集体资金把手学。
　　　　有的说你做事冒失太过火,
　　　　懒蛤蟆竟想吃天鹅。
　　　　听了这话他难过,
　　　　劝你做事多斟酌。
　　　　他一片忠心为大伙,
　　　　千万莫抱怨你哥哥。

梅　红	妈,你说我搞丰产试验对不对?
四　婶	对。
梅　红	那你就给我哥说支持我搞试验嘛!
四　婶	他回来你亲自说去。好了,吃饭去吧。
梅　红	我不。
四　婶	咋?
梅　红	你答应给哥哥说我才吃饭。
四　婶	好! 答应,答应。
梅　红	真的?
四　婶	真的。
梅　红	妈! 当真?

四　婶　当真,快吃饭吧。

梅　红　那等哥哥回来一块吃。

四　婶　看你,(边推边说)你给我进去吃饭。

〔推下,队长荷锄上。

队　长　(唱)　刚才开罢生产会,
　　　　　　　　眼前农活一大堆。
　　　　　　　　支书公社去开会,
　　　　　　　　盼他今天能转回。

　　　　娘——

〔四婶内应,上。

四　婶　咋才回来呀,饿坏了吧?

队　长　娘,不要紧。

四　婶　快吃饭去吧。

队　长　等梅红回来再吃。

四　婶　你等她,她等你,真不嫌麻烦。她回来了,我叫她吃
　　　　去了。

〔梅红拿电壶、茶杯上。

梅　红　哥哥,你才回来呀?给,先喝点水,饭凉了,我给你
　　　　热去。

四　婶　你歇着吧,我去。(暗示梅红说出自己心思)

梅　红　(应声)哎。(向队长)哥哥,我们今天……

四　婶　(急接)我说红儿哪,等你哥哥把饭吃了再说吧。

队　长　啥事?

四　婶　(边走边说)好事。(入内)

梅　红　也是喜事。

队　长　喜事好啊!人逢喜事心高兴,梅红该不保密吧。叫
　　　　我听听。

梅　红　我们团支部成立了丰产试验小组,决定今年再进行
　　　　一次苞谷丰产试验,这是计划你看。(递、接、看)

队　长　(淡漠地)是好事,都有谁?

梅　红　有翠竹、春桃,还有我。

队　长　嘿嘿嘿——不要跟我开玩笑。

梅　红　真的。

队　长　真的？去年我支持你们搞试验，你们失败了，浪费了土地，浪费了劳力肥料，实在划不来，群众埋怨，我都替你们背了。今年还要搞？算了吧。

梅　红　哥哥！

（唱）　叫哥哥请你仔细想，
　　　　把我们心情说端详。
　　　　去年的试验吃败仗，
　　　　是因为措施没跟上。

队　长　（唱）　既然措施没跟上，
　　　　今年何必再逞强。

梅　红　（唱）　去年教训记心上，
　　　　总结经验心亮堂。
　　　　只要你给拨土地，
　　　　定能夺取千斤粮。

队　长　总结了教训，不算是把粮食拿到了手，今年再要失败，大家对你们的说法就更难听！

梅　红　我不怕这些。

队　长　可就有人要说，你是队长的妹妹，队长大权在手，把集体的土地不当一回事。

梅　红　只有糊涂的人才这样说。

队　长　好妹妹哩！

（唱）　不说自己受埋怨，
　　　　要为队上多打算。
　　　　若是集体受损失，
　　　　你我心中咋能安。

梅　红　（唱）　你为集体作打算，
　　　　大家心情都一般。
　　　　我们为了夺高产，
　　　　增强信心把干劲添。

队　长　（唱）　好妹妹不要这样讲，
　　　　　　　　凭一时热情不应当。
　　　　　　　　你们要仔细想一想，
　　　　　　　　种庄稼日子还很长。
　　　　　　梅红，算了，今年好好地学一学别地的经验，等人家
　　　　　　搞出个眉目，你们明年再干也不晚嘛。
梅　红　哥哥，我们不能等现成。要都像你这样说，那谁去
　　　　搞试验？
队　长　谁去搞？懂的人多搞，不懂的人就不要搞。
梅　红　（略思）队长同志，我以试验小组的名义，向你要求，
　　　　请你拨地。
队　长　（笑）看看，娃娃脾气又来了吧？把大面积抓好一样
　　　　能增产粮食。
梅　红　再次向你提出要求。
队　长　提出请求也不行。
　　　　（唱）　我要为集体来着想，
　　　　　　　　不拨土地是老主张。
梅　红　（唱）　你为集体来着想，
　　　　　　　　支持试验理应当。
　　　　　　　　我们为改变山区旧模样。
队　长　（唱）　我不能叫你们把集体损伤。
梅　红　（唱）　我看你有一点保守思想。
队　长　啥？
　　　　（唱）　我看你信口开河欠思量。
梅　红　哥哥！
　　　　〔四婶端饭上，梅红接。
四　婶　看你两个——
梅　红　（委屈地）娘！
四　婶　我都听见的。
队　长　娘，你叫我咋吃得下去？
四　婶　你呀！

249

（唱）　哥哥要把妹妹让，
　　　　可不能发脾气好好商量。

队　长（唱）　梅红说我有保守思想。

四　婶（唱）　何必把小言语记在心上？
　　　　她大胆试验是个好理想，
　　　　你就该拨土地多出主张。

队　长（唱）　搞试验应把条件想，
　　　　她脱离实际太荒唐。

梅　红（唱）　应该敢干又敢想，
　　　　怎能够前怕老虎后怕狼？

队　长　妈，你听听。

（唱）　你听她嘴劲多么大，
　　　　全不怕别人笑话她。
　　　　今年试验再失败，
　　　　有何脸面见大家。
　　　　大面积生产更重要，
　　　　社员们吃饭全靠它。
　　　　我这个队长责任大，
　　　　你老老实实做庄稼。

梅　红　哥哥！

（唱）　搞试验也是为革命，
　　　　你为啥阻拦不应承？

队　长（唱）　丰产试验是革命，
　　　　可总不能乱扑腾。
　　　　去年留下坏影响，
　　　　难听的话能用口袋装。
　　　　叫我拨地你休想，
　　　　除非别人把队长当。

梅　红　哥哥！

四　婶（唱）　轻言细语不费劲，
　　　　大声说话费精神。

梅红不是为自身，

你也为集体在操心。

有事好好来商量，

吹胡子瞪眼为哪桩。

我说你呀，她们搞试验是好事嘛，你这个当队长的哥哥，不能不关心呀！

队　长　妈，我有我的难处，你又不是不知道。

梅　红　(激动而委屈地)妈！

四　婶　要不这样办吧，你把咱家的自留地拿去做试验吧！

梅　红　自留地？

队　长　这该行了吧？

梅　红　不行！

队　长　咋哩？

四　婶　看你这女子。

梅　红　妈，要在自留地搞，别人会说，队长家光务自留地，把肥料都上在自己地里了，打下粮食是自己的——那闲话才多哩。

四　婶　(明白地)嗨，看我都没想到这些！

　　　　〔老五边喊边上。

老　五　队长你在家呀？

四　婶　老五，坐嘛。

老　五　好好。

队　长　五叔，你有事？

老　五　无事不登三宝殿，不过不是为我自己，是为队上也是为你。

队　长　(迷惑地)为我？

老　五　是嘛。

　　　　(唱)　听说他们搞试验，

　　　　　　　五叔为你把心担。

　　　　　　　再不要叫社员把你抱怨，

　　　　　　　去年的教训记心间。

梅　红　那只是个别人。

老　五　反正有人埋怨队长。我说队长,这可是原则性,你要掌握好呀,咋就跟做生意一样,一步走错就要赔本哪。

四　婶　老五,看你说的这是啥话嘛。(不高兴地入内)

老　五　好话嘛,要是失败了,队长可难得给大家交待。队长,不能把集体的土地,给咋毛头女子去糟蹋。

梅　红　五叔,谁是毛头女子? 谁在糟蹋集体的土地?

老　五　(讽刺地)好梅红姑娘哩,咱哪敢说你,我说的是咱家春桃。

　　　　(唱)　梅红不要乱疑猜,
　　　　　　　我是说春桃逞能不应该。

梅　红　(唱)　你何必指桑来骂槐,
　　　　　　　把心里话儿说出来。

队　长　(唱)　梅红不要气盈腮。

梅　红　(唱)　他明明是前来想拆台。

老　五　(唱)　姑娘说话不近情,
　　　　　　　说得五叔心口疼。
　　　　　　　常言瓜儿不离藤,
　　　　　　　我关心集体大事情。

〔徐大伯和翠竹上。

大　伯　(唱)　你为集体在操心,
　　　　　　　就是懒得不出勤。

队　长
梅　红　大伯,坐。(梅红、翠竹议论着什么)

大　伯　(向老五)我到处找你,你今天咋又不去上工?

老　五　我——我今天有点不大舒服。

大　伯　那你不好好歇着,跑到这里来干啥?

老　五　为她们搞试验的事。

梅　红　五叔不但不上工,还跑到这来拆我试验组的台。

老　五　姑娘!

	（唱）	你们一心搞试验，
梅　红 翠　竹	（合唱）	为了建设美家园。
队　长	（唱）	也得看看啥条件，
老　五	（唱）	广种薄收是祖传。
梅　红	（唱）	要改变这种老习惯，
翠　竹	（唱）	生活才能日日甜。
梅　红	（唱）	下决心——
翠　竹	（唱）	努力干。
梅　红	（唱）	快拨土地——
队　长	（唱）	难上难。
梅　红	（唱）	哥哥，你拨不拨土地？

队　长　大伯，你说哩？

大　伯　丰产试验是一件好事，应该拨地。

老　五　老哥，你咋也糊涂啦？这一伙青年娃，上不知天，下不懂地，亩产一千斤，简直是胡说哩！你咋敢叫拨地？

大　伯　事是人干出来的，只要把劲使上，也许还能快两千斤哩。

老　五　队长的担子重，责任大，不能不为大家着想。咱队上只能吃补药，可不能洩肚子呀！

梅　红　五叔。

翠　竹　你是唆事鬼两头尖，唆起事来站中间，我找支书去。（急下）

大　伯　翠竹！

老　五　唉！队长，你看这娃。咱又不是地主富农，咱是中农么。常言说一根藤上两个瓜，中农贫农是一家。我还能出坏主意？

梅　红　五叔，你少说风凉话，总有一天，你要认输哩！

老　五　好好，队长，你是咱队的主心骨，你看着办吧，我走了。

〔老五下，支书、翠竹上。

众　　　　（不同的心情招呼）支书回来了,快歇歇。

支　书　　徐大伯你也在,谁的饭都放凉咧?

梅　红　　队长的饭嘛,叫娘给他热一热。

　　　　　〔梅端饭下,竹随下。

支　书　　忙得连饭都顾不上吃呀?

大　伯　　队长的事情多嘛。

队　长　　支书呀!

　　　　（唱）　一根藤子几下拉,

　　　　　　　　实在叫人难当家。

　　　　　　　　农业生产放不下,

　　　　　　　　多种经营也要抓。

　　　　　　　　顾了这头难顾那,

　　　　　　　　捡起芝麻丢西瓜。

　　　　　　　　工作多来常打架,

　　　　　　　　急得我心里乱如麻。

　　　　　　　　几个女子胆子大,

　　　　　　　　又叫我拨地想办法。

　　　　　　　　搞什么丰产试验地,

　　　　　　　　去年的教训没记下。

　　　　　　　　一河摊大事都没办,

　　　　　　　　还要给队上添麻达。

支　书　（唱）　工作总得有计划,

　　　　　　　　千万不能乱挖抓。

　　　　　　　　多种经营门路广,

　　　　　　　　山区潜力定要挖。

　　　　　　　　五业并举意义大。

　　　　　　　　由穷变富全靠它。

　　　　　　　　以粮为纲更重要,

　　　　　　　　丰产试验好办法。

　　　　　　　　青年人就是胆子大,

　　　　　　　　壮志凌云顶呱呱。

干革命就要这样闯，

咱们可不能把后腿拉。

大伯,你说哩?

〔梅、竹暗上。

大　伯　（唱）　支书说得我心里明，

年青人雄心火样红。

丰产试验是好事情，

我帮她们建奇功。

队　长　（唱）　青年人凭热情猛冲猛干，

到头来只落得怨声满天。

梅　红　（唱）　咱们要天不怕地不怕，

你不要借故来把后腿拉。

翠　竹　（唱）　咱们是遇上老虎敢打架，

鼓干劲亩产千斤定要拿。

支　书　（唱）　要改变山区老习惯，

生活才能日月甜。

大面积结合稳试验，

稳产高产两不偏。

新生事物,我们应该大力支持啊! 我看给她们把地拨了!

〔刚林急上。

刚　林　支书,队长同意了?

支　书　你问队长。

刚　林　队长,你答应给梅红她们拨地了。

队　长　我实在不放心,要是你们这些小伙子还差不多。

翠　竹　队长,难道我们是长辫子的老汉?

刚　林　队长,给她们拨地吧!

队　长　她们……

支　书　她们去年失败了是不是? 失败了再来。常说挨一捶得一青,失败是成功之母,没有革命精神是办不到的。

队　长		我是怕她们再失败。

支　书　就是十次八次我们也不要怕。她们已经总结了过去的教训,再说搞试验哪会一帆风顺呢? 失败了,再干下去,最后的胜利总是我们的。

梅　红		
翠　竹		支书说得对。
刚　林		

支　书　让她们去干吧,大伯,你说哩?

大　伯　我,我没有啥意见。

梅　红		大伯!
刚　林	(喜悦地)	
翠　竹		爹!

支　书　那就给她们拨地吧。

队　长　(思索)行……拨……

刚　林　好,梅红,咱们开展竞赛。

梅　红　坚决应战,向你们学习。

支　书　还要很好地协作。

刚　林　保证做到。

梅　红　一定做到。

支　书　好样的。(向队长)会议精神晚上传达,你也该吃饭了! 我走了。

〔众人招呼支书,大伯送下,二幕闭。

第三场

〔二幕前,春桃由上场口上。

春　桃　(唱)　纵然爹爹看管紧,

　　　　　　锁不住春桃一片心。

　　　　　　山花一朵定绣起,

　　　　　　飞针走线手脚勤。

〔翠竹由下场口急上。

春　桃　翠竹姐,队长把地拨在哪里?

翠　竹　就是乱石沟那块刀把子地。

春　桃　刀把地! 土质硬、石头多,咋能搞丰产试验嘛?

翠　竹　就这,队长还不想给,我看这是存心叫咱顶黑锅哩。

春　桃　梅红姐没跟队长争?

翠　竹　争得可凶哩,说啥队长就是不换地。

春　桃　算了,算了,何必顶着铁锅耍狮子——吃力不讨好,
　　　　干脆散伙!

翠　竹　啥? 散伙? 看你说得轻省的。

春　桃　这不是给咱三个办啥私事哩,何必自搬石头砸脚?

翠　竹　砸了脚再说,这点困难就吓回来了?

春　桃　我说这"老爷地"难服侍。

翠　竹　怕啥呢? 土硬硬不过手,石头多多不过汗珠子。

春　桃　我不干!

翠　竹　为啥?

春　桃　到头搞失败了,我可受不了我爹的气。

翠　竹　你真没出息。

春　桃　我要有你那么一个好爹,啥也不怕。梅红姐呢?
　　　　〔梅红急上。

春　桃　(急接)梅红姐,地换了没有?

梅　红　没有。

春　桃　队长存心给人为难呢。

梅　红　我不是替我哥哥说话,你们想:他管全队的生产,样
　　　　样都得照顾到,再说去年咱的试验搞失败了,一些
　　　　思想落后的人意见可多哩,给队长提了不少意见,
　　　　他也很为难呀。

翠　竹　支书同意给咱们换地吗?

梅　红　支书同意把那块刀把地给咱们。

翠　竹　支书也同意给刀把地?

梅　红　支书说,队上的播种计划早安排好了,一打乱就要

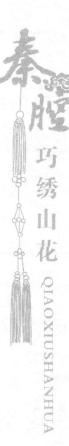

秦腔
巧绣山花
QIAOXIUSHANHUA

257

影响全队的生产，社员们会有意见的。

春　桃　这样的地，怕难种吧？

梅　红　好妹妹，开始我也想不通。支书说，要好地搞试验，就是丰产了也不光彩，群众会说梢子地嘛，当然收得多。他说我们应该自己动手，把孬地改造成好地，才能真正给群众树立旗帜。孬地丰产了，那才叫光荣呢。

翠　竹　梅红姐，我明白了。

梅　红　明白了好，这样炼出来的才是硬功夫。

（唱）　这才是万里长征刚开走，
　　　　怎能够畏惧困难作懦夫？
　　　　我们要斗志昂扬如猛虎，
　　　　树雄心勇往直前赴征途。
　　　　要学那长青松柏参天树，
　　　　千万别唉声叹气只想哭。

翠　竹　我怎么一着急就糊涂起来了，梅红姐呀！

（唱）　我是喜鹊天上飞，
　　　　你是山中一树梅。
　　　　喜鹊落在梅树上，
　　　　石头打来也不飞。

　　　　春桃，你咋样？

春　桃　干！

（唱）　你两个说出心里话，
　　　　犹如春雨浇春花。
　　　　春桃跟上你们走，
　　　　狂风暴雨不怕它。

梅　红　好！

春　桃　地里的石头——

翠　竹　怕啥呢，咱们有一双勤劳的手，还怕石头赖在地里。

春　桃　我是说一边捡石头，一边整地。

梅　红　对！捡完石头就整地，改良土壤，来一次深翻，

　　　　然后——

春　桃
翠　竹　然后就施底肥。

梅　红　对！

翠　竹　肥料不够——

春　桃　找队长要嘛。

梅　红　不行呀。咱给队长要，队长给谁要，再说大面积也
　　　　要紧，乱石窝里出凤凰，咱们自己想办法。

翠　竹　我知道该怎么办。

春　桃　我也知道该咋办了。

翠　春
竹　桃　（同时）自——力——更——生！（均笑）

梅　红　（抓住二人的手）对！我们抓紧采青沤肥。

翠　春
竹　桃　好！

　　　　〔三人亲切地谈论着下。

第四场

　　〔地点：丰产试验地旁边。

　　〔布景：同第一场，下场口有一木牌，上写：三女试验
小组，苞谷丰产试验地，亩产 1000 斤。

　　〔二幕前四婶提水罐上。

四　婶　（唱）　走出门来四下瞅，

　　　　　　　　巴山风光眼底收。

　　　　　　　　清清泉水淙淙流，

　　　　　　　　山青水秀无尽头。

　　　　　　　　队上庄稼长得好，

　　　　　　　　田野如锦绿油油。

　　　　　　　　歌声笑声遍地有，

　　　　　　　　社员齐心夺丰收。

　　　　　　　　三个女子干劲大，

　　　　　　　　选种整地拣石头。

　　　　　　　　采青沤肥起得早，

　　　　　　　　背粪跑得汗直流。

　　　　　　　　这样的干劲真少有，

　　　　　　　　怎不叫我喜悠悠？

　　　　　　　　我老婆在家闲不住手。

　　　　　　　　送水上坡支援丫头。

　　　　〔四婶下，二幕开。

梅　红
翠　竹　（内唱）蓝天一片五彩云，（背背笼上，边舞边唱）
春　桃

梅　红　（唱）　满山青翠爱煞人。

翠　竹　（唱）　姐妹们采青沤成肥，

春　桃　（唱）　有了青肥喜在心。

　　　　（合唱或轮唱）

　　　　　　　　试验离不了水和粪，

　　　　　　　　粒粒良种赛黄金。

　　　　　　　　姐妹三人汗流尽，

　　　　　　　　刀把地儿翻了身。

　　　　　　　　三条麻绳一股劲，

　　　　　　　　与天争粮树雄心。

　　　　　　　　一阵凉风身添劲，

　　　　　　　　歇口气儿长精神。

梅　红　春桃你累吗？

春　桃　不累，想到那些欢实的苞谷苗，心里就跟扇子扇一
　　　　样，凉快得很。

梅　红　你说咱们试验地的苞谷苗为啥长得好？

春　桃　地整得细，种子选得好，底肥施得多——

翠　竹　还照书上说的药物浸种呀，适时定苗呀。

梅　红　对！咱们是用先进方法种庄稼哩。

翠　竹	山区好了,可你爹要把你嫁到城里去了。
春　桃	去你的,我才不听他那一套哩,我要在山区干一辈子。
翠　竹	说真的,春桃自从种起试验地,性子也硬了,胆子也大了。
梅　红	五叔把她管不住了。(三人同笑)现在是苞谷追肥的好时节,今天争取多背几次,好吗?
翠　竹 春　桃	好。
梅　红	那咱们走吧。

秦腔
巧绣山花
QIAOXIUSHANHUA

（三人合唱或轮唱）

　　　　黄雀飞舞在青岗林,

　　　　吱吱喳喳报喜音。

　　　　满坡青翠满坡人,

　　　　禾苗起舞笑吟吟。

　　　　劳动歌声震天响,

　　　　迷住山中行路人。

〔圆场,背笼下,后台传来锣鼓声。随着歌声,一排
锄草的社员上,其中有老五、大伯、刚林等起舞歌。
哎——

　　　　阵阵歌声震山峡,(齐唱)

　　　　刚林锄草是行家。(社员)

　　　　大伯锄草锄得细,(刚林)

　　　　不见老五他在那达。(大伯)

大　伯	老五! 加把劲!(舞停)
老　五	(内应)来啰!(上)

　　　　（数板）左手锄头右手帕,

　　　　老五直把汗水擦。

　　　　锄头只有这么大,

　　　　累得我腰酸眼又花。

　　　　社员个个劲头大,

　　　　我盼打钟早回家。

大　伯　（喊）歇歇啰！哟呵呵——

〔前后台号子响成一片，男女社员上。

大　伯　刚林，我去看看她们的丰产地。（下）

社　员　嗨，谁来一段山歌嘛！

众　　　刚林，刚林！

刚　林　叫五叔唱吧，他山歌记得多。

老　五　我那都是些陈谷子烂芝麻，还是你唱吧。

众　　　（纷纷地）刚林，唱吧，唱吧！

刚　林　（唱）　（群众帮腔，有的合唱）

　　　　　　　　太阳出来红满天，

　　　　　　　　同心协力建家园。

　　　　　　　　狂风暴雨轰不散，

　　　　　　　　要叫山区富又甜。

〔梅红等三人上，四婶提水罐随上，她走入一群社员
中，让大家喝水。

翠　竹　梅红姐，咱们也来几句。

梅红
春桃　对！咱们唱。

　　　　　　　　鱼争上游人争好，

　　　　　　　　凤凰不筑洼地巢。

　　　　　　　　巴山姑娘志气高，

　　　　　　　　大闹高产不辞劳。

社　员　（唱）　凤凰鸟，飞得高，

　　　　　　　　雄鹰展翅在云霄。

　　　　　　　　姑娘莫要先夸口，

　　　　　　　　看谁粮食产量高。

梅翠
红竹
春桃　（合唱）天河星星亮堂堂，

　　　　　　　　姑娘大志在心上。

　　　　　　　　若不夺取千斤粮，

　　　　　　　　不算巴山好姑娘。

刚　林　（唱）　三个女子真是棒，

送了月亮迎太阳。

她们能打千斤粮，

我们保证也跟上。

四　婶　看你们多高兴，要唱就唱两个好的。

众　　对！唱两个好的。

〔后台传来上工声，社员们喜悦地下。

四　婶　红儿，早点回来吃饭哎！

梅　红　哎。（四婶下）

〔梅红等欲进试验地，大伯、刚林从试验地中迎出。

大　伯　梅红，你们的庄稼务的比大面积还好哇。地整得细，草锄得净，苗出得齐，长得又欢实。

梅　红　大伯，还要你老人家经常指教呢。

大　伯　"天下无难事，只怕用心人"，好好干。

梅　红　好。

翠　竹　爹，你真好。

春　桃　大伯。

大　伯　我刚才到试验地里看了一下，你们的苞谷土拥得不深哪，咱这山风大，小心遇到大风庄稼吃亏。

梅　红　好，我们一定搞好后期田间管理，加强防倒措施。

〔幕后广播声：社员同志请注意，根据气象站的预报，下午有狂风暴雨，你们要当心哪！

翠　竹　赶快给苞谷拥土。

梅　红　不行，得收拾山上的排水沟！不然，大水冲下来，丰产地受损失，大面积也要遭殃，快走。

大　伯　刚林，咱们一块走！

〔下，二幕闭。

第五场

〔地点：同前场

〔布景：同前场，没有丰产牌，雷声隆隆，山雨刷刷。

刚　林　（内喊）社员们！暴风雨来了，赶快注意防洪呀！

〔喊话声由近而远，此时雷声大作，暴雨倾盆，梅、竹、春上。

梅　红　（唱）　狂风呼噜山颤抖，

翠　竹　（唱）　山路光滑步难留。

（轮唱）大雨茫茫雷声吼，

困难面前不低头，

哪管衣服雨淋透，

战胜山洪夺丰收。

梅　红　看这雨来得多猛，排洪沟已经冲坏了。

翠　竹　得赶快堵住，不然下面的大面积庄稼，就要被水冲跑了。

春　桃　咱们快堵排洪沟吧！

〔她们跌跌滑滑，冒雨堵水，数次跌倒，互相照应，上坡。

翠　竹　梅红姐，小心些！

梅　红　春桃，把手抓稳。（话音未完，梅红被水卷下）

翠　竹　（嘶声惊叫）梅红姐——
春　桃

〔二人下，在支书队长带领下，一群社员冲上。

翠　竹　（幕后连喊声）梅红姐——梅红姐——

支　书　梅红被水冲了，赶快救人！

〔众跑下。

第六场

〔地点:队长家院子。

〔布景:同第二场。

〔二幕前,梅红缓缓上。

梅　红　（唱）　狂风暴雨真凶险,
　　　　　　　　队上的庄稼受摧残。
　　　　　　　　试验田里看一遍,
　　　　　　　　心急如火滚油煎。
　　　　　　　　一片狼藉好零乱,
　　　　　　　　苞谷苗倒在地里边。
　　　　　　　　为了丰产搞试验,
　　　　　　　　姐妹三人费心肝。
　　　　　　　　起早贪黑把活干,
　　　　　　　　风里雨里何曾闲。
　　　　　　　　白天汗珠如断线,
　　　　　　　　夜里露水湿衣衫。
　　　　　　　　实指望试验成功夺高产,
　　　　　　　　难道说成了空喜欢?
　　　　　　　　左思右想心绪乱,
　　　　　　　　满腹愁云添熬煎。
　　　　　　　　梅红为了搞试验,
　　　　　　　　废寝忘食心不安。
　　　　　　　　热言冷语常不断,
　　　　　　　　受了批评遭抱怨。
　　　　　　　　个人利害我全不管,
　　　　　　　　立志建设好家园。

眼前困难来考验，

我定要挺起胸膛度难关。

〔二幕开，队长由内出。

队　长　（爱怜地）梅红，叫你好好歇着，你咋又跑到地里来
　　　　了？（关切地）伤怎么样了，还疼吗？（梅红出神地
　　　　想着什么，痛楚而无心地摇了摇头）妹妹啊！

　　　　（唱）　从前多次把你劝，

　　　　　　　　庄稼活儿不简单。

　　　　　　　　失败的教训你不管，

　　　　　　　　要搞试验主意坚。

　　　　　　　　如今庄稼遭水漫，

　　　　　　　　跌伤身体我把心担。

　　　　　　　　望你能听我规劝，

　　　　　　　　再莫执拗惹麻烦。

梅　红　哥哥！

　　　　（唱）　你的好心我知道，

　　　　　　　　为队为我把心操。

　　　　　　　　狂风暴雨难预料，

　　　　　　　　责难试验为哪条？

队　长　（唱）　虽然是狂风暴雨难预料，

　　　　　　　　搞试验失败你知道。

　　　　　　　　吃苦受累不讨好，

　　　　　　　　跌伤身体受煎熬。

　　　　唉！落人的埋怨倒为啥来吗！

梅　红　是谁埋怨呢？

队　长　五叔。

梅　红　他说啥？

队　长　他——算了。

梅　红　哥哥！你说嘛。

队　长　那好——好吧，他说——

　　　　（唱）　高山上只能长石块，

石头上妄想把花开。

一场风雨来得怪，

试验地庄稼垮了台。

支书队长没光彩，

吹牛的人儿头难抬。

梅　红　（唱）　五叔思想太不好，

专找空子把刺挑。

自私自利迷心窍，

不关心集体胡唠叨。

队　长　算了，人家说的支书，说的我，你计较那些干啥？将来收得少了，大家埋怨还有我挡住的嘛。常言说"头回踏在泥坑坑，二回看清再前行"，做事要稳稳当当，猛冲猛干是会蹾钉子的。

〔四婶上。

梅　红　（不耐其烦地）哥哥！

四　婶　（向队长）看你，像不像当哥哥的？

（唱）　你妹妹心里正难过，

你嘟嘟囔囔为什么。

不测的风雨闯下祸，

并不是梅红事做错。

搞试验她把心用过，

忘了休息忘吃喝。

丰产地庄稼长得勃，

十人看了十人乐。

你的年纪比她大，

农业经验又广博。

就该支持她把高产夺，

借故阻拦欠斟酌。

队　长　妈！

四　婶　（瞪了他一眼，含有不让说的意思）红儿，伤还疼不疼？

梅　红　不要紧，妈。

四　婶　红儿呀！天上要下雨，人有啥办法嘛，愁坏了身子，苞谷苗还是起不来。好好歇两天再说，走，屋里躺着去。

〔支书上。

支　书　梅红！

四　婶
梅　红　支书，你——

支　书　看你的病来了，伤好了吗？

梅　红　支书，苞谷倒了，我已经拿柴棍撑住了，我担心伤了根活不了。

四　婶　她有病也不好好休息，还偷着下地扶苞谷。

支　书　还是要注意身体哩，身体是本钱哪，身体垮了，试验就难搞了。

队　长　还搞试验哩，倒搞了个啥名堂吗？

支　书　不要怕，失败了再来，坚持斗争，不要动摇。（向队长）我来找你。

队　长　啥事？

支　书　咱找队委商量抢救庄稼的事。

队　长　走！

〔支书、队长下。

梅　红　梅红呀梅红，要牢牢记住党的教导。要经得起风吹雨打，就像你的名字那样，任凭它风雪打浓霜压，可是梅花还是越开越红，越开越艳，要记住你是一个共青团员，要敢于面对斗争，决不能让困难吓倒！

（唱）　支部书记说得好，
　　　　坚持斗争不动摇。
　　　　党教导使我心开窍，
　　　　增强力量干劲高。
　　　　党对我鼓励关怀真不少，
　　　　抖精神革命红旗要举高。

〔竹、春上。

翠　竹　（唱）　庄稼受灾心烦闷,

　　　　　　　你哭哭啼啼烦死人。

春　桃　（扑在梅红怀里）梅红姐!

梅　红　你们两个咋咧。一个噘着嘴,一个流着眼泪,又沉不住气啦!

春　桃　庄稼成了这个样子啦,怎么办嘛?

翠　竹　我真想把老天爷拉下来狠狠揍它一顿!

春　桃　为了种这块试验地,我跟我爹别扭了两个多月,只说能种出个名堂,争争这口气,谁知道一场暴雨什么都完了。我爹那张嘴可是不饶人的。（哭）

翠　竹　（急躁地）哎呀! 人家心里像猫抓一样,你还要哭,真烦死人了!

春　桃　你没遇上我那样的爹,你当然不哭。

翠　竹　想叫我哭,告诉你,三斤生姜也辣不出我一颗眼泪来。

梅　红　春桃,好妹妹哩,擦干眼泪吧。我从前跟你一样,也是最爱哭的人,后来一想,哭又解决啥问题呢?

翠　竹
春　桃　梅红姐,你也哭过?

梅　红　哭过。我记得刚从学校返乡后,一些老眼光的人说我没出息,念了那么多书,回来做庄稼,气得我大哭了一场。

春　桃　本来你能考得上高中的。

翠　竹　可是你不考,响应党的号召,坚决要回来建设山区。

梅　红　农村也是学校呀。在这所劳动大学里,我得到了最好的锻炼,真是经风雨见世面,越锻炼越坚强了。从此以后,我觉得眼泪是没有用的,我们都是毛泽东时代的青年,应该朝气蓬勃,乐观向上,为什么要哭呢?

春　桃　（感动地擦干眼泪,坚强严肃地）好姐姐,我向你保证,以后再也不哭了。

梅　红　（爱怜地）好妹妹,应该这样。

翠　竹	梅红姐，咱商量正事吧！你说地里倒了那些苞谷该咋办哩？
梅　红	我用棍棍撑的办法扶了一些。
翠　竹	哎！咿是纸糊的背墙——靠不住。那么大一片地啥时候才能扶完？
梅　红	（略想）咱们找徐大伯想个办法。
	〔大伯上。
大　伯	我也找你们来了！
梅　红	大伯，地里倒的苞谷能用啥方法扶起来？
翠　竹	爹，你给我们想个法子。
春　桃	能不能活？
大　伯	（笑）嘿嘿嘿，看把你们着急的，我和支书已经到你们试验地里看过了。
翠　竹 春　桃	那太好了！
梅　红	用棍棍撑的办法，行不行？
大　伯	不行啊，梅红，我看苞谷根没有受损伤，只要赶紧施肥，给根上多拥些土，很快就会长起来的。
春　桃	大伯，行吗？
大　伯	行。
梅　红	一定照大伯说的办！
翠　竹	说办就办。（拉春桃）咱们马上动手。
大　伯	你们当心，我在地里发现了苞谷钻心虫，你们试验地里也有了。
春　桃	可恶的东西，也寻着欺负人。
翠　竹	咱们一个个捏死它。
大　伯	捏是捏不完的，不要怕，找些雷公藤、猫儿眼和烟叶子熬成水往苞谷苗上洒，虫就死了。不过要细心，一定要根治虫害，钻心虫繁殖得很快。
梅红等	那我们马上就干！
	〔刚林匆匆上。

刚　林　你们都在这。党支部决定,动员一切力量抢救受灾
　　　　的庄稼。由我们青年作业组支援试验地的抗灾。
梅　红　(激动地)党支部对我们太关心了,走!
刚　林　对!马上行动!

第七场

〔二幕前,王立家上。
立　家　(唱)　支援农业第一线,
　　　　　　　哪怕越岭又翻山。
　　　　　　　送药治虫不能缓,
　　　　　　　再累再热也心甘。
　　　　　　　身背农药把路赶,
　　　　　　　阵阵汗水湿衣衫。
　　　　　　　工农携手齐奋战,
　　　　　　　同心协力夺丰年。(下)
〔老五提犁上。
老　五　(唱)　老五窝着一肚子火,
　　　　　　　春桃女子不听说。
　　　　　　　说了个女婿她不愿意,
　　　　　　　又发脾气又跺脚。
　　　　　　　实验地庄稼没结果,
　　　　　　　到头来看她说什么?
　　　　　　　老五生气心烦闷,
　　　　　　　卖点水果打酒喝。
〔王立家上。
立　家　(唱)　翻山来到村头上,
　　　　　　　不知队长住何方?
　　　　　　　啊!大叔,这儿是梨树沟生产队吗?

老　五　是啊,你找谁?

立　家　生产队长在哪住呀?

老　五　离这不远。(打量王,旁白)看样子,他是远道而来的。嘿!汗把衣服也塌湿了,累了,大概也渴了。(向王)同志歇一会再走吧?

立　家　不咧,我还忙着呢。

老　五　(殷勤地)再忙嘛,歇歇腿也误不了啥。(边帮他卸背架边说)这口袋里是啥?

立　家　治虫农药。

老　五　哦,坐坐坐!

立　家　大叔!你这梨不错呀!

老　五　自己务下的嘛!(取)吃梨,吃梨。(三个梨直往王的手里塞)

立　家　不不。(推让不过,接梨,旁白)这里的人就是厚道,又让座,又让吃,干脆买几个算了。大叔,你这几个梨多少钱?

老　五　这钱吗——随便,随便。

立　家　该多少你就说吧,(付钱)这是一块钱,你拿去随便找吧。

老　五　(故意地)唉——不少,不少,嘿嘿。

立　家　大叔,你说该多少,你就找我多少。

老　五　我!(又取了一个小梨给王)给,咱们就两不找吧!

立　家　啊!

老　五　(意识到王嫌贵)同志,咱这是罐罐梨,山前山后再也挑不出比这好的,其实不贵。

立　家　(旁白)四个梨不过一斤,就要了一块钱?比城里贵得多。这个大叔——唉(再也坐不住了)大叔,队长在哪家?

老　五　你看,从这往东,进个胡同,向里一拐第三家就是。

立　家　大叔,我走了。

老　五　再坐一坐嘛——再取两个吧?那你慢走。(看看手

上的钱笑了)

(唱)　张老五见钱心喜欢，

四个梨卖了一块钱。

不跑腿来不挑担，

生意做到家门前。

(突然发现)哟！那边还有来人，想是走得又渴又累，这一篮子梨，总能卖个好价钱。我这梨专卖生人，坑就坑他一回，他知道我是个谁吗？(下)

第八场

〔地点：生产试验地旁。

〔布景：同第四场。

〔二幕前，竹、春喜悦地上。

翠　竹　(唱)　南山竹子节节高，

姐吹笛子妹吹箫。

春　桃　(唱)　吹个社会主义好，

吹个丰收乐陶陶。

翠　竹　(唱)　夜里梦见地里跑，

白天守看苞谷苗。

春　桃　(唱)　苞谷苗，冲天炮，

要和竹子比低高。

徐大伯出的主意真好呀。苗苗扶起以后，狠狠地追了几次肥，我们的苞谷苗长得又高又壮，多逗人爱呀！

翠　竹　秋后满山变黄金，笑在眉头喜在心。

〔梅红上。

翠　竹

春　桃　(喜悦地)梅红姐！

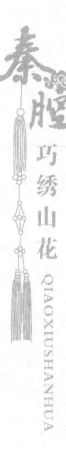

秦腔　巧绣山花　QIAOXIUSHANHUA

273

梅　红　（拉翠竹、春桃）刚才我到山前山后转了一下,块块地里的苞谷都挂了红胡子,就是我们试验地里的苞谷和刚林他们那几亩,还在长呀,长呀!看样子这不是正常现象,山里的气候变化快,再拖下去就不能灌浆了。

翠竹
春桃　（同时）啊!（急切地）那怎么办?

梅　红　我们好好想一想,这一定是在作务上犯了什么错误。

翠　竹　庄稼呀真难待候!这个毛病刚治好,那个毛病又出来了。

春　桃　咋办哩吗?

梅　红　急有啥用?我们去请教徐大伯。

梅春
春桃　咱们走!（下）

〔张老五背空背斗上。

老　五　（唱）　这一岭来那一山,

苞谷长得像松椽。

红胡子吊得如彩线,

今年又是丰收年。

如今看看试验地,

光杆子庄稼真稀罕。

不结棒子光长杆,

趁早收拾这烂摊摊。

我早说过,这山窝里种不出好庄稼,几个毛头女子硬要跟我抬杠。还说苞谷棒子打脑壳。哼!我看连麻雀也打不到。（走至生产牌）嘿嘿嘿——千斤见鬼!（顺手抓了泥巴把 1000 斤的三个圈圈涂了,成了 1 斤）我看连一斤也打不下。

〔翠竹上。

翠　竹　五叔,你——

老　五　我——

翠　竹　（急接）啊！一斤？五叔你为啥涂生产牌？

老　五　这——你胡说。

翠　竹　看你手上的泥巴还在哩，不是你是谁？

〔梅红目光炯炯注视着老五，春桃气得低头扭身站在一边。

老　五　火气倒不小，三个圈圈有啥要紧？看你大惊小怪的。

翠　竹　啥？你倒拿的灯草——说得轻巧。三个圈圈不要紧，把一千斤变成一斤了，九百九十九斤都不见了，这还小吗？

老　五　（厌恶地）改成一斤有啥不好？将来你们要多收几斤，那就超额完成，大大地增产了嘛。

翠　竹　（气极而语塞）你——老五。

老　五　咋！

翠　竹　（唱）　你落井下石太凶狠，
　　　　　　　　做事刻薄刺人心。
　　　　　　　　咱们去把支书寻，
　　　　　　　　你抹牌子啥原因。

　　　　走！（翠竹拉老五，梅红拦）

老　五　（唱）　黄毛丫头少要凶，
　　　　　　　　要拿支书吓百姓。
　　　　　　　　抹牌子事儿我敢应，
　　　　　　　　能给我定个啥罪名？

翠　竹　（气）你不讲理！

老　五　（气）你不讲理！

〔梅红、春桃上。

梅　红　翠竹，啥事？

翠　竹　五叔把生产牌涂了。

梅　红　啊！（看牌）

春　桃　爹！

　　　　（唱）　你不该幸灾又乐祸，

给集体抹灰路走错。

翠　竹　（唱）　你把千斤改一斤，
　　　　　　　　明明是在讽刺人。

老　五　（唱）　怕你们拧成一股劲，
　　　　　　　　大帽子压人难趁心。

春　桃　（气极地）爹！你——

梅　红　五叔！
　　　　（唱）　不怪翠竹质问你，
　　　　　　　　你抹牌子散军心。

老　五　（气极）你——竟敢批评老子来了！（欲打）
　　　　〔春桃气得扭身钻进试验地，大伯、刚林上。

大　伯　什么事叽叽嚷嚷的？

翠　竹　五叔把我们的生产牌抹了。

大伯等　啊？啊！

大　伯　老五，这你就不对了。
　　　　（唱）　鱼儿离水难生存，

刚　林　（唱）　你不顾集体为个人。

大　伯　（唱）　队上的生产——

刚　林　（唱）　——你不问，

翠　竹　（唱）　搞个人副业——

众　　　（唱）　——你脚儿勤。

梅　红　（唱）　风浪面前要站稳，

翠　竹　（唱）　搞试验咱要有决心。

大　伯　老五，不要怕我当着娃们说你哩，你干这事对不对？
　　　　咱们老一辈的要给娃们做个好样样哩。

老　五　你能给她们做样样，那你给她们想个办法，叫苞谷
　　　　棒子长出来。

大　伯　（语塞）我——

老　五　（强词夺理）是嘛，你也没有办法嘛。我是怕她们将
　　　　来丢脸，所以——

翠　竹　你是强词夺理！

老　五		你是狗咬吕洞宾——不识好人心！
翠　竹		你敢骂人！
老　五		咋？
众		（纷纷地）你咋是这号人！
老　五		咋？咋？

〔队长上，后跟两名社员，春桃由试验地出。

队　长		吵啥哩？吵啥哩？
翠竹 刚林		五叔把生产牌抹了。
队　长		（不在意地望了一眼）那也用不着吵嘛！
梅翠 红竹		你咋是这样说话？
队　长		我说得没错。大伯，你看这有啥办法？
大　伯		过去山里的庄稼只愁不长，如今是长得过火了，这号事我还没经见过。
老　五		嘿嘿，拔了好！
	（唱）	家家都要把房盖，
		苞谷杆可以当木材。
		节省人工长得快，
		免得刨坑把树栽。
梅翠 红竹		老五叔你不要胡说八道！
队　长		现在情况严重，要为队上挽回损失，只有一个好办法。
众		（纷纷地）队长，啥办法？
队　长		拔了苞谷杆，另把荞麦点。
老　五		对！捡几个总比搁几个强。
众		（大惊）啊！
梅　红		（坚定有力）不能拔！
老　五		拔了好！

第九场

〔地点：山坡上试验地旁。

〔布景：同第四场。

〔队长、梅红上。

队　长　（唱）　白天黑夜不离地，
　　　　　　　　你倒试验了啥成绩。
　　　　　　　　浪费劳力占土地，
　　　　　　　　一千斤指标是空的。

梅　红　（唱）　一天到晚不离地，
　　　　　　　　吃苦受累我愿意。
　　　　　　　　你睁开眼睛看仔细，
　　　　　　　　这苞谷长得比谁低？

队　长　（唱）　说话荒唐太差理，
　　　　　　　　庄稼怎能比高低。
　　　　　　　　你看看山前山后苞谷棒子已出齐，
　　　　　　　　试验田的棒子在哪里？

梅　红　（唱）　既然你知道有问题，
　　　　　　　　就该设法出主意。
　　　　　　　　借故刁难啥用意？
　　　　　　　　幸灾乐祸风格低。

队　长　（唱）　平心静气来论理，
　　　　　　　　你大帽子乱扣将我欺。

梅　红　（唱）　大道理我也能讲几句，
　　　　　　　　搞试验你内心不愿意。

队　长　（唱）　我作主意拨了地，
　　　　　　　　不支持试验从何提？

梅　红　（唱）　提起这块刀把地，
　　　　　　　　气愤填胸难压抑。
队　长　（唱）　你说这地不景气，
　　　　　　　　苞谷长得都稀奇。
梅　红　（唱）　受尽辛苦整好地，
　　　　　　　　功劳咋能成你的？
队　长　（唱）　我怕社员指责你，
　　　　　　　　关怀反落坏动机。
梅　红　（唱）　树正不怕狂风袭，
　　　　　　　　敢想敢干志不移。
队　长　（唱）　不能因小害集体，
梅　红　（唱）　我们也不是为自己。
队　长　（唱）　趁早拔掉莫迟疑，
梅　红　（唱）　保守思想把眼迷。
队　长　（唱）　种荞麦要用这块地，
梅　红　（唱）　先向支书说仔细。
队　长　（唱）　我说拔它通大理，
梅　红　（唱）　你动一株也不依！
　　　　〔支书、王立家、翠竹上。
支　书　不许动手！
梅　红　支书……
支　书　大伯！你看这疯长的问题到底在哪？
大　伯　我也没经见过，不过我认为雨后泥土湿肥料上得太
　　　　多，也上得不是时节。
队　长　支书，你看，我为队上挽救损失，梅红倒和我……哎！
支　书　你为队上的想法是好的，可你就没有想到生产试验
　　　　以后还要搞。就是失败了，找出问题，总结出经验，
　　　　给今后的试验铺平道路，这也是一件好事呀！
　　　　（唱）　她们为把试验搞，
　　　　　　　　哪管暴雨当头浇。
　　　　　　　　治虫追肥又除草，

279

不怕太阳如火烧。

刚　林　（唱）　乱石堆长出苞谷林，

梅红她们费尽心。

梅　红　（唱）　苞谷疯长啥原因，

光长杆杆急死人。

刚　林　（唱）　队长一时犯急性，

大　伯　（唱）　老五的怪话实难听。

梅　红　（唱）　队上损失我心疼，

拔掉苞谷理欠通。

支　书　（唱）　生产试验同革命，

成功失败是常事情。

总结失败得教训，

明年再搞也能行。

一次两次想搞成，

哪有这样容易的好事情？

队　长　支书，苞谷不结棒子，不能把地占住不用？

支　书　已经解决了。

众　　（惊）已经解决了？

支　书　对！我把情况告诉了农技站，农技站已经派王立家同志帮我们研究这件事情，立家你说说。

立　家　我和支书到地里看了一下，试验田的苞谷长得很好。金皇后苞谷本身杆子就长得高，成熟期较晚，加上你们氮肥施得过多，泥土湿度大，苞谷杆子长得就更高。群众就误认为是疯长，目前只要加强苞谷人工授粉，将来一定增产。

众　　（惊喜）啊！

队　长　是这样？

支　书　这一场虚惊，试验了许多人，也暴露了不少人的思想。生产试验是一场伟大的革命运动，我们应该积极参加这项斗争，决不能置身事外，你看得太近了。

队　长　科学试验……革命运动……看得太近了？对，我就是只看到眼前的利益,忽视了科学试验的远大意义。在这场革命运动中,我落后了,我一定好好检查一下自己的思想。

支　书　一个人在前进的道路上,难免要摔跤。这没什么,跌倒了爬起来再干!(转向老五)老五叔!

　　　　(唱)　老五叔听我把话讲,
　　　　　　　　提几点意见你思量。
　　　　　　　　春桃是个好姑娘,
　　　　　　　　你拉她后腿不应当。
　　　　　　　　梅红苦心搞试验,
　　　　　　　　你不该讽刺撇凉腔。
　　　　　　　　抹牌子行为不妥当,
　　　　　　　　做出这事太荒唐。
　　　　　　　　送农药同志来村上,
　　　　　　　　大价卖梨饱私囊。
　　　　　　　　平日懒得把工上,
　　　　　　　　整天为着自己壮。
　　　　　　　　办好公社靠咱们,
　　　　　　　　贫下中农是主人。
　　　　　　　　步步把党要跟紧,
　　　　　　　　集体利益记在心。
　　　　　　　　前后事情你思忖,
　　　　　　　　你进步太慢有旧脑筋。

大　伯　　　　支书说话理端正,
　　　　　　　　你做事太不近人情。
　　　　　　　　积极劳动受尊重,
　　　　　　　　改造思想都欢迎。

〔老五低头蹲下。

翠　竹　老五叔你咋不说话哩?

春　桃　爹。

老　五　哎,怪我爱钱,落后!(灰溜溜地下)

281

梅　红　　我们马上动手做授粉器。

立　家　　我帮助你们做。

支　书　　好,刚林,你们把打猎队成立起来,咱们山里人常说
　　　　　"秋后满山金,野兽害死人"。坚决消灭它,保住好
　　　　　收成。

梅　红　　对!打猎保秋很重要。

刚　林　　我们一定加强苞谷后期管理。

支　书　　好,(向队长)你这会打算干啥?

队　长　　我?我帮梅红她们做授粉器。

支　书　　也好,咱们各自行动吧。

　　　　　〔二幕外,刚林带打猎队上,舞蹈。

　　　　　〔轮唱或合唱:

　　　　　　　　山山水水笑吟吟,

　　　　　　　　丰收在望爽人心。

　　　　　　　　打猎保秋最要紧,

　　　　　　　　日夜守着苞谷林。

　　　　　　　　打猎队员抖精神,

　　　　　　　　翻山越岭到处寻。

　　　　　　　　打野猪全靠跟得紧,

　　　　　　　　前后配合勿离身。

　　　　　〔幕内号筒响,有枪声。

　　　　　〔刚林带打猎队下。

第十场

　　　　　〔时间:秋收。

　　　　　〔地点:村口。

　　　　　〔布景:一派丰收景象。

　　　　　〔二幕前徐大伯上。

大　伯　（唱）　桂花开来满树金，

　　　　　　　　山坡变成聚宝盆。

　　　　　　　　苞谷产量翻几倍，

　　　　　　　　坡上真能出黄金。

　　　　　　　　试验地苞谷棒子大，

　　　　　　　　我老汉越看越开心。

　　　　　　　　今天要开丰收会，

　　　　　　　　山花灿烂秋景新。

　　　　　〔张老五拿劳动手册面带笑容边走边看上。

大　伯　老五，又在翻你的旧黄历吗？

老　五　啊！不不，这是劳动手册，今年的劳动分配可真不
　　　　低。唉！我真后悔呀！

大　伯　你后悔啥哩？

老　五　我当初赶的场多了，队长批评了我，我才做了些活，
　　　　要像前一向，天天出勤，那——

大　伯　那就有钱了。（故意把钱字拉长）

老　五　（忌讳地）不要说钱嘛！

大　伯　哪说啥哩？

老　五　老哥，再不要揭我的底啦！

大　伯　说老实话，娃们搞试验，对我这老汉教育也大呀。
　　　　原先我总认为亩产一千斤的指标高咧，可现在你看
　　　　那金皇后的品种多美？长得跟棒槌一样，不丰产也
　　　　由不得人。

老　五　是呀！早知道我也不抹人家的生产牌了，支书批评
　　　　教育我才知道错了。

大　伯　改了就好嘛！多种经营也给队上增加了收入。

老　五　是嘛，比起——

大　伯　比起你那一筐子梨儿，可来劲得多吧？

老　五　哎呀！好老哥哩，你咋光揭人的底嘛？
　　　　（二人同笑）

大　伯　老五，队上今天开庆丰大会，咱们早点去呀！

老　五　那还用说,听说秋收后开展全面治山治水。

大　伯　对!还给咱们派有测量工人,快要来了,走吧!

老　五　我先回去一下。(二人分下)

〔二幕开,社员丙、丁在挂庆丰收的横额,社员们穿来穿去,音乐声欢天喜地。

社员甲　(拿布置会场的东西,匆匆上向后台喊)

　　　　你快一点嘛!

　　　　(唱)　丰收的日子多喜庆,

众　　　(唱)　难描难绘咱心情。

〔另一个社员扛椅子、拿茶杯上。

社员乙　(唱)　谁说山里无高产,

众　　　(唱)　亩产超过一千斤。

社员丙　(唱)　试验地果然夺高产,

　　　　　　　带动了大面积好收成。

队　长　小伙子们,会场布置好了没有?

社　员　布置好了,你看——

队　长　(观看横额)(念)"梨树亚大队庆丰大会",好!

翠　竹　(向刚林)刚林,你们的节目准备得咋样咧?

刚　林　没问题。

一社员　(望翠竹)翠竹姐,我还要增加一个哩!

社员丁　你增加个啥节目?

一社员　(从口袋里掏出一个小胡子往嘴上一别,学张老五)

　　　　你看罐罐梨,味道好,见了生人价钱高。

〔众笑,春桃追赶,众笑看,梅红上。

梅　红　(唱)　高举红旗大跃进,

　　　　　　　苞谷丰产喜人心。

　　　　　　　半年的辛勤结了果,

　　　　　　　亩产过了一千斤。

刚　林　(唱)　山区的奇迹人惊动,

　　　　　　　你们带头打先锋。

　　　　　　　战胜困难夺高产,

你三人可算咱队上的穆桂英。

给！这是公社给你们丰产试验组的奖状！

梅　红　（接看）给的荣誉太大了。

　　　　〔竹、春走上。

　　　　（唱）　永不骄傲争先进，

刚　林　（唱）　学习雷锋献丹心。

翠　竹
春　桃　（唱）　翠岭红梅齐开放，

　　　　　　　　山花朵朵向太阳。

众　　　（唱）　喜庆丰收人心爽，

　　　　　　　　科学实验放豪光。

　　　　〔支书、大伯、队长和社员们陆续上。

支　书　别闹了，别闹了，（问）会场布置好了吗？

社　员　布置好了。

支　书　好，（拿出苞谷棒）你们看这是试验地的苞谷，个儿最大，产量最高，今年丰产试验成功了，明年叫它带动大面积，全面推广她们的经验。

众　　　（哗然）好！

支　书　哎！今天开庆丰大会，你们文娱组"巧绣山花"的节目准备得咋样了？

社员甲　准备好了。

社　员　测量工人来了！

　　　　〔二工人携仪器上，众欢，老五提筐跑上。

老　五　闪开，闪开！

大　伯　老五，你——

老　五　欢迎工人吃梨，不要钱！

支　书　走！咱们开会去。

——剧　终

演出单位

西安尚友社

荷花池

傅祖浩　编剧

剧情简介

    该剧歌颂了上个世纪八十年代北方某农村以方月秀为代表的农村优秀党员干部大公无私、高风亮节的革命情操,鞭挞了以刘启才为代表的少数基层败类以权谋私、违法乱纪祸及群众的丑恶行径,给受害者李振东一家以极大的关注和同情。剧中有难分难解的家庭矛盾,有针锋相对的原则斗争,有水乳交融的阶级深情,也有啼血滴泪的悲惨事件……

场　目

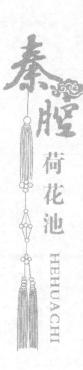

人 物 表

方月秀　女　公社书记

周忠厚　男　大队长,月秀的爱人

明 明　男　月秀的儿子

刘启才　男　县政府办公室主任,周忠厚的表妹夫

张翠花　女　刘启才的爱人,周忠厚的表妹

晓 琪　男　刘启才的儿子

晓 艳　女　刘启才的女儿

李振东　男　社员

胡素芳　女　李振东的妻子

老奶奶　女　李振东的母亲

春 兰　女　李振东的女儿

崔振邦　男　县政府办公室秘书

胡来喜　男　胡素芳的娘家弟弟

宝 宝　男　李振东的儿子

群众角色若干人

第一场　拒礼受礼

〔现代,秋。

〔某县城关公社荷花池大队。

〔远山依稀,蓝天白云,荷花盛开,垂柳多姿,莺歌燕舞,流水潺潺。

〔悠扬而欢快的音乐声中,春兰端个花瓷脸盆,里面放几件换洗的衣服,急步走上。

春　兰　（唱）　莺歌燕舞柳丝展,

秋高气爽八月天。

出水荷花正鲜艳,

春兰洗衣去河边。

心中常把晓琪念,

我二人同窗挚友情意绵。（蹲在一旁洗衣）

〔周忠厚夹个大花格子布包袱,里面包着一件二毛皮筒,匆匆走上。

周忠厚　（唱）　如今这风气太不正,

好人也学会行人情。

领了老婆月秀命,

原物退给李振东。

李振东老婆胡素芳,送来一件二毛皮筒,求我和月秀给她女儿春兰招工时帮忙。我不收,人家硬是要放到家里。想不到月秀回来一见,跟我闹得不得开交,说我吃黑食咧,爱占便宜咧,染上瞎毛病咧……咱给伢解释都解释不清。今个伢要进山搞责任制试点,走以前交待我一定给伢把皮筒子退回去。唉!这真是没吃羊肉落了一身膻。（欲下,忽见春兰）噫!振东女儿在这儿洗衣服,我看就让她捎回去吧。(叫)春兰!

春　兰　(回头)哦,忠厚叔,啥事啊?(边擦手边站起)

周忠厚　这儿有一件东西,捎回去交给你妈。

春　兰　(不解地)捎这干啥?

周忠厚　你只管捎回去给她就完事了。

春　兰　好。(接过皮筒)

周忠厚　(环视荷花池)春兰,你家盖房的事怎样了?

春　兰　听我爸说还缺几根檩条子。

周忠厚　你家的房也实在不行啦。快些把料备齐,到时候队
　　　　上给你安排劳力,今秋一定把房撑起来。看!荷花
　　　　池这一块庄基多好啊!

春　兰　(感激地)这都是你跟我月秀婶对我家的照顾嘛!

周忠厚　你们家老的老,小的小,困难多,这是应该的嘛!好,
　　　　你快洗衣服,我走啦。(走下)

　　　　〔春兰欲蹲下洗衣,晓琪扛锄走上。

晓　琪　春兰!

春　兰　(喜出望外)晓琪!

晓　琪　昨天晚上约好的,为啥不见你来?

春　兰　(羞涩地)昨天晚上给奶奶熬药,来不了。

晓　琪　我还当你另有约会啦。

春　兰　亏得你能想出来。

晓　琪　春兰,今秋招工咱一块招出去好吗?

春　兰　你是大主任的儿子,我这穷百姓,生就的当一辈子农民。

晓　琪　(不悦地)你……以后不许你再说大主任、小主任啦。

春　兰　好,不说啦,时候不早,你先走吧。

晓　琪　不,我要帮你一块洗衣服。

春　兰　那……让别人看见多不好意思。

晓　琪　光明正大的,怕啥哩!(说着二人肩并肩一起动手洗
　　　　衣服)

晓　琪　(唱)　一腔爱慕倾不尽,

春　兰　(唱)　难分难舍意中人。

晓　琪　（唱）　但愿咱比翼双飞同上进，

春　兰　（唱）　但愿咱并肩携手一条心。

　　　　〔宝宝背书包，蹦蹦跳跳地走上，发现晓琪、春兰窃窃
　　　　私语，异常亲近，好奇地。

宝　宝　我姐和晓琪哥在这儿……（一想。做个怪脸，顺手拣
　　　　起一块石头，"扑咚"投向水中）

　　　　〔春兰、晓琪二人一惊。

春　兰　（回头）啊！宝宝。（追打）你再淘气，再淘气！

宝　宝　姐姐，你给我逮的花鸟哩？我要花鸟！我要花鸟！

春　兰　再淘气就不给你逮了。

宝　宝　我不淘气了。你给我逮！你给我逮！

春　兰　好，你学乖，姐姐一定给你逮。快回家吧！

宝　宝　回家啰！（一溜风跑下）

　　　　〔春兰、晓琪相视一笑，收到衣物随下。

　　　　〔张翠花穿一身不土不洋的衣服走上。

张翠花　（唱）　娃他爸县人委里当领导，

　　　　　　　　人都叫刘主任水平很高。

　　　　　　　　常给人谈话作报告，

　　　　　　　　开大会坐头排胸膛上还戴个大红条条。

　　　　　　　　出外去汽车一坐把烟冒，

　　　　　　　　便宜货常往家里捎。

　　　　　　　　送上门的东西咱都要，

　　　　　　　　榆林毯、好衣料、缎被面，

　　　　　　　　不知收了有多少。

　　　　　　　　好烟好酒吃不了，

　　　　　　　　糖果点心大包套小包。

　　　　　　　　唉！到如今还有两宗事儿没办好，

　　　　　　　　大房未盖起，儿子在农村还没招。

　　　　　　　　盖房正把庄基找，

　　　　　　　　招工听说有指标。

　　　　　　　　但愿得早些能把心事了，

293

也不枉娃他爸当主任,半世苦操劳。

〔一阵车铃声响过,晓艳骑一辆崭新的自行车上。见是翠花急忙下车。

晓　艳　（迎上去）妈!你跑到这儿干啥来啦?

张翠花　妈给咱看盖房的庄基来啦。你看,荷花池这地方是一道河水三面绕,荷花一开景色好,杏林桃园满坡枣,空气新鲜没干扰。

晓　艳　哟!妈,你就像唱戏的背台词一样。

张翠花　伢你爸就是这一说么。娃呀,你爸还是有眼力。把房盖到这儿,真是神仙住的地方。

晓　艳　妈,如今咱一家都搬进县城啦,这剩下我哥一个人在队上劳动,多不美气。给我爸说,这次招工,一定把我哥招出来。

张翠花　傻娃些,只要招工,还能没你哥的份? 走,跟妈回。

〔二人正欲走下。胡素芳夹着周忠厚退回的那件用大花格子布包着的二毛皮筒,急急走上。

胡素芳　（紧追几步）他婶!他婶!

张翠花　（回头）哟,素芳!

胡素芳　他婶,今儿啥风把你吹到这儿来了?

张翠花　我是来看……（忙改口）噢,是吃咧饭没事,闲转到这儿啦。

胡素芳　（看着晓艳）哟,艳这个子又长了一节子,多有出息,如今在县中学上学哩吧?

晓　艳　嗯!

张翠花　这你到哪里去呀?

胡素芳　我……嘻嘻,就要到你家去呀,想不到在这儿碰上啦。

张翠花　找我有啥事啊?

胡素芳　（难以出口）其实也没啥。

晓　艳　妈,我先走啦。（推车走下）

胡素芳　他婶,听说今秋要招工,我想叫刘主任帮个忙,把咱女子……

张翠花　（信口地）素芳，我娃他爸成天给人办好事哩，咱都是乡里乡党的么，能成，能成。

胡素芳　（感动地）唉呀，他婶，这叫我咋样感谢你呀！

张翠花　谢啥哩！

胡素芳　（难为情地）他婶，这是给你和刘主任一点心意，甭嫌弃。（将皮筒塞到张翠花手里）

张翠花　（故作推让地）噫，噫，噫，这咋能行哩，都是熟人嘛，花这钱干啥哩。

胡素芳　没啥，没啥。（叮嘱地）他婶，那咻事就托给你啦，回去一定给刘主任说一声。

张翠花　你放心。（胡素芳走下，见胡走远，忙解开包袱，喜出望外地）呀，二毛子皮筒！

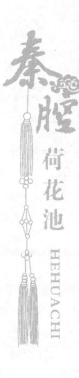

第二场　巧取豪夺

〔前场次日。

〔二幕外。

刘启才　（上唱）荷花池选庄基曾把心用，

　　　　　　　哪料想早已拨给李振东。

　　　　　　　他求我招工帮忙送皮筒，

　　　　　　　我何不借此把庄基弄手中。

崔振邦　（迎面走上）刘主任！

刘启才　哦，振邦！

崔振邦　木料砖瓦的事只要把林场、窑上咻俩师傅一请，你就甭操心啦。木料给正装货，砖瓦是特制的。

刘启才　好。

崔振邦　（从提包拿出一本开好的介绍信）刘主任，如今还需要开几个介绍信。

刘启才　上次不是开过了吗？

崔振邦　我想以县机关名义,稍微多搞上点,宽打窄用么。

刘启才　(迟疑地)这样合适吗?

崔振邦　好刘主任哩,咱又不是搞投机生意哩,怕啥?

刘启才　(拿出笔签字)好,抓紧办。

崔振邦　(满意地)没问题。

刘启才　木料、砖瓦没问题,可荷花池庄基……

崔振邦　(意外地)咋啦?

刘启才　听说早已拨给李振东啦。

崔振邦　这有啥,嫂子他表哥是大队长,表嫂是公社书记,一句话可就拨给咱咧么。

刘启才　为这事当干部的怎么好下命令。振邦! 能不能和李振东私下商量一下。昨天我娃他妈看了荷花池那一块地方,一下就迷住了,非要在那儿盖房不可。唉! 一个女人家,你拿她没办法。

崔振邦　刘主任,只要嫂子高兴,这事交给我,我马上就去找李振东。

刘启才　和人家好商量,行了行,不行了可不要勉强。

崔振邦　你放心,刘主任。

刘启才　好! (走下)

崔振邦　(唱)　只要他有求咱尽心办,

　　　　　　　奉迎讨好找靠山。

　　　　　　"十年动乱"咱造反,

　　　　　　今日要借着他扬眉吐气把身翻。(走下)

〔二幕开。

〔李振东家院子。低矮的破屋,不大的小院。侧墙已经倾斜。虽然非常简陋,却收拾得干干净净。院内丝瓜、扁豆的枝蔓盘错在一起,交相辉映。远处,依稀可见荷花池村景。

〔音乐声中,胡素芳在院子用砖头支起药锅,给病榻上的婆婆熬着中药。

胡素芳　(唱)　房子陈旧屋斜倾,

盖新房备料费折腾。

听说是今秋招工全家都高兴，

一件皮筒送人情。

方书记原物退回叫人好懵懂，

主任家肯收礼满口应承。

但愿得一片苦心没白用，

盼女儿早招工了事一宗。（拿碗倒药）

〔宝宝背书包悄声走上，在素芳身后大声一喊，素芳
一个趔趄。

胡素芳　崽娃子，把妈吓了一跳。（爱抚地看着宝宝，端
碗进屋）

〔幕后传出鸡下蛋的呱呱叫声。

〔宝宝放下书包去收鸡蛋。

〔胡素芳从屋内出。

宝　宝　（拿鸡蛋上）妈，鸡下蛋啦。

胡素芳　给咱攒上，卖了给你奶抓药。

宝　宝　嗯。

胡素芳　宝，见你姐来没？

宝　宝　（神秘地）妈，给你说个悄悄话。（向胡耳语）

胡素芳　（吃惊地）真的？

宝　宝　谁骗你哩。

胡素芳　宝，我娃出去可甭胡说。

宝　宝　（天真地）知道。（跑进屋里）

〔春兰走上。

春　兰　妈！

胡素芳　回来咧？

春　兰　哎。

胡素芳　（深情地）兰子，来，坐下，妈给你说几句话。

〔春兰顺从地坐在胡素芳跟前。

胡素芳　兰子，给妈说，你跟晓琪是不是好上啦？

春　兰　（不好意思地）妈，你……

胡素芳	晓琪是个好娃,可咱高攀不起。
春 兰	(矢口否认地)妈,你准是听宝宝胡说哩,我俩啥也没有。
胡素芳	妈是提醒你,怕半路上把我娃闪了。

〔李振东门外声:"春兰! 春兰!"

春 兰	(应声)来啦!(跑下)

〔有顷,李振东与春兰抬一根粗壮的檀条放在院子。

胡素芳	他爹,把匠人请了没有?
李振东	(兴奋地)请咧,娃他妈,不过两月,叫你要住上新房哩。
	(唱) 日思谋,夜划算,
	眼看着材料备齐全。
	虽然是费尽折腾腿跑断,
	心里却像是蜜糖甜。
	娃他妈! 这几年咱家生活有好转,
	能盖新房不简单。
	三日内破土动工莫迟缓,
	到时候红红火火,热热闹闹 ,放串鞭炮,大家都喜欢。
胡素芳	(高兴地)放、放,十串八串你尽管放。咱一辈子就盖这一回房,还不叫人高兴高兴。他爹,你先歇一会儿,我给你拾掇饭。今是葱花油馅红豆饭,油烧茄子炒鸡蛋。
李振东	咦,我的妈呀,咋这么好的饭?
胡素芳	你今有功么!

〔崔振邦走上。

崔振邦	(高喉咙大嗓子地)老李,忙啥哩?
李振东	噢,崔秘书来啦。
胡素芳	快坐,快坐。(搬凳子让坐)春兰,给崔秘书倒水。
春 兰	哎!(给崔倒水)
崔振邦	(看着春兰)老李,这是你的……
李振东	大女子。

崔振邦　唉呀,长的这么排场。(向春兰瞟过一眼)

〔春兰不好意思地走下。

崔振邦　(发现檩条)老李,这檩条子……

李振东　刚从老丈人家借的。(指房)看,房不行咧,想在荷花池另盖几间。崔秘书,你今来有啥事吗?

崔振邦　老李!

(唱)　有人想盖几间房,

托我找你来帮忙。

荷花池庄基可愿让?

还望你顾全大局赏个光。

李振东　让庄基? 崔秘书!

(唱)　明知我备料等盖房,

提出来让庄基你欠思量。

怎能不替别人想,

这个忙实是没法帮。

胡素芳　崔秘书! 你说这人是谁呀?

崔振邦　(唱)　这个人不姓张来不姓王,

刘启才大名响当当。

李、胡　(吃惊地)刘主任?

崔振邦　对,刘主任。老李啊,刘主任是县上的领导,又是个老同志,既然已经把话说出口了,我看……

李振东　(反感地)不行,满说个刘主任,就是刘县长,刘专员也不行。

胡素芳　(禁阻地)他爹,你……说话也趁摸着。

崔振邦　老李,刘主任能让我来和你商量,就是看得起你。你想想,凭人家这一级干部,县上要是作个决定……

〔老奶奶拄着拐杖,吃力地从内室走出。

老奶奶　你说的刘主任,可是当年领着闹土改的刘队长?

崔振邦　对,婶子! 刘主任不光闹过土改,还打过游击,当年提上头闹过革命的。

老奶奶　(气愤地)哼! 他如今官坐大咧,钱挣多咧。还想拿

秦腔
荷花池
HEHUACHI

大肚子扛人哩！秘书,你回去给他捎个话,就说我老婆子说,有劳他的大驾,抽空来看看我这烂房还能住不能住。

胡素芳　妈,你有病,快进屋歇着吧。

老奶奶　当干部也不能这么占势么。

〔胡扶老奶奶进屋。

崔振邦　老李,婶子老糊涂了,说几句气话没啥。你可得把这事掂量掂量啊。

李振东　(没好气地)有啥掂量的,一句话——不让。

胡素芳　(埋怨地)他爹！你……(向崔)崔秘书,我娃他爹就是咻脾气,你可千万甭在意。庄基的事,让我们再商量一下。

李振东　(阻止地)素芳,有啥商量的!

胡素芳　你甭管。崔秘书,你先回去,毕了给见个话。

崔振邦　我是受人之托,其实倒为我的啥来。你们商量,能让了让,不能让也甭勉强。不过……人常说:不走的路也走三回哩,何况……好,我走啦!(走下)

胡素芳　(走向李,欲解释)他爹！

李振东　(抱怨地)哼！月秀把皮筒子退回来,我说算了算了,伢你还不行,说这庙里神不灵,再给那个庙烧香,硬要把皮筒子送给刘启才。这一下嬲么,蚂蚱拴到鳖腿上咧!

(唱)　为盖房几年来日思夜想,
　　　　勤作务省吃用苦苦奔忙。
　　　　好容易料备齐心中欢畅,
　　　　实难得荷花池那块地方。
　　　　想不到挨了这一闷杠,
　　　　让庄基就如同挖肚掏肠。
　　　　都怪你爱求人反把祸闯,
　　　　拿砖钱行人情实在荒唐。
　　　　看一看这旧房成了啥样,

再不盖拖到啥时光。

荷花池庄基不能让，

哪怕他招工不肯给帮忙。

我马上借钱拉砖去盖房。（欲走）

胡素芳　（上前急挡）他爹！

（接唱）这事咱再思再想再商量。

李振东　（坚决地）不行，今这事不能依着你。（厉声喝斥）你闪开！

胡素芳　（忍着最大的委屈，乞求他）他爹！咱过活了半辈子，啥事都是依着你的性子，再委屈再难过我都能受得了，可今日这事，你能听我说上几句话吗？

（唱）　未开言不由我心如刀创，

怎忍心挡你路把你心伤。

度日月你起早贪黑，受苦受累，终朝每日把热汗淌，

为盖房你省吃俭用，跑前忙后，东拉西借好恓惶。

咱走过的路儿我没忘，

这眼前的事儿我在心上。

为求人我也曾左思右想，

不送礼怕人家不肯帮忙。

要送礼手头紧又得拉账，

买皮筒用砖钱实是无方。

唯恐怕耽搁了咱家盖房，

又恐怕你知道大闹一场。

咱一家都想着早住新房，

谁不知这旧房千孔百疮。

想不到刘主任要咱把庄基让，

我何尝不知这苦果难尝。

咱求人就得要能忍能让，

为招工吃些亏也是应当。

如今这办事情不同以往，

怎能够不拐弯撞倒南墙。

你不为我想为娃想，

咱女子当个工人多气长。

你今日就是打我骂我胡素芳，

也不能把好事叫你弄僵。

他爹！只要咱咬牙忍痛把庄基让，

刘主任铁石心也会帮忙。

李振东　这……

（背唱）她掏心的话儿对我讲，

字字句句刺心上。

我虽是一门心思要盖房，

遇上这拿人事好不难缠。

心里的难过给谁讲，

只能是自作自受自心伤。

我有心把庄基扛住不让，

明知道要坏事要帮倒忙。

我有心让出去打个烂账，

这旧房再住上叫人心慌。

我为何命儿苦多有魔障，

难道说没福气住上新房？

（内心矛盾，苦苦思索）

〔音乐起。

胡素芳　（走上前去）他爹！（李振东不言不语，转过身去。耐着性子，转身向前）他爹！招工这事，可是过了这个村，就没那个店了。人家刘主任能叫咱让，就是想给咱帮忙哩，你咋连这交都翻不开些？春兰娃一招工好处多着哩。再说……

李振东　（痛苦地截住话）素芳，甭说咧！

胡素芳　（看着李振东难以捉摸的神情，不知如何是好地）他爹！

第三场　针锋相对

〔前场半月后。

〔二幕外。

〔胡来喜穿一身劳动布工作服、戴一顶柳编帽走上。

胡来喜　（唱）　胡来喜公社林场管发料，

这差事又粗又笨长年累月钻在这山旮旯。

自从那崔秘书来到林场搞木料，

他对我关心备至送烟送酒请吃请喝很挚交。

他提出把我的工作往县上调，

合同工转正式一步登高。

因此上想法给多付料，

讨心欢为调动修路搭桥。

〔幕后传来拖拉机的轰鸣声。

胡来喜　（向内）喂！小张（拖拉机手）。

拖拉机手　（挥汗走上）胡师傅！

胡来喜　咋个向？水加好。油添饱。马上动身。

拖拉机手　柿子沟？

胡来喜　对，柿子沟。

拖拉机手　好，上车。

〔二人欲走。方月秀迎面走上。

方月秀　同志。你们是……

拖拉机手　红光二队的。（认出）你是方书记。啥时候进山来的？

方月秀　半个多月啦。（向胡）这位是……

拖拉机手　林场的胡师傅。

胡来喜　（自我介绍地）胡来喜。

方月秀　听说过。你是春兰她舅。

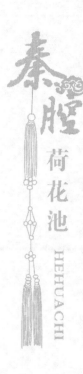

胡来喜　是的。

拖拉机手　方书记回公社吗？

方月秀　回公社。想搭你们的顺车。

拖拉机手　唉呀……车到柿子沟卸了木料，才回到公社。

胡来喜　（忙掩饰地）不不不，小张！这木料是往县上送的。

方月秀　（疑心地）噢！县上？

胡来喜　是县上。

方月秀　（向后指）拖斗上这些檩条是给哪里的？

胡来喜　刘主任盖房。顺便给捎了点。

拖拉机手　方书记。你看，端溜溜的正装货。按劈柴算的价。
　　　　　把便宜占美咧。

胡来喜　领导同志，应该照顾嘛。

方月秀　（一想）来喜，把车调过头。咱们到林场办公室去一
　　　　　趟好吗？

胡来喜　（不安地）这……

拖拉机手　胡师傅，去一趟就去一趟嘛。

胡来喜　（无奈）好吧。

　　　　〔三人走下。

　　　　〔拖拉机轰鸣声又起。

　　　　〔二幕开。

　　　　〔刘启才盖房工地。一眼望不透的荷花池，青翠碧
　　　　绿，荷花争艳。一条小河，三面环绕，景色分外迷人。
　　　　近处，可见特制砖砌起来半人多高的红墙和赶制的
　　　　门窗。横陈的杂物。

　　　　〔在汽车、拖拉机等机械一片混杂的轰隆声中幕启。

　　　　〔崔振邦戴着墨镜。手拿施工图和皮尺，摇头晃脑，
　　　　指指拨拨，前后忙碌。

崔振邦　（向内，大声地）好，好，就卸在那儿。狗娃子，这一
　　　　　车砖卸完，马上就拉沙子、水泥。

　　　　〔内应"没麻达。"

崔振邦　（看着工地、得意地唱）

荷花池,荷花映,

荷花池边盖新房。

还是咱主任的牌子亮,

吆喝一声震四方。

李振东把庄基让,

各路人马来帮忙。

拖拉机汽车隆隆响,

拉砖运瓦好排场。

这几日得空进山去林场,

假借名义倒腾木料几千块票子腰里装。

胡来喜小伙肯帮忙,

咱给他来个先施诱饵再把鱼网张。

有道是"人为财死,鸟为食亡",

(唱) 有了钱办起啥事都便当。

〔社员狗娃子与拖拉机手上。

狗娃子 崔秘书,进山拉檩条的人,空手回来咧。

崔振邦 (意外地)咋咧?

狗娃子 山口上碰见公社方书记。她说不合手续,扣住咧。

崔振邦 (吃惊)啊! (向拖拉机手)小张,柿子沟那一车料拉
走了没?

拖拉机手 (按方月秀教的话说给)拉,拉走咧。

崔振邦 (稍放了一点心)哼! 好个方书记,连一点面子都不
给。(向拖拉机手)小张,你先回去,以后用车随叫
随到。(拖拉机手不悦地走下)狗娃子,工地等着用
檩条,我知道李振东家有。你给咱跑一趟。

狗娃子 (面有难色)唉呀,咿是个睁眼不认人,恐怕……

崔振邦 狗娃子。这房可是给刘主任盖哩,能帮上忙就帮,到
时候有你娃的好处哩。

狗娃子 (一想)好! 给刘主任办事。咱 是铆上劲哩。

〔狗娃子走下。崔振邦正欲去施工现场。刘启才提
着个鼓囊囊的帆布包走上。

刘启才　（叫住）振邦！

崔振邦　噢，刘主任。

刘启才　进度怎么样？

崔振邦　刘主任，你看。进度不慢。

刘启才　有什么问题吗？

崔振邦　刚才出了点小破绽。

刘启才　什么破绽？

崔振邦　拉檩条有人刁难。

刘启才　哪个刁难。

崔振邦　方月秀坚持原则，不讲情面。

刘启才　啊！她？

崔振邦　因此上一车檩条，扣在深山。

刘启才　哼！振邦。工地等料，怎么办？

崔振邦　我已派人另行筹办，刘主任莫把心担。

刘启才　好，工程不能怠慢，尽量抓紧时间。（从提包拿出烟酒）这几斤烧酒、几条烟，你拿去给大伙一散。提提精神，讨个心欢。

崔振邦　（接过烟酒）这事我办。

刘启才　好，我去看看。

〔二人走向施工现场。

〔音乐声中，方月秀心事重重地上。

方月秀　（唱）　穿荷塘踏小径急把路赶，

　　　　　　　风瑟瑟秋意浓天低云寒。

　　　　　　　刘启才夺庄基强把房建，

　　　　　　　拉檩条坑国家不择手段。

　　　　　　　崔振邦搞木料露出破绽，

　　　　　　　看得出和来喜定有牵连。

　　　　　　　柿子沟是一个重要疑点，

　　　　　　　一定要问究竟追根寻源。

　　　　　　　步匆匆来到了荷花池畔，

　　　　　　　举目望工地上气派不凡。

大车装小车拉喧声一片，

红砖墙崛地起好不俨然。

见此情心酸楚感慨无限，

方月秀顿时间怒火满填。

〔幕后传来吵嚷声、叫骂声。

〔李振东内唱：

　　　　阵阵怒火心上涌。

〔狗娃子和另外两名青年社员抬着几根檩条。气冲
冲走上。李振东抓住檩条一端,死死不放。

李振东　　（接唱）强拉木料太绝情，

　　　　明知檩条撑房用。

　　　　为何无理把人坑?

　　　　你们简直没人性。

　　　　苦苦哀求说不通，

　　　　快把檩条还给我。

　　　　不还檩条（我）不答应，

　　　　今日豁出一条命。

〔李振东抓住檩条往回拉转,狗娃子等趁机推来搡
去。李振东终于被甩倒在地。

李振东　　（挣扎站起,挽起袖子）我和你们拼了!（扑上去抓住狗
娃衣领）

狗娃子　　（一手挡过,狠狠一拳）你个不识抬举的东西!

李振东　　（一个趔趄,无限痛楚地）天哪! 这还有没有理呀?

〔狗娃子举起拳头,挥来舞去。

方月秀　　（厉声地）慢着!

　　　　（接唱）因何打闹两相争?

李振东　　方书记! 刘主任盖房,借几根檩条这不算个啥。可
他们把撑山墙的两根檩子也硬下手弄来了。这……
这不是要人的命吗?（撩起衣襟擦泪）

方月秀　　不经同意,硬拿别人东西这是干什么? 快给人家还
回去。

狗娃子	不行啊！我给崔秘书咋交待。
	〔崔振邦闻声走上。
崔振邦	噢！方书记在这儿。
狗娃子	崔秘书！
崔振邦	方书记不了解情况。你们快抬过去，那边等着用料。
	〔狗娃子等抬起欲走。刘启才暗上。
方月秀	（按住檩条）慢！
崔振邦	方书记，这是给刘主任盖房，又不是给别人。
刘启才	（截住）对！就因为给我盖房，才不能这么干。
李振东	刘主任，你不要误会。
刘启才	不说啦。振邦，哪里拿来，还到哪里。
崔振邦	（示意）狗娃子。
狗娃子	（向另外两社员无趣地）走，抬回。
	〔抬檩条下。李振东跟下。
	〔崔振邦有意回避，走下。
	〔场上只留下方月秀、刘启才。
	〔静场片刻，音乐骤起。
二　人	（旁唱）胸中犹如波涛起。
	强按怒火把话提。
刘启才	表嫂！
	（唱）　你诚心和我过不去，
方月秀	启才
	（唱）　我一片好心你莫屈。
刘启才	（唱）　有件事儿要问你。
	檩条子可是你扣的？
方月秀	（唱）　搞木料凭关系不合手续，
	咱怎能坑国家贪图便宜。
刘启才	（唱）　工地上急等用料火燃眉。
	借几根檩条为何也不依？
方月秀	（唱）　李振东撑房用不愿借你，
	怎能够损别人只顾自己。

刘启才	（唱）	想一想你和我是何关系？
		怎能够处处刁难，不讲情义把人欺。
方月秀	（唱）	正因为咱们是亲戚关系，
		才需要以诚相见，直来直去论是非。
		启才！荷花池这庄基没有拨你，
		巧霸占强建房是何道理？
刘启才	（唱）	一非抢二非夺两家商议，
		这庄基是人家自愿让的。
方月秀	（唱）	李振东人口多住房拥挤是，
		你可知屋倾斜危在旦夕？
刘启才	（唱）	别人事你何须劳心过余。
方月秀	（唱）	出此言你算是哪个阶级？

刘启才 表嫂！不要激动嘛。我看你受绝对平均主义思想影响太严重啦。司令部住一间大一点的房子，也要骂起来，首长骑个马，也不服气，这能行吗？

方月秀 你不要拿绝对平均主义掩饰自己的错误，你这是利用职权搞特殊化。前两年你把翠花和晓艳的户口转到县城，在群众中就造成很坏的影响。今天你又侵占人家的庄基，这合适吗？

刘启才 我的资历、贡献。这……

方月秀 包袱太重，是会把人压垮的。还有，你对崔振邦这个人，为啥那么相信？

刘启才 他听党的话……

方月秀 （截住）不！他不是听党的话，而是听你的话。我怀疑他利用你。在木料上搞鬼。

刘启才 同志，不要草木皆兵嘛！

方月秀 你要警惕，小心上当受骗。

刘启才 （有些愠怒）表嫂！看得出你今天有意冲着我来的，我劝你不要搞得太过份了，不要伤了咱们的和气。

方月秀 启才，光喜欢听恭维奉承的话可不行啊！

刘启才 （反感地）哼！太放肆啦！（欲走）

方月秀 （叫住）启才！

刘启才 （止步回头）同志，你是公社书记，我是县人委办公室主任，你无权指责我！

方月秀 （动怒地）你的错误批评不得吗？你如果继续坚持，我这还要向纪委反映。

刘启才 （暴跳如雷地）反映吧。地区、省上、中央。随你的便！（拂袖而下）

方月秀 （心情无比沉重，凝视着刘远去的身影，自语）这……难道是一个共产党员应有的作风吗？

第四场　先人后己

〔前场数日后。

〔二幕外。

周忠厚 （上唱）今年招工卡得紧，
　　　　　　全队只把一名分。
　　　　　　人多粥少有矛盾，
　　　　　　弄不好难免得罪人。
　　　　　　今晚队干要讨论，
　　　　　　交给大家定乾坤。（欲下）

狗娃子 （急急追上）忠厚叔！忠厚叔！

周忠厚 （回头）哦！狗娃子。啥事啊？

狗娃子 （满脸堆笑地）嘿嘿。忠厚叔！（掏出宝成烟）来，先吃娃个红宝成。

周忠厚 我把烟都戒咧。快说，你是啥事吗？

狗娃子 （点着烟边抽）叔也！听说要招工咧？

周忠厚 对着哩。你是啥意思？

狗娃子 娃今年都快三十的人咧，还没拾掇下个媳妇。前两天我三爷在常家湾说了个常翠翠，人长的又白净，又漂亮,就是嫌咱没穿四个兜儿。只要这一回招工能招出去……

周忠厚 狗娃子,你想招工娶媳妇,得先把瞎毛病改一改,年轻人生冷噌倔、斜门歪道可不成。

狗娃子 娃如今正改着哩么。

周忠厚 好,你抓紧改,改好了就推荐你招工。(边说边走下)

狗娃子 (急叫)忠厚叔!忠厚叔!(跟下)

〔二幕开。

〔方月秀家。一个窄小而简陋的里外间房子。室内摆着几件旧式家具。墙上贴着周总理延安时代纺线线的宣传画。透过窗户,可见荷花池村景。

〔音乐声中,方月秀在灯下聚精会神地看着一封封群众来信。

明　明 (轻手轻脚地走上)妈!

方月秀 噢,我娃回来啦。

明　明 妈! 你还不休息,进了一趟山都累瘦了。

方月秀 没关系,妈能吃能喝的,怕啥。

明　明 我爸还没来?

方月秀 你爸开会去啦。

明　明 妈,听说招工给咱队只分了一个名额。为啥不多分几个?

方月秀 给咱多分,别的咋办?

明　明 你是公社书记,就不能……

方月秀 好娃哩,妈就有那么大的权?

明　明 (不悦地)我都二十五六的人啦,总不能在队上这窑场烧一辈子砖么。

方月秀 烧一辈子砖还是好的,有人还挖一辈子煤哩。明,妈让你打问窑场的事,有啥情况没有?

明　明 我爸……我爸不让给你说。

方月秀 咋咧?

明　明 他怕你生气,又怕你跟我姑父闹火。

秦腔
荷花池
HEHUACHI

方月秀　这个老头子,真是,快说有啥情况?

明　明　我姑父给自己特别制砖瓦,以好算差、揩集体的油。有人反映崔振邦,把两窑砖拉到他家里,一分钱都没付,群众意见大得很。

方月秀　(生气地)太不像话啦!

明　明　妈,天不早啦,睡觉吧。

方月秀　你先睡,妈还要写个东西。

〔明明进内室。

〔方月秀走至桌前,铺开纸,写东西。

〔周忠厚兴致勃勃上。

周忠厚　(唱)　只说是一个指标事难办。

　　　　　　　　想不到三锤两梆子定了弦。

(进屋,发现月秀写东西。蹑手蹑脚地拿一件外衣轻轻给月秀披上)

方月秀　(发现,转身)忠厚,会开完啦?

周忠厚　完啦,你还不睡?

方月秀　等你着哩。

周忠厚　唉呀,还是娃他妈对咱忠实。

方月秀　(弦外有音地)咱对人忠实,人对咱可不忠实么。

周忠厚　(不解地)咦! 这是啥意思?

方月秀　啥意思? 把你娃一问就知道啦。

周忠厚　(一想,旁白)唉,可叫伢逮住咧,(向方)月秀,启才咃事,千万要捏严,到时候,咱去把他俩口美美拾撮一顿。

方月秀　你就会和稀泥。启才的事,我已经向纪委反映啦。郑书记说他们要过问这事。

周忠厚　(埋怨地)月秀,你咋能这么干?

方月秀　咋咧,反映了你表妹夫,心疼了? (顺手抽出一封信)你看这是窑场有人写给公社的。信上说他们明敲暗榨,和国民党没有多少区别,影响极坏啊!

周忠厚　(感到了问题的严重)唉! 启才也太……

方月秀 拨给李振东的庄基,我进了一趟山。咋到启才手里咧?

周忠厚 这是周瑜打黄盖,人家两家商量自愿让的。

方月秀 哼!自愿让的。要是荷花池庄基原先拨给刘启才,李振东想要,刘启才能让给他吗?

周忠厚 (语塞)这……

方月秀 李振东为啥自愿让庄基。如今还说不清。

周忠厚 是啊!这里头到底有啥掏扯?

方月秀 你是一队之长,振东的庄基叫人弄去咧,他家盖房咋办?

周忠厚 这事我和队干商量过啦。马上给振东另划庄基。

方月秀 这事先说到这儿。快说说,今晚上会开的咋个向?

周忠厚 (眉飞色舞地)娃他妈,会开的嫽得太呀!

　　　　(唱)　　招工的事儿最麻烦,

　　　　　　　　经常是你争我抢闹翻天。

　　　　　　　　想不到这回像闪电,

　　　　　　　　一次会上定弦。

方月秀 定的谁?

周忠厚 (接唱)娃他妈,你来看。

　　　　　　　　揭开碗碗大家观。(拿出一份招工表)

方月秀 (意外地)招工表!把明明推荐上咧?

周忠厚 咋,把咱娃推荐上你不高兴?

方月秀 (不知如何是好地)高兴,高兴。打上灯笼都寻不到的好事,我能不高兴?

周忠厚 毕了让娃把表一填。听说这回粮油店、县医院、新华书店、电影站都有指标哩。

方月秀 忠厚,你说会上定得这么快,我咋有点不信。

周忠厚 这又不是一个人说了算的事,我能哄你?

方月秀 那为啥同意咱娃?

周忠厚 不说娃的表现,光凭你调到公社这几年做的工作,他谁能不服吗?咋样还不照顾照顾。

方月秀 大家同意,你也同意?

秦腔
荷花池
HEHUACHI

313

周忠厚　好月秀哩,招工这事,不争不抢就是好的。既然大伙
　　　　同意了,咱有啥不同意的呢。

方月秀　是这样……

　　　　（旁唱）按理说娃被推荐我高兴,
　　　　　　　　却为何心中反把愁云生。

周忠厚　（旁唱）她为啥忽然间态度变冷,
　　　　　　　　转过身低下头默不作声。

方月秀　（旁唱）喜中愁愁中喜好不平静。

周忠厚　（旁唱）莫不是咱又戳下啥窟窿?
　　　　（向方）月秀,你说得兴兴的,咋不言传咧?

方月秀　我是在想,这名额咱该不该要。

周忠厚　（意外地）啊! 你说啥? 大家同意的,会上通过的,
　　　　咱为啥不要?

方月秀　忠厚,你不觉得这主要是咱们手里有权,才把咱娃推
　　　　荐上的吗?

周忠厚　如今生米做成熟饭咧,想那么多干啥? 二话不说——
　　　　填表。

方月秀　我想这指标能不能让大家再讨论一下?

周忠厚　决定了的事,还有啥讨论的?

方月秀　不光讨论,还要表明咱的态度,把指标让给别人。

周忠厚　（被触怒）你说啥? 让指标? 月秀啊! 你是疯了?
　　　　还是傻了? 你,你说话不害腰疼! 你知道娃这两天
　　　　拿的啥劲吗? 他要知道把他推荐上,咱又让出去,还
　　　　不闹翻了天!
　　　　（唱）　听说是让指标火冒三丈,
　　　　　　　　亏得你想出这瞎瞎主张。
　　　　　　　　难道你不为娃前途着想,
　　　　　　　　难道你竟是那铁石心肠。
　　　　　　　　怎忍心叫咱娃干一辈子砖瓦厂,
　　　　　　　　怎忍心叫明明今生永世把农民当。
　　　　　　　　工和农分明是大不一样,

你看看工人吃的啥饭穿的啥衣裳。

当工人找爱人也好对象,

当农民娶媳妇实在难缠。

让指标万不能你就甭想,

我今日豁出来和你高场。

(不冷静地)月秀,今儿这指标不让,咱好说好道,若还执意要让,可不要怪我周忠厚对你不客气!

方月秀 (半开玩笑地)我让咧,你把我还吃了呀!(夺过招工表欲走)

周忠厚 (急了)你给我回来!(一把拉回,将方推了个趔趄)方月秀!你在公社是书记,在家里就是我老婆,在公社我听你的,在家里你就得听我的。今这指标就是让不成!

方月秀 (气地)好啊!为了招工,你像疯了一样。啥都不顾咧,你不嫌难受,你太自私咧!

周忠厚 (委屈地)我……我自私……我倒为谁来吗?都是我的不对,我知道,我觉悟低,配不上你,从今日起,我离开这个家。咱各走各的路,免得给你丢脸!(拿起衣服,跨步欲走)

方月秀 (呼地一下。走过去。堵住门)他爹,你……(禁不住淌下热泪)

周忠厚 (难过地)唉!(蹲在一旁,用手擦眼泪)

〔静场,音乐起。

方月秀 (旁唱)都怪我不冷静出言不当,

委屈了他的心把他刺伤。

娃他爸都说的真实情况,

刹时间倒叫我意乱心慌。

这指标到底让不让?

我也是七上八下无主张。

不让心里头不舒畅,

要让得跟他好商量。

315

忠厚！我何尝不把招工想，
谁不想让娃把工人当。
谁不知工人农民不一样，
谁不知农民娃娶个媳妇也难缠。
凡事都要来回想，
看自己想别人比比短长。
咱队上有的是青年榜样，
我看伢春兰就比咱娃强。
她奶常在病床躺，
花销大负担重生活紧张。
为什么不把人家想一想，
唯独把明明推荐上。
难道说咱比人高一头来大一膀，
无非是咱俩都把干部当。
咱不能别人掐哄把姓忘，
更不能以权谋私叫人论短长。
你和我在农村土生土长，
半辈子穷过活情深谊长。
为什么明明就一定要远走高飞进工厂？
为什么咱的娃就不能再把农民当？
人人都像这样想，
谁务棉花谁种粮？
谁都不干砖瓦厂，
拿什么建厦盖大房？

〔音乐声中，明明忧心忡忡地从内室走出。

方月秀 （关切地）明，你还没睡着？

明　明 （欲言又止，赌气地）唉！（一抹眼泪跑下）

周忠厚 （瞅方一眼，急叫）明明，明明！（追下）

〔急促的音乐骤起，方月秀紧走几步，复又追回。她，先是举目凝望忠厚父子走去的方向，接着又低头痴痴地看着那张招工表，心潮起伏，思绪万千……

第五场　挖空心思

〔前场数日后。

〔二幕外。

胡来喜　（上唱）木料事弄得我心慌意恐，

方书记崔秘书都不放松，

咋想不敢露真情。

崔振邦　（上接唱）

定要捂住这窟窿。来喜！

胡来喜　（一惊）啊！崔秘书，你又来啦？

崔振邦　咋，害怕咧？小伙子真没彩，像你这架势还干大事呀？（凑近）姓方的这几天再找你来没有？

胡来喜　找来。

崔振邦　你给她都说了些啥？

胡来喜　啥也没说。

崔振邦　对，啥也不能说。你想想，多付料的事要说出去，不要说你转正呀，调工作呀，说不定能把你转到没风处去。柿子沟的事，你要露一句，我叫你娃也洗不清。

胡来喜　（吃惊）啊！

崔振邦　不要怕么，我姓崔的亏待不了你。（说着拿出钱）来，这是一百元，先拿上零花去。

胡来喜　（急躲）我不要，我不要！

崔振邦　这小伙子，钱还扎手呢吗？（硬塞给）放心，咱的后台硬着哩，过几天，给刘主任一句话，你就去县林业局报到。

胡来喜　（惶惑地）这……

崔振邦　（举目望）有人来了，我走啦。

〔二人分下。

〔二幕开。

〔刘启才县人委住地。一明两暗的房子,室内摆着一套耀眼的新家具——立柜、沙发、台灯、电扇,还有新添的电视机。

崔振邦 (门外)刘主任,刘主任!

〔刘启才攥着一把正打的扑克从内室走出。晓艳也攥着一把扑克跟上。

刘启才 噢,振邦!

崔振邦 晓艳,叔今儿给你带了个好东西。(说着从提兜拿出一台录音机,随手打开,播出香港音乐)

晓 艳 (欣喜地)啊,录音机!

崔振邦 收录两用,四个喇叭,学外语,听音乐,都少不了。

晓 艳 (撒娇地)爸,我要,我要!

崔振邦 这女子,就是专门给你拿来的嘛。

晓 艳 (几乎跳起来)太好啦! 太好啦!

刘启才 振邦,你真会赶时髦,多少钱?

崔振邦 钱嘛,我还没给人家哩,到时候再说。(晓艳拿录音机进内室)刘主任,荷花池的房,马上竣工。真是宽敞、漂亮、大方。谁看了都眼红哩。

刘启才 房盖成啦,可纪委批评了我。关书记还要我写出检查。

崔振邦 小题大做,芝麻大个事,在你这一级干部身上倒算个啥吗!

刘启才 听预报这两天有雨,一定赶下雨前把家搬了,免得……

崔振邦 没麻达,县运输公司的车我都靠好啦,到时候得几辆来几辆。

刘启才 振邦,有人反映你弄木料有些啥情况,你得注意一下。

崔振邦 (一震,立即又恢复常态)刘主任,你不要听某些人胡说,人家对你有了成见,自然看着我也就不顺眼么。

〔张翠花幕后声:"启才!启才!"

刘启才 （向崔）唉呀!当家的回来咧。

〔张翠花提一吊子大肉,挎一篮青菜气冲冲走上。

崔振邦 （讨好地）嫂子,今是啥喜事吗?菜呀、肉呀都买来了?

张翠花 喜个辣子,想哭都没眼泪。（将肉、菜重重地往桌上一撂,二郎担山坐在椅子上）唉——嘘。

刘启才 （意外地）咦,这是招了啥祸咧?

张翠花 （没好气地）招了你的祸咧!

（唱） 买毕菜,回家转,

招工办的贾主任拉我到墙角把话谈。

他言说晓琪招工生了变,

名额太少有麻烦,

我一听就像吃了蝇子光想反,

又好像头上挨了一闷砖。

（向刘,埋怨地）你呀,自己没本事还拿得稳的很,这一下嫽么,把娃凉凉搁到干滩上咧。

刘启才 （忍不住地）这个老贾,太不够朋友啦。

张翠花 启才,像你这软腄,招祸的日子还在后头呢。这一回你要把娃招不出来,我就把命给你贴上啦。

刘启才 （有些不耐烦地）你……

张翠花 我咋?自己没能耐怪婆娘的啥哩?

刘启才 振邦,队上那一个指标落实得咋样?

崔振邦 队上把振东的女子招上啦。

二　人 （意外地）啊!

崔振邦 听说还没费啥劲。

张翠花 哼!他个平民百姓,凭的啥吗?我看,不知道给月秀塞了多少东西。

刘启才 （禁阻地）翠花,你胡说啥哩!

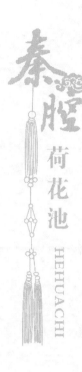

秦腔
荷花池
HEHUACHI

崔振邦　（神秘地）嫂子,还有个情况哩,咱晓琪跟春兰好上啦。

二　人　（吃惊地）啊!

崔振邦　听说俩人还热火得很。

刘启才　这……这不是胡闹吗?

张翠花　哼! 他姓李的跟我攀的哪一门子亲吗?

刘启才　是吗。刘主任伸出个指头,比他的腰还粗哩。

张翠花　启才,你让我把他叫回来,他再要和咿女子拉拉扯扯,从今往后,就甭进我的门。（欲走）

刘启才　（叫住）翠花!

张翠花　咋,工没招上,娃还不能叫咧?

刘启才　我问你,你叫回来,打一顿,骂一顿,俩人就断啦?

张翠花　那你说咋办?

刘启才　（思索有顷,忽然有了主意,自言自语地）上次贾主任说他们招工办人手不够,想在县机关抽人帮忙……（用手指敲着桌子）

崔振邦　（心领神会地）刘主任,你看能不能给你搬完家,让我去招工办?

张翠花　（不解地）谁吃咿没盐的饭咧,给他姓贾的帮忙哩。哼! 可惜我一条榆林毯咧。

刘启才　（白了一眼）翠花!

张翠花　怕啥哩,振邦又不是外人。

崔振邦　（解释地）嫂子,刘主任还是看得远,只要到了招工办……（转向刘趁机暗示）刘主任,你越是相信我,器重我,我心里越是有愧。一些不了解情况的人,还以为你给我封过官,许过愿,给了我多少好处。我……我觉得冤枉!（掏出手帕擦泪）

刘启才　（似被提醒地）振邦,坚强些,不要孩子气嘛! 招工结束后,我向上级打报告,另行安排你的职务。

崔振邦　（感激涕零地）多谢刘主任培养!

第六场　风雨深情

〔前场数日后。

〔李振东家内室,残破的墙壁,歪扭的屋架,一个土炕连着锅头。屋外一侧露出撑着山墙的檩条。远处,隐约可见荷花池村景。

〔幕启后,电闪雷鸣,暴雨倾泻,胡素芳焦燥不安地用大盆小罐摆在炕头、地下,接着漏在屋里的雨水。

胡素芳　（唱）　屋漏偏遇暴雨倾,
　　　　　　　　房斜多亏檩条撑。
　　　　　　　　让庄基新房拖延未盖成,
　　　　　　　　这几日才请匠人开了工。
　　　　　　　　谁料天雨遭不幸,
　　　　　　　　搅得人意乱心不宁。
　　　　　　　　终日将婆婆来侍奉,
　　　　　　　　吃药打针不见轻。
　　　　　　　　幸喜女儿鸿运生,
　　　　　　　　这次推荐招了工。
　　　　　　　　一定是刘主任帮忙关照起作用,
　　　　　　　　春兰娃工作后定把人家好谢承。

〔屋内传出老奶奶呻吟声。

胡素芳　（向内望望,拿起药锅,发现药已完）唉!这么大的雨,到哪里去抓药呀?

〔宝宝像个落汤鸡,背着书包,脱个光脚片,提一双鞋,急急跑上。

宝　宝　妈!

胡素芳　（心疼地）哟!把我娃淋成水鸡娃子咧。

宝　宝　妈！我姐到哪里去啦？

胡素芳　到咱盖房工地上去啦。

宝　宝　她说今个要给我逮花鸟哩。

胡素芳　天这么大的雨，哪里有花鸟，快换衣裳去吧！

　　　　〔电闪雷鸣，又有几处漏雨，胡素芳到处搜寻东西，无
　　　　奈，只好把那个空药锅也接在炕头一角。

宝　宝　（换了件衣服走出）妈，奶奶的被子都淋湿咧。

胡素芳　我看看！（进屋）

　　　　〔宝宝又饿又冷，擅自拉开柜子，取出仅剩的几块饼
　　　　干，狼吞虎咽地吃了起来。

胡素芳　（从内室走出，发现宝宝吃饼干，动怒地）宝，谁让你
　　　　偷吃奶奶的东西？（生气地打了一巴掌，宝宝委屈地
　　　　哭了）你说，以后还敢不敢再吃奶奶的东西？

宝　宝　（边哭边说）以后再……再……再不敢咧！

胡素芳　（孩子回了话，反倒深深地刺痛了她，她只觉得一阵
　　　　心酸，难过地搂住孩子，淌下热泪）宝——宝！

　　　　（唱）　我娃莫哭莫难过，

　　　　　　　妈今打你妈有错。

　　　　　　　妈知道我娃身上冷来肚子饿，

　　　　　　　吃几块饼干算什么？

　　　　　　　这些天心里有事窝着火，

　　　　　　　打了你妈心里就像刀子戳。

　　　　　　　快叫妈给你做饭烙白馍，

　　　　　　　你进屋盖被儿暖和暖和。

　　　　〔宝宝边擦眼泪边进屋。

　　　　〔胡素芳把接满雨水的盆罐向外倾倒。

　　　　〔方月秀与明明扛着油毛毡，拿着塑料布冒雨走上。

方月秀　（唱）　破旧屋怎禁得风吹雨淋，（看房）

　　　　　　　见此情不由人心急万分。

　　　　（音乐声中，方月秀与明明为李振东家苫盖屋顶）

　　　　（屋外传来哗哗的响声）

（胡素芳忽然发现雨声小了，房不漏了，她急忙走出，发现方月秀和儿子明明正在滂沱大雨中用油毛毡给她家苫盖屋顶。她顿时感动得一句话也说不出来）

（音乐骤起）

方月秀　（发现胡）素芳！

胡素芳　（迎上去，紧紧拉住方的手）月秀……（二人相对无言，有顷，意识到在雨中）快，快进屋。

明　明　妈，我回去啦。

胡素芳　月秀，让娃到家里暖和暖和。

明　明　婶，我还有事。（走下）

〔方月秀、胡素芳进屋。

老奶奶　（闻声拄杖从内屋出）素芳，谁来啦？

方月秀　（迎上）婶子，是我呀！你的病好些了吗？

老奶奶　唉！死不下，活不旺，还是老样子，下这么大的雨，你……

胡素芳　妈，月秀冒着雨，给咱用油毛毡把房子苫咧。

老奶奶　（感动地）月秀，你把婶子的啥心都操了，你……（说着剧烈地咳嗽起来）

胡素芳　妈，你又着凉啦。

方月秀　婶子，快到屋歇着。

〔二人扶老奶奶进屋。

方月秀　（发现接水的盆盆罐罐，心里一阵刺痛）素芳，荷花池庄基叫刘启才占了去，耽误了你家盖房，我心里不好受啊！（拿出钱）这五十块钱，是公社给你家的救济款，收下吧。

胡素芳　月秀……

方月秀　婶子有病吃药，花销大，你就不要推辞了。

胡素芳　（勉强接住）这……

方月秀　快拿上，我还有话给你说。

胡素芳　啥话？

方月秀　你娘家兄弟来喜和县上崔振邦来往不正常，有人怀疑他们在木料上有问题。

胡素芳　（吃惊地）啊？

方月秀　你抽空找他谈谈，劝他早些说清楚，不要跟上姓崔的跑。

胡素芳　我明个就去找他。

方月秀　先不要声张，有情况找我。

胡素芳　好。

　　　　〔又一阵电闪雷鸣，李振东披一块塑料布，扛着工具，急急走上。

李振东　啊！月秀在这儿？

方月秀　刚来一会儿。

胡素芳　振东，工地上咋样？

李振东　甭提咧，叫雨淋了个一塌糊涂，（忽发现）咦！房咋不漏咧？

胡素芳　月秀用油毛毡给咱苫了，还拿来五十元救济款。

李振东　（感动地）月秀，你……

方月秀　这是应该的嘛。

胡素芳　振东，春兰招工出去，把月秀好好谢一谢。

李振东　（被触动）招工？素芳，那一张招工表呢？

胡素芳　咋咧？

李振东　你拿来。

　　　　〔胡取出招工表交李。

李振东　（将表放在方面前）月秀，这工我不招咧。

方月秀　老李，咱女子招工，是光明正大的事，为啥不招哩？

胡素芳　是啊！咱又不是争谁的，抢谁的，为啥不招哩？

李振东　（激动而埋怨地）素芳，你……你还蒙在鼓里啊！（滚白）上午盖房正在劳动，三叔给我说了实情，他言说干部会上作出决定，推荐明明前去招工，哪料月秀知道之后，她执意不肯答应，硬要退回表儿重新提名，因此上二次开会作了变动，才定了咱春兰女子的名，虽然是咱没抢来又没争，素芳啊！你、你、你看这招工表咱填成填不成？

胡素芳 （恍然大悟）这……

（唱）　得知真情如梦醒，
　　　　尘世上竟有这事情。
　　　　原来是月秀暗中曾照应，
　　　　倒叫我心里难过倍伤情。
　　　　月秀啊！这些年人都为己把心用，
　　　　你为啥和别人想得不同？
　　　　招个工三年五载也难碰，
　　　　你为啥到手的指标让给我家中？
　　　　难道说他忠厚叔就能答应，
　　　　我不信明明娃思想能通。
　　　　你为我落埋怨这可不能，
　　　　你受亏我心里咋得安宁。
　　　　做父母疼儿女本是天性，
　　　　难道说明明娃非你亲生。
　　　　谁不愿叫儿女早些进城，
　　　　我不信你不想儿子招工。
　　　　对别人你把心掏尽还觉不够用，
　　　　你为啥对自己就不心疼？
　　　　你家里房陈旧未曾修整，
　　　　却老是把别人挂在心中。
　　　　今日里风雨大天气骤冷，
　　　　多少人在家里安安宁宁。
　　　　谁是你吞风冒雨，脚踩泥泞，不顾危险为我
　　　　苫屋顶，
　　　　风雨中显出你一片深情。
　　　　五十元送到手素芳愧领，
　　　　扶人危济人难心真意诚。
　　　　人常说滴水恩报得满泉涌，
　　　　我一家永不忘你的恩情。

月秀啊！难得人做事宽厚受人敬，
难得你不为自己不图名。
你的心装满着社员群众，
你的心就像那透亮的水晶。
招工表儿分量重，
多少深情在其中。
感激你宽仁厚德，费心关照——

李振东　（接唱）我一家大小把情领，

感激你急人所想，一片真诚——

胡素芳　（接唱）扶我困来帮我穷，

推荐上明明招工——

李振东　（接唱）不应再变动，

要让我春兰招工——

胡素芳　（接唱）万不能。

既知晓就应该——

李振东　（接唱）马上纠正。

二　人　（同唱）这张表退给你理顺情通。

方月秀　（万千感触，涌上心头）老李！素芳！

（唱）　你二人一席话对我敬重，

只觉得心有愧不敢担承。
我自幼坎坷多走过逆境，
忘不了党对我无限深情。
多少年和大伙生死与共，
知苦乐知冷暖心心相通。
想未来蓝图美道远任重，
看眼前只觉得担子不轻。
党派我荷花池来把头领，
我就是人民的勤务兵。
工作上少经验难免漏洞，
愿大家常监督提出批评。
让指标我家里是不平静，

他父子顾大局都能想通。

选明明我心里非常清醒，

分明是干部们有意奉承。

我怎能搞特殊脱离群众，

当干部就得有过硬作风。

因此上提出来另选另定，

你二人何须要多心多虑难为情。

谁不知你家里生活困境，

谁不晓咱婶子常在病中。

春兰娃思想好热爱劳动，

论条件正符合这次招工。

干部会反复讨论已决定，

再提出退表换人咋能行。

二　人　月秀，我咋能做这号昧心事。

方月秀　（深情地）老李，春兰娃够条件，你就不要再推辞了吧。（将表硬塞到胡的手里）

二　人　（满含热泪）月秀，我，我一家大小，领情不尽啊！
〔一声炸雷滚过，随着一道闪亮的电光，春兰、晓琪扛着工具从工地奔回。

春　兰　（急切地）爸！刚打的墙冲垮了。

晓　琪　（难过地）白灰、沙子吹跑了。

众　　　啊！

李振东　（痛心而绝望地捶胸顿足）天哪！我李振东的命为啥这么苦啊？盖个房为啥这么难哪？

老奶奶　（拄着拐杖踉踉跄跄从屋内走出）振东！振东！

众　　　（迎上去扶住）妈！奶奶！咋咧？

老奶奶　山墙溜土咧，宝宝躺在炕上发高烧，快去看看吧！

众　　　（吃惊地）啊！
〔众人正欲进屋看个究竟，一声炸雷滚过，屋内"轰隆"一声巨响。墙倒屋塌。

众　　　（失声地）宝——宝——（一齐涌了进去）

〔静场片刻。

〔有顷,撕裂人心的音乐骤起。

〔李振东目光呆滞,浑身僵硬,双手托着被房子塌死的宝宝尸体,一步一挪地走出内屋,众人默默地跟在后面。慢慢地,慢慢地走到了舞台中心。

胡素芳
春　兰　　(终于忍不住地)宝——宝!

第七场　抽梁换柱

〔前场数日后。

〔二幕外。

〔春兰拿个花布提兜,忧心忡忡地上。

春　兰　　(唱)　天大祸事压头顶,
　　　　　　　　墙倒屋塌出人命。
　　　　　　　　全家流泪含悲痛,
　　　　　　　　暂住队部把身容。
　　　　　　　　月秀婶和乡亲关心照应,
　　　　　　　　一家人得温暖枯木逢生。
　　　　　　　　步沉沉进县去报名,
　　　　　　　　招工虽好愁在胸。

晓　琪　　(上唱)一张表儿好懵懂,
　　　　　　　　疑是天外飞手中。

　　　　　　　(拿出招工表)春兰,看! 这是我爸叫人送来的招工表,说是戴帽下达,专用指标,咱俩一块报名去吧。

〔春兰低头不语,掏出手帕擦泪。

晓　琪　　(关切地)你又难过啦。昨天晚上说了那么多,都是我家里不好,给你带了这么大的灾。招工出去,咱们在一起,照顾你父母和老奶奶好吗?

〔春兰仍不答话。

晓　琪　你真急死人啦,走吧! 咱们快走吧!

〔春兰闷闷不乐地走下,晓琪随下。

〔二幕开。

〔县招工办公室。一侧有办公桌椅、电话等,另一侧放一条靠背长凳子。墙上贴着醒目的"反对招工中的不正之风"等标语。

〔幕启后,崔振邦放下手中的电话,点燃一支烟,微微点着头,摇晃着身子。可以看出他抑制不住内心的喜悦。

崔振邦　(唱)　常闻喜鹊把喜报,

人生鸿运有几遭。

刘主任封官许愿恩非小,

但愿得青云直上步步高。

抽梁换柱手法妙,

腾云驾雾把工招。

只要此事能办好,

何愁靠山不得牢。

〔晓琪,春兰走上。

崔振邦　(迎上去)唉呀,晓琪,我在这儿专门等你。

〔二人将表交给崔。崔在晓琪的表上签了字、盖了章。

崔振邦　晓琪呀! 你分到新华书店工作啦,快去报到吧。

晓　琪　那……春兰呢?

崔振邦　我和她还要个别谈谈。

晓　琪　(迟疑地)这……(一想)好,春兰,我在书店等你。

〔春兰惶惑地点点头。晓琪走下。

崔振邦　李春兰,谁叫你来报到的?

春　兰　公社。

崔振邦　你那个指标作废啦。

春　兰　(如雷击顶)啊! 作废啦?

崔振邦　对,作废啦。城关公社荷花池大队在招工中拿指标送人情,拉拉扯扯,互相利用,先推荐的周明明,后来又怎么变成你啦?这里边有问题。县上把那个指标收回来啦,你回去吧。

春　兰　(急了)崔秘书,我的招工,是经过干部讨论,群众评定,公社同意的,咋能说有问题,为啥要作废?

崔振邦　傻娃些,你个姑娘家,咋能知道人家干部之间搞的那些鬼名堂。现在只有蹲齐捏严甭说啥,要是抖搂出去,蛛蛛拉蛋蛋,上头一查就麻烦了,快回去吧。

春　兰　(焦灼地)啊!这……这是怎么回事?

崔振邦　我说清楚了,就是这么回事。

春　兰　(走向崔,恳求地)崔秘书,你是县上的,你得把这事弄清楚。这样不明不白地,我咋有脸回去。

崔振邦　(看着春兰,有些动心)春兰哪,看起来当个工人不容易啊。

春　兰　崔秘书,你想想,我抱着多大的希望,跑来办手续,碰了这么大个钉子,就这样回去怎么交代?

崔振邦　(换一副面孔,忽然亲热起来)春兰姑娘,你既然想招工,为啥不早点来找我呀?我这人最乐意给人帮忙,也喜欢和人交朋友。

春　兰　(茫然地)这……

崔振邦　(继续逼近春兰)就凭你这么温存、漂亮、讨人喜欢的姑娘娃,招个工有啥问题,只要你顺着我来,这事就包在我身上好啦。(说着抓住春兰的手)

春　兰　(惊叫一声)啊!你……(忙甩开)

崔振邦　(垂涎欲滴地)姑娘,如今求人办事,不贴一点本还能行吗?(走上前去欲抱春兰)

春　兰　(被激怒,拼力甩开,狠狠打崔一个耳光)你个流氓!

崔振邦　(嬉皮笑脸地)不要穷做作嘛,唉!(穷凶极恶,饿虎扑食似地抓住春兰,拖进内室)

〔暗转。

〔一个空旷地带。远处,荷花池在望;近处,芦苇丛

生,一条小河,雨后涨水,急流滚滚。路边,小宝新坟
隆起,无限凄凉悲苍。

〔春兰内唱:

遇豺狼蒙欺辱一腔激愤,

〔春兰踉跄上场。

春　兰　(接唱)恍悠悠神志乱痛煞我心。

急切切离县城一颠一顿,
眼面前风云变地暗天昏。
怀欣喜去报名遭此厄运,
如同雷击顶火焚我身。
崔振邦发兽性狰狞可恨,
怀歹心设陷阱恶意害人。
和晓琪同向往并肩前进,
今日事羞煞我永世遗恨。
一家人遭横祸心头痛隐,
难道说再报凶讯伤人心。
且思索且踌躇自答自问。
李春兰回村去怎样见人?

〔音乐声中,春兰思索踱步,痛苦万分。

〔有顷,隐隐传来宝宝的画外音:姐姐! 姐姐! 你给
我逮的花鸟哩? 我要花鸟! 我要花鸟!。

〔春兰闻声望去,只见宝宝新坟横卧路边。

春　兰　(急切地)啊! 宝宝,宝宝! (万感交集,失声地扑倒
在新坟上)宝宝,我惨死的兄弟,你、你、你在哪里啊?
让姐姐看上你一眼吧。

〔风声、水声传来。

春　兰　(接唱)兄弟呼唤声声紧,

字字句句撼人心。
桩桩往事牵人魂,
咬牙切齿恨仇人。
面对苍穹叹不尽,

滴滴血泪声声咽。

一腔悲愤何处论？

变厉鬼要和他以死相拼！

〔激愤的音乐声中，春兰急步走上河堤，愤然纵身跳下。

〔急浪滚滚，风声大作。

〔有顷，幕后传来晓琪急切的呼唤声：春兰！春兰！

〔随着呼唤声，晓琪气喘吁吁奔上。

晓　琪　（到处搜寻，继续呼叫）春兰！春兰！

〔无人应声。

晓　琪　（看着河水）啊！莫非她？春——兰！春——兰！

〔顺着河堤，如疯似颠地追下。

第八场　警钟长鸣

〔前场次日。

〔二幕外。

方月秀　（上唱）胡来喜思想转变大，

胡来喜　（上唱）悔恨我与狼交友把眼瞎。

　　　　方书记，我写的揭发材料你看了吗？

方月秀　看了。

胡来喜　姓崔的为了蛊惑我，还给我塞了一百元。（拿出钱）给，我把它交给公家。

方月秀　好！（接过）来喜，你的态度很好啊！

明　明　（急上）妈，地区纪委给你带了封信。（交方）

方月秀　（看信后向明明）崔振邦有下落吗？

明　明　有人见他又钻到我姑父家去啦。

方月秀　你素芳婶那儿的情况咋样？

明　明　春兰比昨天好多啦。我素芳婶还是鼻一把泪一把的。我振东叔有些疯疯颠颠,看样子非闹事不可。

方月秀　来喜,你先劝劝你姐姐和你振东哥,我一会就来。

胡来喜　好!（走下）

方月秀　明,你姑父的问题够严重了,地委已经采取措施了。快去叫你爸来,我在这儿等公安局电话。

明　明　好!

（二人分下）

〔二幕开。

〔刘启才荷花池新居。高大宽敞,坚固漂亮。各式家具,琳琅满目。明亮的大格玻璃窗外,出水荷花,亭亭玉立。给这座新房更增添了几分光彩。

〔幕启后,刘启才独自一人,自斟自饮。喝着闷酒。桌上放几盘下酒菜。

刘启才　（唱）　崔振邦把蠢事干,

　　　　　　　难免要把我牵连。

　　　　　　　面对新房自感叹,

　　　　　　　苦酒难解一腔烦。

张翠花　（从内室走出）启才,你的胃不好,甭喝咧。

（刘启才索性拿起酒瓶,对着嘴暴饮）

张翠花　（一把夺过）你这人呀,姓崔的干下不赢人的事咧,他把咱还杀了呀?

刘启才　你懂得个啥吗?（将翠花推得老远）县纪委给我施加压力了,地区纪委也插手了,事情搁不下咧!

张翠花　哼!都是方月秀做的醋。（进内室）

崔振邦　（鬼头鬼脑地溜上）刘主任!刘主任!

刘启才　（劈头就是一个响亮的耳光）你个混蛋!

崔振邦　（就势向刘跪下,求救地）刘主任,你就发发慈悲,饶了我这一回吧。（边打自己的脸边说）我混账!我该死!我不要脸!

刘启才　（重重地拍了一下桌子,发作地）够了!你亏了我的心,丢了我的人,烂了我的事!你……你滚!

崔振邦　（跪步上前，乞求着，哭诉着）刘主任，我崔某人再坏，再不是东西，对你刘主任提壶把盏，鞍前马后，总算是实心实意，尽心尽力了吧。为给你盖房，为晓琪招工，我费了多少心，劳了多少神，没有功劳，也有苦劳，你……难道……再说，前些年，受派性干扰，我还闹腾过一阵子……

刘启才　（截住，毫不退让地）不行，我刘启才不能和你同流合污，不能丧失党性原则，我要把你交给司法机关处理。

崔振邦　（一震。在最短的时间内，思考着如何制服对方，他终于呼地站了起来，一脸杀气，满目凶光地逼视着刘启才）

　　　　（念）　姓刘的你不要好歹不辨，
　　　　　　　　崔某人可不是泥浆面团。
　　　　　　　　想整我真乃是白日梦幻，
　　　　　　　　你无情咱也把义字倒颠。

刘启才　你要干什么？

崔振邦　我要给你降温！

　　　　（念）　我流氓犯罪，
　　　　　　　　你违反政策，
　　　　　　　　我拉扰干部，
　　　　　　　　你贪赃受贿，
　　　　　　　　你偷梁换柱招工不说，
　　　　　　　　还得把非法私房清退。
　　　　　　　　我检查讨好领导不对，
　　　　　　　　你以权谋私吃罪得起？
　　　　　　　　我守法坐牢身败名裂倒霉，
　　　　　　　　你撤销职务开除党籍不亏？
　　　　　　　　何去何从，你权衡失得。

〔刘启才被崔振邦排炮似的猛烈反扑，压得喘不过气来，他只好扶住额角，现出一筹莫展的神情。

晓　艳　（急匆匆跑上）妈！妈！

张翠花　（闻声自内室出）艳，啥事啊？

晓 艳	妈！春兰她爹手里拿着一把菜刀,急急火火往咱家里来啦,后边还跟着一堆人。
张翠花	(一惊)啊！
崔振邦	(要挟地)李振东来啦,能不能高抬贵手,让我先到屋里躲躲?
刘启才	(无可奈何地示意)翠花！

〔张翠花急拉崔进内室,将房门倒锁。

〔门外传来吵嚷声、人喊声。

| 李振东 | 〔内唱)满腔怒火满腔愤, |

〔李振东持菜刀,跌跌撞撞奔上。胡来喜、狗娃子等边劝阻随上。

李振东	(接唱)一步一跌往前奔。
	女儿遭欺气难忍,
	犹如利箭穿我心。
	一阵咬牙一阵恨,
	两眼滴血见仇人。
	只要报仇能雪恨,
	豁出一死两相拼。

〔李振东等闯进室内。

〔方月秀、周忠厚、胡素芳、晓琪等随之上场。

〔李振东发现桌上酒菜,怒不可遏地打落在地。

刘启才	(虎不失威地)你要干什么?
李振东	我要你交人！
刘启才	交什么人?
李振东	姓崔的——一个流氓坏蛋！
张翠花	他振东叔,你是说崔振邦? 他……他就没到这儿来呀!
李振东	他真的没有来吗?
刘启才	真……真的。
李振东	既然不愿意交人,那就先和你算账！(把菜刀往桌上重重地一拍)

〔众为之一震。

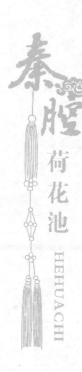

秦腔
荷花池
HEHUACHI

李振东　（诉说地）你想方设法，强占了我的庄基，弄得我墙倒屋塌，还折了儿子一条性命，如今你住到这新房里，你……你于心何忍啊！

胡素芳　（忍不住地）我难见的娃呀！（抽泣擦泪）

李振东　我问你月秀把明明的指标让给春兰。队上、公社都定了的事，为啥到县上变成晓琪咧？

张翠花　他振东叔，晓琪招工是县上的专用指标。

晓　琪　（跨前一步）胡说！（众为之一震，目光转向晓琪）明明你们偷梁换柱，把春兰的名额顶掉换上我，为啥硬要说专用指标。（拿出表）看！招工表我抽回来啦！（难过地）世上作父母的，谁不爱自己的儿女，可不能因为我爸当个主任，就可以仗势欺人。我不稀罕你们非法弄来这招工指标，也不稀罕这新房大院，我要的是你们留给我做人的美德！（将表撕得粉碎，怂怂走下）

张翠花　（急叫）晓琪，晓琪！
　〔静场片刻。

方月秀　（深沉地）晓琪这一段话，值得咱们深思，也值得所有作父母的深思。启才！土改那阵子你不是这个样，那时节你和群众是啥关系，啥感情？给振东婶子分的外间半房，还是你领着人亲手给她修补的。那时候过几天就要去看看婶子。可如今，婶子病了，房子塌了，孩子死了，你看过一次没有？我看你把生你养你的人民给忘了。这些年你一门心思扑在安排自己的事情上，哪里想人民的疾苦，哪里管群众的死活？你哪里还像个共产党员、领导干部吗？

周忠厚　启才！我听见有人背地里说你的闲话，脸上就发烧；听见有人背地里骂你，心里就像刀子剜一样。有人说你跟国民党一样，这……这是啥话吗？你听了是啥滋味吗？（拿出一份清单）给，这是你这次盖房在队上用工用料的清单。（交刘）

胡素芳 （忍痛而深情地）刘主任，占一块庄基事小，给娃招
个工也没啥，把我一家子命贴上都是小事，可你的名
誉要紧，咱党的名誉要紧啊！

方月秀 你重用的崔振邦，不仅是个流氓坏蛋，还是个大贪污
犯。据胡来喜揭发，他光倒腾木料就牟取暴利近万元。

刘启才 （吃惊）啊！

方月秀 （深情地）启才，该到猛醒的时候了！

（唱） 眼面前笔笔血泪账，

桩桩件件惹心伤。

是谁把这天大的祸事闯？

是谁把这难咽的苦酒酿？

为盖房你巧取豪夺德性丧，

为招工你偷梁换柱坏心肠。

你只图自己安乐把福享，

给别人铸成了终生创伤。

将心比心都一样，

难道说你竟是铁石心肠。

这几年你滋长了一人做"官"鸡犬升天的坏
思想，

为自己谋私利脸不红来心不慌。

你虽是招了工住进大房，

孰不知和群众挖了一条沟，筑起一道墙。

莫以为和平环境不闻枪声响，

岂不知无声枪已把你伤。

〔刘启才似有震动，低头不语。

〔明明领持枪二法警上。

明　明 妈！公安局来人啦。

方月秀 （严肃地）启才，有人发现崔振邦跑到你这儿来啦，
是吗？

张翠花 （企图掩饰地）表嫂……

刘启才 （不得已地）翠花，开门。

337

张翠花　（不放心地）启才……

刘启才　开门。

〔张翠花拿出钥匙。尴尬地走上前去,将门开开。

二法警　（跟上去厉喝）出来!

〔崔振邦哭丧着脸慢步走出。

一法警　崔振邦,你被拘捕了!（上前戴上手铐）

〔李振东见了仇人,分外眼红,顺手捞起桌上那把菜刀高高举起,意欲砍下,被众人拦住。

李振东　（气愤不过,狠狠打崔一拳）你个坏蛋!

二法警　（哟喝）走!

〔崔振邦被带下,二法警随下。

方月秀　（掏出一封信,向刘）启才,纪委通知你马上到地区交待问题。（刘启才茫然）

〔静场。

方月秀　（深沉地）启才,这一场斗争,你得到了什么,失去了什么? 党得到了什么,失去了什么? 都值得咱们好好想一想啊!

〔刘启才痛苦地低下头,似乎只有现在,他才认真地思考起自己的问题来了。

〔音乐骤起,场景隐去,众人散开。

〔盛开的荷花池畔,刘启才拿着简单的行囊,迈着沉重的步子,走在通往地区的路上）。

〔这里的景色依然是美好的,而给人们心灵上却罩上了一层难以驱散的阴云。

——剧　终

演出单位

西安尚友社

白鹿原

根据陈忠实同名小说改编

丁金龙　丁爱军　改编

剧情简介

　　小说《白鹿原》写的是清朝覆灭前后半个多世纪,陕西渭河平原大动荡、大变革形势下农民生存命运的变迁史。剧本以白、鹿两家因风水宝地引发的恩怨仇妒到亲和友善为戏剧主线,以白嘉轩、鹿子霖和黑娃、小娥三家的矛盾展开戏剧冲突,提示在社会秩序、封建宗法变化过程中人物性格的嬗变;反映自耕农依附土地,耕读传家"学为好人""学而优则仕"两种发家思想在封建主义神权、族权、政权互相倾轧中的升迁沉浮乃至破灭,歌颂了年轻一代艰难抗争、呼唤新生的勇气,从而启迪观众认识过去、感悟人生、崇尚光明。

场　目

人 物 表

白嘉轩　　白鹿村族长,出场时近 50 岁

鹿子霖　　白鹿原第一保障所乡约,比白嘉轩小两岁

田小娥　　黑娃的媳妇,出场时 20 多岁

黑　娃　　官名鹿兆谦,鹿三的儿子,后为县保安团炮营营长,
　　　　　出场时 20 多岁

仙　草　　白嘉轩的媳妇,比白嘉轩小 6~7 岁

鹿贺氏　　鹿子霖的媳妇,比鹿子霖大 4 岁

鹿　三　　白嘉轩家长工,出场时 50 多岁

鹿兆鹏　　鹿子霖的长子,白鹿镇学校校长,出场时 20 多岁

白孝文　　白嘉轩的长子,后为保安团营长,出场时 20 多岁

白孝武　　白嘉轩的次子,出场时 20 多岁

白　灵　　白嘉轩的小女儿,出场时 10 多岁

鹿　鸣　　鹿兆鹏的儿子,13 岁

敲锣人、男女村民若干

序 幕

〔幕前一束追光投向敲锣人。

敲锣人 （念）　敲锣开篇，

我先介绍白鹿原。

白鹿原——

南屏秦岭，北临渭南，

西去长安，东依华山。

话说清末年间，

白鹿村族长白嘉轩，

七娶六亡厄运不断。

鹿子霖仰仗祖德。

如日中天。

白嘉轩为转厄运使手段，

用二亩水地换旱原。

从此，白鹿两家就为一块风水宝地，

明争暗斗几十年。

欲知如何，请听乱弹。

第一场

〔二十世纪二十年代初。

〔白家大门外。白嘉轩欣喜地上。

白嘉轩　（唱）　白嘉轩厄运过心中暗喜，

　　　　　　　　三十年乾坤转河东河西。

　　　　　　　　自那年白鹿两家换了地，

　　　　　　　　假迁坟抢风水转眼发迹。

　　　　　　　　鹿子霖自以为占我便宜，

　　　　　　　　岂知我已将他蒙在鼓里。

　　　　　　　　风水转青砖门楼拔地起，

　　　　　　　　风水转人勤仓满逢大吉。

　　　　　　　　风水转三儿一女堵住非议，

　　　　　　　　掌宗祠握族权打牢根基。

　　　　　　　　这几天黑娃他令人生气，

　　　　　　　　领个女人要成亲坏了规矩。

　　　　　　　　我已让鹿三哥去到原籍，

　　　　　　　　摸清楚那女人来路行迹。

〔白灵、仙草由院内上。

白　灵　妈，我走了。爸，你回来了。我找兆鹏哥去，一会儿就回来。

白嘉轩　你找兆鹏干啥？

白　灵　我们商量大事哩。（下）

白嘉轩　这个女子也太任性了！

仙　草　都是你惯的。俩娃子从小没见你抱过、哄过，就灵灵娃叫你惯上天了。哎，三哥从渭北打探消息回来了。

白嘉轩	他咋说？
仙　草	刚进门，我还没问哩。

〔白嘉轩、仙草进院门下。

〔远处传来祠堂的锣声，田小娥上。

田小娥	（唱）　暑热退尽秋意浓，
	寒鸦低飞雨招风。
	祠堂铜锣声声紧，
	撕肝裂肺揪心痛。
	逃婚私奔寻真爱，
	随夫归家背骂名。
	公婆不认族人拒，
	不准入祠拜祖宗。
	凉腔白眼满村道，
	低眉咽声背人行。
	再催黑娃求族长，
	盼他允诺把婚成。

〔黑娃肩扛夯具和鹿兆鹏说笑着上。

黑　娃	小娥，你咋来咧？这是兆鹏哥。
田小娥	兆鹏哥。
鹿兆鹏	小娥，你俩的事我都听说了，你们太勇敢了。
黑　娃	勇敢个啥吗，不入祠祭祖，我俩算啥夫妻吗？
鹿兆鹏	你俩这叫自由恋爱，这是一种革命行动！
田小娥 黑　娃	（互视）革命行动？
鹿兆鹏	对！革世俗偏见的命，革封建婚姻的命。黑娃，明天 到学校来找我，我有话给你说。
黑　娃	好。

〔鹿兆鹏欲下，鹿子霖上。

鹿子霖	兆鹏，你回原上这长时候，也该回家看看！
鹿兆鹏	爸，学校事情太忙。
鹿子霖	再忙也得回家去看看，咋能让你媳妇总守空房。
鹿兆鹏	那是包办婚姻，我不承认。爸，我有事先走了。（下）

鹿子霖　你……这个孽子。黑娃。

黑　娃　子霖叔。

鹿子霖　（对黑娃）让你去镇上找我，为啥没去呀？

黑　娃　我想在下雪前多打些糊砌（陕西方言，即土坯），攒钱过冬，也好养老婆。

鹿子霖　啊！（看了看田小娥）黑娃，你小子真有艳福。（拿出一纸证明）给，这是叔为你俩办的成家立户文约。（交田小娥）

黑　娃　立户文约？

鹿子霖　对，单立门户，按人头地亩纳税，这不等于结婚了吗？

黑　娃　子霖叔，这管用吗？

鹿子霖　笑话！我乡约说话就是政府说话，哪个敢说不管用。

黑　娃　我爸说，不进祠祭祖，他就不认这个媳妇。

鹿子霖　你拿着文约去找嘉轩，他能不让你进祠堂？

黑　娃　嘉轩叔硬是不让进嘛。

〔白嘉轩和鹿三从院内上，闻言止步。

鹿子霖　这祠堂是白、鹿两姓人的祠堂，他不让进你不会自己进？

黑　娃　可门锁着哩。

鹿子霖　哼……这锁能把你黑娃挡住？

黑　娃　砸锁？

鹿子霖　对嘛。

〔鹿三欲上前被白嘉轩阻拦。

白嘉轩　（走上前冷冷地）子霖。

鹿子霖　（尴尬地）嘉轩……哦，你们谈。（欲下）

白嘉轩　你先别走，有件事你也一块儿听听。黑娃，你爸刚从渭北打听消息回来，田小娥是郭举人的二房太太，你咋能把她领回家来呢？

鹿　三　郭家正在四处找人哩。

黑　娃　找人我也不怕，郭举人早都把她休了。

〔鹿三欲打黑娃，被白嘉轩阻开。

黑　娃　嘉轩叔，我求求你，你就叫我和小娥到祠堂烧个香吧！

白嘉轩	黑娃。
（唱）	将军寨郭财东名扬远震，
	善骑射精武艺前清举人。
	家富有地千顷骡马成群，
	她怎能弃郭家和你成婚？
黑　娃	（唱）　名分上郭举人娶她为妾，
	实际上遭蹂躏不如仆人。
白嘉轩	（唱）　无媒妁无父命违背祖训，
	咋让你入祠堂认祖成亲。
黑　娃	（唱）　兆鹏说这就叫自由恋爱，
	现如今革命党革旧倡新。
鹿　三	（唱）　讲啥革命倡啥新，
	办瞎事你就不怕羞死先人。

鹿三　黑娃，你赶快把这女人送走，不然，你就休想进门。

黑　娃　（从田小娥手中拿过文约）嘉轩叔，这是子霖叔在保障所给俺办的立户文约。

鹿　三　（一把夺过）还不给我滚！你给我滚！

黑　娃　（气愤地）都啥年代了，还是一群老顽固。老顽固！老顽固！（领田小娥下）

〔鹿贺氏肩挎赶月庙会敬佛的香火布袋风尘仆仆上。

〔白嘉轩从鹿三手中拿过文约，当着鹿子霖撕碎扔掉。

鹿子霖	（被激怒）白嘉轩，你，你欺人太甚！
白嘉轩	（冷冷地）鹿子霖。
（唱）	村有规家有法族权为先，
鹿子霖	（唱）　保障所我也是一级政权。
白嘉轩	（唱）　你为何售奸计挑起事端，
鹿子霖	（唱）　行文书立户纳税何谓售奸？
白嘉轩	（唱）　劝你做官莫揽权，
鹿子霖	（唱）　你也莫要管得宽。

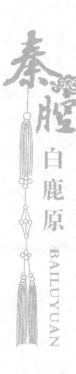

白嘉轩　（唱）　我掌宗祠护村规，

鹿子霖　（唱）　大话欺人难欺天。

白嘉轩　（唱）　我劝你莫违祖训犯众怒，

鹿子霖　（唱）　本乡约办公事你少找麻烦。

白嘉轩　哼！（愤然进院下）

　　　　〔鹿三随下。

鹿子霖　呸！当个小族长，有啥了不起。

鹿贺氏　呸！他爸，甭生气，生这气划不着。哎，自从那年他
　　　　将咱的风水宝地骗了去，你看他娶妻生子好运就
　　　　不断。

鹿子霖　哼！这事我和他就没完，总有一天我非让他把那块
　　　　风水宝地给咱还回来。

鹿贺氏　算咧算咧，你看他那老大白孝文，知书达理，将来肯
　　　　定接替族长掌握族权，这莫非还真应了龙生龙、凤生
　　　　凤那句老话了。

鹿子霖　哼！我就不信。

　　　　（唱）　龙生龙凤生凤未必可信，
　　　　　　　　晚辈中论才学敢和他拼。
　　　　　　　　我老大国共两党是红人，
　　　　　　　　在新学当校长谁人不尊。

鹿贺氏　（唱）　咱老二上军校文武兼备，
　　　　　　　　到来日疆场上叱咤风云。

鹿子霖　（唱）　他老大扶犁牛后闻牛粪，

鹿贺氏　（唱）　充其量当族长老死乡村。

鹿子霖　（唱）　他老二贩草药进出山林，

鹿贺氏　（唱）　也不过挣小钱辱没斯文。

鹿子霖　（唱）　他与我论高下未到时辰，
　　　　　　　　待看我倒乾坤转风水变幻风云。

鹿贺氏　对，俗话说人生路遥走着瞧。

鹿子霖　出水才见两腿泥。

　　　　〔切光。

第二场

〔1926 年,冬。

〔白嘉轩厅屋内外。这是一个中兴的上等家庭。

〔舞台正中是厅屋,供奉着先祖牌位,左右通内室。

〔一束追光投在敲锣人身上。

敲锣人 （念） 说怪还真怪,

世事倒过来。

如今敲锣,

黑娃安排。

农协会一场风,

好像又换了朝代。

白鹿两家,

都不自在。

火从屋里起,

自家先遭灾。

（喊）农协会通告,明晌午开会都要到。东家官人敢
不到,一律游街戴高帽。（隐去）

〔升光。门外传来游街的喊声和敲锣声。

〔白嘉轩吃着水烟,仙草心神不定地在屋里转着。

仙　草 你没看这原上乱成啥了,你还是去躲躲吧。

〔白孝文急急匆匆地上。

白孝文 爸,爸。

白嘉轩 你咋没轧花?

白孝文 我三伯正干着哩,我回来给你说件事。

白嘉轩 啥事?

白孝文 爸,听说明儿个要斗争总乡约田福贤哩,还要把我子

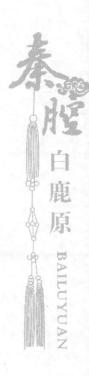

霖叔拉去陪斗。

白嘉轩　我知道了。

白孝文　爸,你还是去躲躲吧。

仙　草　对,你还是去躲躲吧。

白嘉轩　(把水烟壶重重地放到桌上)我才不躲。

　　　　(唱)　我不是田福贤并非子霖,

　　　　　　　不贪赃不枉法谨言慎行。

　　　　　　　我白家耕读传家重名望,

　　　　　　　教子女学为好人不慕虚荣。

　　　　　　　白家人不偷不抢不嫖赌,

　　　　　　　面朝黄土背朝天处世何惊?

　　　　　　　入冬来轧花机转个不停,

　　　　　　　家里省外头挣手中宽松。

　　　　　　　只要我一踏上轧花机板,

　　　　　　　唧唧的机器声悦耳动听。

　　　　　　　管他们风搅雪刮啥旋风,

　　　　　　　千古不变黄土地照样月落日升。

　　　　我不担心这世事,我只担心你。

白孝文　爸,你担心我啥?

白嘉轩　你看你那脸色,自打结婚以后,你这身体一天不如一
　　　　天了。

仙　草　年轻轻的正长身体哩,炕上那事甭太贪,小心短命。

白嘉轩　你是长子,连炕上那点豪恨都没有,我断定你成不了
　　　　大事。

仙　草　记住你爸的话,啊。快到轧花房把你三伯换回来歇
　　　　歇。(把白孝文推下)

　　　　〔鹿子霖精神有些紧张地上。

鹿子霖　嘉轩,还没歇下?

白嘉轩　还早哩。你有事?

仙　草　子霖兄弟,坐,快坐。

鹿子霖　嘉轩,听说黑娃要借祠堂?

白嘉轩　你老大和黑娃刚派人来过了。

鹿子霖　这祠堂你千万不要借呀!

仙　草　他咋能挡得住吗?

鹿子霖　哎呀,你是族长,不交钥匙他能把你咋?

白嘉轩　那门上不就是一把锁嘛。

鹿子霖　有锁他就进不去。

白嘉轩　他不会砸?

鹿子霖　(醒悟地)嘉轩,你咋还记住我那句话呢。

白嘉轩　他要真砸我还真挡不住,你看原上都乱成了啥样
　　　　子嘛。

鹿子霖　哎,完了,完了,咱原上要出大事了。(唉叹地下)

仙　草　鹿子霖这是咋咧?

白鹿轩　咋咧?尻子松了,明天戏楼上有好戏哩。

仙　草　兆鹏会让他爸陪法场?

白嘉轩　唉,现如今父子反目、夫妻成仇的事还少吗? 哎,灵
　　　　灵呢?

仙　草　找兆鹏去了。

白嘉轩　刚回来又走了。

仙　草　都是你惯下的,你怨谁呀。(猜测地)她去找兆鹏,
　　　　他俩会不会……

白嘉轩　什么会不会? 兆鹏是有媳妇的人,胡说啥哩!

仙　草　(估摸不透地)兆鹏这娃到底是个啥样的人吗?

仙　草　啥人? 朱先生说那是骑双头马的人。

仙　草　兆鹏又入国民党又入共产党……把我都搞糊涂了。

白嘉轩　你捋码那么清楚有啥用。

　　　　〔白灵、黑娃、鹿兆鹏热烈地议论着上。

白　灵　爸,兆鹏哥、黑娃哥找你哩。

白嘉轩　你看你疯得都没样子了,哼!

鹿兆鹏　嘉轩伯。

白嘉轩　嗯,(拿起水烟壶)你们找我?

黑　娃　对,我代表农民协会筹备处再次通知你,我们明天要

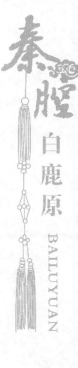

借用祠堂。

白嘉轩　（点燃火烟）你们不是派人说过了吗？

黑　娃　对！我代表农民协会筹备处再次通知你，我们明天
　　　　要借用祠堂。

白嘉轩　（点燃火烟）你们不是派人说过了吗？

黑　娃　现在就让你把钥匙交出来。

白嘉轩　现在？

黑　娃　对！快把祠堂钥匙交出来。

白嘉轩　（故意吐了一口烟云）祠堂乃族人的祠堂，那供奉祖
　　　　先、族人议事的地方。要借，也没那么容易。

黑　娃　白嘉轩。

　　　　（唱）　农协会就像那钢铸火铳，
　　　　　　　似天神似雷公呼雨唤风。
　　　　　　　农协会就似那威风锣鼓，
　　　　　　　九十八村风搅雪石破天惊。

鹿兆鹏　（唱）　就是咱白鹿村死水未动，
　　　　　　　明日里借祠堂要刮旋风。

黑　娃　（唱）　总乡约田福贤甭想活命，
　　　　　　　鹿子霖陪法场也要斗争。

仙　草　为啥？

白　灵　（唱）　这些人摆阔气胡吃乱整，
　　　　　　　刮民脂吸民血鱼肉百姓。

鹿兆鹏　（唱）　多收地丁一千四坐地分红，
　　　　　　　金书手已交待全部罪行。

白　灵　（唱）　黑娃哥借祠堂发动民众，
　　　　　　　这钥匙交不交你要掂清。

黑　娃　（唱）　别看你腰板直干板硬挣，
　　　　　　　对着干就叫你背驼腰躬。

　　　　（对鹿兆鹏）走。（欲下）

白嘉轩　（放下水烟壶）回来。

白　灵　爸，你答应借祠堂了？

白嘉轩　少插话。惩恶扬善乃村规乡约之范畴,但不允许超
　　　　越祖制坏了规矩。

黑　娃　你哪有那么多规矩,快把钥匙交出来。

白嘉轩　现在不行。明日上午在祠堂当着大家的面,我再交。

黑　娃　不交你就小心着。(对鹿兆鹏)走。(与鹿兆鹏下)

灵　灵　(欲随下)兆鹏哥……

仙　草　灵灵。

白嘉轩　(严厉地)站住! 你又要到哪里去?

白　灵　我找兆鹏哥商量事嘛,明天我还要走哩。

仙　草　明天就走?

白　灵　妈,革命形势紧迫,同志们约定明晚开会,我必须
　　　　参加。

仙　草　你就不能回来陪妈多住几个月?

白　灵　妈,现在确实不行……

白嘉轩　(冷静地)你这书还念不念?

白　灵　念呀。

白嘉轩　我看甭念了,该回来跟你妈学学纺线织布了。

白　灵　不行不行不行! 爸,我没想到,在现在这种形势下你
　　　　还能说出这话!

白嘉轩　现在啥形势,和咱老百姓有啥关系?

白　灵　爸。

　　　　(唱)　北伐军举战旗栉风沐雨,
　　　　　　　攻必克战必胜所向披靡。
　　　　　　　神州地欢声动迎接胜利,
　　　　　　　省城内滋水人同归故里。
　　　　　　　当相公的做饭的,
　　　　　　　拾破烂的念书的,
　　　　　　　推车的挑担的,
　　　　　　　打工卖菜当佣的,
　　　　　　　齐集县城闹革命,
　　　　　　　游行示威风雷激。

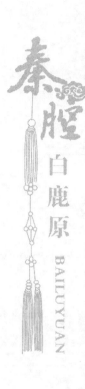

冲进县府抓县长，

反动派成了落汤鸡。

这时节我若是逃回家里，

岂不是背叛革命搞投机。

待等到阴霾散霞光满地，

女儿归洗征尘笑语膝前长相依。

（亲热地）妈，等革命胜利了，我一定回来陪你住一个月……两个月，好不好？

仙　草　好、好、好。

白　灵　妈，我把这白鹿玉坠带走了。

仙　草　（嗔怪地）都是大姑娘了，还玩玉坠哩。

白　灵　我要像白鹿一样，神驰山川，降福人民，走遍祖国大地。

白嘉轩　（变色地）我看你疯得没向了，从今日起你哪也不准去。王村你婆家已经托媒人定下日子了，下月初三花轿娶亲。

白　灵　（气愤地）包办婚姻我坚决不同意，王家要抬，就来抬我的尸首。

白嘉轩　（冷峻地）就是尸首也要让王家抬走。

白　灵　爸，我告诉你，谁要敢作阻碍革命的绊脚石，我就会一脚把它踢开。

白嘉轩　（发怒地）你敢？我打断你的腿！

仙　草　（制止地）嘉轩……

白　灵　你看敢不敢？打断腿我还有嘴，我还要辩理，我还要抗争！

仙　草　灵灵，你越说越张狂了。

白　灵　妈，皇帝老子都垮台了，县长也下台了，我不信封建势力打不倒！不让找兆鹏就算了，说这些话逼谁哩，妈，我睡去啦，明天还要赶路哩。（下）

〔稍后，白嘉轩跟下，复上。

〔屋内白灵声："爸，你咋把门给我锁住了？"

仙　草　（不解地）他爸,你这是……

白嘉轩　你睡去,出啥事你都甭管。

　　　　（白灵敲门大喊:"爸,我求求你,快开门,快开门!"）

　　　　〔鹿三、白孝文、白孝武闻声陆续上。

仙　草　灵灵,你甭喊了,甭喊了!

　　　　〔白灵内声:"妈,我求求你,快开门,快开门!"

仙　草　灵灵,你少喊两句行不行吗?

　　　　〔白灵内喊:"爸,我告诉你,你就是锁住我的人,也锁不住我的心。我还要辩理,我还要抗争。打倒封建势力! 打倒军阀!"

白嘉轩　让她喊让她喊。都回屋睡觉去。三哥,你去睡觉。

　　　　〔鹿三答应没动,继续蹲在地上抽旱烟。

白嘉轩　（对仙草）你也去睡。

　　　　〔屋内传来"噗通"的一声,众人皆惊。

仙　草　（担心地）孝武,快到你妹屋里看一下。

　　　　〔白孝武下。

　　　　〔白嘉轩处惊不乱,撑持着一家之长的尊严。

　　　　〔后台传来白孝武的喊声:"妈,我妹屋里没人!"

仙　草　没人? 把钥匙给我,给我。

　　　　〔白嘉轩从腰里拿出钥匙交给仙草。

　　　　〔仙草下,除白嘉轩其余人皆跟下。少刻,众人慌慌上,鹿三把门锁扔在白嘉轩面前。

鹿　三　灵灵跑了!

白孝武　爸,我妹跳窗子跑了。

仙　草　（惊呼）你们还站在这干啥吗? 黑天瞎火的出了事可咋办吗? 三哥,你带孝武和孝文赶快去追! 快!

　　　　〔鹿三等欲下。

白嘉轩　（冷峻而严厉地）慢,你们谁也不准去追! 从今向后全当她死了! （众人愕然）

仙　草　我的灵灵娃呀……（失声痛哭,跌倒在地）

　　　　〔白嘉轩冷若泥塑,纹丝不动。

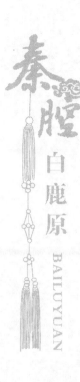

第三场

〔1927年,夏。

〔鹿家院内。这是白鹿村建筑最漂亮也是最古老的一座四合院。院中一棵椿树遮住半个院子,树下精心雕刻的石桌石凳均镶嵌着玉石台面。

〔鹿子霖神清气爽地上。

鹿子霖 （唱） 一场革命似一场风啥都没变,

田总他回马枪杀返白鹿原。

众乡约弹冠相庆重聚首,

一个个拜谒晋见车马喧。

想去年被批斗戏台上站,

当众人儿辱父羞了祖先。

鹿子霖没沾儿福反蒙冤,

差一点就背上了通共之嫌。

多亏了田总他极力保荐,

复原职当乡约重新掌权。

可笑他白嘉轩想把我下看,

没成想鹿子霖照样当官。

〔田小娥神色黯然地上。

田小娥 （怯怯地）大。

鹿子霖 你咋找到我屋里来了?

田小娥 我刚见你去送田总乡约回来。大,我想问问,昨日我求你的事咋办呢?

鹿子霖 你还急着不行。

田小娥 大呀!

（唱） 移栽的树草根子浅,

风狂雨暴腰就弯。

外来的媳妇缺人缘，

公婆不认更可怜。

有家难回路太远，

有夫躲命在外边。

孤身弱女是非多，

崖畔青枝怕人攀。

狐哭狼嚎夜惊胆，

窑院无门心不安。

家中无男日月亏，

生计无着塌了天。

黑娃是回还是躲？

人命关天盼直言。

大，除了黑娃我再没有一个亲人咧，大，我求你咧！

（哭跪在鹿子霖面前）

鹿子霖 起来起来，大我都问过了。

田小娥 （疑虑地站起）总乡约咋说呢？

鹿子霖 （看着田小娥秀美的长相，不觉一阵躁动）啊，快擦擦泪，叫外人看见笑话。

田小娥 那屋里说。

鹿子霖 （轻轻一阵淫笑）嘿嘿，还得……

田小娥 （已有觉察）还得啥？

鹿子霖 走……到屋里再说。

〔田小娥不愿意，但又身不由已被鹿子霖逼进厅屋，下。

〔少刻，白孝文上。

白孝文 （见院里没人，向屋里喊）子霖叔，子霖叔。

〔鹿子霖听见喊声从厅屋上。

鹿子霖 （脸上不悦地）孝文，找我有啥事？

白孝文 我爸说，请子霖叔到祠堂去清对一下账目，一会儿要召集全村人到祠堂公布哩。

鹿子霖　　那好,我一会就去。

白孝文　　我走咧,叔。(下)

〔田小娥从厅屋探头看了一下,上。

〔白孝文复上。

白孝文　　叔……(猛然发现田小娥,愣了一下)

我爸叮咛我,叫你快去。

鹿子霖　　(不耐烦地)我马上就去。

〔白孝文下。

田小娥　　大……

鹿子霖　　今后再不要叫大了,再叫大,大就不好意思了。

田小娥　　你刚才慌着弄那事……那要紧的话你还没说哩!

鹿子霖　　(悄悄地)黑娃万万不可回来。

田小娥　　(似未听清)你说啥?

鹿子霖　　(加重语气地)黑娃万万不可回来!

田小娥　　你……你哄人……(哭)

鹿子霖　　(冷笑一声)哼哼。我问你,刚才田总乡约他来干
啥呢?

田小娥　　干啥?

鹿子霖　　来找白嘉轩借祠堂。

田小娥　　借祠堂干啥?

鹿子霖　　他要报仇!

田小娥　　报仇?

鹿子霖　　对。去年农协会在祠堂戏楼上整了他,他能不报仇
吗?给……(给钱)

田小娥　　我不要,我成了啥人了吗?

〔白孝文暗上,偷听。

鹿子霖　　你成了啥人了?你成了大的亲蛋蛋了。今后逢五逢
十的晚上,大到你的窑里去……(发现白孝文)孝
文,你……

白孝文　　子霖叔,我爸让你快去。(下)

鹿子霖　　(计上心来)刚才来的那个人他是谁?

田小娥	白孝文嘛。
鹿子霖	他是谁的儿子?
田小娥	老族长白嘉轩的儿子。
鹿子霖	对。是白家逼黑娃外出,是白家不让你们进祠堂拜祖,是白家逼你沦落独守破窑,这仇你想报不想报?
田小娥	报仇……
鹿子霖	(狠狠地)只要你把白孝文的裤子抹下来,就等于尿他白嘉轩一脸,这仇不就报了吗?(逼视着发呆的田小娥,发出一阵冷笑)

〔切光。

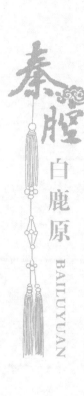

第四场

〔前场一年后,秋。

〔村外,黑娃窑院内外,虽是破窑残院,却收拾得干净利索。

〔田小娥由窑内上。

田小娥　(唱)　夜风吹更露寒无精打采,
　　　　　　　思亲人盼亲人愁满心怀。
　　　　　　　想当初欠人债被逼无奈,
　　　　　　　含屈辱作小妾泪流满腮。
　　　　　　　遇黑娃才知晓人间真爱,
　　　　　　　逢甘露交知心情窦初开。
　　　　　　　谁料想好梦不长被发现,
　　　　　　　黑娃哥为了我险遭祸灾。
　　　　　　　我二人结同心逃跑回家,
　　　　　　　谁料想祭宗祖祠堂难开。
　　　　　　　农协会一场风时世更改,
　　　　　　　刚伸腰眉未展横祸飞来。

救黑娃求乡约一步走错，

为报仇上贼船更是不该。

白孝文夜夜见花夜夜败，

贪花人夜夜偷情还要来。

鹿子霖计连环又设陷阱，

诱孝文吸大烟骨瘦如柴。

扪心问我不该为虎作伥，

扪心问背叛黑娃更不该。

既明理就不该再害孝文，

今夜里拒他门外绝不徘徊。

（进窑内下）

〔白孝文、白嘉轩、鹿子霖三人相继上，走圆场。

白孝文	（唱）	云遮月夜潜行脚下不稳，
白嘉轩	（唱）	孝文他说假话溜出家门。
白孝文	（唱）	会小娥似作贼胆战心惊，
鹿子霖	（唱）	鸡觅野食狐欲擒后有猎人。
白孝文	（唱）	自那日戏楼下小娥调情，
		连日来神不守舍像丢魂。
白嘉轩	（唱）	风言风语有耳闻，
		但不知是假还是真。
鹿子霖	（唱）	父捉子奸射双雕，
		我看你族长咋做人。
白孝文	（唱）	避开大路走小径，
白嘉轩	（唱）	老眼昏花路难分。
鹿子霖	（唱）	崴了我的脚脖筋，
		一瘸一拐还要跟。

白孝文　小娥，小娥，快开门，窑外冷得很，荒郊漆黑，我害怕得很。

〔田小娥突然开门，白孝文一头钻进窑洞，窑门复关。

白嘉轩　啊……（栽倒在窑院内）

鹿子霖　（唱）　一不作二不休将他唤醒，

伤口上撒把盐让他心疼。

（呼唤）嘉轩、嘉轩醒醒。

白嘉轩　（唱）　这一棍打得我心痛难忍……

（醒来一惊）你是谁？

鹿子霖　我是子霖呀。

白嘉轩　你、你怎么在这里？

鹿子霖　你先甭问。（欲背白嘉轩，身体不支）

白嘉轩　你把我放下。

鹿子霖　（扶白嘉轩靠于石磙）我回村叫人抬你。（下）

白嘉轩　子霖，不要……（欲起又跌，昏迷；醒来，扶磙站起，举
步艰难）

（唱）　五雷震轰绝顶气攻心。

两腿沉四野不辨，

浑身无力我冷汗淋淋。

莫非是他酿祸水，

莫非诱我害孝文？

更深夜半人迹尽，

为何窑前见子霖？

人言天意尚可晓，

世上难测是人心。

清白半世丧儿手，

族长 我明天咋见人。

家门不幸出孽子，

天意难违任人评。

做下的坏事随风走，

做下的好事不出村。

子霖回村去叫人，

霎时巫山起风云。

莫怨子霖行不义，

此事只能恨孝文。

白嘉轩不惊主意定，

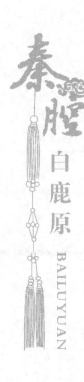

秦腔

白鹿原

BAILUYUAN

祠堂内敲山震虎扭乾坤。

〔鹿子霖率几个村民上。

鹿子霖　来,把族长背回去。

白嘉轩　慢!砸开窑门,把那两个狗男女给我绑了。

〔几个村民进窑绑白孝文、田小娥上。

鹿子霖　慢着。嘉轩,孝文今后接替族长,主祭祠堂,岂能绑他哩!(欲松绑)

白嘉轩　(威严地)住口!(冷视鹿子霖,语意双关地)人斜影子歪,自身不正焉能正人。绑了!

白孝文　(跪倒)爸……

〔暗转。

〔锣声过后,传来刺刷抽打声和白孝文、田小娥的惨叫声。

〔第二年,初冬。

〔田小娥倦缩在窑门前晒太阳。鹿子霖不悦地上。

鹿子霖　小娥,你找我有啥事?

田小娥　咋,兴你找我,就不兴我找你?

鹿子霖　你看这大白天的……

田小娥　大白天又没让你上炕,我找乡约办事谁能咋?

鹿子霖　(自觉理亏,亲热地)亲蛋蛋,你身上的伤好些了吗?

田小娥　多谢你的钱,多谢冷先生的药,身上脸上全都好了。

鹿子霖　找大啥事?

田小娥　借钱。

鹿子霖　我才给了你大洋,咋又要钱?

田小娥　我给孝文借钱。你没看他都成了啥样子了……(难过语塞)

鹿子霖　(醋意地)咦!我叫你跟孝文那是做戏,现在该收场了。

田小娥　收屁的场,戏台搭上从来都没开过锣!

　　　　(唱)　白孝文贪花柳皮薄面软,

　　　　　　　善良辈不似你油猾猴尖。

你不该买他的耕地房产，

天大旱你把他推向深渊。

你不该暗示他爸去捉奸，

更不该回村叫人背嘉轩。

我和他被绑在祠堂树干，

他老子刺刷抽打丢脸面。

鹿子霖　（唱）　白嘉轩挥泪杀鸡给猴看，

我只得跪着没动弹。

田小娥　（唱）　都是你口蜜腹剑笑藏刀，

害得我遭毒刑难立人前。

编谎言帮我报仇全是假，

借刀杀人我终生难安。

鹿子霖　算了算了，不要提这败家子咧。（欲亲热）

田小娥　（躲避）败家子也是你逼的。

鹿子霖　（不以为然）反正他已抽上大烟了，不死也差不多了。（看看四周）走，进窑上炕，你想咋就咋。你想骑马，大就驮上你游；你要大当王八，大就给你爬下旋磨。

田小娥　你说我想咋就咋？

鹿子霖　对，你想咋就咋。

田小娥　哈哈……我想咋就咋？叫你咋你就咋？这才是亲蛋蛋，亲蛋蛋。（拧住鹿子霖耳朵）牵驴回马号，进门钻驴槽；再喂亲亲两品料，喂饱了驴儿翘个尿骚。哈哈……

鹿子霖　（变脸发怒）婊子，你……

田小娥　咦，你不是说我想咋就咋吗？（感情爆发地）你叫我给白嘉轩尿了一脸，我再给你唾一脸！（连续在鹿子霖脸上唾几口）你也不是个好东西！

鹿子霖　（猛扇田小娥一耳光）臭婊子！给你个笑脸，你就不知道姓啥为老几了！（擦脸）臭婊子，跟我说话弄事看向着，我跟你不在一根秤上排着！

田小娥　（不甘示弱地）哈……哈……对着哩，鹿子霖。
　　　　（唱）　你塑金身供佛殿，
　　　　　　　　我是泥胎土里钻。
　　　　　　　　你身贵名显天上飞，
　　　　　　　　我身卑人贱涝池淹。
　　　　　　　　你人五人六做大官，
　　　　　　　　我开窑子落骂言。
　　　　　　　　你是佛爷享烟火，
　　　　　　　　为何食色到人间？
　　　　　　　　你是乡约你是官，
　　　　　　　　咋往我的窑里钻？
　　　　　　　　你是名人天上飞，
　　　　　　　　咋和婊子闹得欢？
　　　　　　　　当君子甭逛窑子院，
　　　　　　　　想害人甭怕人弹闲。
　　　　　　　　你不信咱到镇上评评理，
　　　　　　　　看众人唾谁脸骂谁奸。
　　　　　　　　谁个阴险谁良善，
　　　　　　　　骂谁王八挨黑砖。
鹿子霖　（气得手足无措）你再喊我杀了你！
田小娥　你杀，你杀！
　　　　〔后台传来白孝武的喊声："哥，孝文……"
　　　　〔田小娥、鹿子霖一惊。田小娥急进窑门下。
　　　　〔白孝文踉跄上，白孝武跟上。
白孝武　哥，咱爸叫你回去。
白孝文　我不回，知道我要卖门楼和那二亩坡地，他急咧？没
　　　　用了！大旱绝收分了家，当初我找他借粮他咋不
　　　　借呢？
白孝武　给你分家分少了？谁叫你抽大烟，把地把粮都卖光
　　　　了，说这话你还顾脸不顾？
白孝文　哼！我的脸早叫你在祠堂用刺刷给撕破了，我哪还

有脸呢?

白孝武　你要不是俺哥,我真想叠(陕西方言,即打的意思)你一顿。

白孝文　你敢!

白孝武　(欲打)你看我敢不敢……
　　　　〔白嘉轩上。

白嘉轩　(制止地)孝武!

鹿子霖　嘉轩,你来得正好,快劝劝他们兄弟俩。

白嘉轩　(没理鹿子霖)孝文,咱回。

白孝文　我不回。

白嘉轩　(强忍着)听说你要把门楼和那二亩坡地卖了?

白孝文　卖了。

白嘉轩　(指鹿子霖)卖给你子霖叔了?

白孝文　(强忍着哈欠)子霖叔有钱有粮,旁人买不起嘛。

白嘉轩　那坡地上有你爷的老坟,不能卖!

白孝文　眼下分给我就是我的,我想活命就得换一把粮食。

白嘉轩　你卖多少钱?

白孝文　正说着哩!(忍不住打个哈欠)

白嘉轩　(厌恶地)卖给我,我给你双价。

白孝文　(哈欠连天)大丈夫出言驷马难追,你给钱再多也不能收……收回我的话了。子霖叔,子霖叔……(把契约硬塞给鹿子霖,从鹿子霖手中接过一封银元,喜滋滋地对白嘉轩)你准备迁坟吧。(又一个哈欠)

白嘉轩　(怒火难捺,一个巴掌扇在白孝文脸上)败家子!

白孝文　打得好……(又一个哈欠)你打得好。(下)

鹿子霖　(阴阳怪气地)嘉轩,大旱欠收,孝文分家底子薄,卖房卖地老缠着我,叫我实在为难。

白嘉轩　你不是早想把你那块坡地买回去吗?他卖你买正合你意,何必掩耳盗铃。

鹿子霖　那好,你就迁坟吧,给你五天时间。

白嘉轩　不用五天,三天都够了。

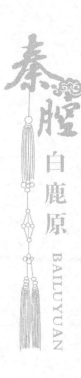

秦腔
白鹿原
BAILUYUAN

鹿子霖　好,三天后我犁坬、拔桩、平地、你不要刁难。(得意地下)

白孝武　爸。那地不能卖!人家都说那是块风水宝地,那上边还有我爷的老坟哩。

白嘉轩　你明天叫人在咱地里挖坑箍墓,我自有安排。(下)

白孝武　爸……(追下)

〔天慢慢转暗。田小娥由窑洞上,欲出院门。鹿三突然从墙外站起,田小娥吓了一跳。鹿三步步紧逼田小娥,田小娥惊惧倒地。

田小娥　大,你……你……要干啥?

〔切光。

第五场

〔前场第二年,夏。

〔白嘉轩厅屋内外。夜。

〔幕后独唱:

　　　白鹿原上天大旱,

　　　榆树死绝柿树干。

　　　夏秋无收闹春荒,

　　　多少人家断炊烟。

〔后台传来"噗通"的跳墙声,一个黑影窜上。

〔白嘉轩披衣上,发现黑影。黑影已把枪顶到他脑袋上,他没有惊慌,但已知发生什么事。

〔仙草端灯上。

仙　草　出了啥事情了吗?

黑　娃　不要声张,我是黑娃。

仙　草　黑娃,你要啥拿啥,钱在炕头,粮在楼上……(慌乱地)你先把枪放下。

黑　娃	你给我闪开。
白嘉轩	（冷笑地）哼哼！黑娃这次回来不要钱，也不要粮，是专门提我的人头来咧！
黑　娃	明白就好。你说，是你还是你指派谁，杀了我女人田小娥？
白嘉轩	（坦然地）我没杀她，也没有指派人杀她。我一生没做过偷偷摸摸的事。
黑　娃	白鹿村没人下这样的毒手，只有你！
白嘉轩	你为啥断定只有我哩？
黑　娃	刚才我问过鹿子霖，他叫我来找你。我就断定是你杀的。
白嘉轩	你怎么就没问他？
黑　娃	他说他不但没杀小娥，而且还经常周济一些钱粮给她。
白嘉轩	你若信他，那就开枪吧，你开枪呀！

〔黑娃猛然一脚踹在白嘉轩的腰上，白嘉轩"哎哟"一声倒地，仙草急忙搀扶丈夫。

白嘉轩	（艰难地站起来，双手扶腰依然挺直）你……你……
仙　草	黑娃，你凭什么这样恨你叔，他对你家……
白嘉轩	别跟他啰嗦。黑娃，你开枪吧！
仙　草	黑娃，不要……

〔白孝武闻声拿把铁锨上。他抡起铁锨向黑娃打去，被黑娃挡开。

黑　娃	（对白孝武）你要是不想当族长了，你就来。
仙　草	（一把抱住白孝武）孝武……
白孝武	你把我爸放了，有话跟我说！
黑　娃	（冷笑地）哼哼，这事还轮不到你哩，你闪开。

〔鹿三上。

鹿　三	（黑沉着脸，声音平稳地）住手，把他放开，你女人是我杀的。
黑　娃	（诧异地）爸……你不要掺和了。

鹿　三　是我,我把嘉轩放开。杀哩剐哩枪崩哩,全都由你。

白嘉轩　三哥,你甭故意把事往身上揽,屎擦不净反倒让你抹匀了。

仙　草　黑娃,他们谁都不是。上个月,全村人都闻到一股臭味。人们顺着味道找到你窑门口,打开窑门一看,才发现你媳妇已被人杀死,那苍蝇蛆虫一堆一堆的……

黑　娃　(暴怒地)甭说了!(斥问白嘉轩)说!到底是谁杀的?谁杀的?

鹿　三　是我!(把一个布包打开,将里面包着的梭标钢刃,扔到黑娃面前)这是赃证。

　　　　(唱)　这梭标是赃证血污钢刃,

　　　　　　　留着它为的是官府查询。

　　　　　　　这女人害了你害了孝文,

　　　　　　　要报仇你就来杀了父亲。

黑　娃　(看着鹿三,怒火中烧,欲言无语,双手捧起钢刃,突然跪地,痛哭失声地)为什么,为什么呀?

　　　　(唱)　天衔冤地含恨情薄义冷,

　　　　　　　亲生父杀儿妻五内俱焚。

　　　　　　　小娥妻死得惨令人心寒,

　　　　　　　想报仇想雪恨怎杀亲爹?

　　　　　　　为自由抛弃那罪恶婚姻,

　　　　　　　寻真情破窑风冷更艰辛。

　　　　　　　本该是荷锄桑梓迎日出,

　　　　　　　本该是子绕膝前笑黄昏。

　　　　　　　谁曾想无媒妁祠堂难进,

　　　　　　　谁曾想违父命众议纷纭。

　　　　　　　祈苍天求大地唤妻亡灵,

　　　　　　妻呀,原谅我——

　　　　　　　不仁不义不知热冷不顾家的有罪人。

　　　　　　妻呀!(下)

仙　草　（扑通跪倒在鹿三脚下）三哥,救命的三哥呀!
　　　　（唱）　夜半霹雳梦惊醒,
　　　　　　　　血灾飞祸降白门。
　　　　　　　　今日多亏你搭救。
　　　　　　　　仙草叩拜救命人。
　　　　　　　　几十年在我家扶犁耕耘,
　　　　　　　　几十年和我们风雨同行;
　　　　　　　　几十年一个锅里搅勺把,
　　　　　　　　几十年今日方显菩萨心。
　　　　　　　　仁义千秋铭功德,
　　　　　　　　忠烈万古谢大恩!
　　　　　　　　礼堂百年祭香火,
　　　　　　　　白门后代做子孙。（对白孝武）
　　　　　　　　从今后三伯和咱是一家,
　　　　　　　　死后打幡你是带孝的人。
　　　　孝武,快与你三伯磕头。
鹿　三　快起来,你们这是干啥吗……
　　　　（唱）　树有高低人有品,
　　　　　　　　草知冬春人知恩。
　　　　　　　　滴水之恩涌泉报,
　　　　　　　　是人怎能无良心。
　　　　　　　　只恨黑娃娶小娥,
　　　　　　　　害了自己害孝文。
　　　　　　　　未报知遇反成仇,
　　　　　　　　羞辱愧疚难见人。
　　　　　　　　打碎门牙肚里咽,
　　　　　　　　血染钢刃她命归阴。
白嘉轩　（唱）　小娥作孽实可恨,
　　　　　　　　你不该血刃起杀心。
　　　　（对仙草）你去弄两个菜,我和三哥喝两杯。
　　　　〔仙草应声下。

秦腔　白鹿原　BAILUYUAN

白嘉轩　三哥,我有些话还想给你说说……

〔突然,刷啦一声,院子和瓦屋上骤然响起蓬蓬剥剥的大雨声。

〔鹿三跑到院中,哭喊着跑下。

白孝武　下雨了,下雨了,下雨了!(欢叫着跑下)

〔白嘉轩也惊喜地站起,猛然觉得腰间巨痛,走了两步跌倒在地,但仍爬到院子里,跪在雨中仰脸朝天,任冰凉的雨点打在脸上。

白嘉轩　老天爷呀!你还记得世上还有一批没旱死、没饿死的黎民百姓呀……

〔暗转。

〔一束追光投向敲锣人。

敲锣人　(念)　生死哀怨,

情变理乱。

死的去了,

活的瞀乱。

世间万物,

做人最难。

一晃又是十几年。

(喊)喝了汤,甭上炕,全村老少上祠堂。(隐下)

〔升光。

〔十余年后,夏。

〔鹿贺氏悲凄地上。

鹿贺氏　(唱)　一生念经信天命,

焚香拜佛卦不灵。

诚信风水争宝地。

还是倒霉运不通。

子霖突然被抓走,

只有来找嘉轩兄。

嘉轩哥,嘉轩哥。

〔仙草从内室上。

仙　草　他婶你来了,嘉轩不在,你坐。子霖的事打听到消息
　　　　没有?

鹿贺氏　没有嘛。子霖为啥被抓,人关在哪儿,啥啥都问
　　　　不着。

仙　草　嘉轩已经叫孝武到县上找孝文去了。

鹿贺氏　嫂子,我知道嘉轩哥这人心长,在原上我也只能求
　　　　他了。

仙　草　一个祠堂上香的人,心长心短都不能不管。

鹿贺氏　嫂子,你说句话,无论如何得让族长哥帮我呀。

仙　草　他一定会尽力的。

鹿贺氏　我就是卖房卖地,砸锅卖铁也得把子霖保回来。(自
　　　　言自语嘟囔着下)

仙　草　(感慨万端地)唉!人哪,不知哪一天走到哪一
　　　　步啊!
　　　　(唱)　这人生就像那过面箩箩,
　　　　　　　　咣当来咣当去祸福难说。
　　　　〔白嘉轩高兴地上。

白嘉轩　哈……

仙　草　哟,啥事把你高兴成这个样子?

白嘉轩　孝武把孝文从县上接回来了。

仙　草　看把你高兴的,你不是不认这个抢舍饭给你丢人的
　　　　儿子了吗?

白嘉轩　他不是后来遇见田总乡约,把他介绍到县保安团当
　　　　文秘书手了嘛。

仙　草　(挖苦地)哦,当了官了,你就认了。

白嘉轩　(自嘲地)嗨……浪子回头金不换嘛。
　　　　〔白孝文上。他已四十多岁,一身戎装,精神十足。
　　　　白孝武随上。

白孝文　(礼貌地)爸。

仙　草　孝文回来了。

白孝文　妈,这是我给你买的水晶饼。

仙　草　放下,放下,你看咱孝文多孝顺的嘛!

白嘉轩　在县上见到你子霖叔没有?

白孝文　他关在县监狱,我去看过咧……

仙　草　快说说你子霖叔在大牢里到底咋样?

白孝文　头两天子霖叔闹不清为啥抓他,不吃不喝狂喊乱叫,审过一堂后他再也不闹了。

白嘉轩　为啥把你子霖叔抓去下大牢呢?

白孝文　抓不住兆鹏,岳书记在省上挨了头子,回县上大发脾气,亲自叫抓的子霖叔。

白嘉轩　那抓人家爸弄啥吗?

白孝文　兆鹏鬼着哩,几次都让他跑了。

仙　草　兆鹏还在闹共产?

白孝文　他不但在原上闹还在省城闹,而且把事越闹越大了。

白嘉轩　还真让你妈说着了,逮不住雀儿掏蛋,摘不下瓜来拔蔓,哈……

白孝文　爸,黑娃说后天要回祠堂祭祖。

仙　草　(惊疑地)黑娃要回祠堂祭祖?

白孝武　嗯,他亲自对我和我哥说的。

白嘉轩　可以。(对白孝武)你明天把祠堂清扫一下,后日你去县上迎接黑……迎接鹿兆谦。去把你三伯叫来。

白孝武　嗯。(下)

白孝文　爸,这几天事多,我先回县上去了。妈,我走了。
　　　　　(下)

白嘉轩　黑娃东闯西撞,最后还是走上正道了。

仙　草　(又是一番感叹)人哪!不知哪一天走到哪一步!说不来说不来!
　　　　　〔鹿三随白孝武上。鹿三神情飘忽,行动迟缓,语言更加木讷。

白嘉轩　三哥,黑娃后个要回原上祭祖哩。

鹿　三　唉,迟了,迟了……

白嘉轩　不迟。黑娃后个带媳妇回来,还要到屋里去看你哩。

鹿　三　他要回屋他回去,我不见他。

仙　草　三哥,黑娃如今是保安团炮营营长了,他还不认?

鹿　三　他是营长我是乡棒,我俩不粘。(欲下)

白嘉轩　(恳切地)三哥。

　　　　(唱)　草知秋,月望圆,

　　　　　　　人老就盼膝前欢。

　　　　　　　如今黑娃干保安,

　　　　　　　另娶贤媳品貌端。

　　　　　　　回家省亲祭先祠,

　　　　　　　给他妈上坟烧纸钱。

　　　　　　　原上盛传乡人赞,

　　　　　　　后辈出息咱心安。

鹿　三　他回来给他妈上坟?

白嘉轩　给他妈上坟!

鹿　三　给他妈烧纸?

白嘉轩　给他妈烧纸!

鹿　三　(满眼含泪痴痴地)给他妈上坟烧纸?

白嘉轩　(肯定地点点头)你认不认?

仙　草　(也伤心落泪地)三哥,如今娃学好了,你就认了吧!

鹿　三　我认,我认。(踉跄地走出厅屋,神情恍惚地)黑娃他妈,黑娃学好了,出息了,他要回来给你上坟烧纸了,他要……(忽然单腿跪地,慢慢地跌扑在地)

白嘉轩　(发觉意外,急至鹿三身边)三哥、三哥……(把鹿三揽在怀中)三哥、三哥……(用手试鼻息)

仙　草　孝武,赶快去叫冷先生。

白嘉轩　(用手止住白孝武,缓缓而沉痛地)不用了,人走了……

仙　草　(悲怆地)……白鹿原上最好的长工走了。三哥……

白嘉轩　老三……(紧紧地将鹿三揽在怀中)

白孝武　三伯……

　　　　〔切光。

第六场

〔距前场两年多，秋。

〔鹿家院内一派衰败景象，门窗油漆剥落，门柱楹联字迹模糊，石凳歪斜倒地。

〔一束追光投向敲锣人。

敲锣人　（念）　没有不落的日头，

没有不变的山川。

风水宝地没有封妻荫子，

然麻摊稀几十年。

恩爱情仇，

忧忧怨怨。

磕磕碰碰，

丝绞麻缠。

全应了一句老话，

人算不如天算。

（喊）每户一人，后晌清扫祠堂。明日祭祖，族人甭忘上香。唉！兵荒马乱的，哪还有人进祠堂嘛。没有了，没有了。（隐去）

〔升光。

〔鹿子霖站在院中看着废墟发痴。少刻，转身一声长叹，感慨万千。

鹿子霖　（唱）　两年监禁半世悔，

一世功名被风吹。

兆鹏革命走天涯，

音讯渺渺家不归。

兆海抗日死疆场，

蒿草疯长掩残碑。

无家有国一掬泪，

忠心保国满腔悲。

看今日残垣陋室人亡散，

不堪往事心如灰。

〔鹿贺氏上。

鹿贺氏 他爸，甭难受咧，前院的门楼门房是我为救你卖的。

鹿子霖 （痴痴地）你卖得好，卖得好。这房嘛，不就是买来卖去的一桩小事嘛。

鹿贺氏 （给鹿子霖递烟点火，缓缓地）你和他爷过去埋在树下、牛槽底下和墙缝里的黄货、白货，我全送给县上那些乌龟王八蛋了。

鹿子霖 唉！银钱是个屁，放了也就轻松了。

鹿贺氏 （如释重负地）哎，对了。房是招牌地是累，攒下银钱被鬼催。身边无儿又无你，我留着钱干啥吗？

鹿子霖 （淡淡地）你把门楼和地都卖给谁了？

鹿贺氏 还能有谁买得起？白家孝文在保安团干阔了，想光宗耀祖，正好……

鹿子霖 （放下茶，嗤地笑了）哼哼……

鹿贺氏 他爸，你笑啥？

鹿子霖 你想想，想当年咱买孝文房子地的时候，不是半斤对八两，现在谁也不欠谁的，扯平了，扯平了……

〔白嘉轩拄着拐杖上。

白嘉轩 子霖。

鹿贺氏 哟，嘉轩哥，你来了。（急忙扶起石凳）
他爸，嘉轩哥来了。

鹿子霖 嘉轩，你坐。

白嘉轩 我向你赔情谢罪来了，我不该乘人之危……

鹿贺氏 嘉轩哥，你再甭说了，门楼地是我寻你卖的，咋能怪罪你哩。

鹿子霖 对。你买了门楼买了地，她得了钱救了我，我还得谢你的恩哩。

白嘉轩　（难于启齿地）有件事,我一直想找你说说,可就是……

〔化了妆的鹿兆鹏领着鹿鸣和全副武装的黑娃上。

黑　娃　子霖叔,婶子,你看谁回来了。

鹿兆鹏　（摘去伪装）爸、妈。

鹿子霖　（惊疑地）兆鹏……

鹿兆鹏　妈,我一直都没有离开咱白鹿原。嘉轩伯,你身体还好?

白嘉轩　（淡淡地）还好。子霖,多保重身体,我走了。

黑　娃　嘉轩叔,你先别走,还有些事要让你知道。

鹿贺氏　兆鹏,现在原上到处抓人抓丁,闹得鸡飞狗跳墙,你不躲着还跑回来干啥?

鹿兆鹏　（坦然地）妈,怕啥吗? 我有保安团三营长鹿兆谦保驾,我怕谁嘛。

黑　娃　子霖叔,婶子,我兆鹏哥今日给你们送孙子来了。

鹿子霖　（下意识地看着鹿鸣）孙子,谁的孙子?

鹿兆鹏　爸,这是我的儿子,叫鹿鸣。（对孩子）快叫爷爷,奶奶。

鹿　鸣　爷爷,奶奶。

鹿子霖　（惊喜地）我的孙子? 你是我的孙子,你是爷爷的亲孙孙呀……他妈,这是你的亲孙子呀……

鹿　鸣　奶奶……

鹿贺氏　你是奶奶的亲孙孙,叫奶奶看看。我娃真乖!

鹿子霖　（拭去兴奋的泪水）兆鹏,娃他妈呢? 娃他妈是谁?

鹿兆鹏　（神色黯然）爸,你看这娃像谁?

鹿贺氏　呃,他爸,你看这娃咋看着面熟熟的……你看这鼻子、额楼,特别是这双眼睛……（指指白嘉轩）像不像?

鹿子霖　像,像! 就像咱嘉轩哥那个灵灵娃嘛。

〔白嘉轩闻听一惊。

黑　娃	对,这就是白灵和我兆鹏哥的儿子。
白嘉轩	(痴痴地走近鹿鸣)你是灵灵的儿子?你真是我灵灵娃的儿子……
鹿兆鹏	小鸣,叫外爷。
鹿　鸣	(从怀里拿出白鹿玉坠)外爷,你看……
白嘉轩	孙孙……(泪水盈眶,把鹿鸣揽入怀中)
鹿贺氏	兆鹏,你和白灵啥时候结的婚?
鹿兆鹏	十几年了。

鹿兆鹏　（唱）　大革命失败后潜行隐踪,
　　　　　　　　与敌人巧周旋如影随形。
　　　　　　　　战斗中我们俩忧患与共,
　　　　　　　　为革命结夫妻同斗顽凶。
　　　　　　　　小鹿鸣出生后农家哺育,
　　　　　　　　今日里托父母送回家中。

白嘉轩	白灵呢?

鹿兆鹏　（唱）　三六年赴陕北参加红军,
　　　　　　　　消息断音讯阻关山万重。
　　　　　　　　她也许为革命走完征程,
　　　　　　　　我多想百灵鸟飞回身旁,
　　　　　　　　白鹿原盼百灵再鸣春风。

白嘉轩	白灵她……
鹿兆鹏	白灵她……(不忍明说,强忍悲痛)
黑　娃	白灵她……在一次战斗中牺牲了。
白嘉轩	(撕肝裂肺地)灵灵——
	〔众人悲泣。
鹿　鸣	不,你胡说,你胡说!我妈她没有死,爷爷……
鹿兆鹏	(安慰白嘉轩)爸,不要哭了,要斗争就会有牺牲。(转向鹿子霖夫妇)爸、妈,你们也要保重身体,我相信太阳很快就会照亮白鹿原的。鸣鸣,爸走了,好好听爷爷、奶奶的话。
鹿　鸣	(两眼含泪地)嗯,你走吧……

〔鹿兆鹏戴好伪装毅然和黑娃下。鹿鸣追了几步，突然停住，良久地注视着走远的父亲。

鹿　鸣　奶奶，我爸他还能回来吗？他还能回来吗？

鹿贺氏　你爸从来没有离开过白鹿原。

鹿子霖　娃她奶，你去给我准备些香蜡纸表，我要带孙子去上坟。

〔鹿贺氏应声下，复拿竹篮上。篮内装有香蜡纸表。

白嘉轩　子霖呀，这几十年，压在我心头的话一直没有说，今天我看是非说不可了。

鹿子霖　嘉轩，咱现在都是亲家了，还有啥不好意思的。

白嘉轩　子霖啊！

（唱）　这一生恩恩怨怨风风雨雨，
　　　　多少事疙疙瘩瘩弯弯曲曲。
　　　　最难忘七娶六亡悲悲喜喜，
　　　　笃信了神神鬼鬼忽智忽愚。
　　　　那一年鹅毛雪铺天盖地，
　　　　莽原上我发现一株刺蓟。
　　　　那小草绿茵茵充满生气，
　　　　嫩乎乎似白鹿形神可掬。
　　　　我断定那面坡是风水宝地，
　　　　白鹿仙指迷津让我发迹。
　　　　编谎言假迁坟哄骗与你，
　　　　将水地换旱地在所不惜。
　　　　谁料想白孝文典房卖地，
　　　　子霖你将宝地又买回去。
　　　　岂知我再次迁坟假作戏。

鹿贺氏　你不是装棺箍墓重新入殓了吗？

白嘉轩　（唱）　新棺木装青砖尸骨未移。

鹿贺氏　咋？你爸的坟在那块坡地上原本就没动？

白嘉轩　（点头）惭愧呀，惭愧！搁在心里几十年，一辈子都不舒服呀。

鹿子霖　（突然发笑）哈……

　　　　（唱）　这才是人算不如天算计，

　　　　　　　　　到头来我还是斗败的鸡。

　　　　（狂笑）哈哈,哈哈,哈……换地、签约,谁都没占便宜,去他妈的风水宝地。上坟,上坟。（带鹿鸣下）

　　　　〔村民甲、乙上。

鹿贺氏　老秀才,子衡兄,你们都来了。

村民甲　子霖在家吗？我们来看看子霖。

村民乙　子霖到哪去了？

鹿贺氏　子霖刚带着孙子上坟烧纸去了。

村民甲　这一回可把子霖害苦了。

鹿贺氏　谁说不是嘛,都是兆鹏闹共产给牵连的。

村民乙　话不能这么说,如今共产党把事情给闹大了,看来老蒋要完蛋了。

　　　　〔鹿鸣喊着跑上。

鹿　鸣　奶奶——

鹿贺氏　鸣鸣,我娃咋咧？

鹿　鸣　爷爷他……他疯了。

　　　　〔鹿子霖头发蓬乱、衣服不整地跑上。

鹿子霖　哈哈……白孝文,就你小子上当了。哈……你小子抽的大烟是我给的,田小娥的热炕是我让的……

鹿贺氏　他爸,你说啥疯话哩,你说啥疯话哩？鸣鸣,你爷这到底是咋咧吗？

鹿　鸣　我和爷爷去上坟,刚走到坟地,看见一个女人在咱家坟头上拉屎,她看见我们拔腿就跑。我爷吓得倒在地上喊道："田小娥,你不要跑,我不杀你,我害怕……"（躲到白嘉轩身后）

鹿贺氏　他爸——

鹿子霖　嘘——

　　　　〔场上人皆惊。数村民围观上,众人议论。

鹿子霖　（推开鹿贺氏）鹿三,你过来,我问你,（悄声地）田小娥到底是谁杀的？……不是你杀的！……是我乡约杀的！（指着众人）你杀的……是你杀的……告诉你们，是咱这祠堂不容人，是咱的风土不容人！田小娥是白嘉轩杀的，也是本乡约杀的，也是你们大家杀的。哈哈,哈……（倒地）

鹿贺氏　娃他爸……

〔众人抬鹿子霖下,鹿贺氏哭喊着随下。

鹿　鸣　外爷,起风了……

白嘉轩　起风了……树叶落了。

鹿　鸣　外爷,我想妈妈,我想我妈……

白嘉轩　我也想啊。你妈她离家二十一年了,我也想她呀……

鹿　鸣　外爷,我妈她还能回来吗?

白嘉轩　会回来的……当太阳升起白鹿出世的时候……

鹿　鸣　(看着手中白鹿玉坠深思地)当太阳升起白鹿出世的时候……当太阳升起白鹿出世的时候。

〔灯光渐升,满台红光。

〔音乐骤起,鸟鸣春风。鹿鸣呼唤妈妈的喊声在空中回荡。

〔幕落。

——剧　终

演出单位

西安尚友社

西安三意社

新人骏马

根据同名豫剧移植

西安尚友社　移植

剧情简介

　　刚由"五七"学校毕业返乡的赵小莲,被安排到饲养场驯养生产队新买的枣红马。老饲养员王老三出于私心,以女孩子不能驯马为由,多方阻挠。赵小莲在党支部书记赵大叔的鼓励、支持下,克服困难,几经摔打,终于驯服了暴烈的枣红马。在事实面前,王老三心服口服,高兴地接受了这位新来的女驯马员。

人 物 表

赵小莲　　女驯马员
赵大叔　　党支部书记
王老三　　老饲养员

〔淮北农村某生产队。

〔幕启:赵小莲兴高采烈地上。

赵小莲　（唱）　披彩霞,豪情满怀迎朝阳,

金灿灿,宽阔大道铺春光。

两年前,乡亲送我进学校,

喜今朝,春风作伴回家乡。

我立志当个红色的饲养员,

谱写出三大革命新篇章。

迎来那粮棉堆成山,

骏马排成行。

让大寨红旗永远飘扬,

大寨红花万里飘香!

嘿!刚刚毕业,贫下中农就把工作给我安排好啦!叫我驯养新买的枣红马。走,到饲养场去看看。（圆场）

〔赵大叔上。

赵大叔　（喜出望外）啊!小莲!

赵小莲　（扑向前去,亲昵地）大叔!

赵大叔　小莲,你来的好快呀!

赵小莲　听大叔捎口信,说队里让我到饲养场。我真恨不得插上翅膀飞回来!

赵大叔　（高兴地）小莲,自你摔伤以后,咱队的贫下中农时刻都在惦念着你呀!盼你快回来!

赵小莲　（不好意思地）大叔!

赵大叔　小莲,你可知道队里为啥盼你快回来?

赵小莲　为了咱队畜牧业的兴旺,为了让我经受锻炼,更好地成长。

赵大叔　　还有个原因呢?

赵小莲　　（不解地）噢?!

赵大叔　　小莲!

　　　　　（唱）　你来前王老三驯养枣红马,

　　　　　　　　　仗技术多要报酬给队里为难。

　　　　　　　　　党支部要你学习他的好经验,

　　　　　　　　　热情地引导他把思想扭转。

赵小莲　　大叔,我一定尽力完成任务,决不辜负党的信任。

赵大叔　　好啊! 小莲。你到饲养场去看看,我安排一下生产,顺便把背包(拿背包)捎回去,马上就来。

　　　　　〔两人分头下。

　　　　　〔王老三上。

王老三　　俺队又买来一匹枣红马,交给我喂。这对我可是个好事! 队里按技术活儿给我增加了报酬,不过,我总嫌不够。解放前,俺庄除了地主富农,只有我家喂了一匹马,谁喂过大牲口? 解放后,队里六畜兴旺,喂马的倒是有几个。可是,年前连人带马都上治淮工地去了。眼下春耕大生产,急等使唤大牲口。队里要驯驯这匹马,还是得找我。今儿个,我再驯驯枣红马。

　　　　　〔王老三驯马,马乱踢乱跑。

　　　　　〔王老三费了好大劲上了马。马暴跳长嘶,王老三拼命勒缰绳,马仰站,前屈。王老三只好下来,把马拴在柳树上。

王老三　　这生胚子马真烈! 算啦,为了多加点报酬,摔伤了才不值得呢,今儿个不驯了。得慢慢地来。(指马,得意地)你呀,你这烈性子倒是帮了我不少的忙,我给你准备草料去。(下)

　　　　　〔赵小莲上。很有兴致地观望。

赵小莲　　好一排饲养室!

　　　　　（唱）　俺队的饲养室比以往大变样,

一眨眼新农村变得这么漂亮。

青石配红瓦，

门窗亮堂堂；

房前栽绿柳，

房后长白扬。

牲口欢如虎，

个个肥又壮！

满院的春光迎我来，

红太阳光辉灿烂照亮饲养房。

我越看心中越喜欢，

忽见一匹枣红马。

（唱）　好哇好哇！

高大雄壮拴在柳树旁。

这匹马，滚瓜流油，

毛色鲜亮，神采飞扬，

实实叫我喜在心上。

〔赵小莲上前看马，马嘶。

〔王老三急上。

王老三　不能靠近，小心挨踢！

赵小莲　老三叔！

王老三　咦，这不是小莲吗？啥时候回来的？

赵小莲　我才来到。

王老三　听说你在"五七"学校毕业了，分到哪个地方去啦？

赵小莲　这个地方，可大啦！

王老三　北京？

赵小莲　不对！

王老三　上海？

赵小莲　也不对！

王老三　那准是西安喽！

赵小莲　看你说到哪里去了！我还在这生……产……队。

王老三　在生产队能搞出个啥名堂？

秦腔

新人骏马

XINRENJUNMA

赵小莲　不,广阔天地,大有作为!

王老三　是的,是的,那你来这里?

赵小莲　我来看看这枣红马。

王老三　马是匹好马,不过,我摆弄了这么长时间,还是不上套。

赵小莲　只要工夫到,还怕不上套? 老三叔,世上无难事,就怕有心人,可不能把话说过火啊!

王老三　那好,咱队牲口多着来,谁敢喂枣红马,我双手交鞭喂牛去。(自言自语)少我这根黄花菜,就怕办不成八大碗。

赵小莲　你说什么?

王老三　我是说,少我这根黄花菜,也照办成八大碗。

赵小莲　老三叔,我来跟你学习驯养枣红马,你看可好?

王老三　(一怔,继而大笑)哈……

赵小莲　你笑什么?

王老三　我走南闯北,没见过女孩子……

赵小莲　女孩子咋啦? 女孩子能开火车跨千山,能驾飞机上九天,认真学习敢实践,喂养红马不畏难!

王老三　这……小丫头家。不过是一阵头脑发热罢了,小莲,你口气倒不小,真敢喂这匹枣红马?

赵小莲　怎么不敢! 队长就是叫我和你一起驯养枣红马的。

王老三　(一惊)前天队长说给我添的帮手就是你!(旁白)她要是喂了枣红马,我这增加报酬不就……哼,我自有办法,小莲,你冒里冒失跑来,可知道这匹马有三个不能沾啊。

赵小莲　什么三不能沾?

王老三　小莲!

（唱）　这匹马性情暴躁火气大,
　　　　发脾气它能踢掉两个大门牙。
　　　　生人不敢沾它的边,
　　　　妇女小孩更怕它。

　　　　　　我这多年的老把式,

　　　　　　烈马背上被摔下。

　　　　　　你和红马不熟识,

　　　　　　是女孩又是小娃娃。

　　　　　　三个条件你全占,

　　　　　　我劝你保重自己可别去碰它。

赵小莲　老三叔!

　　（唱）　党叫我饲养场里来喂马,

　　　　　　就要把千难万险踩脚下。

　　　　　　明知山有虎,偏向虎山行,

　　　　　　火海我敢闯,刀山我不怕。

　　　　　　咱只要出自公心为集体,

　　　　　　定能够早日驯服它。

王老三　看来她是吓不倒的,小莲,光不怕还不行,你可知道管马最要紧的是什么?

赵小莲　关心集体,精心调理。

王老三　我是说这马怎么个喂法。

赵小莲　马大胃小,全靠夜草,旱羊水马,定要记牢。

王老三　草料饮水——

赵小莲　清洁精细。

王老三　平时干活——

赵小莲　有劳有逸。

王老三　产前产后——

赵小莲　照顾休息。

王老三　（指马）是何品种?

赵小莲　西口大马,优良品种。

王老三　产地?

赵小莲　伊犁。

王老三　哈哈……说错了,这马产在新疆。

赵小莲　伊犁就在新疆。

王老三　（尴尬地）……咱没看过地理图,弄不清楚,那……

你看看这马的牙口。

〔赵小莲猛不防上前看马嘴。马嘶，扬蹄。

赵小莲　（全然行家）四岁牙口，正当青春。

王老三　（心中惊服）呀！她还真有两下子哩。（再出难题）
　　　　那……你可能从这匹枣红马的长相看出它的活路。

赵小莲　你问这个？

　　　　（唱）　这匹马百里挑一是头等，

　　　　　　　四肢粗壮背宽平。

　　　　　　　前身宽阔后身圆，

　　　　　　　两眼明亮赛铜铃。

　　　　　　　夺高产犁地拉车跑在前，

　　　　　　　力气大上岗爬坡快如风。

王老三　（心绪烦乱）咳！

　　　　（旁唱）半路上杀出个赵小莲，

　　　　　　　　打乱了我的小算盘。

赵小莲　（旁唱）老三叔一旁低头团团转，

　　　　　　　　为什么张口结舌不开言？

王老三　（旁唱）对这个小丫头不能小看，

　　　　　　　　眼力高对答如流不费难。

赵小莲　（旁唱）下决心坚持斗争帮他把舵转。

王老三　（旁唱）动脑筋再想主意把她拦。

赵小莲　（同）老三叔！
王老三　　　　小莲！

赵小莲　老三叔，你问了我半天，答得不对的，请多指点。

王老三　（得意地）那是了，那是了。

赵小莲　不过我也有两个养马的问题，想问问你。

王老三　（毫不谦虚）好哇，小莲，要说喂马，这方圆几十里，
　　　　谁不知道你老三叔，只要是喂马的事，你只管问吧。

赵小莲　你说说，咱喂马为的是啥？

王老三　（笑）哈……我当是什么难题。这还能不知道，咱喂
　　　　马为的是革命，为的是集体。

赵小莲　为革命为集体就必须——

王老三	公而忘私,全心全意。
赵小莲	驯养马匹……
王老三	认真积极……
赵小莲	分配原则……
王老三	按劳分配……
赵小莲	应是各尽所能,按劳分配。
王老三	……
赵小莲	老三叔,我听说队里已按规定给你增加了报酬,你一个人拿一个半劳动力的工分,够高的了。还要求再增加,这是怎么回事儿?
王老三	(尴尬地)这,这……
赵小莲	这算不算为革命为集体?
王老三	这……
赵小莲	这算不算公而忘私全心全意?
王老三	不……不过,常言说,要想叫小车轱辘跑得快,还得多膏点油哩!
赵小莲	不!路线不对方向偏,加油越多越危险!
王老三	这……(擦汗)这丫头!话不多,真叫我出汗!……
赵小莲	老三叔!

（唱）　　为革命来养马重任在肩,

　　　　　耗心血、洒热汗虽苦犹甜。

　　　　　咱要把红心贴在红线上,

　　　　　学英雄毫不利己"公"字在先。

　　　　　驯养马靠的是政治挂帅,

　　　　　掏红心献技术理所当然。

　　　　　走路要走社会主义阳关道,

　　　　　革命路金光闪越走越宽。

　　　　　咱身在饲养室当个饲养员,

　　　　　志在那五洲四海红烂漫!

老三叔!

　　　　　咱要把心儿放宽眼光放远,

做一个热爱集体的好社员。

为革命为人类作出较大的贡献。

王老三　（唱）　小莲她句句话震我心弦，

说得我脸发烧哑口无言。（沉思）

若是依了她——

（转念）……

我枉费心机空盘算。

不！

我还得甩出王牌再设一道关！

小莲，看你那小嘴多会说，句句在理。你思想红，有眼力，好样的。不过要想这马早上套，就得会驯它。

赵小莲　老三叔。你的意思是……

王老三　你可敢骑骑这匹枣红马？

赵小莲　有你指点，我正想骑上一骑，驯上一驯。

〔赵小莲拉马欲骑，王老三慌忙阻拦。

赵小莲　老三叔，你？

王老三　小莲，算了吧！

（唱）　不爬不知山坡陡，

赵小莲　（接唱）山坡越陡越要登高山。

险峰上才有那风光无限，

王老三　（接唱）女孩儿家驯马太危险。

赵小莲　（接唱）革命人英雄胆，

敢把那四海风浪一肩担。

王老三　（接唱）要打铁先得本身功夫硬，

赵小莲　（接唱）功夫硬还得靠心红志坚。

王老三　（接唱）常言说看花容易绣花难，

赵小莲　（接唱）实践出真知，胆大、心细、勤学苦练，

就能够绣出万紫千红花满园。

老三叔，你让开！

〔赵小莲又欲骑马，王老三又阻拦。

〔赵大叔暗上。

王老三	这么说,你一定要骑?
赵小莲	骑上去才能摸清马的脾气呀!
王老三	哎呀,小莲,这样骑马太危险了。要是出了问题,我怕……你要是非骑不可,就得去找队长批准。
赵大叔	老三,我看就让小莲驯驯枣红马。
王老三	赵队长,这马的火暴性子,你是知道的,她要骑上去,准会摔个腿断胳膊折啊!
赵小莲	经不起摔打,驯不出好马。
赵大叔	老三啊,你听到了吧!为了驯养枣红马,孩子心里想的啥,可你心里想的又是啥?
王老三	这……这……嘿嘿,我思想是……是有点差劲,不过,我说赵队长,我也是为了小莲着想啊!她刚出学校门……
赵大叔	你要知道,她上的是"五七"学校,学的是畜牧专业,喂过马、驯过马,也被烈马踩过咬过。她的老师,是最有实践经验的贫下中农啊!
王老三	那……就叫她试试。
赵大叔	小莲,做好准备!
赵小莲	噢。

〔王老三解下缰绳,牵过马,递给小莲。赵小莲牵马,上马。马暴跳,小莲摔下。王老三逮过缰绳。

王老三	我说不能骑嘛,怎么样?摔下来了吧!
赵小莲	没有什么不了起,这一摔,我倒进一步摸清马的脾气了。
赵大叔	是啊,吃一堑,长一智啊!小莲!
	(唱) 无限风光在险峰,
	战场驰骋出英雄。
	这匹烈马很难驯,
	能练出一身真本领。
	红旗飞舞指方向,
	勇猛无畏往前冲。

经风雨,迎考验,

炼出一颗丹心火映红!

赵小莲　(激动地)大叔!

赵大叔　继续驯马!

王老三　这一回,我逮住嚼环,你要慢慢的上。

赵大叔　这样驯马还行?

王老三　那她咋上?

赵小莲　我这次上马一手逮嚼环,一手抓马鬃,学个燕子钻天
式,腾空跃上一溜风。

〔赵大叔边说,赵小莲边舞,在赵大叔的扶持下,跃上
马背。王老三打个趔趄,险些栽倒。

王老三　啊呀!吓了我一头冷汗。

赵大叔　好!上得好。

〔马烈性发作,前仰后掀,左旋右转,暴跳嘶鸣。赵小
莲驯马,全神贯注,镇定自若。

王老三　(惊慌地)快下来,快下来。

赵大叔　小莲,要胆大,心细,注意安全。

赵小莲　大叔,放心。

(唱)　这匹马性情暴躁果然烈,

前仰后掀又旋转。

王老三　(旁唱)我栽下马背不敢驯,

她栽下马背志更坚。

赵大叔　(旁唱)小莲她心红胆壮敢实践,

定能够驯服红马,做出新贡献。

赵小莲　(旁唱)　我心中升起红太阳,

越是艰险越向前。

烈火之中炼红心,

我抖缰纵马再加鞭。

得儿——驾!

王老三　勒紧嚼环!两脚绷紧!

〔马撒开四蹄、箭一般飞去。

赵大叔　　（唱）　穿过白杨林，

　　　　　　　　　　飞越黄沙滩。

〔赵小莲猛抬头，一惊。

王老三　　（接唱）三岔路口有行人，

　　　　　　　　　　红马飞奔难躲闪。

赵大叔　　（惊呼）行人闪开！

〔赵小莲猛勒红马，马仰站，旋转，暴跳，嘶鸣。

赵大叔
王老三　　（唱）　小莲她紧急关头一身胆，

　　　　　　　　　　猛勒嚼环急转旋。

　　　　　　　　　　马蹄生风如闪电，

　　　　　　　　　　路上行人得安全。

王老三　　小莲，撒开缰绳！

赵大叔　　（接唱）枣红马，撒了欢，

　　　　　　　　　　快如离弦箭稳似静水船。

　　　　　　　　　　小莲她英姿飒爽多勇敢，

　　　　　　　　　　烈马背上又加鞭。

　　　　　　　　　　恰似那雄鹰展翅冲霄汉，

　　　　　　　　　　又好比平地滚起火一团！

　　　　　　　　　　她今天降龙能取胜，

　　　　　　　　　　到明天伏虎不费难。

　　　　　　　　　　喜看这新人跨骏马，

　　　　　　　咦哟！

　　　　　　　　　　不由我笑在眉头喜心间。

　　　　　　　　　　她真是贫下中农的好后代！

王老三　　（唱）　有一条小河把路拦。

　　　　　　　　　　我替小莲捏了一把汗，

赵大叔　　（唱）　小莲她定能冲破险阻勇向前。

〔马驰至河边，见水惊恐，仰站长嘶。赵小莲猛力加
鞭，红马飞奔，腾空跃过小河。赵大叔扶王老三踏石
磴过河。红马奔驰。

〔幕后喝彩："好哎，好……"

393

〔赵大叔指赵小莲,示意王老三,王老三心中悦服。红马慢步。赵小莲一跃下马,赵大叔无限喜悦地向前接马。

赵小莲 (爱抚着马,赞赏地)这真是一匹骏马。

赵大叔 (对王老三)她更是一代新人。

王老三 对!小莲,你喂那红马,我是口服心服啊!

赵小莲 老三叔,刚才驯马,跟你学了不少知识。今后还要靠你多指点呢。

王老三 (不好意思地)嘿嘿……

赵大叔 好哇!让我们都跨上千里骏马,在社会主义大道上向前飞奔。

〔三人笑。赵大叔拉过枣红马交给赵小莲。赵小莲双手接马。

赵小莲 (唱,幕后伴唱)

        接过枣红马,

        浑身血沸腾。

赵大叔
王老三 (接唱,幕后伴唱)

        新人跨骏马,

        朝晖映天红。

〔此时旭日东升,光芒,红马红光,交相辉映,满台红光闪耀,色彩绚丽夺目,幕在激越的音乐声和高昂的马嘶声中徐徐落下。

——完

演出单位

西安尚友社

方芸娘

苏芸芝　编剧

剧情简介

　　寡居四载的孀妇方芸娘，为赡养公婆备受艰辛。谁料又遇连年荒旱，无以为生。为救二老芸娘抛头露面领得赈粮，却被强徒抢走。陷于绝境的芸娘幸得乡邻帮扶匀得些许口粮。为能细水长流，芸娘遍寻荒野挖来野菜，煮成菜糊敬奉公婆，自己却背着公婆偷食草根。

　　岂料这一良苦用心却引来一场轩然大波……

人物表

方芸娘	正小旦	二十一二岁
公　公	老　生	
婆　婆	老　旦	

〔大地龟裂,树枯草荒,一间破屋立于台上。悲苍凄
凉的乐声送上疲惫颓唐的芸娘。

(伴唱)地龟裂,天作恶,

　　　　断了炊烟断吃喝。

　　　　苦苦挣扎几死活,

　　　　一心只为救公婆。

〔芸娘踉跄进屋,扑向灵牌。

芸　娘　夫——君——哪——,你叫我怎么办,我该怎么
　　　　办哪!

　　　　(唱)恨夫君去世早膝下无后,

　　　　　　　二公婆断香烟哀怨悠悠。

　　　　　　　方芸娘正十八青灯独守,

　　　　　　　抛血泪抛不尽心底寂愁。

　　　　　　　冷凄凄孤伶伶苦向谁诉,

　　　　　　　有何人怜惜我孀妇心忧。

　　　　　　　且喜得二公婆待人宽厚,

　　　　　　　日每间冷与暖常挂心头。

　　　　　　　与公婆相依伴三年以后,

　　　　　　　提亲人来来往往踏庄楼。

　　　　　　　我有心脱苦海另谋高就,

公　婆　(画外音)芸娘,芸娘!

芸　娘　(接唱)孤苦的白发人怎忍弃丢。

　　　　　　　咬牙关咽悲泪强吞苦酒,

　　　　　　　抛开这人生情他念皆休。

　　　　　　　有谁知淡泊残存也不能够,

　　　　　　　天大旱地龟裂颗粒无收。

　　　　　　　为活命当薄产换上几斗,

无源水又怎能绵延到头。

只说帮佣解焦愁,

灾荒年谁又雇马牛。

幸喜官仓把民救,

领赈粮哪顾脸儿羞。

谁料刚刚领到手,

遭抢夺一粒也未留。

霎时只觉周身抖,

头昏眼花我倒地头。

雪上霜压得我欲绝路走,

今日熬过明日何求。

我怎能在此徒伤愁,

为公婆抑泪煮菜粥。

〔公婆有气无力上。

公婆 公婆 芸娘,芸娘!

芸 娘 (擦泪迎上)媳妇见过公婆!

公公 公公 芸娘!赈粮可曾领回啊?

芸 娘 领、领回来了。

婆 婆 为娘饥饿难当,快快造膳上来!

芸 娘 是!(下)

婆 婆 老伴!今个咱就能美美吃顿面食了!

公公 公公 嗯,防顾涎水流下来着!

芸 娘 (端饭上)公婆请来用膳!

婆 婆 快拿来快拿来!(接碗看)这,这,怎么又是野菜糊汤?!

公公 公公 赈粮能领多少?还需细水长流!来来来,把我这稠的捞给你。

婆 婆 我怕克化不了!

〔各自端饭狼吞虎咽。

芸 娘 公婆慢用莫要噎着。

公公 公公 芸娘,你却为何不用?

芸　娘　我么……

公　公　莫非膳食造得少了？

芸　娘　噢，媳妇已经用过了。

婆　婆　什么！你用过了？

芸　娘　用过了用过了。

婆　婆　哼！怪道又是野菜糊汤，原来……

芸　娘　婆婆！

婆　婆　我不用了！（将碗重放桌上，气恨下）

芸　娘　（欲拦挡）婆婆，婆婆！

公　公　老伴，老伴！唉，芸娘！你婆母染病多日无钱医治，今又三晌水米未进故而迁怒与你，你要见谅啊。

芸　娘　婆母病中受饿，我、我，是我造膳迟了，造膳迟了。

　　　　（禁不住抽泣）

公　公　巧妇怎为无米之炊，莫要哭了，待为父唤你婆母用膳也就是了。

芸　娘　如此有劳公公了。（公公下，芸娘眩晕难支）

　　　　（唱）　连日来未进一粒膳，

　　　　　　　　霎时头昏目又眩。

　　　〔端婆婆不吃的饭欲吃，想想又将碗放下。至桌前端出另只碗，向公婆去处张望后背坐吃，公公婆婆上。

公　公　老伴！你这就不是了，咱家芸娘数年如一日侍奉你我，如亲生一般。你不是也常夸她贤孝善良嘛。

婆　婆　家宽之时她倒是贤孝，可如今，她常背着你我偷着吃喝，咱吃这照见大影子的糊汤，可她，她是在欺你我年大门中无人！（说着向窗内看去）

公　公　老伴！你也太多心了！

婆　婆　啊！我多心，你来看看你来看看。

公　公　看个什么啊？

婆　婆　你那贤孝媳妇又在偷着吃呢！（说完即向房中走去，公公看）

公　公　啊？唉！（随进门）

399

婆　婆　芸娘！

芸　娘　（惊慌掩碗）婆婆！

婆　婆　我不是你的婆婆！

公　公　芸娘啊芸娘，你，你于心何忍?!

　　　　（唱）　你婆母白发苍苍身染病，

　　　　　　　　年迈人野菜糊汤苦支撑。

　　　　　　　　只说你知热知冷知孝敬，

　　　　　　　　只说你善良贤惠事理明。

　　　　　　　　只说我二老有福份，

　　　　　　　　只说靠你度残生。

　　　　　　　　谁知你徒有好声名，

　　　　　　　　欺哄我孤苦年迈人。

婆　婆　（唱）　你的心肠太毒狠，

　　　　　　　　欺我门中断儿孙。

　　　　　　　　也怪我二老眼目混，

　　　　　　　　竟然将你当亲生。

　　　　　　　　哭了声儿啊儿啊将娘等，

　　　　　　　　九泉下去把我儿寻。

　　　　　　　　（以头撞桌，芸娘护挡）

芸　娘　婆婆，婆婆！

　　　　（唱）　叫公婆息怒容儿禀，

　　　　　　　　悔不该气伤二双亲。

　　　　　　　　奴夫去世四年整，

　　　　　　　　公婆待我如亲生。

　　　　　　　　侍奉二老我应恭顺，

　　　　　　　　孝敬难报严慈恩。

　　　　　　　　今不该贪食把高堂哄，

　　　　　　　　惹公婆上气我罪非轻。

婆　婆　既知欺哄罪责非轻，吃的什么拿出我看！

芸　娘　这——

婆　婆　拿出我看！

芸　娘		一碗干饭,婆婆不看也罢。
公　公		既是干饭一碗,看看何妨?!
芸　娘		公公!
婆　婆		如若真是干饭,何需这般支吾!
芸　娘	(唱)	婆母逼来公公怨,
		芸娘心似乱箭穿。
		我若将真情讲当面,
		年迈人加忧添心酸。
		我若再将真情瞒,
		公婆岂肯就此完。
		左难右难难煞我,
公婆	公婆	(唱)　伤天害理不容宽。
公　公		芸娘啊! 你如此作为可对住我那早逝的儿郎?!
芸　娘		夫——君——
婆　婆		你还哭个什么? 拿出藏物还则罢了,如其不然,就休怨老娘无情了!
芸　娘		婆婆! (依然遮挡)
公　公		来么来么,荒旱灾年能有什么美味令你这般藏掩,倒叫老夫定要见识见识不可!
芸　娘		公公!
婆　婆		什么公呀婆呀,招打! (执棍打芸娘倒,公婆同去看碗,芸娘急起护挡,公踢芸跌,公顺势夺碗未及看被婆一棍打落,芸娘不顾一切再挡却未挡住)
公婆	公婆	草根?!
芸　娘		婆——婆——
	(唱)	芸娘泪如梭,
		抑悲忙认错。
		爹娘且消气,
		听儿仔细说。
		荒旱灾年天降祸,

401

哀鸿遍野饿殍满坡。

咱家三口难逃躲，

为生计芸娘我颇费周折。

官仓放粮我领过，

谁料途中遭抢夺。

若非乡邻搭救我，

只恐芸娘命已殁。

踏遍荒郊我下山窝，

寻得野菜却不多。

眼看午膳时辰过，

我又急又饿倒山坡。

邻家大嫂唤醒我，

她搀我一步一步挣挣扎扎扎扎挣挣到家已
是日将落。

公婆年迈受饥饿，

媳妇心疼如刀割。

菜糊造就有几勺，

芸娘怎忍同吃喝。

我饿食草根如嚼果，

年少人吃点苦又算什么。

怪我未将话说破，

无端引起这风波。

饿坏二老我有过，

气伤高堂错上错。

难救二老出水火，

无能的儿媳我我委屈了公婆。

〔芸娘跪，公婆忙搀起。

公婆 公婆 芸娘啊！

（唱） 听罢言难禁老泪落，

鬼迷心窍瞎眼窝。

苍天何不收了我，

跪倒在媳妇面前弥过错。

芸　娘　公公,公公! 婆婆,婆婆! (左右拦挡不住)

折煞儿——了——(扑跪,公婆同起搀扶)

(伴唱)地龟裂天作恶,

断了炊烟断吃喝。

苦苦扎挣几死活,

一心只为救公婆。

——完

秦腔

方芸娘

FANGYUNNIANG

编 后 语

　　《西安秦腔剧本精编》是一项大型剧本编辑工程。它收录了新中国建立后西安市辖的易俗社、三意社、尚友社、五一剧团四大著名秦腔社团上自清末、下至二十一世纪初近百年来曾经上演于舞台的保存剧本，承载与呈现着古都西安百年的秦腔史。这样一个浩大的戏剧工程，在西安市近百年文化史上是前所未有的，受到各方面广泛关注。

　　编辑组建立之初，面对的是四个社团档案室中百年以来的千余本（包括本戏、小戏、折子戏）约三千万字的剧本手抄稿、油印稿、铅印稿。由于时间久远，其中不少已经含混不清，或章节凌乱、缺张少页、错误多出，有的甚至连作者、改编者姓名、演出单位、演出时间等都已寻找不见，工作量之大、难点之多可以想象。更由于此次编辑的范围，是以必须经过舞台演出的剧本为前提，因而正式进入工作后，许多需要认真解决的具体问题都凸现出来了：

　　一是不少剧目，虽然演出过，但真正的排练演出本却找不到了。在查访中，有些尚可落实，有些则因当事人已故，无觅踪迹，只好录用现存的文学本，以解决该剧目缺失的遗憾。

　　二是有些排练演出本虽然收集到了，却不完整。有的有头无尾，有的有尾无头；有的场次短缺，有的唱段缺失；有的页码残缺，前后无法衔接。这样，只能依靠编辑组人员及有关演职人员反复回忆，或造访老艺人和当事人回忆，不厌其烦，完成残本的拾遗补缺、充实完善工作。

三是一些秦腔名戏和看家戏，艺术魅力强，观众很喜爱，但在长期的演出中，为了适应当时的形势，往往同一个戏，在新中国建立前后、改革开放前后都有不同版本。这些剧目，由于受客观时势和执笔者思想认识的影响，不少改编本把原作中一些脍炙人口的名场段、名唱段给遗漏了，拿掉了。今天看来，这是历史、文化的失误。因为这些场段、唱段的不少地方既含有简明而丰富的历史知识，又有淳朴淳厚的人文教化，附丽以历代秦腔名家的倾情演唱，熏陶和感染过无数戏迷观众，不失为秦腔传统艺术的闪光点所在。因此，在对这类剧本的认定和选用中，编辑组抱着尊重、抢救、保护国家非物质文化遗产的态度和立场，通过鉴别，更多地向传统倾斜，把该恢复、该补救的名场、名段都做了尽可能完善的恢复与补救。

四是曾经有一些在西安舞台上演过的老秦腔传统本，被兄弟剧种看好，拿去改编、移植成他们的优秀剧目。之后，这些剧本又被秦腔的剧作家再度移植、改编过来，在西安舞台上演。对这类本子，在找不到秦腔演出本的情况下，经过审定，也都作了收录，成为"出口转内销"的好本子。

五是有些保存本，当年演出、出版风靡一时，并有作者、改编者的署名。由于岁月的磨洗，演出本还在，而作者的名字则记忆模糊甚至不见了。为了尊重他们的劳动，还其以神圣的著作权，编辑组翻查了大量档案资料，终于使一些剧本的作者署名得以落实。

六是由于秦腔是大西北最有代表性的地方剧种，剧本中普遍存在大量的方言俚语、民俗风情，鲜明地体现着秦腔的地方戏色彩。但同时也因为作者和所写的题材来自不同方域，用字、用词、用语存在很多错、别和不规范、不统一的现象。此次编校，通过讨论、争议、比对、考证，尽可能地做到了规范和统一。

除此之外，还涉及到很多剧本在主题思想、故事情节以及版本、人物、时间、场景、舞台指示、板腔设置、动作、细节、念白、唱段、字词句、标点等许多大大小小的问题，需要进行有效地疏、改、勘、正工作。编辑组通过连续数月的辛勤工作，终于以艰苦的劳动征服了这座巨山。

参加本次编辑的专家平均年龄已 68 岁，每天要审校、修订三四万文字。为了提高工作效率，针对剧本的体裁特点，编辑组分为几个小组，采用读听结合、交叉审校的方法，尽可能精准地还原出作品的原貌，包括每场戏、每段唱词、每句念白、原作者、改编者、移植整理者、剧情简介、上演剧团、上演时间等等。为了争取进度，经常夜间加班，并放弃每周末和节假日的休息。为了保证质量，不时地对一些重要问题进行学术研究、学术的争执和判定，往往到深夜。其中有关秦腔的历史问题，有关一些现代戏的剧本入围标准问题，有关早期的秦昆相杂剧本的入选问题，甚至有的传统剧目中某个主要人物姓名中

秦腔 编后语 BIANHOUYU

的用字问题等,时常反复探讨。对较重大的,必须查明出处;对较具体的,则进行细心考证,直到水落石出。由于整个编校工作沉浸在不间断的学术气氛中,使编辑的过程,争议的过程,同时也是很好的互相学习的过程。特别是在阅编早中期一批秦腔剧作家的作品时,大家不禁为老先生们深厚的学识、精美的辞章和高超的艺术而叹服,更加体会到手中工作的重要性,更加珍惜此次机遇,从而加深了编辑组同志之间的学术友谊,提升了整体工作的水准。他们高昂执着的工作热情、认真负责的工作态度、严谨科学的工作作风、主动忘我的工作干劲,令人十分感动。

为了支持这项工程,不少老艺术家捐赠、捐用了自己多年的秦腔珍藏本、稀缺本、手抄本。有的老艺术家、老剧作家的家属、后代闻讯后主动从家里搜寻出原创作、演出剧本,送到编辑组工作驻地。全体编务人员,为了及时、保质、保量地做好业务供应工作和全组人员的生活安排,积极配合跑资料、查档案、复印剧本,忙前忙后,不遗余力。当他们听到几年前三意社在改革并团时尚遗存有部分资料档案后,便及时赶到原五一剧团档案室,从蛛网尘埃中翻寻到了七八十部老三意社的手抄本和油印本。上世纪五六十年代西安四大社团演出过很多好戏,有些戏直到现在还在乡间和外地热演,但由于政治气候、人事变更、内外搬迁等原因,造成原剧本遗失。后经有关方面帮助支持,从西安市艺术研究所找到了一批久已告别西安城内秦腔舞台、面目似已陌生的优秀剧目铅印、油印本,使剧本的编辑工作更加充实和完善。

这里,有几个问题需要予以说明。一是这套大型剧本集以西安易俗社、三意社、尚友社、五一剧团四个社团演出剧目为基础收集本子;四个社团均演出的同一剧本,只收集演出较早的本子,其他演出单位仅在书中予以署名;有原创作本、传统本的,一般不收录改编本,但个别两者都有历史、文化与研究价值的,可同时收录;除个别名折戏和进京、出国演出剧目外,凡有本戏的,原则上不再收折戏。二是为了突出"西安秦腔"的主题特色,经反复研究,决定按易俗社、三意社、尚友社、五一剧团四大块进行编排;在四大块中,又按传统戏、新编历史戏、现代戏三大类的历史顺序编目。三是从历史上看,秦腔不少优秀剧目被兄弟剧种搬演,很受欢迎,并成为兄弟剧种的保留剧目;同时,西安的秦腔也改编移植了兄弟剧种的不少成功剧本,丰富了西安秦腔舞台的演出剧目,满足了观众的欣赏需求,有些也成为各社团的保留剧目,因此,经过选择也都收录进来了。四是诞生于"文革"中的剧本,是一个历史现实,根据相关规定,经专家仔细甄别,有选择地收录;对有严重政治问题的不予收录;对确有一定保留价值而有涉版权纠纷的作为内部资料收录。五是有些优秀剧目由于年代久远、社团分合等历史原因,已无法搜集到剧本,只能成为遗憾了,待以后有下落时再版增补。

对眼前这套凝聚着众多领导、专家、艺术家、工作人员、技术人员、服务人员心血和辛勤汗水的《西安秦腔剧本精编》,编委会满怀感激之情向大家表示深切致谢!向关心、支持此项工程的西北五省(区)、市文艺界相关单位、专家学者及戏迷朋友表示诚挚的

秦腔

编后语 BIANHOUYU

谢意！这套秦腔剧本集的出版是值得引以自豪的，它可以无愧地面对三秦大地，面对古都西安的故人、今人和后人！让我们不断总结经验，继续探索，与时俱进，努力为西安秦腔的发展繁荣做出新的贡献！

《西安秦腔剧本精编》编辑委员会
2011 年 9 月 14 日